ハヤカワepi文庫

〈epi 96〉

昏《くら》き目の暗殺者

〔上〕

マーガレット・アトウッド

鴻巣友季子訳

epi

早川書房

8409

THE BLIND ASSASSIN

by

Margaret Atwood

Translated by

Yukiko Konosu

Published 2019 in Japan by

HAYAKAWA PUBLISHING, INC.

This book is published in Japan by

arrangement with

O. W. TOAD LTD.

c/o CURTIS BROWN GROUP, LTD.

through THE ENGLISH AGENCY (JAPAN) LTD.

大宮メフメト・ハーンを思い描いてみよ。ケルマーンの町の人々をそっくり殺すか、目をつぶせ、例外なく、と命じているところを。ハーンの法務官たちは勇んで仕事にかかった。住人を一列に並ばせ、おとなの頭を薄切りにし、子どもの目をえぐり出していく……その後、盲いた子どもたちは列をなしては、町を出ていった。鄙の地をさまよって、砂漠に迷い、渇きで命をおとすものもあった。また、人々の住む集落にたどりつく一行もあり……ケルマーンの市民が滅ぼされたことを歌にうたい……

リシャルト・カプシチンスキ

（ケルマーンはイラン南部にある絨毯の産地）

わたしは泳いだ、海ははてしなく、どこにも岸は見えず。
タニトは情け知らずであり、わが願いは聞きとげられた。
おお、愛に溺れるきみよ、わたしのことをお忘れなく。

とあるカルタゴの骨壺に刻まれていた碑文

（タニトはカルタゴの守護神で月の女神）

言葉は、暗いグラスのなかで燃える炎。

シーラ・ワトソン

ここに名前をあげる皆さんに感謝の意を表したい。かけがえのないアシスタント、セァラ・クーパー。そのほか、わたしに協力してくれた研究者のA・S・ホールとセァラ・ウェブスター。ティム・スタンレー教授。キュナード汽船およびロンドンのセント・ジェイムズ図書館で記録係をつとめてくれたシャロン・マクスウェル。オンタリオ州歴史協会の会長であるドロシー・ダンカン。ウィニペグのハドソン湾／シンプソンズ公文書保管所。トロント遺産スパダイナ・ハウスのフィオナ・ルーカス。フレッド・ケルナー。テランス・コックス。キャサリン・アッシェンバーグ。ジョナサン・F・ヴァンス。メアリ・シムズ。ジョーン・ゲイル。ドン・ハッチソン。ロン・バーンスタイン。トロント公立図書館の〈サイエンスフィクション〉〈スペキュレイティヴ・フィクション〉〈ファンタジイ〉のメリル・コレクション担当であるローナ・トゥーリスとスタッフの皆さん。それから、アネックス・フックスのジャネット・〝インクセッター〟にも。また、昔ながらの読者である、エレナー・クック、ラムゼイ・クック、サントラ・ピングリー、ジェス・A・ギブソン、そしてロザリー・アベラ。それから、わたしのエージェントである、フィービー・ラーモア、ヴィヴィアン・シュスター、ディアーナ・マッケイ。そして、わが編集担当者の、エレン・セリグマン、ヘザー・サングスター、ナン・A・タリーズ、リッツ・コールダーに。そして、アーサー・ジェルグート、ミシェル・ブラドリー、ボブ・クラーク、ジーン・ゴールドバーグ、そしてローズ・トーネイト。それから、いつもながら、グレイム・ギブソンとわたしの家族にも、感謝の意を表したい。

目次

第五部　217

第六部　407

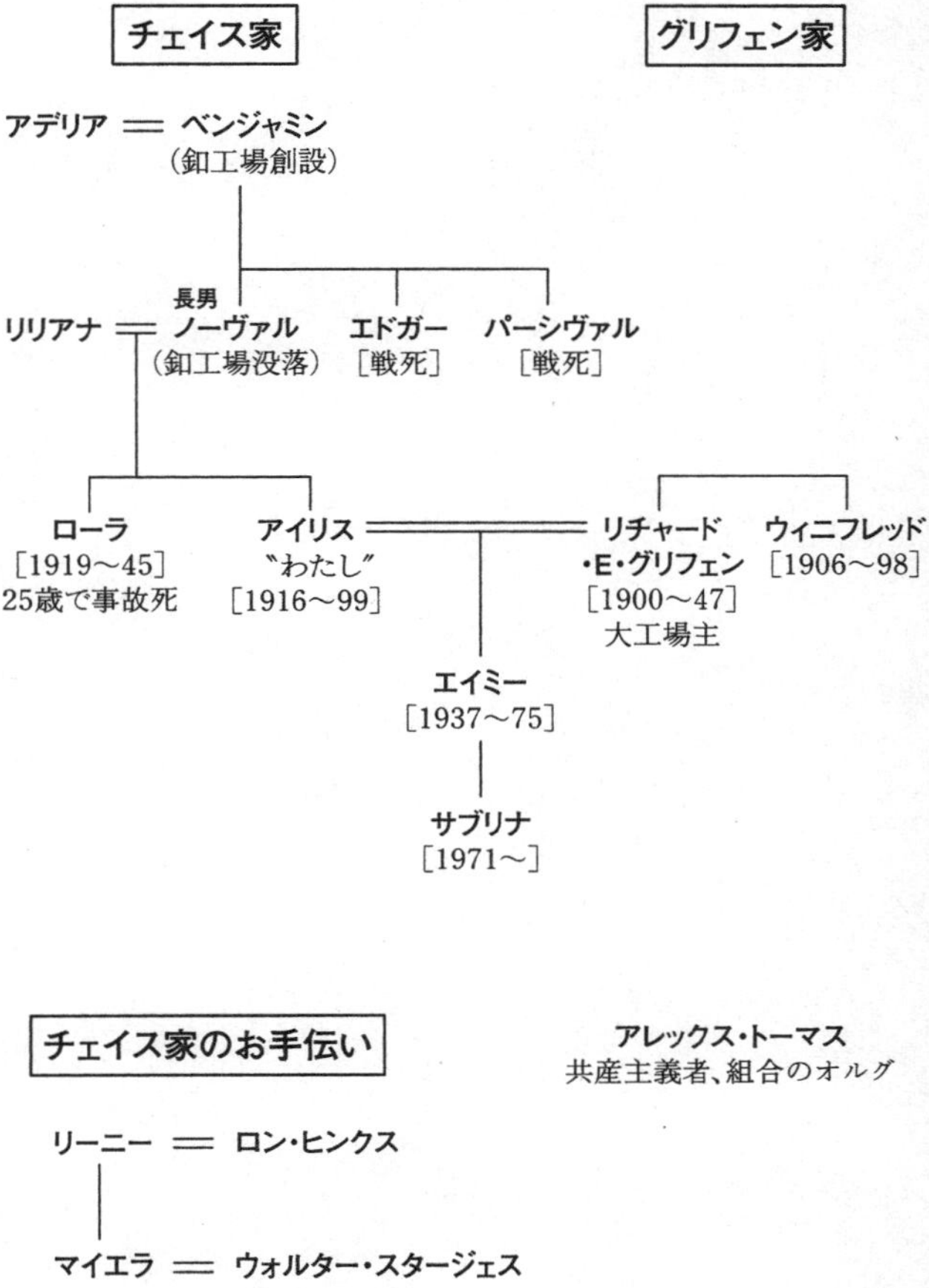
チェイス家
グリフェン家
アデリア ＝ ベンジャミン
（釦工場創設）
長男
リリアナ ＝ ノーヴァル
（釦工場没落）
エドガー
［戦死］
パーシヴァル
［戦死］
ローラ
［1919〜45］
25歳で事故死
アイリス
〝わたし〟
［1916〜99］
リチャード
・E・グリフェン
［1900〜47］
大工場主
ウィニフレッド
［1906〜98］
エイミー
［1937〜75］
サブリナ
［1971〜］
チェイス家のお手伝い
リーニー ＝ ロン・ヒンクス
マイエラ ＝ ウォルター・スタージェス
アレックス・トーマス
共産主義者、組合のオルグ

昏《くら》き目の暗殺者

〔上〕

第一部

橋

戦争が終結して十日後のこと、妹のローラの運転する車が橋から墜落した。橋は修理の最中であり、車はその〈工事につき注意〉の標識をもろに突き破ったのだった。そのまま百フィート下の峡谷へ落下、嫩葉《どんよう》でふんわりとした樹冠を突き抜けると炎上し、谷底を流れる小川の浅瀬にはまりこんだ。橋材の破片が上から降りかかる。妹の亡骸《なきがら》は、灰燼《かいじん》ばかりしか残らなかった。

わたしに事故を知らせてきたのは、警官だった。車の所有者はわたしだったから、車中の免許証から身元をたどってきたのだろう。慇懃な口ぶり。リチャードの名に気づいたにちがいない。路面電車の線路にタイヤをとられたか、あるいは、ブレーキの故障が原因かもしれませんが、そう警官は言い、二名の目撃者――元弁護士と銀行の出納係、つまりは信頼のおける人物――が、一部始終を見ていたこともお伝えしておくべきかと存じます、と付け足した。目撃者ふたりの話では、ローラは急角度で故意に車の向きを変え、縁石から踏みだすように、いとも簡単に橋を飛びだしていった。白い手袋をしていたので、ハンドルを握る手がよく見えたと言う。

ブレーキの故障ではないだろう。わたしは思った。なにか理由があったのだ。その理由が、余人のそれとおなじとはかぎらないが。ローラはこんなふうに冷徹になれる人間だった。

「遺体を確認する人間が要るのでしょう」わたしは言った。「できるだけ早くに伺うわ」われながら落ち着きのある声だ。遠くから聞こえてくるような。だが、実際は話すのもやっとだった。口はしびれたようになり、顔じゅうが痛みでこわばっている。歯医者に行った帰りみたいだ。こんなことをしでかしたローラに憤っていたが、そんなことをほのめかす警官にも腹を立てていた。頭のあたりを一陣の熱い風が吹きめぐり、水にこぼれたインクのごとく、髪の毛が風に逆巻いた。

「ご遺体は検屍にまわると思うのですが、ミセス・グリフェン」警官は言った。

「当然でしょうね」わたしは言った。「でも、これは事故よ。妹は運転が下手だったから」

ローラのすべすべした卵形の顔が思い浮かんだ。きちんとピンで留められたシニヨン。こんな服装だったのではないか――小さな丸襟がついたシャツ型のワンピース。地味な色目の。濃紺、あるいは青灰色、それとも病院の廊下みたいな緑色。いずれにせよ、悔悛者の色だ。彼女が好きで選んだ色というより、長らく閉じこめられてきた色。笑み半ばのいかめしい面持ち。驚きにつりあがった眉。まるで、風景に見惚れるかのように。

白の手袋。キリストの処刑を命じたピラトの意思表示のよう（この総督は、処刑判決に際しみずからに責任のない印として手を洗ったとされる。マタイ福音書より）。ローラはわたしから手を引いたのだ。われわれみんなから。

彼女はなにを想っていたのだろう？　橋から車が滑り落ち、午後の陽を受けてトンボの翅《はね》のようにきらめく瞬間、墜落を前に息を呑むあの瞬間に。アレックスのこと、それとも、リチャードのことか。不義のことか、父とその悲しい末路のことか。それとも、神を想い、そして自分を死に至らしめた〝三角取引〟に思いを馳せたかもしれない。あるいは、ひと束の安い学習帳のことか。あれはまさにあの朝、隠したのにちがいない。わたしがストッキングをしまっている衣装だんすに。わたしが最初に気づくのを見越して。

警官が帰ると、わたしは着替えをしに二階へあがった。死体安置所に行くなら、手袋と、ヴェールつきの帽子が要る。目を隠すために。報道陣もいるかもしれない。タクシーを呼ぶしかないだろう。会社にいるリチャードにも電話をして、知らせておかなくては。彼も、弔《とむら》いの言葉を用意しておきたいだろうから。そう思いながら、わたしは衣装部屋に入った。喪服と、それから、ハンカチも要る。

抽斗をあけると、学習帳が目にはいった。十字にかけた麻紐をほどく。気がつくと、歯の根もあわず、全身に悪寒がしている。いわゆるショック状態にちがいない。わたしはそう思った。

そのとき思い出したのは、リーニーのことだった。わたしたちが幼いころの。包帯を当ててくれたのも、彼女だった。ひっかき傷、切り傷、小さな傷口に。母が寝《やす》んでいようが、よそで善行をつんでいようが、リーニーはつねにそばにいた。そんなときは、わたしたち姉妹を抱きあげて、白いホーロー引きの台所のテーブルに座らせてくれた。横には、伸ばしかけたパイ生地や、切りかけた鶏肉や、はらわたを出しかけた魚があり、彼女はわたしたちが泣きやむように、ブラウンシュガーの塊をくれる。そして、〝どこが痛いのか、言ってごらん〟と訊く。〝そんなに大声で泣かないの。静かにして、痛いところを見せてごらん〟。

ところが、どこが痛むのかわからない人間もいるものだ。そういう人々は、静かになりようがない。泣きわめきつづけるしかない。

《トロント・スター》紙　一九四五年五月二十六日

町中での死に、疑惑浮上

《スター》紙　独占記事

検屍局は、先週セント・クレア・アベニューで起きた事故死について結果を発表した。五月十八日の午後、ミス・ローラ・チェイス（25）の運転する車が、アベニューを西に向かう途中、橋の修復工事の防護柵を突き破って、下の峡谷に転落し、炎上。ミス・チェイスは即死した。彼女の姉であり大工場主の妻である、ミセス・リチャード・E・グリフェンによれば、ミス・チェイスは目が霞むほどの烈しい頭痛に悩まされていたという。また、事情聴取に対し、酒を飲まない妹が酒酔い運転をする可能性はゼロ、と答えている。

路面電車の線路にタイヤをとられたのを一因とするのが、妥当な見方だろう。市の安全対策が万全であったか、その点に疑問は生じるが、市の専属技師、ゴードン・パーキンズによる専門証言がなされた結果、疑問は解消した。

しかし、今回の事故で、この道路区画にのびる路面電車の線路について、その安全性を疑問視する声が再浮上した。地元の納税者を代表して、ミスター・ハーブ・T・ジョリッフェは、線路の管理不備が原因で事故が起きたのはこれが初めてではない、と《スター》紙に語った。市議会は肝に銘じてもらいたい。

昏き目の暗殺者

ローラ・チェイス作

ラインゴールド、ジェイムズ&モロー刊　ニューヨーク　一九四七年

プロローグ　ロック・ガーデンの多年生植物

男の写真といえば、女は一葉だけしか持っていない。彼女はそれを〝切り抜き〟と書かれた茶封筒に押しこみ、『ロック・ガーデンの多年生植物』と題する本のページにはさんで隠

した。ここなら、誰も見はしないだろう。

この写真を大切にしているのも、男の遺留品がこれぐらいしかないからだ。蛇腹式のカメラ。戦前よくあった、四角くて柄ばかり大きなストロボ・カメラで撮ったもの。モノクロで、犬の鼻づらのような形をした上質の革ケース。そこにストラップと、バックルがごちゃごちゃとついている。ふたり一緒に撮った写真だ。女と男がピクニックに行ったときの。写真の裏には〈ピクニック〉と書かれている。鉛筆で。彼女の名も彼の名もなく、ただ、〈ピクニック〉と。彼女は双方の名を知っているのだから、書く必要はない。

ふたりは木の下に座っている。ひょっとしたら、リンゴの木だったかもしれない。あのときは、あまり目に留めなかった。女は白いブラウスを着て、袖を肘までまくりあげ、広がったスカートの裾を膝のあたりにたくしこんでいる。ブラウスがはためいているところを見ると、そよ風が吹いていたのだろう。いや、風のせいではなく、ブラウスが張りついているだけかもしれない。たぶん、暑気で。そう、暑い日だった。写真に手を置くと、いまも熱さが感じられるほど。日射しで温まった石が、真夜中もまだ熱を帯びているように。

男は薄い色の帽子を目深にかぶっており、顔はなかば隠れている。その顔は、女より黒く日灼けしているようだ。女は男のほうにやや身をひねって、微笑んでいる。あれ以来、そんな笑みは誰にも向けた憶えがない。写真の女はやけに幼く見える。なんて、幼いのだろう。当時は、自分を幼いと思ったことなどなかったが。男のほうも微笑んで――マッチに灯った火のように、歯の白さが際立って――いるが、こうして片手を掲げているのは、ふざけて女をかわそうとしているのか。それとも、カメラから、そこで写真を撮っているはずの誰かから、顔を隠そうというのだろうか。それとも、のちのち自分を見るかもしれない人々に顔を見られないようにしているのか。光沢紙の明るい矩形の〝窓〟ごしに、こうして自分を見るかもしれない人々に。彼女から身を守ろうとしているようにも、彼女のことを守ろうとしているようにも見える。ともかく、なにかを守るように伸ばした手には、短くなったタバコの吸いさしがある。

女はひとりになると、この茶封筒を出してきて、新聞の切り抜きのなかから、写真をそっと引きだす。テーブルの上に置いて、井戸か池でも覗きこむように眺める。自分の写像の奥に、なにかを探すように。そこに落としたはずの、そこで失くしたはずの、手は届かないけれどまだ見えているなにかを。砂のなかで光る宝石のような。女は写真をくまなく仔細《しさい》に眺める。ストロボのせいか、陽光のせいか、白く光って写った彼の指。ふたりの服の襞《ひだ》。木の葉、枝にさがる小さな丸いもの——やっぱり、リンゴの木だったろうか？　前景には、雑草の伸びだした目立つ芝生。草が黄ばんでいるのは、このところ雨がなかったから。最初はおそらく目につかないけれど、すみっこに手が写っている。写真の縁で切れて——手首のところでちょん切れて——棄てられたみたいに草に置かれている。流れ雲がひとすじ、まばゆい空にかかっている。外装に手の好きにさせているように。曇りひとつない車に、アイスクリームをこすりつけたように。タバコで汚れた彼の指。はるかな水のきらめき。いまや、すべては水に沈んだ。

沈んだとはいえ、輝きながら。

第二部

昏き目の暗殺者　固ゆで卵

　じゃあ、つぎはなにを出すかな？　男は言う。タキシードとロマンスか、難破船とさびれた海岸か？　あなたが選んでくれ。ジャングル、熱帯の島々、丘陵地。なんなら、異次元でも。おれはその分野がいちばん得意なんだ。

　異次元ですって？　それはそれは！

　そう馬鹿にするなよ、なかなか使える場所だぜ。望むことはなんでも叶う。宇宙船やら、肌に吸いつくような制服やら、光線銃やら、巨大イカみたいな火星人やら、いろいろ。

　あなたがお決めなさいよ。女は言う。専門家でしょう。砂漠はどうかしら？　いっぺん行きたいと前から思ってたの。もちろん、オアシスつきにしてちょうだい。ナツメヤシもあるといいわね。そう言いながら、女はサンドウィッチの耳をむしっている。パンの耳は好まない。

　砂漠だと、たいした使い道がないな。耳目を引くものもあまりないし。墓でも付け加えればべつだが。なら、三千年前に死んだ裸婦の一団を入れてみようか、しなやかな曲線美をもつ体、紅《くれない》の唇、巻き毛がもつれあって泡立つような藍色の髪、蛇の巣穴を思わせる瞳。でも、こんな話では、ごまかせないだろうね。あくどい話はあなたの趣味じゃない。

さあ。あんがい好みかもしれなくてよ。

それは、どうかな。大向こうを唸らせる類の話だ。まあ、その手の表紙は人気があるが。裸婦たちは蛇のように男にからみつき、決まってライフルの床尾でぶっとばされる。

ねえ、異次元を舞台にして、そこにお墓と死んだ女たちも入れてもらえない？

ずいぶんな注文だが、できるだけのことはしてみるよ。なんなら、生娘《きむすめ》の生け贄《にえ》も放りこんでおこうか。鉄の胸当てに、銀の足かせ、ほの透けたローブ。よし、獰猛なる狼の群れも、オマケしておこう。

どうにも止まりそうにないわね。

それとも、タキシードの路線がいいかい？　豪華遊覧船、白いキャラコのシャツ、手首への口づけとそらぞらしい三文劇はとか？

まにあっているわ。そうね、あなたがいちばんと思うものにして。

タバコ、吸うかい？

女は首を振って、いらないと言う。男は親指でマッチを擦って、自分のタバコに火をつける。

いつか体に火がつくわよ、女は言う。

まだそういう目にはあっていない。

まくりあげた男のシャツの袖口を、女は見る。白、いや、ごく淡い青か。そして、手首。掌よりやや色が黒い。体じゅうが光をはなっている、きっと照り返しのせいだろう。なぜ、誰も見つめてこないのだろう？　それにしても、彼がこんなところ、こんなひらけた場所にいるのは、目立ちすぎる。まわりには、草に座ったり、片肘をついて寝ころんだりする人たちが結構いるのだ。ピクニックを愉しむ人たち。淡い色の夏服を着て。いかにもそれらしい光景。なのに、ふたりきりでいるような気がする。上を覆うリンゴの木が、木ではなくテントであるかのような。ふたりの周囲に、チョークで線が引かれているかのような。線の内側にいるふたりは、はた目には見えないのかも。

なら、宇宙でいこうか、男が言う。そこに、墓と処女と狼の群れだ。でも、〝分割払い〟にしよう。いいね？

分割払い？

家具を買うときみたいにさ。

女は声をたてて笑う。

なんだよ、こっちは本気だぜ。そう慌てるなって。何日もかかりそうな仕事だ。また近いうちに会わないとね。

女は一瞬ためらい、いいわ、と答える。ええ、会えれば。段取りがつけば。

よしよし、男は言う。じゃ、考えておくから。と、あくまで何気ない語調を乱さない。急《せ》いては彼女を取り逃がす、かもしれない。

ある惑星では――さて、どこの星だろう。土星はやめよう、近すぎる。惑星ザイクロン、所在地は異次元、瓦礫の荒野と化している。北には大海、色はすみれ色だ。西には、山々がつらなり、陽の暮れたあとは、崩れかけた墓に住む、生ける女食鬼どもがうろつくと言われる。な、いいだろ、のっけから墓を出しておいたぜ。

それは良心的だこと、女は言う。

おれは契約には忠実なのさ。南には、燃える砂の荒地が広がり、東には、けわしい渓谷がいくつかある。かつては川だったのかもしれない。

いわゆる運河もあるのでしょうね、火星みたいな?

ああ、運河か、その手のものはそろってる。太古に栄えた文明社会の遺跡もたっぷりだ。でも、いまやこのあたりは、原始的な遊牧民の群れが彷徨《さまよ》いながら点々と暮らしているにすぎないんだ。広野の真ん中には、巨大な石塚がある。まわりは不毛な土地で、低木の茂みがぱらぱらあるていどだ。砂漠とは言えないが、それにかなり近い。チーズ・サンドウィッチ、残ってるかい?

女は紙袋をガサガサ探る。残ってないわ、でも固ゆで卵ならあるけど、と答える。こんなに楽しいことって、初めてよ。なにもかもが一新されて、まだどんなことでも起こりそう。

まさに古来言われているとおりだな、男は言う。レモネードをひと瓶、固ゆで卵をひとつ、そして、汝と。男は両の掌のあいだで卵を転がすようにし、殻を割って剝きはじめる。女はその口元を見つめる。顎と歯を。

公園で歌うわたしのそばには、と女は応じる（ペルシャの四行詩集『ルバイヤート』の一節をもじったやりとりをお互いにしている）。はい、お塩もどうぞ。

ありがとう。抜かりがないね、あなたは。

　この不毛の広野は誰の所有する土地でもないんだ。男は話をつづける。というより、五つの部族が所有権をめぐって張り合っているんだが、勢力伯仲で決まらないのさ。ときおり、部族そろって石塚のわきを漫《そぞ》ろ歩いていく、〝サルク〟たちを逐《お》いながら。サルクは羊に似た青い生き物で、暴れん坊なんだ。あるいは、安物の商品を荷負いの獣の背にのせていったりもする。三つ目のラクダみたいな動物だ。

　石塚は部族ごとに呼び名が違い、「飛び蛇の巣」「瓦礫塚」「鬼母の棲み処」「忘却への扉」「しゃぶられ骨の穴」と呼ばれている。どの部族も似たような民話を語り継いでいるんだ。あの石の下には、王の骸《なきがら》が埋められているという。名のない王さまの。そればかりか、かつて王が治めた華都も、いまは廃墟となって埋もれているとか。ある戦いで都は壊滅し、王は囚われて、戦勝の証としてナツメヤシに吊るされた。月の出を待って、骸《むくろ》はロープを切られて土に埋められ、その場を印すために石が積まれた（「ヨシュア記」でヨシュアがアイの王を木に吊るしたのち、死体の上に大きな石塚を築かせたというくだりからとっている）。都の住民たちはというと、皆殺しにされた。男も、女も、子どもも、赤ん坊も、動物たちまでが、めった切りにされた。凶刃にかかって、バラバラに。生きとし生けるものは、残らず。

なんて酷《むご》いことを。

どことかわず地面にシャベルを差してみれば、そんな恐ろしげなものがお出ましになる。作家商売にはもってこいだな。われわれは遺骨の上に栄える。骨なしには、物語もなにもあったものじゃない。まだレモネードはあるかい？

いいえ、女は言う。飲みきってしまったわ。先をつづけて。

都の真の名は制圧者たちによって記憶から葬られ、そんなこんなで――と言うのが語り部たちの決まり文句さ――いまではこの土地は、滅亡という名をもってのみ知られる。つまり、忘れまいとする営みと、忘れ去ろうとする営みを、石塚は同時に印しているわけだ。この地方の人々はパラドクスが好きなんだよ。五つの部族はたがいに、われこそ覇者であると宣じている。どの部族も嬉々として殺戮を回想する。いまわしい習慣が都で横行していたため、われらの神が成敗したのだと、どの部族もそう思いこんでいる。邪悪は血をもって清められねばならぬ、と。その日、血は水のごとく流れたから、以後さぞ清められたことだろう。

そばを通る牧夫や商人は、誰もが塚に石をひとつ新たに積んでいく。古くからの慣わし――死者を悼んでのせるんだよ、人それぞれの死者を想って――だが、石塚の下に横たわる死者が実のところ誰なのか、誰にもわからないんだから、石を置くほうも、霊験のほどはあまり期待していない。まあ、ここで起きたことは神の思し召しにちがいない、だから石を積めば神意を称えることになると言って、彼らは話の辻褄《つじつま》をあわせようとするだろうがね。都は実は壊滅などしなかったとする説もあるんだ。王だけが知る護符の力で、都とその住民は皆よそへ救い出され、彼らの似姿とすり替えられた。つまり、焼きつくされ、なぶり殺しにされたのは、この幻影にすぎないというわけさ。本物の都は小さく小さくされて、大きな石塚の下の洞穴に入れられた。かつて在ったものは、いまも残らずそこにある。宮殿も、木々と花々にあふれた庭園も。人々も蟻んこほどの大きさだが、昔と変わらぬ暮らしを営んでいる。小さな小さな服を着て、小さな酒宴をひらき、小さなお話を語って、小さな歌をうたいながら。

王さまはいきさつを知っているから、悪夢に悩まされるが、他の人々はなにも知らない。体がこんなに縮んでしまったことも知らない。死んだことになっているのも知らない。救い出されたことすら知らないんだ。彼らには、岩の天井も空みたいに見える。針の先ほどの石の隙間から入ってくる光明を、太陽だと思っている。

リンゴの木の葉がカサカサと鳴る。女は空を見あげ、空を見つめて、寒いわ、と言う。もう時間を過ぎているし。さ、証拠を片づけてもらえる？　と言って、卵の殻を集め、包装紙をねじる。

そう急ぐことないだろ、なあ？　ここは寒くないよ。

水辺からうっすら風が吹いてくるのよ、女は言う。きっと風向きが変わったのね。と、立ちあがろうとして前屈みになる。

まだいいじゃないか、男は言う。そう急がなくたって。

もう行かなくちゃ。あの人たちが探しにくるわ。遅くなると、どこにいたのか訊かれるもの。

女はスカートの皺をのばすと、両腕を体に巻きつけて背を向ける。小さな緑のリンゴたちが、眼のように女を見つめている。

《グローブ&メール》紙　一九四七年六月四日

グリフェン氏、ヨットで発見さる

《グローブ&メール》紙　独占記事

この数日間、失踪していた大工場主のリチャード・E・グリフェン氏（47）が、休暇を過ごしていたポート・タイコンデローガの別荘〈アヴァロン館〉近くで、遺体で発見された。氏はトロント市のセント・デーヴィッズ選挙区の進歩保守党候補として推されていた。グリフェン氏の遺体が見つかったヨット〈ウォーター・ニクシー〉号は、ジョグー河の私有突堤に繋がれていた。氏は脳出血を起こしたと見られる。警察は殺人の疑いなしと報告している。

グリフェン氏は産業帝国の帝王として、輝かしい業績を残し、テキスタイル、服飾、軽工業など多くの分野を傘下におさめ、戦争中、連合軍に制服の装具や兵器部品を供給した功績も称えられている。大実業家サイラス・イートンのパグウォッシュの別荘で開かれる要人らの会合にも会議にも頻繁に招聘され、エンパイア・クラブ、グラニット・クラブの双方で主導権を発揮。ゴルフにも達意であり、またロイヤル・カナディアン・ヨットクラブでも知名の士だった。私邸〈キングズメア〉で電話取材に応じた首相は、こうコメントした。「グリフェン氏はわが国有数の実力者だった。その死は深く悔やまれよう」

グリフェン氏は、今春、死後出版の形でデビューした小説家・故ローラ・チェイスの義兄にあたる。遺族には、社交界の名士である妹のミセス・ウィニフレッド・（グリフェン）・プライアー、妻のミセス・アイリス・（チェイス）・グリフェン、十歳になる娘のエイミーがいる。葬儀はトロント市の聖シモン使徒教会にて、水曜日に執り行なわれる。

昏き目の暗殺者　公園のベンチ

なぜひとがいるの、惑星ザイクロンには？　わたしたちのような人間が、という意味よ。

異次元なら、住人はしゃべるトカゲみたいなものがふさわしいんじゃなくて？

そんなものは、三文小説の世界だけさ。ぜんぶ絵空事。現実はこうだ。そもそも地球はザイクロン人が入植開拓したんだよ。異次元から異次元へ移動する能力を進化させてね、いまおれたちが話している時代から数千年後に。彼らが地球にやってきたのは、八千年前。植物の種子をたくさん持ちこんできたから、そんなわけで、ここにはリンゴやオレンジがあるんだ。そう、バナナは言うまでもなく。バナナはひと目見れば、宇宙から来たものだってわかるだろ。彼らは動物も持ちこんだ。馬、犬、山羊などなど。アトランティスを築いたのも彼らだ。ところが、知能が高すぎたもんで自滅してしまった。おれたちは流浪者の末裔なのさ。

あらそう、女は言う。なら、説明がつくわね。なんて都合のいい話かしら。

これが、後々いざというとき役に立つ。あと、ザイクロンの異色な点といえば、海が七つ、月が五つ、太陽が三つあること。それぞれ長さと色が変化するんだ。

どんな色なの？　チョコレートと、ヴァニラと、ストロベリー？

話をまじめに聞いてないな。

ごめんなさい。と、女は男のほうへちょっと耳を寄せる。さあ、よく伺うわ。これでいいでしょう？

男は話しだす。壊滅以前の都は――いや、もとの名前で呼ぼう。サキエル・ノーンだ。まあ、ざっと訳せば、「宿命の真珠」というところかな。サキエル・ノーンは、この世の理想郷と言われた。その理想郷を葬り去った祖先たちを責める人々さえ、都の美しさについてはうっとりとして語る。あまた建つ館では、タイル敷きの中庭や庭園に、彫り物をほどこした噴水があり、そこから湧き水が出《い》ずるように造られている。花々が咲き乱れ、空には鳥たちが歌いながら飛び交う。近くには、青々とした草原が広がり、そこでは、でっぷりした〝ナール〟の群れが草をはみ、高木の果樹園や木立や森は、いまだ商い人に伐られたことも、怨敵に焼かれたこともない。干上がった峡谷も、当時は河だった。河から流れでる運河は、都のぐるりを囲む畑地に水を与え、土壌はたいそう豊かで、穀物は穂先だけでも幅が七、八センチあると言われた。

　サキエル・ノーンの貴族たちは、〝スニルファード〟と呼ばれていた。彼らは金属細工の名工であり、機械じかけの凝った装置を発明したが、発明品の奥義は門外不出だった。この時代、すでに、時計、洋弓銃《クロスボウ》、手押しポンプが発明されていたが、さすがに内燃機関を得るにはいたらず、移動にはまだ動物を使っていた。

　スニルファードの男は、プラチナで編んだ仮面をつけていて、これは顔の皮膚の動きどおりに動くんだが、本心は隠すようにできている。女は、〝ジャズ〟という蛾の繭を織った絹のような布で、その顔を覆っている。スニルファードでもないのに顔を隠すと、死刑に処された。無情さと言い逃れは貴族だけの特権だったからね。スニルファードは豪奢な装いをし、音楽にもうるさく、さまざまな楽器を弾きこなして、高雅な趣味と腕前を披露した。宮中の不義密通におぼれ、酒池肉林の宴をひらき、わざわざたがいの妻と恋に落ちたりした。こうした情事をめぐって決闘も行なわれたが、間男された夫としてみれば、見て見ぬ振りをするほうが、楽ではあった。

小自作農、農奴、奴隷たちは、まとめて〝イグニロッド〟と呼ばれた。みすぼらしい灰色のチュニックを着て、片方の肩と、女は片方の乳もあらわにしており、女たちは言うまでもなく、スニルファードの男の格好の餌食だった。イグニロッドはひどい星回りをうらんでいるが、馬鹿の振りをして感情を押し隠しているんだ。ときには、一揆を起こすこともあるが、容赦なく鎮圧されてしまう。イグニロッドのなかでもいちばん身分が低いのは奴隷で、好き勝手に売買されたり、殺されたりする。読むことは法で禁じられているが、秘密の暗号をもっていて、土に石で書きつける。スニルファードは彼らを馬具でひいて、農地に連れていくんだよ。

まんがいちスニルファードが破産したら、イグニロッドに降格になりかねない。だが、妻か子どもを売って借金を返済すれば、その運命は避けられる。イグニロッドがスニルファードの地位を獲得する例は、ずっと稀だ。昇るほうが降りるより大変なのが、世の常だからね。たとえ、相応の金を貯めて、自分か息子にスニルファードの花嫁をむかえるにしても、賄賂をたんまり搾りとられるし、スニルファード社会に受け入れられるには、それなりに時間がかかるんじゃないかな。

その論法、あなた流のボルシェビズムの表明じゃなくて、と女は言う。遅かれ早かれ、そこに話が行きつくと思ったわ。

とんでもない。いま語っている文化は、古代メソポタミアを基にしているんだ。ハンムラビ法典やら、ヒッタイト法やら、その手のものに書かれている。少なくとも、一部はね。とにかく、女のヴェールのことと、あとは、妻を売り払う話も載っているよ。何章の何節目か教えてやろうか。

章だの節だの、今日はよしてちょうだい、女は言う。そんな元気ないの。もう疲れて、ぐったり。


八月。あまりの暑さ。湿気が見えない靄となって、たれこめる。午後四時、溶けたバターのような陽の光。ふたりはやや距離をおいて、公園のベンチに座っている。頭上には、葉のくたびれたカエデの木。足下には、ひび割れた地面。まわりには、しなびた草地。スズメがついばむパンの皮、皺くちゃになった新聞紙。絶好の場所とはいえない。水飲み器は、水の出がわるく、小汚い子どもが三人――胸当てつきのショートパンツをはいた少女と、半ズボン姿の少年がふたり――その横で悪戯をたくらんでいる。

女のドレスはプリムローズのような黄色。肘から先がむきだしになった肌には、淡い色の細い毛。綿の手袋は、左右ともはずして丸めてあり、両手をそわそわと動かす。そんな落ち着きのなさも、男には気にならない。彼女にすでになにか犠牲を払わせていると思うと気分がいい。女のかぶっているのは、女学生のような丸い麦わら帽子だ。髪の毛はピンで後ろに留められている。湿ったほつれ毛がひと房。かつては髪の毛を切ると、それをとっておき、ロケットに入れて身につけたものだ。男性だったら、胸ポケットなどに入れる。なぜそんなことをするのか、彼にはわからなかった、以前は。

今日はどこに出かけたことになってるんだい？　彼は言う。

お買い物。このショッピングバッグを見て。ストッキングを何足か買ったわ。上等品よ、最高級シルク。まるで、なにもはいていないみたいなの。と言って、女は小さく微笑む。あと十五分しかないわ。

女は手袋の片方を落としていた。足下に。先ほどから、男の目はそこに釘付けである。忘れて帰ったら、いただいておこう。

今度はいつ会えるかな？　彼は言う。熱い風に葉がそよぎ、木もれ日が射すと、女のまわりに花粉が舞い、黄金色の雲がかかる。実際は土埃みたいなものだけれど。

いま会っているじゃないの、女は言う。

そういう態度はよせよ、男は言う。いつなのか言ってくれ。V形に刳れたドレスの胸元で、肌が光る。汗の薄い膜。

まだわからないわ、女は言う。肩ごしに、公園を一瞥する。

ここには誰もいやしないよ、男は言う。あなたの知り合いは誰も。

いつ現われるかわからないもの、女は言う。思わぬ知り合いがいるかもしれないし。犬を飼えよ、男は言う。

彼女は笑いだす。犬ですって？　なぜ？

口実ができるじゃないか。散歩に連れていくって。そこにおれも便乗する。

犬があなたにやきもち焼くわよ、女は言う。あなたはあなたで、犬のほうがわたしに好かれていると思うんでしょ、きっと。けど、おれより犬を好きになるわけがない、男は言う。そうだろ？女は大きく目を瞠る。あら、どうして？男は言う。犬には話ができないからさ。

《トロント・スター》紙　一九七五年八月二十五日

小説家の姪、転落死

《スター》紙　独占記事

大事業家の故リチャード・グリフェンの娘であり、著名な女流作家ローラ・チェイスの姪にあたる、エイミー・グリフェン（38）が、水曜日、チャーチ・ストリートにあるアパートメントの地階で死んでいるのを発見された。転落により首の骨を折っていた。死んでから最低一日は経過しているものと思われる。隣人のジョス＆ベアトリス・ケリー夫妻に異状を報せたのは、ミス・グリフェンの四歳になる娘のサブリナ。娘は母親の姿が見当たらないと、よく夫妻の家に食物をもらいにきていた。

ミス・グリフェンは、長らく麻薬とアルコールの中毒に悩まされていたと噂され、数回にわたって入院治療も受けていた。娘は大叔母にあたるミセス・ウィニフレッド・プライアーの元に引き取られ、調査は続行中である。ミセス・プライアーも、また、エイミー・グリフェンの母親で、ポート・タイコンデローガに住むミセス・アイリス・グリフェンも、姿を見せぬまま、コメントはまだ得られていない。

この不運な事故も、町の社会福祉事業の不備、児童保護法改正の必要をしめす一例と言えるだろう。

昏き目の暗殺者　絨毯

ガガーッと音がして通話が途切れる。落雷か、誰か盗聴でもしているのか？　とはいえ、これは公衆電話だ。おれのいる場所はたどれない。

あなた、いまどこ？　女が言う。ここに電話してはだめ。

女の息づかいは聞こえない。彼女の息。受話器を喉元に押し当ててほしいが、そんなことは頼むまい。まだ、いまは。近所にいるんだよ、彼は言う。二ブロックほど先かな。あの公園に行ってもいい。あの小さな公園だ、日時計のある。

でも、わたし行けるかどうか……。

そっと出てくれればいい。外の空気を吸いに、とか言って。男は返事を待つ。

やってみるわ。

公園の入口には、石の門柱が二本ある。四角柱のてっぺんを斜めに切ってあり、エジプト風。ただ、戦勝の記銘があるわけでも、鎖に繋がれて跪《ひざまず》く捕虜図が浅浮彫り《バスレリーフ》で彫られているわけでもない。〈園内をみだりにうろつくべからず〉〈犬には綱をつけて〉という案内板があるぐらいだ。

こっちに入っておいで、彼は言う。街灯から離れて。

長くはいられないの。

わかってる。こっちの陰においで。男は女の腕をとってみちびく。女は強風にあおられた電線のように震えている。

ここなら、と男は言う。誰にも見られない。プードルの散歩をしにきた老婦人がたいないよ。

夜警棒を持ったおまわりさんもね、女は言って、短く笑う。ガス灯の明かりが、葉もれ陽のように射し、そのなかで白目が光る。やはり、ここにはいられないわ、女は言う。危険すぎる。

なにかの茂みの陰に石のベンチがある。男は女の肩に自分のジャケットをかけてやる。着古したツイード、しみついたタバコの香り、焦げたような臭い。塩っぱい香りがほのかに。いままで男の肌が触れていたのだ、あの生地に。いまはこの女の肌《ひと》が。

ほら、これで温まるだろう。さて、規則に盾突くとするか。〈園内をみだりにうろつ〉こう。

〈犬には綱をつけて〉はどうする？

そいつも破ってやろう。男は彼女の肩に腕はまわさない。そうしてほしいのを知りながら。待ちかまえているだろう。手の感触を、いまから感じているはずだ、鳥が影を察知するように。彼はタバコに火をつける。女にも一本すすめる。今度は、受けとった。ふたりのすぼめた手のなかで、一瞬、マッチの炎が燃えあがる。指先が赤く染まる。

女は思う。もう少し火が強かったら、骨まで見えそうね。エックス線みたいに。わたしたちは、ちょうど薄靄みたいな、色水みたいなもの。水は自分の好きなことをする。いつだって斜面を下へ下へ流れていくのよ。タバコの煙が、女の喉いっぱいに広がる。

男が言う。じゃ、子どもたちのことを話そうか。

子どもたちって？　どの子どもたち？

つぎの〝支払い〟ぶんだよ。ザイクロンのこと、サキエル・ノーンのこと。

ああ、お願いするわ。

その星には、子どもたちがいるんだ。

子どもはまだ出てきていなかったわね。

奴隷の子たちだ。ぜひとも必要なんだよ。彼らがいないとお話にならない。

物語に子どもは入れなくていい気がするけど、女は言う。

なんなら、いつでもストップをかけていい。誰も無理強いはしないよ。あなたは自由の身だ。無罪放免のときに警察が言う台詞じゃないが。男は語調を乱さない。女はどこへも行かない。

男は話しだす——サキエル・ノーンは、いまでこそ瓦礫の山だが、かつては華やかなりし交易の中心地だった。三つの陸路が出会う辻にあった。道の一本は東から、一本は西から、一本は南からつづいていた。北の方面とは、海へと伸びる広い運河で結ばれていた。河口の町には、要塞たる港をおいていた。この砦や防壁はもはや跡形もない。サキエル・ノーンが滅びると、建材の切石は敵や通りがかりの人々に持ち去られて、畜舎や水桶や間に合わせの砦に使われるか、波風にさらされて、吹き寄せる砂塵の下に埋もれた。

この運河と港は奴隷たちが造ったというのも、驚くにはあたらないだろう。奴隷がいたからこそ、サキエル・ノーンは栄華と権力をほしいままにできたんだ。しかし、この都は工芸品でも名を馳せていた。とくに、織物だ。名匠たちの用いる染料の秘密も、かたく伏せられていた。織り地は陽を受けると、はちみつのように、ぎゅっとつぶした紫のぶどうのように、カップにそそいだ牡牛の鮮血のように、照り映えた。織り地でつくった繊細なヴェールは、クモの巣みたいに軽く、絨毯は柔らかで目が細かく、まるで宙を歩いているような気分になる。花々と流水を模した空気の上を。

ずいぶんと詩的なこと言うのね、女は言う。驚いたわ。

物語をデパートだと思ってごらん、男は言う。いま話したあたりは高級品売場ってわけさ、要するに。そう言うと、なんだか詩趣が薄れるな。

絨毯を織るのは奴隷で、それも子どもと決まっている。そんな細々《こまごま》した仕事をこなすには子どもの華奢な手でないと無理なんだ。ところが、のべつ細かい手仕事をさせられる子どもらは、八歳か九歳までには目がつぶれてしまう。絨毯売りはこれを商品の売り文句に利用して価値を釣りあげる。

〝この絨毯は十人の子の目をつぶしたんですぜ〟なんて言うわけだ。〝こっちは十五人、これは二十人〟。人数にしたがって値が上がるから、数字は大げさに言うのが定石だ。買い方もまぜっ返すことになっている。なんだ、たったの七人か、たったの十二人か、たったの十六人か、そんなことを言いながら絨毯を指でなぞる。〝台所の布巾みたいにごわごわだな〟〝こりゃ、乞食《めし》の毛布みたいだぜ〟〝おい、ナールに織らせたのか〟。

子どもは盲いたとたん、淫売宿の主人に売り飛ばされる。女児も男児もおなじだ。織り仕事で盲いた子どものお務めは、高い金がとれる。手の動きがなめらかで絶妙なんだそうで、その指で肌を触られると、そこから花が咲いて水が流れだす感じがする、というぐらいだ。

彼らは錠破りにも長けている。宿から逃げだした子どもたちは、闇に乗じて喉を掻くのを商売とし、雇われの暗殺者として引っ張りだこになる。聴覚も鋭く、音ひとつたてずに歩けるし、どんな小さな隙間にも滑りこめる。深く寝入った者と、せわしなく夢を見ている者も、鼻で嗅ぎ分ける。そして、蛾の羽が喉をかするぐらい、そっと殺す。彼らは情け知らずと言われ、おおいに恐れられた。

まだ目が見えるころ、果てしなく絨毯を織らされながら、子どもたちが囁き合うのは、この近い将来の物語だ。盲いた者だけが自由になると言われていた。

悲しすぎるわ、女はつぶやく。なぜこんな悲しい物語を聞かせるの？

さあさあ、子どもたちは暗闇の奥に引っこんだよ。と言って、男はようやく女の体に腕をまわす。ゆっくりやれよ、そう自分に言い聞かせながら。せっかちな動きはだめだ。息づかいにも注意。

おれの得意な話をしているまでさ、男は言う。しかも、あなたが信じそうなやつを。甘ったるい話は、てんで信じないだろう？

ええ、信じないわ。

それに、これはまるきり悲しい話でもないんだよ。逃げだす子どもたちもいるだろう。

でも、喉を掻く殺し屋になるんでしょう。

ほかの道といっても、あまりないじゃないか？　自分で絨毯商人や淫売宿の主人にはなれないし。資金がない。汚れ仕事を引き受けるしかないんだよ。辛い運命だよな。

よしてよ、女は言う。わたしのせいみたいに。

おれのせいでもない。〝父祖の罪〟に縛られていると言っておこうか。

不必要に酷《むご》い話だわ、女は冷たく言う。

じゃ、いつなら酷いことが〝必要〟なんだ？　男は言う。どの程度の酷いことが？　新聞を読めよ、あながちおれの作り話じゃないのがわかる。とにかく、おれは喉掻き人たちを支持する。喉を掻くか、餓え死にするかとなったら、あなたはどうする？　または、生きるために色を売るか。これはいつの世にもあることだな。

しまった、やりすぎた。怒りをあらわにしてしまった。女が身をはなす。ほら、始まった、と言って。わたくし、そろそろ帰らないと。まわりで、木の葉が気まぐれにそよぐ。女は掌を上にして、片手を差しだす。ぽつりぽつりと雨粒が落ちてくる。雷が近づいている。肩にかけたジャケットを女がするりと脱ぐ。まだ接吻もしていないのに。まあ、やめておこう、今夜のところは。それを女は執行猶予と感じる。

あとで窓辺に立ってくれ、男は言う。寝室の窓辺に。明かりはつけたままで。立つだけでいい。

その言葉に、女はぎょっとする。どうして？　いったいどうして？

そうしてほしいんだ。あなたが無事でいることを確かめたい、そう男は言う。無事もなにも、実は関係ないのだが。

やってみるわ、女は言う。ほんの寸時《ちょっと》よ。で、そのとき、あなたはどこにいるの？

あの木の下にいる。クリの木の下に。見えないだろうけど、おれはそこにいる。

女は考える。寝室の窓がどこにあるか、この人、知っているんだわ。どんな木かも知っている。家のまわりをうろついているにちがいない。わたしを見張りながら。女は小さく身震いする。

雨が降ってきたじゃない、女は言う。きっと土砂降りになる。あなた、濡れてしまうわ。

寒くなんかないさ、男は言う。待っているよ。

《グローブ&メール》紙　一九九八年二月十九日

プライアー、ウィニフレッド・グリフェン。長患いの末、ローズデイルの自宅にて没。享年九十二。慈善家として知られたミセス・プライアーの死で、トロント市は長年の篤志家を一人失ったことになる。事業家の故リチャード・グリフェンの妹であり、有名作家ローラ・チェイスの義姉妹であるミセス・プライアーは、トロント交響楽団の草創期に評議委員を務め、また近年は、オンタリオ・アート・ギャラリーのボランティア委員会、カナダ癌協会でも委員を務めた。グラニット・クラブ、ヘリコニアン・クラブ、ジュニア・リーグ、ドミニオン演劇祭でも熱心に活動した。遺族には、姪の娘サブリナ・グリフェンがいるが、現在インドを旅行中。

葬儀は、火曜の午前中、聖シモン使徒教会にて執り行なわれる。つづく埋葬は、マウント・プレザント墓地にて。献花に代えてマーガレット王女病院への寄進を。

昏き目の暗殺者　口紅で描いたハート

時間はどれぐらいある？

たっぷり、と女は言う。二、三時間。みんな外出しているの。

なにをしに？

さあ、なにかしら。お金を稼ぎに。買い物をしに。善行をつみに。それぞれよ。女は髪の毛を片耳にかけ、居住まいを正す。口笛で呼びもどされるのを待っているような気分。決まりがわるい。この車は誰の？　女は訊く。

友だちのだ。おれは要人だからね、車持ちの友だちがいるんだよ。

また冗談ばっかり、女は言う。男は答えない。女は手袋を脱ごうと指先を引っ張る。わたしたち、誰かに見られたらどうするの？

車しか目に入らないさ。ポンコツで、貧乏人の車だから。まともにあなたの顔に目がいっても、わかりゃしないだろう。仮にもあなたのような女性が、こんな車に乗っているところを見つかるはずがないんだから。

ときどき、わたしをあまり好きじゃなくなるみたいね、女は言う。

最近は、ろくにほかのことも考えられないよ。でも、たしかに好きというのは別問題だ。好きになるには時間がかかる。あなたを好きになるだけの時間がないんだ。それに集中できない。

ねえ、そっちはだめよ、女は言う。ほら、標識を見て。

標識なんておれたちには関係ない、男は言う。こっちだ、こっちに行ってみよう。

小道は畝《うね》ほどの幅しかない。捨てられたティッシュ、ガムの包み紙、魚の浮き袋みたいな避妊具。空き瓶に小石。乾いて、ひび割れて、わだちのついた土。女は場違いな靴をはいている。場違いなハイヒールを。男は腕をとって、支えてやる。女は身を離す。

遮るものがほとんどないわ。誰かに見られる。

誰かって誰？ ここは橋の下だぜ。

警察とか。ちょっと、よして。まだよ。

おまわりは真っ昼間はパトロールしない、男は言う。夜間だけだ、懐中電灯を持って、不届きな変質者を探すのは。

なら、浮浪者は。頭のおかしい人たち。

ここがいい、男は言う。この下、この木陰。

ウルシ、生えてる？

生えていないさ。請け合うよ。浮浪者も、頭のおかしい人間もいない、おれをのぞけばね。

どうしてわかるの？ ウルシがないって。ここ、前にも来たことがあるの？

あれこれ気にするな、男は言う。横になりなよ。

よして。破けるじゃないの。ちょっと待って。

自分の声が聞こえる。これはわたしの声じゃない、こんな喘ぎ声。

四つのイニシャルを囲んで、コンクリートに口紅でハートが描かれている。イニシャルをLの字が結んでいる。Lはラヴの頭文字。誰のイニシャルかわかるのは、関係者だけだろう。そのときその場にいて、これを書いた人々だけ。愛を宣言し、詳細は黙して語らず。ハート形の外に、羅針盤の四つの方位点のように、また別の文字が四つ書かれている。

U　K

F　C

ひとつの語が、引き裂かれ、押し広げられている。セックスの無茶な体位。

男の口はタバコ臭いが、彼女自身の口も塩辛い。周囲には、つぶれた雑草と猫の匂い、見すてられた片隅の匂いがする。湿気、雑草、膝を汚す土、陰気と精気。光を求めて伸びる茎の長いタンポポ。

ふたりが寝ころぶ下手には、さざ波の立つ小川。上には、こんもりと葉をつけた枝、紫の花を咲かせた細い蔓。橋を担いでそびえ立つ支柱、鉄の橋桁。頭上を行きすぎる車のタイヤ。きれぎれに見える蒼穹。女の背の下には、硬い土。

男は女のひたいを撫で、頬を指でなぞる。おれを崇めるなかれ、男は言う。コックを持っているのは世界中でおれひとりってわけじゃない。いつかあなたも気づくさ。

ええ、きっとね、女は言う。どっちみち、あなたのこと崇めたりしてないもの。すでに男は女を押しやろうとしている、未来へ。

まあ、どういう情況であれ、おれを厄介払いしさえすれば、もっと楽しめるよ。

いったいなにが言いたいの？　あなた、厄介なんてかけてないわ。

来世があるってことだよ。死んだあとの話。

別な話をしましょうよ。

いいとも、男は言う。さあ、もう一度寝ころんで。ここに頭をのせてごらん。と、湿ったシャツを脇へ置く。女の肩に腕をまわし、もう片方の手でポケットのタバコを探りあて、親指でマッチを擦る。女の耳は、男の肩のくぼみに押しつけられている。

男は言う。前回はどこまで話したっけ？

絨毯織りの話よ。盲いた子どもたち。

ああ、そうだ、思い出した。

男は話しだす。サキエル・ノーンの富は奴隷の上に成り立っている。とくに、名高い絨毯を織る幼い奴隷たちの上に。とはいえ、こんなことを口にするのは、縁起でもない。スニルファードが主張するには、彼らの財産は奴隷に依るものではなく、彼ら自身の高徳と正しい考えに依るものなんだ。つまり、神へしかるべき捧げ物をしたおかげだ、と。

神といってもたくさんいる。神はいつでも都合よく出てきて、たいていのことを正当化してくれる。サキエル・ノーンの神々も例外ではない。みな、肉食だ。動物の生け贄を好むが、もっとも重んじるのは人間の血。この都の建立は太古のことで、いまや伝説になっているが、当時、九人の敬虔な父親がわが子を差しだし、その子たちが守護神として九つの門の下に埋葬されたと言われた。

東西南北の四方にはそれぞれ、この門がふたつずつある。ひとつは、出るための、ひとつは入るための門だ。着いた門から帰ると早死にするとされた。九つ目の門の扉は大理石で、都の中心にある丘の頂きに寝かした形で設置されている。それは動くことなく開き、生と死のあいだ、肉体と霊魂のあいだを振り子のように揺れる。神々が出入りする扉だ。神に、扉はふたつ必要ない。死する運命にある人間と違い、扉の両側に同時に存在できるからだ。サキエル・ノーンの預言者たちには、こんな謎かけがあった。人間の息はどちらが本物だ、出る息か、入る息か？　神々の本質とは、そういうものさ。

第九の門は祭壇でもあり、その上には生け贄の血がこぼれた。少年たちが捧げられるのは、三つの太陽の神、「三陽の神」で、これは昼の時、陽光、御殿、饗宴、かまど、戦い、酒、入口、言葉を司る神だ。少女が捧げられるのは、五つの月の女神、「五月《さつき》の女神」で、これは夜の時、薄霧、影、飢餓、ほらあな、お産、出口、沈黙の守護神だ。祭壇にのせられた少年は、棍棒で頭を割られ、神の口に投げ入れられる。神の口は燃え盛るかまどにつづいているんだ。少女は喉を掻き切られ、流れでた血は、欠けゆく五つの月を満たす。だから、月は細くなって消えてしまうことが決してない。

都の門の下に埋められた九人の少女を称えて、毎年、九人の少女が神供《じんく》にされる。生け贄にされる娘たちは、「女神の乙女たち」と呼ばれ、神に生者のことをとりなしてくれるよう、祈りと花と香が捧げられる。一年の最後の三か月は、「顔なし月」と言われた。なんの穀物も育たず、女神が断食に入る月とされていたんだ。この時期は、戦いとかまどを司る太陽神が支配するので、男児の母親は息子を守るのに、女の子の格好をさせた。

最上位の高貴なスニルファードは、愛娘を少なくともひとり生け贄にすべし、というのが掟だった。穢れものや傷ものを女神に捧げるのは不敬とされたから、時とともに、スニルファードは人身御供をまぬかれるため娘の体を傷つけるようになった。指とか耳とか、小さな部位を切り落とすのが常だった。じきに、この刀傷行為はたんに象徴的なものになる。鎖骨のくぼみに、楕円形の青い彫り物を入れるようになったんだ。スニルファードでもない女が、この貴族の証をつけていようものなら、死罪に問われたが、淫売宿の主人たちはいつだって商売熱心だ。お高くとまって見せられる娘には、年端もいかないうちにインクで印をつけたものさ。これは、やんごとなきスニルファードの令嬢を辱める気分を味わいたがる客たちの心をくすぐった。

同時に、スニルファードのほうは捨て子を養子にするようになった。奴隷女と主人のあいだにできた子がほとんどで、この子たちを実の娘とすり替えるんだ。要はインチキなんだが、貴族の権力は絶大だったから、お上も見て見ぬふりのまま悪習が横行した。

　そうこうするうち、貴族はどんどんなまけ者になっていった。わざわざ御所で娘を育てようともせず、潤沢な養育費を払って、あっさり「女神の神殿」に手渡すようになった。でも、娘には一族の姓がついているから、生け贄を差しだしたという栄誉には浴する。まあ、競走馬を所有しているようなもんだな。この慣わしは高貴な出自をわざわざ貶めているようなものだが、サキエル・ノーンでもこの時代になると、なんだって売り物になったんだ。

　供物にされた娘たちは神殿の敷地内に幽閉され、食べ物はなにからなにまで最高品をあたえられ、つややかで健やかにあるよう留意され、厳しく調教されて、畏《かしこ》き日にそなえた。ひるむことなく端然と務めをまっとうできるように。理想の生け贄とは、舞うがごとくあるべし、それが定説だった。威風あたりをはらい、抒情にあふれ、調和と気品をあわせもつ。娘たちは、手荒にぶったぎられる動物とは違う。その命はみずからすすんで差しだされるものである。こう伝えられるのを、人々の多くは信じていた。全王国の繁栄は娘たちの無私無欲の賜物である、と。彼女らは祈りに長い時間を割き、しかるべき心の準備をととのえる。日ごろから目を伏せて歩き、たおやかな憂いをふくんで微笑み、女神の歌をうたうよう躾けられた。不在と沈黙の歌、かなわぬ愛と語らぬ悔いの歌、そして言葉なきことの歌――つまりは、歌えないことを歌った歌。

　時はさらに流れた。いまや、神々を本気で信じる者もわずかになり、やたら信心深かったり、法を重んじたりすると、おかしな目で見られる。古い儀式をつづけていたのはたんなる習慣からで、そういう事柄は、もはや都の大事ではなくなっていた。

俗世から離れているとはいえ、娘たちのなかには気づく者も出てきた。自分たちは古びた考えを形ばかり尊ぶために殺されていくんだ、と。剣を目にして逃げだそうとする娘も出てきた。髪をつかんで祭壇に仰け反る姿勢をとらされると、金切り声を出す者あり、王その人に毒づく者あり。儀式に際しては、王みずからが司祭長を務めたんだ。娘のひとりなど、王に噛みついた。ときおり披露されるこんな醜態や狂乱は、民衆にうとまれた。あとには、最悪の災厄が降りかかるからだ。いや、現実に女神がいるとすれば、降りかかりかねない、と言うべきか。いずれにせよ、そんな騒ぎが起きれば、祭典はだいなしだ。なにしろ、生け贄の日は誰もが楽しみにしていたからね。イグニロッドや奴隷までも。その日は、休みをとって酒で酔っぱらうことが許されていたんだ。

というわけで、生け贄にする三月《みつき》前には、娘の舌を抜くのが慣行になった。傷ものにしているのではない、より良きものにしているのだ、そう司祭は言った――「沈黙の女神」のしもべとして、これ以上ふさわしいことがあろうか？

こうして舌を抜かれた娘たちは、二度と発することのない言葉をいっぱいに抱えて、おごそかな楽の音にあわせて祭列に引かれていった。ヴェールに包まれ、花々で飾られて、都の第九の扉へと蛇行した階段を昇っていく。いまから見れば、なに不自由ない上流階級の花嫁といったところだ。

女は身を起こす。まったくもって、いただけないわ。嫌がらせのつもり。どうせ、哀れな娘たちに花嫁のヴェールをかぶせて殺す発想が気に入っただけなんでしょ。彼女たちは間違いなくブロンドね。

あなたに嫌がらせだなんて、男は言う。そんなつもりはないよ。どっちみち、ぜんぶがぜんぶ作り話じゃないんだ、歴史のなかに確固たる土台があってだね、それはヒッタイトの……。

そうでしょうとも。けど、それを舌なめずりして喜んでいるくせに。復讐心ね、いえ、嫉妬心だわ。その理由はわからないけど。ヒッタイトだの歴史だの、知るもんですか。そんなの、たんなる口実よ。

ちょっと待ってくれ。処女の生け贄には、賛成したじゃないか。あなたが自分でメニューにのせたんだぜ。おれは注文に従っているだけだ。なにが不満なんだ。衣装か？　ヴェールが多すぎるのか？

言い合いはよしましょう、女は言う。泣きだしたい気分だが、拳を握りしめてこらえている。

怒らせるつもりはなかった。機嫌をなおして、さあ。

女は男の腕を払いのける。端からそのつもりでしょ。怒るのを見て満足なのよ。

喜んでもらえると思ったんだよ、おれの出し物を聴いて。さも仰々しく飾り立てた言葉で、道化師を演じて見せれば。

女はまくれあがったスカートの裾を引きおろし、ブラウスを中にたくしこむ。花嫁のヴェールをかぶって死ぬ娘たちの話なんて、どうしてわたしが喜ぶ？　しかも、舌を抜かれて。わたしがそんな人でなしだと思っているの。

わかった、撤回するよ。話を変えよう。あなたのために歴史を書き換える。それでどうだい？

いいえ、無理よ、女は言う。もう言葉は出てしまったもの。一行の半分だって帳消しにはできない。もう帰るわ。そう言うと、女は膝をつき、立ちあがろうとする。

時間ならたっぷりある。横になれよ。男は女の手首をつかむ。

だめよ、放して。陽もあんなに落ちてきた。じきにみんなが戻ってくる。困ったことになりそうだわ。あなたはちっとも困らないでしょうけど。なんでもないことよね、気にもかけない。だって、あなたが欲しいのは、たんに手っとり早い……手っとり早い……。

なんだ、言っちまえよ。

わかっているくせに。女は疲れた声を出す。

それは誤解だよ。わるかった。人でなしはおれのほうだ。やりすぎた。どっちにしろ、ただのお話じゃないか。

女は自分の膝にひたいをあずける。ややあって言う。わたし、どうするつもりなのかしら？　あなたがここにいなくなった後――いなくなったら。

あなたなら乗り越える、男は言う。生きていくさ。さあ、服の汚れを払ってあげるよ。払うぐらいで汚れが落ちるもんですか。服のボタンをかけて、男は言う。悲しまないで。

カーネル・ヘンリー・パークマン高等学校「親と子と学校と同窓生の集い」速報
一九九八年五月　ポート・タイコンデローガ

ローラ・チェイス記念賞発表せまる　文・同窓会会員、副会長マイエラ・スタージェス

このたび、カーネル・ヘンリー・パークマン高等学校に、栄えある賞が新設されました。これは、トロントに在住した故ミセス・ウィニフレッド・グリフェン・プライアーの惜しみない遺贈によるものです。故人の著名な兄、リチャード・E・グリフェンも、われわれには忘れえぬ人になりましょう。氏はここポート・タイコンデローガを休暇で頻繁に訪れ、われらが河でヨットを楽しんだものです。ローラ・チェイス記念文学賞は、賞金二百ドル、最も優れた短篇を書いた最高学年の生徒に与えられるものです。選考には同窓会の会員三名があたり、文学性と倫理性を考慮のうえ選出いたします。エフ・エヴァンズ校長はこう述べています。「数々の慈善事業がありながら、わたしたちのこと

も忘れずにいてくれた、ミセス・プライアーに感謝する」

地元出身の有名作家ローラ・チェイスを記念して名づけられた本賞、第一回の賞は六月の卒業式にて授与されます。幸運な受賞者への賞金授与については、かつてわが町に多大な貢献のあった、チェイス家の実姉アイリス・グリフェンからも、寛大なる同意を得ております。発表まであと数週間。お子さんにお伝えください。名文家の腕で腕まくりをして、栄冠を勝ち取るように、と！

同窓会は、卒業式の後、体育館にてお茶会を主催いたします。チケットの申し込みは、〈ジンジャーブレッド・ハウス〉のマイエラ・スタージェスまで。代金はすべて、フットボールのユニフォーム代にあてられます。新しいものがぜひとも必要なのです！

なお、焼き菓子などの差し入れを歓迎します。ナッツが入っている場合は明記してください。

第三部

授賞式

今朝、わたしは身の毛もよだつ思いで目を覚ました。すぐには合点がいかなかったが、ああ、思い出した。今日は、授賞式だ。

陽は昇り、すでに部屋は暑くなっていた。カーテンの網目から射しこむ光が、池に溜まるおりのように、しばし落ちやらず宙に漂う。頭がぶよぶよの果肉にでもなった気分だ。いましがた木の葉のように払いのけた恐怖で体をじっとり湿らせて、寝間着のまま、シーツのもつれあうベッドを抜けでると、毎朝の行事に無理矢理とりかかる。世間さまの目に、まともで難なく見えるよう、ひとが行なう儀式。夜中どんな化け物に怯えたにせよ、髪の毛が逆立っていれば撫でつけるべし。驚愕のどんぐり眼《まなこ》は引っこめておくべし。歯は磨かなくてはならない、たとえ、こんな歯でも。夢のなかでどんな骸をしゃぶっていたか、わかったものじゃない。

シャワー室に入ると、石鹸を落とさないよう気づかいながら、マイエラにうるさく言われて使っている手すりにつかまった。足を滑らせてはたまらない。体は息絶えてもなお、夜闇の臭いを肌から放つのだろう。もはや自分では嗅ぎとれないだけで、このわたしも臭いんじゃないかと、ふと不安になった。古びた肉体と、老いゆく濁った小便の悪臭。

体を拭き、ローションをすりこみ、パウダーをはたき、スプレーを黴のように吹きつけると、わたしは、ある意味、生き返った。ただ、無重力感、というか、崖からいまにも踏みだしそうな感覚は、まだ残っていた。一歩踏みだすたび、足下の床が抜けるのを怖がるように、へっぴり腰で足をおろす。床面の硬さだけが、わたしをここに引き留めてくれる。

服を着るのも効果があった。足場なしでは、いまひとつ調子が出ない（それにしても、わたしの本当の服はどうしたのだろう？　そうとも、こんなだぶついたパステルカラーの服と、ヘンテコな形の靴など、わたしのセンスじゃない。ところが、わたしのものなのだ。わるいことに、いまやサイズもぴったり）。

つぎに来るのは、階段だ。転げ落ちるんじゃないかという恐怖感がある。頸の骨を折って、破廉恥な下着姿で大の字にのび、溶けてどろどろと腐乱していくのだ。誰かが探しにこようと思う間もなく。なんと見苦しい死にざまよ。欄干にしがみつきながら、一段一段と取り組む。下まで降りると、壁づたいにキッチンへ向かう。左手の指が、猫のヒゲのように壁を撫でていく（目はまあまあよく見える。足腰も立つ。ささやかなお慈悲にも感謝しなさい、そうリーニーは言ったものだ。どうして感謝しなくてはいけないの？　ローラはそう言い返す。お慈悲って、なぜこんなにちょっぴりなの？）。

朝食など見たくもなかった。グラスに一杯水を飲み、落ち着けぬまま時をやり過ごす。九時半になると、ウォルターが迎えに寄ってくれた。「いや、今日は暑いですね？」開口一番の決まり文句だ。冬はこれが「いや、寒いですね」になる。秋と春は、「じめじめしますね」と「カラッとしてますね」。

「調子はどう、ウォルター？」わたしは毎度のことながら訊く。

「つつがなく」彼も毎度ながら答える。

「なら、御の字もいいところね」わたしは言った。ウォルターは彼なりの笑顔を見せ——顔に細い皺が寄るのだ、乾きかけの泥のように——車のドアを開け、わたしの体をなんとか助手席におさめる。

「今日はめでたい日ですな？」彼は言う。「さあ、締めていきますか。でないと、おれが逮捕されかねない」

〝締めていく（シートベルトを）〟という言葉を、彼はおどけて言う。彼だってけっこう歳だ。もっと無責任だった若かりし日々を思すのだろう。きっとこの男は車の窓に片肘をかけ、もう一方の手を女友だちの膝におきながら運転するような若者だった。実際、その若き恋人がマイエラだったとは、いま思うと信じられない。

ウォルターが静かに車を出し、おたがい黙りこんだまま出発した。しかし大男だ、このウォルターというのは。四角ばった体型は、まるで太い柱のようで、首は首というより、肩のつづきみたいだった。すりきれた革靴とガソリンの匂いをさせているが、そう嫌な臭いでもない。格子縞のシャツに野球帽という出で立ちを見るに、卒業式には出ないつもりなのだろう。この男は本を読まない。だから、一緒にいておたがいくつろげる。彼にとって、ローラはたんにわたしの妹でしかなく、死んでご愁傷さま、というだけの存在である。

わたしもウォルターのような相手と結婚すべきだった。手仕事が得意な男と。いやいや。誰とも結婚すべきでなかったのだ。そうすれば、幾多のトラブルも起きずにすんだ。

ウォルターは高等学校の正面で車を停めた。校舎は戦後よく建てられたモダンスタイルで、五十年たったいまも、わたしには目新しい。この平板さにはどうも馴染めない。この当たり障りのない造り。コンテナの木箱みたいじゃないか。生徒と親たちが、歩道から校内の芝生へ、正面昇降口の奥へ、ひたひたと押し寄せている。ありとあらゆる夏色の服を着て。わたしたちを待ちかまえていたマイエラが、階段の上から大声で呼ばわってくる。白いワンピースには、大きな紅ばらの模様が散って。あんなに尻つきのりっぱな女は、大きな花柄の服などよすべきだ。昔のガードルだって捨てたものじゃない。いや、またあれを復活させたいわけではないが。マイエラは髪をセットしてきたようだ。酔っぱらったような白髪のくせ毛は、イギリスの弁護士の鬘《かつら》よろしくまとめられていた。

「遅刻ですよ」と、彼女はウォルターに言う。

「いや、遅刻なもんか」と、ウォルター。「遅刻だというなら、みんなが早く来ただけさ。

彼女だって、足を冷やして座っていることはなかろうよ」ふたりはわたしのことを決まって三人称で呼ぶ。まるで、子どもかペット扱いだ。

ウォルターがわたしの腕をマイエラに託すと、マイエラとわたしは二人三脚のようにして、正面の階段をともに上がっていく。マイエラの手に伝わる感触がわたしにもわかる。——粥と糸くずでゆるく包まれたようなもろいなにかをつかんでいる感じだろう。ステッキを持ってくればよかったが、あんな物をついて舞台へあがる自分は想像できない。誰かがステッキにつまずくことになるだろう。

マイエラはわたしを舞台裏まで連れていくと、〝ご不浄〟に行きたいか訊いてから（よくぞ忘れずに言ってくれた）、楽屋の椅子に座らせた。「じっとしていてね」そう言うと、お尻を揺らしつつ、万事滞りないよう監督すべく立ち去った。

楽屋の鏡まわりに点けられた明かりは、劇場によくある丸い豆電球だった。鏡映りを良くする照明のはずだが、いまのわたしには効果なし。鏡に映る姿はいかにも不健康で、肌は水で血抜きした肉みたいに血色がわるかった。不安のせいか、それとも本当に病気なのか？たしかに最高の気分とは言えない。

わたしは櫛をとりだすと、頭のてっぺんにおざなりに差してみた。マイエラには「うちの子」のところへ連れていきますよと、しきりに脅されている——彼女はいまも美容院のことをこう呼ぶのだ。正式な店名は〈ヘア・ポート〉といい、客の心をくすぐるよう〈ユニセックス〉を謳っている。でも、わたしは抗いつづけている。電気椅子の死刑囚みたいに毛がチリチリに逆立っていようと、まだ自分の髪と呼べるものはかろうじてある。その下からは頭皮がのぞいている。鼠の足みたいな灰色がかったピンク。強風に吹かれようものなら、タンポポの綿毛のように飛んでいってしまうだろう。毛穴の目立つ、小さなつるつる坊主だけを残して。

マイエラは、同窓会のお茶会のために焼いた特製ブラウニーをひとつ置いていってくれた。チョコレートのヘドロをかけた石灰粉みたいなケーキ。それから、プラスチックの保温ジャグには、彼女が御自《おんみずか》ら淹れた、まさに電池酸みたいなコーヒー（コーヒーを軍の俗語で〝電池酸〟と言う）。飲み食いできる気分ではなかったが神はこういう使い道のためにトイレを創造されたのではないか？　わたしはいかにも食べ残したように、チョコのかけらを二、三残しておいた。

慌ただしく入ってきたマイエラに、ひょいと立たされ、案内されていくと、もう校長先生に握手され、〝お運びいただきありがとう〟と言われていた。つぎは副校長、つぎは同窓会会長、つぎは英文学科の学科長（パンツスーツの女性）、つぎは商工会議所代表へと、手渡されていき、とうとう地元議員のもとに行きついた。手もなくはめられるとは、忌々しい。リチャードが政治に与《くみ》していたころ以来、真っ白な歯を、こんなにどっさり見るのは久しぶりだ。

マイエラはわたしの席まで付き添ってくると、小声で言った。「わたくし、そこの舞台袖におりますから」学内オーケストラが、妙に高すぎたり低すぎたりする音で曲を弾きだすと、出席者たちは《おお、カナダ》を歌いはじめたが、この歌詞ときたら始終変わるものだから、わたしはちっとも憶えられない。最近ではフランス語の歌詞もつける。ひと昔前では聞いたこともない。会衆は歌いおわると、何だかよくわからない何かに対する〝集合自尊心〟を確認して着席する。

つぎに、学校付きの司祭が祈りを捧げ、こんにちの若者が直面している未曾有の苦難の数々について、神さまに弁舌をふるった。神さまもこの手の話は前に聞いているはずで、わたしたち同様うんざりしたことだろう。それに答えて、皆々が祈りを唱える。二十世紀の終わりに、古きものを擲《な》げだし、若き輪をつくれ、未来の市民たちよ、われらの力ない手から君たちに、トカナントカ。わたしは想いが漂うにまかせた。どうせ、まわりには〝恥をかかなければ上等〟ぐらいに思われているのだ。それぐらいわかっている。口さえ閉じていれば、かつてのように演壇の脇にひかえることも、リチャードの隣席で際限もないディナーにつきあうこともできるだろう。問われれば（そんなことは数えるほどもなかったが）、わたくしの趣味はガーデニング、と答えたものだ。まあ、いいとこ話半分だが、その場をしのげる程度に退屈な答えではある。

さて、つぎは、卒業生が証書をうけとる段だ。列をなして行進していく彼らは、おごそかに、輝いて、背丈も体型もばらばらだが、若者だけがもちうる美を誰もがもっていた。醜い子さえ美しい。無愛想な子も、太った子も、にきび面の子すら美しい。そして、誰ひとり気づいていない——自分たちがどれほど美しいか、に。しかし、それでも癪に障るのだ、この若者という生き物は。概して立ち姿からしてぞっとするし、涙ながらのよがり声で歌っている曲から察するに、今日びでは、インペリなんちゃらの《グリン・アンド・ベア・イット》が、往時のフォックストロットの驥尾《きび》に付したらしい（速弾きで有名なギタリスト、クリス・インペリテリ。なかでも同曲はすさまじい速弾き）。若者はわが身の幸運をわかっていない。

生徒たちは、わたしにほとんど一瞥もくれなかった。きっとわたしなど旧風の人間に映るのだろうが、若者世代によって〝旧風〟にされてしまうのは、万人の運命らしい。もちろん、流血事なんかの名残があれば話はべつ。戦争、悪疫、虐殺など、あらゆる惨事と暴力。そんなものは彼らにもリスペクトされるが。血が流れたことで真剣みが伝わるわけだ。

つぎに、賞の授与式に移る。コンピュータ・サイエンス、物理学、ナントカ・カントカ、ビジネス・スキル、英文学、そして、よく聞きとれなかったなにか。同窓会の男性がひとつ咳払いをして、ウィニフレッド・グリフェン・プライアー、かの地上の聖人について、恭しい口上を並べ立てる。要は、金の問題だというのに、よくもみんなホラが吹ける！ たとえケチなものであれ、遺贈を決めたときから、あの意地悪ばあさん、こんなことは総てお見通しだったんだろう。わたしが式に呼ばれることもわかっていた。彼女の惜しみない寄進が称揚されるなか、わたしが町の厳しい視線を浴びて縮こまるのがお望みだったのだ。〝このお金、わたしを偲んでお使い〟。ばあさんの思う壺になるのは業腹だが、式に出席しなければ、びくついているだの、罪悪感があるだの、関心がないだの思われるにちがいない。恩知らずと見られたら、もっと始末にわるい。

ローラの番がまわってきた。紹介のお役目は、議員みずからが買って出た。ここはひとつ、如才なく。ローラの出自、彼女の果敢さ、そして「天与の志に身を捧げた」ことやらについて、お言葉があった。その死に方については、ひと言もふれられなかった。町の人々はみな、審問検屍の結果にもかかわらず、自殺と紙一重だと信じこんでいた。また、著作についてもいっさい言及がなかった。なかったことにするのがいちばんだと大半の人々は思っていたにちがいない。ところが、そうはいかないのだ、少なくともこの土地では。五十年を経たのちも、あの本はきな臭い硫黄とタブーのオーラを放っている。わたしからすれば、理解しがたい。わいせつ描写などいまさら流行らなくなり、それと同時に、町のあちこちでいやらしい言葉を耳にでき、セックスがチラ見せのヌードダンスほどお上品なものとなったこの時代に、酔狂とでもいうか。ガーターベルトみたいなものかも。

いや、もちろん、真相はそうではない。人々が憶えているのは、本そのものではなく、あの騒動にすぎないのだ。教会の坊さんたちがあの作品をわいせつと判じたのは、この土地にかぎったことではない。公立図書館では書棚から撤去させられ、町のある書店は仕入れを拒絶した。検閲の手が入るとの噂も流れた。人々は在庫を嗅ぎつけて、ストラトフォードに、ロンドンに、トロントにまで出かけ、当時、薬局の客がコンドームを買うように、人目をしのんで本を入手した。家に帰ると、カーテンをひいて読みはじめ、憤慨し、堪能し、貪るように愉しんだ。それまで小説など一度も繙《ひもと》く気をおこさなかった人々までが。文学を活性化するには、シャベル一杯の猥褻《ダート》にまさるものはない。

（もちろん、心優しい論評もあったようだ。〝読みとおすことはできなかった。わたしにはストーリーが物足らなかったのだ。しかし、この気の毒な作者はまだ若かった。別な作品なら、もっと巧く書けたかもしれない、天に召されていなければ〟。あの本には、このあたりが精一杯の褒め言葉だろう）。

読者は作品になにを求めていたのか？　色恋沙汰、艶談、それとも、自分が想像した最悪のシナリオをわざわざ確認することか。とはいえ、だまされたくて思わず読む者もいただろう。熱愛なるものを求めていたのか。彼らは神秘の包みをひらくように、本を隅々まで熟読したことだろう――奥のそのまた奥にある贈り物の箱。かねて焦がれながら決してつかみとれない何かが、幽《かそ》けき音を鳴らす幾重もの薄紙のなかに隠されている。

だが、読者たちは本のなかに実在の人物を探しだそうともした。ローラ本人はさて措くとして。というのも、彼女が本人であるのは当然と考えられていた。言葉で創られた肉体にあてはまる実在の肉体を、読者は見つけたがった。実在の情事を。なにより興味をもったのは、〝この男は誰なのか？〟ということ。若い女と――死んだ、美しい、若い女と――褥《しとね》をともにした男。つまり、ローラと寝た男。なかには、自明の理だと思う人たちもいた。ゴシップは前々から流れていた。二足す二の計算ができれば、おのずと答えが出る、と。〝まるで、どこまでも純情な振りをしていたよ、彼女は。虫も殺さぬ顔で。本の中身は表紙ではわからないって見本だね〟。

ところが、そのころ、ローラはもう手の届かないところに行っていた。世間がちょっかいを出せるのは、わたしのほうだった。匿名の手紙が来るようになった。なぜ、貴女はこんなク市《まち》、あの大いなるソドムの市、ニューヨーク汚らわしい本の出版契約を結んだのか？　それも、あの大いなるソドムの市《まち》、ニューヨークで。なんたるわいせつ本！　貴女は恥というものを知らないのか？　自分の家族——あのれっきとした方々！——にまで汚名を着せたのだ、いや、それどころか、町全体に。ローラはもともと頭がおかしかったし、それは誰もがうすうす感じていたが、本によって立証されてしまった。ローラの思い出を守るべきだった。原稿は燃やしてしまうべきだった。ぼんやり霞んで見える人々の頭、聴衆にまじる老いた人々の頭を眺めていると、そこから過去の憎しみ、過去の妬み、過去の恨み言の毒気が、立ち昇るのが見えるようだった。冷たい沼地から湧きあがる瘴気のように。

本については、話題に出ないままだった。不出来で不面目な親戚のように、見えないところへ押しやられて。あんなに薄い本が、なんと哀れな。この奇妙な祭典への招かれざる客として、無力な蛾のように、舞台の端でページをはためかせている。

白昼夢にひたっているうちに、腕をつかまれ、立たされて、金リボンをかけた小切手入りの封筒を渡されていた。受賞者が発表される。わたしはその女生徒の名を聞きとれなかった。

舞台にヒールの音を響かせて、女生徒がこちらに歩んでくる。背の高い子だった。近ごろは、若い娘もみな長身になった。きっと食べ物のせいだろう。黒のワンピースを着ており、夏らしい色合いのなかで、厳粛な趣をかもしていた。生地には、銀糸が織りこまれているようだ——いや、銀のビーズだろうか。なにか光る素材。髪は長く、黒い。卵形の顔、サクランボ色の口紅をひいた口。心もち眉を寄せ、神経を集中し、一心な面持ちをしている。肌には、淡黄色というのか、茶系の色味がうっすら。ひょっとして、先住民系か、アラブ人か、それとも中国人？　ポート・タイコンデローガのような田舎でも、それはありうる。最近では、どこにどんな人種がいてもおかしくない。

わたしの心は重く沈んだ。会いたい気持ちがぴくりと走り抜ける。わたしの孫も、あのサブリナも、いまではあんなふうになっているんだろう。きっと。いや、そうともかぎらないか。どうだろう？　会っても本人とわからないほどかもしれない。もう長いこと、わたしのもとから離されている。というより、本人が寄りつかないのだ。どうしたものか？

「ミセス・グリフェン」議員が声をひそめて呼ぶ。

わたしはよろめきながら歩みだし、バランスをとりなおした。はて、なにを言うつもりだったっけ？

「妹のローラもさぞ喜ぶでしょう」息切れぎみで、マイクに向かう。声がうわずっている。卒倒しかねない気がした。「彼女は人助けが好きでした」それは本当だ、嘘はひと言もいうまいと心に誓ってきた。「そして、読書と本をこよなく愛していました」これも本当のことだ、ある程度は。「生きていたら、あなたの栄えある未来を心から願ったことでしょう」これも本当。

わたしはやっとこさ封筒を手渡した。女生徒は屈むはめになった。わたしは彼女の耳にこう囁いた、というか、囁いたつもりだ。〝ご加護あれ。くれぐれも気をつけて〟。この先、言葉を弄《いじ》くろうという人間には、こんな神の加護と警告が必要である。しかし、ちゃんと声になっていただろうか、それとも、魚みたいに口をパクパクしただけ？

女生徒が微笑むと、その顔と髪のまわりで、まばゆい小さなスパンコールがキラキラときらめいた。目の錯覚か、明るすぎる舞台照明の加減だろう。色眼鏡をしてくればよかった。わたしが目をぱちくりさせていると、彼女は思いもかけぬことをした。乗りだして、頰にキスしてきたのだ。彼女の唇をとおして、自分自身の肌のきめを感じた。子羊革の手袋のように柔らかく、皺々で、粉っぽく、古びている。

彼女もなにごとか囁きかえしてきたが、よく聞こえなかった。たんなる礼の言葉か、あるいは、ほかのメッセージを――まさか？――外国語で言ったとか？

女生徒はくるりと背を向けた。その体から流れでる光がまぶしくて、わたしは目を開けていられなかった。話も聞こえなくなり、目も見えない。闇が近くにせまった。拍手の音が、大きな羽音のように、耳を乱れ打ちにする。わたしはよろけて倒れそうになった。

目ざとい職員が腕をつかんで、椅子に落としこんでくれた。これで、また日陰者にもどれる。ローラの投げる長い影のなかへ。世間の害を逃れて。

でも、古傷はひらいてしまった。見えない血がどくどくと流れだす。じきに、わたしは空っぽになってしまうだろう。

橙《だいだい》のチューリップが咲きかけている。退陣する軍の落伍兵のごとく、もみくちゃにされ、ぼろぼろになりながらも。わたしはほっとして花々を迎える。焼け残った建物から手を振るように。それでも、彼らは精一杯がんばって進まねばならない。わたしの手助けもほとんどなく。わたしもたまには裏庭のゴミ溜めをつっついて、干からびた茎や落ち葉を掃除したりするが、そこ止まりである。いまでは、まともに膝をつくこともできないし、手で土を掘ることもできない。

きのう、医者に行って、めまいの診察を受けた。医者が言うには、かつて心臓と呼ばれたものが肥大しているらしい。健康な人間には心臓など無いような言い方だった。結局、わたしも不死身ではないようで、あとは瓶のなかの預言者みたいに、どんどん縮み、ますますすんで醜くなるだけ。昔々、〝死にたい〟と呟いたわたしだが、気づいてみれば、その望みが叶わんとしている。思いのほか、早くに。いまさら気が変わっても、どうにもならない。

いまは、外に出ようと肩にショールを巻きつけたところだ。裏のポーチに出て、屋根の張り出しの日陰に腰を落ち着ける。ウォルターに車庫から運びだしてもらった、傷だらけの木製テーブルを前に。車庫には、ありがちな物が置かれていた。前の所有者の残していった物。乾ききったペンキの缶がひとそろい、アスファルトの屋根板、錆びた釘で半ばいっぱいになった陶器、絵を吊るワイヤがひと巻き。ミイラ化したスズメの死骸、マットレスの詰め物でつくったネズミの巣。ウォルターが強力な漂白剤で庫内を磨いてくれたが、まだネズミ臭い。

目の前にならんでいるのは、一杯のお茶と、四つ切りのリンゴと、男物のパジャマから持ってきたみたいな青い罫入りのメモパッド。新しいペンも買った。黒い安物のボールペンだが。初めて手にした万年筆を思い出す。なんとなめらかな書き心地。なんと真っ青にインクで手が汚れたことか。ベークライト製で、銀の飾り縁がついていた。年は一九二九年。わたしが十三歳のころ。このペンをローラが借りていき――なにを借りるにもそうだったが、ひと言の断わりもなく――壊してしまった、いともあっさりと。わたしは彼女を、もちろん赦した。いつだって赦した。わたしたちはふたりきりだったから、そうするより他なかったのだ。わたしたちはイバラに囲まれた孤島で、救出を待っていた。それ以外の人々は、みな本土にいた。

こんなこと、わたしは誰に向けて書いているんだろう？　自分自身？　そうとは思えない。のちのち読み返す自分の姿など想像できない。〝のちのち〟というのも、存在が疑わしくなりつつあるが。見知らぬ未来の読者に向けて？　わたしの死後。いいや、そんな野望も、願望も、持ち合わせていない。

たぶん、誰のために書いているのでもないのだ。子どもが雪に自分の名を書く、そんなときの〝誰か〟とおなじかもしれない。

前にくらべると、体の動きも鈍くなった。指はこわばって器用さを欠き、ペンは震えて定まらず、字を綴るのにも長い時間がかかる。それでも、わたしはあきらめず、月影で縫い物をするように屈みこむ。

鏡をのぞけば、老女の姿がある。まったく、〝老女〟も何もあったもんじゃない。いつまでも〝老〟ぐらいではすまされない。なら、大老か。ときどき、どこぞのお祖母ちゃんかと思うような大老女を鏡に見る。それとも、わたしの母の似姿。母がこんな歳まで生きようとしたらの話だが。だが、ときには若い娘の顔が見えることもある。かつては、その顔をしきりといじり直し、嘆くことに時間を割いたものだが、昔日の顔はいまの顔の下に溺れて漂っている。いまの顔はというと、斜めに陽の射しこむ午後などは、ことさら緩んで透明になり、ストッキングのように剝いでしまえそうだ。

医者には、もっと歩くように言われた。心臓のために毎日歩きなさい、と。できれば、ご免こうむりたい。歩くことが嫌なのではない、外に出るのが嫌なのだ。見世物にされている感じがする。気のせいだろうか、じろじろ見られ、囁き交わされていると思うのは？　いや、たぶん、思い過ごしではない。いうなれば、わたしはこの土地の付属品なのだ。かつて重要な建築物のあった、煉瓦のちらばる跡地みたいなもの。

憧憬の念、去りやらず――なかば世捨て人となりはてる夢。近所の子どもたちに、嘲りとかすかな畏怖の目で見られて。垣根も雑草も生い茂るにまかせ、ドアは錆びつくままにし、ガウンのような物を着て寝てばかり、髪の毛も伸び放題で枕を覆いつくし、指の爪も伸びて鉤形になり、その横では、ロウソクの蠟が床に滴っている。でも、わたしはとうのむかしに、古典主義とロマン主義の、ふたつにひとつを選んだではないか。やはり、しゃんとして慎み深いほうがいい。日溜まりの壺のように。

きっと、ここに戻って暮らしはじめたのが失敗だったのだ。とはいえ、あの時分には、ほかに行く当ても思いつかなくなっていた。リーニーはよく言ったものだ。〝悪魔も顔なじみのほうがまし〟と。

今日は、努力をした。外に出て、歩いてきた。墓地まで歩いた。ともすれば面白味を欠くこの手の遠征には、目的地が必要だ。日射しをさえぎるのに、鍔広《つばびろ》の麦わら帽子をかぶり、色眼鏡をかけ、道の縁石を探るのにステッキも持って出た。ビニールの買い物袋も。

エリー・ストリートを行き、クリーニング店、写真館、そして、目抜き通りの店をいくつか過ぎた。町はずれに出来たショッピングモールのせいで、このへんも廃れたが、それでもなんとか生き残った商店の一角だ。その先には、〈ベティーズ・ランチョネット〉があると思いきや、また店主が新しくなっていた。ここに店を出す者は、遅かれ早かれ、嫌気がさすか、死ぬか、フロリダへ移っていく。今度の〈ベティーズ〉には、パティオ付きの庭があり、観光客は日光浴をしながら、カリッと焦げ目がつくまで肌を焼くことができる。パティオ・ガーデンは店の裏にあり、床のコンクリートがひび割れたこの狭い矩形のスペースは、以前はゴミ箱置き場に使われていた。メニューには、トルテリーニとカプチーノなるものもあり、それをショーウィンドウでぬけぬけと謳っていた。このふたつがなんであるか、町の誰もがごく当たり前に知っているとでもいうように。まあ、最近では知っているのだろう。みな一度は試してみたはずだ、嘲笑う権利を手に入れるためだけにも。〝そんなフワフワしたもの、コーヒーにのっけないでくれ。ひげ剃りクリームみたいだな。飲みこんだら、口から泡吹くよ〟。

前はチキンポットパイが店のお薦めだったのだが、それも遠い過去だ。ハンバーガーならあったが、こういうものは食べないよう、マイエラに言われている。くず肉の冷凍品を使っているそうだ。彼女によれば、くず肉とは、「冷凍の牛肉を電動ノコギリでばらばらにしたときに床に落ちたかけらを掻き集めたもの」だとか。マイエラは雑誌をしこたま読んでいるのだ、美容院で。

墓地には鉄細工の外門があり、その上に凝ったうずまき模様のアーチが渡され、こんな銘が刻まれていた。〈たといわたしは死の陰の谷を歩むとも、わざわいを恐れません。あなたがわたしと共におられるからです〉（聖書の「詩篇」より）。そう、まやかしの安心感があるのだ、ふたりでいるということには。〝あなた〟は決まって当てにならない人物である。わたしの知るすべての〝あなた〟は行方不明になりがちだ。〝あなた〟たちは町を逃げだしたり、二心《ふたごころ》があったり、でなければ、ハエみたいにばたばたと死んでいったり。そう言う〝わたし〟は、どこにいる？

まさに、墓場の前。

チェイス一族の墓碑は、見すごしがたい。周囲のなにより背が高いのだから。天使がふたりいて、材質は白大理石、ヴィクトリア様式で、この手のものがたいがいそうであるように、センチメンタルだが実によく造られている。土台の石は大きな立方体で、角にうずまき紋様がある。第一の天使は立っており、亡き人を悼むように首を横にかたむけ、片手を優しく第二の天使の肩においている。第二の天使は百合の花束を胸に抱いて跪き、もうひとりの腿のあたりにもたれながら、顔はまっすぐ上を見あげている。天使像のボディは品のいい造りで、柔らかに波うつ（透かし見えない）石のヴェールにその曲線は包まれているが、女であることは見てとれる。酸性雨に蝕まれつつあるようだ。かつては鋭かった眼差しも、いまではぼんやりとし、白内障でも患ったように精彩を欠いて、ただの小さな孔に見えた。とはいえ、これも、わたしの視力が衰えたせいかもしれない。

この墓地には、ローラとよく訪れたものだ。いつもわたしたちふたりを連れてくるリーニーは、家族の墓を参るのは、ともかく子どものために良いと思っており、のちには姉妹だけでも立ち寄るようになった。墓参り自体は信徒にとって善き行ないだから、家を逃げだすのにちょうどいい口実になった。幼いころのローラは、この天使はね、あたしたちふたりなのよ、よくそう言った。そんなことあるわけないと、わたしは言い聞かせた。だって、この天使たちは、あたしたちが生まれる前に、おばあちゃんがここに置いたんだもの。ところが、ローラという子は、そうした理屈に耳を貸した例しがなかった。そんなことより、物の形に興味があった――物がどう在るかに興味があるのであって、どう在らないかはどうでもいい。

求めるのは、ものの本質《エッセンス》だった。

わたしは長いこと、少なくとも年に二回は、墓そうじを理由に、墓参りするのを習慣にしてきた。まあ、ほかに理由はないのだけれど。むかしは車を運転してきたが、もう無理だ。視力が落ちすぎている。わたしは苦労して屈みこむと、萎れた花を拾い集め――ここに集まった花々は、ローラの名もないファンが手向けていったもの――ビニールの買い物袋に詰めこんだ。往時より、こういった捧げ物も減ったが、それでも嫌というほどあった。今日は、なかなか新鮮な花もあったし、ときには、線香やロウソクを見つけることもあった。ローラを呼び覚まそうというのか。

花束をどうにか押しこむと、墓碑をぐるっと回りながら、石に刻まれたチェイス家の故人の名前をひととおり読んでいった。**ベンジャミン・チェイス、その最愛の妻、アデリア。ノーヴァル・チェイス、その最愛の妻、リリアナ。エドガーとパーシヴァル、ふたりは、遺されたわれわれのように年老いることはない。**

そして、ローラ。彼女がどこかにいるかぎり。彼女のエッセンスも遺る。くず肉。

先週、地元の新聞にローラの写真が載った。文学賞を褒めそやした記事とともに。標準サイズの写真。本のカバーに入っているものとおなじで、いままで印刷された写真はこれしかない。それもそのはず、マスコミには、わたしがこの一枚しか渡していないんだから。写真スタジオで撮ったポートレイトで、カメラマンに背を向けて顔だけ振り返り、首筋に優美な曲線を見せている。〝もう少し、そう、顔をあげて、目線はこちらですよ、ああ、その感じ、じゃ、その笑顔で撮ってみましょう〟。ローラはブロンドの髪をしている。かつてわたしもそうだったように。淡く、ほとんど白に近く、まるで、赤みがかった下地の色を洗い落としてしまったかのようだ。鉄、銅、あらゆるはがねの色。鼻筋はとおっている。ハート形の顔。大きく、きらきらした、無邪気な瞳。眉は弓形。びっくりしたように、生え際に届かんばかりにつりあがっている。顎にはどこか頑固さが漂うが、それは本人を知らなければ見すごすだろう。化粧らしい化粧もしていないせいか、妙にむきだしの印象がある。口元に目をやれば、ああ、これは肉体の一部なんだとあらためて思う。

　愛らしい。美しいと言ってもいい。感動的なまでに真《ま》っ新《さら》だ。まるで、石鹸のコマーシャル。〝天然素材だけで作られています〟。なんだか、耳が聞こえないような顔をしている。当時の良家の娘に共通の、ぽかんとして鈍感そうな表情を演出して。白紙の心《タブラ・ラサ》。書くのではなく、書かれるのを待っている。

　ローラを人々の記憶に留めているのは、いまやあの本だけだ。

　タバコ容れのような銀色の小箱に入って、ローラは帰宅した。それについて、町の人たちがどう言ったか、わたしは知っている。盗み聞きしたかぎりでの話だが。〝もちろん、あれは遺体じゃなくて、ただの遺灰よ。まさか、チェイス家の人間が火葬なんかするとは思わなかったね。これまで断じてやらなかったのに。ご当家の華やかなりしころは、そんなことに身を落とすべくもなかったけど、話によると、多かれ少なかれ、もう遺体が焼けているなら仕方ないってことで、急いで片づけてしまうにやぶさかではなかったとか。それでも、家族と共にあるべきだと思ったんだろうね。例の天使がふたりいる大きな墓に、ローラの遺灰を入れることにしたらしいよ。ふつう天使をふたりもつけたりしないけど、あのころは、お金のほうから使ってくれというほど、一族が裕福だった時代だから。派手なことやって、ひけらかしたかったんでしょうよ、当時は。牛耳るとは、よく言ったもんだね。天下をとる、というか。たしかに、ひところは、あの家もこのあたりでは手広くやっていたよ〝。

こんな台詞は、いつもリーニーの声で、聞こえてくる。わたしたちの町の通訳であるリーニー。わたしとローラの町の。わたしたちは彼女のほか、誰を頼りにできただろう？

墓碑の後ろ側には、いくらかの空き地がある。わたしはそこを予約席と思っている。かつてリチャードが国立アレクサンドラ劇場にもっていたような、永久指定席。わたしの入る場所。わたしが土に還るところ。

哀れなエイミーは、トロントに埋葬されている。グリフェン家といっしょに、マウント・プレザント墓地に。リチャードとウィニフレッド兄妹と、派手派手しい御影石の巨大な墓碑とともに。ウィニフレッドが手を回したのだ。リチャードのときも、エイミーのときも、すかさず割りこんできて、棺を注文し、遺体はわがものだと主張した。葬儀屋に金を払う彼女に、決定権がある。できるものなら、わたしがふたりの葬儀に出るのさえ邪魔立てしただろう。

ところが、ローラはいちばん先に死んだから、ウィニフレッドの〝死体泥棒〟のパターンはまだ確立されていなかった。わたしが、「ローラは家に帰るんです」と言えば、それまでだった。遺灰は大地に撒いたが、一部は銀の箱に入れてとっておいた。これは埋めなくてよかった。埋めたりしたら、いまごろはファンに盗まれていただろう。ああいう連中は、なんでもくすねとる。一年ほど前には、ジャムの瓶と左官ごてを手に、墓の土を掘り起こしているファンをとっ捕まえたことがある。

サブリナはどうしているだろう。どこに流れ着いたのやら。チェイス家最後の人間。まだこの世にいるはずだ。〝いない〟という知らせは聞いていないから。彼女が墓に入るのにどちらの家を選ぶか、まだわからないし、ことによれば、わたしたちから遠く離れて、街角でのたれ死ぬかもしれない。そうなっても、責められまい。

最初に家出したのは、十三歳のときだった。ウィニフレッドは冷たい怒りに燃え、あなたが唆《けしか》けて手を貸したのだと、わたしをなじった。〝誘拐〟という言葉こそ口にしなかったが、サブリナがうちに来たかどうか問い詰めてきた。

「答える義務はないと思うけれど」わたしはそう言って、いじめてやった。恨みっこなし。それまで、ことあるごとに、いじめる機会は彼女がものにしてきたんだから。わたしがサブリナに送ったカードや手紙、誕生日プレゼントなどを、よく送り返してきたものだ。暴君ウィニフレッドのずんぐりした手書き文字で、〝差出人に返却〟と書かれていた。「なんにせよ、わたしはサブリナの祖母なんだから。孫がいつ来ようと自由じゃないの。ええ、いつでも歓迎するわ」

「サブリナの法的な後見人はわたくしよ。言うまでもないでしょうが」

「言うまでもないなら、なぜ言うのかしらね？」

だが、サブリナはわたしのところへは来なかった。一度たりとも。まあ、想像するに難くない。わたしのことでなにを吹きこまれていたか、わかったものじゃない。悪口ばかりに決まっている。

釦工場《ボタン・ファクトリー》

夏本番の暑さが訪れて、クリームスープのように、町の上に居座っている。むかしなら、マラリアにでもなりそうな天気、といったところ。コレラ日和というべきか。歩むわたしの頭上を覆う木々は、萎れかけた傘のごとし。わたしの手にした新聞は湿り、わたしの書く言葉は、老いゆく唇の口紅のように端が滲んでしまう。階段をあがるだけで、薄い口髭のような汗が噴きだす。

こんな暑気のなかを歩くもんじゃない。動悸がひどくなってしまう。それに気づいてむかっ腹が立つ。心機能が弱っていると言われたんだし、心臓をこんな過酷な目にあわせてはだめだ。なのに、それにはそれで、ゆがんだ喜びを感じる。まるで、自分はいじめっ子、心臓はベソかきの赤ん坊。その弱さに、また苛つくのだ。

毎日夕方になると、稲妻が光り、神さまがひとしきり怒るように、ガラガラ、ゴロゴロ、遠雷が鳴る。わたしは起きあがっておしっこにいき、ベッドに戻ると、湿気たシーツのなかで身をよじらせながら、扇風機のたてる単調な音に耳をかたむける。マイエラに言わせれば、エアコンを買えということになるが、欲しくない。それに、先立つものがない。「そんなお金、誰が払ってくれるの？」いつもそう切り返してやる。おとぎ話のヒキガエルよろしく、このおでこにダイヤモンドでも隠していると、あの女ったら思っているにちがいない。

今日の散歩の行き先は、〈ボタン・ファクトリー〉にしよう。そこで朝のコーヒーを。コーヒーは医者に止められているが、まだ五十歳の医者だ。短パンで毛深い脚を披露しながらジョギングに出かけるような。本人はなんでも知っているつもりでも、知らないことはあるものだ。コーヒーが命取りにならなくたって、なにに殺されるかわからない。

観光客の歩くエリー・ストリートは、のんべんだらりとしている。道ゆく人のほとんどは中年と見え、みやげ物店をあちこち冷やかしたり、本屋をうろついたりした後は身をもてあまし、昼食をとると、近場の劇場のサマーフェスティバルへ車で繰り出していき、裏切りとサディズムと姦通と殺しが展開するなごやかな数時間を楽しむ。なかには、わたしとおなじ方角に向かう人たちもいるようだ。ボタン・ファクトリーへ。二十世紀の一泊旅行の記念に、どんな安っぽい骨董品を拾うことになるのやら。リーニーなら、そんな品々を「埃っかぶり」と呼ぶところだ。まあ、観光客に対しても、おなじあだ名をつけるだろうが。

パステルカラーの観光客にまじって歩いていくと、やがてエリー・ストリートはミル・ストリートに名前を変え、ルーヴトー河沿いに出る。ポート・タイコンデローガには、河がふたつ。ジョグー河とルーヴトー河。かつて、ふたつの河の合流点にあったフランス人の交易所の面影を遺す名前。もっとも、このあたりではフランス語を使う、というわけではない。わたしたちは「ジョグズ河」「ラヴトウ河」と呼ぶ。ルーヴトー河は急流をもって、古くは水車場、後には発電所の格好の立地になった。かたや、ジョグー河は深い緩流で、エリー湖の上流三十マイルは、船で行き来できる。むかしはこの河づたいに、町の第一産業物である石灰石を運んでいた。内海が後退して、あとに膨大な堆積物（二畳紀の？　ジュラ紀の？　前は憶えていたのに）が残ったおかげだ。町の家のほとんどは、この石灰石で造られている、わが家もふくめて。

町はずれには、さびれた石切場がいまも点々とある。建物ひとつ丸ごと切りだしたかのように、岩場は正方形や長方形の形に深くえぐられ、あとには孔がぽっかり空いている。有史以前の浅い海から町がひとつ立ち現われる図を、わたしはたまに想像する。イソギンチャクがひらくように。ゴム手袋の指を息でふっと膨らましたみたいに。かつては映画本篇の前に銀幕に映しだされた——いつの話だ？——茶色っぽく画質の粗い映像で、あの花がぎくしゃくとひらくように誕生する。このへんは、絶滅した魚だの、太古の葉っぱだの、石灰の堆積物だのを探して、化石の発掘人がさんざん掘り起こしている。それに、ティーンエイジャーたちが飲み騒ぐとなったら、決まってここに来る。焚き火をおこし、へべれけに酔ってマリファナをふかし、まるで発明したての物のようにたがいの服をまさぐりあい、町に戻る途中で親の車をペチャンコにする。

うちの裏庭は、〈ルーヴトー峡谷〉と呼ばれる谷に面している。河幅が狭まり、急降下するあたりだ。流れが急角度で下るので、靄が出て、風光もちょっとばかり神々しい。夏の週末には、観光客が断崖の山道を散策したり、崖っぷちに立って写真を撮ったりする。わが家からも、彼らのかぶる、面白くもない、癇に障る、白いカンバス地の帽子が行きすぎるのが見える。崖は崩れやすく危険なのに、町はフェンスを張るのに予算をあてようとしない。なにをしでかしても自業自得、というのが、いまだにこのへんの考え方なのだ。少し下って水が逆流するあたりに、ドーナツ屋の紙コップが溜まっている。ときには死体も。あやまって転落したのか、突き落とされたのか、飛び降りたのか、もちろん遺書でもないかぎり、判断できないが。

ボタン・ファクトリーはルーヴトー河の東岸に建っている。〈峡谷〉から四分の一マイルほど上流の一角だ。何十年ものあいだ手入れもされぬまま、窓は割れ、屋根は雨漏りがし、ネズミや酔っぱらいの巣窟となっていた。そんなおり、破滅から建物を救ったのは、熱意ある民間の委員会で、これをブティック・ビルに変貌させた。花壇は造り直され、外壁は砂吹きで磨かれ、時間と空き家荒らしによる痛手は修理されたが、低い位置にある窓のまわりには、いまも翅のように広がる黒い煤の跡が目につく。六十年あまり前の火事によるものだ。

建物は赤茶の煉瓦造りで、ガラス板を何枚も合わせた大きな窓が入っている。むかしの工場では、節電のためこういう窓をよく使った。工場として見れば、なんとも趣がある。花飾りがほどこされ、窓の真ん中には、バラをかたどった石細工、破風造りの屋根窓、緑と紫のスレートのマンサード屋根。建物の隣には、こぎれいな駐車場がある。案内板には、〈ボタン・ファクトリーのお客さま専用〉とある。昔ながらのサーカスで見かける字体。それよりも小さなレタリングで、〈夜通し駐車することを禁ず〉と書かれている。さらにその下に、のたくったような、怒りに震える、黒マジックの文字。〈てめえは神さまじゃねえ。地球はてめえの私道じゃねえ〉。これぞ、由緒正しき町の落書き。

正面玄関は間口を広げて、車椅子のための傾斜路もそなえ、もとの重たい扉に替わって、板ガラスのドアが入れられている。〃入口〃〃出口〃〃押す〃〃引く〃の四つの表示、すなわち、二十世紀の口うるさいカルテットも勢揃い。なかに入れば、音楽が流れている。ドサ回りのヴァイオリン弾きが、陽気な傷心のワルツで、ワン・ツー・スリー。天井には明かり採りがあり、中央スペースには模造の丸石を敷きつめ、ペンキ塗りたての緑のベンチと、不興を買いがちな低木の鉢植えがいくつか置かれている。そのスペースを囲んで、さまざまなブティックがならぶ。ショッピングモールの雰囲気だ。

むきだしの煉瓦の壁には、町の文書館が保存する古い写真の拡大版が展示されている。初めに、新聞記事からの引用があげられているが、モントリオール新聞で、地元紙のそれではない。日付は一八九九年。

いにしえのイングランドの暗い魔の製造所を思い浮かべるべからず。ポート・タイコンデローガの工場群は、緑豊かな環境に建ちならび、そこには楽しげな花々が明るさを添え、小川のせせらぎが心なごませる。清潔であり、風通しは良好、工員たちはみなほがらかにして腕が立つ。夕暮れ時、新設の美しいジュービリー橋に立てば、あたかも鉄編みのレースで出来た虹のような曲線を描く橋の下、ルーヴトー河の小滝が轟々と流れ落ち、チェイス家の釦工場の灯りが瞬いて、きらめく水面に映るなか、魅惑のおとぎの国が見晴らせるであろう。

記事が書かれたころは、これもあながち嘘ではなかった。少なくともつかのま、このあたりはにぎやかに栄え、りっぱに観光もできたのだ。

つぎに来るのは、わたしの祖父の写真である。白い頬髯をたくわえ、フロックコートに山高帽という出で立ちで、同様に盛装した要人たちの一団にまじった祖父は、一九〇一年のカナダ横断旅行の途上にあるヨーク公を出迎えるところだ。つぎの写真はわたしの父、花輪を捧げようと戦争碑の前に立っている。背の高い男で、おごそかな顔つき、口髭に眼帯。近づいて見ると、黒い点々の集まりにしか見えない。父の姿がくっきり焦点を結ばないものかと、わたしは後ずさってみる。眼帯のないほうの目と目をあわせようとするが、父はこちらを見てくれない。その視線は地平線に向けられ、背筋を伸ばし肩をそらしている。まるで銃殺隊と相対するように。〝勇猛果敢〟とは、このことだ。

つぎは、釦工場の建物で、キャプションによれば、一九一一年の写真である。バッタの足みたいなアームをつけて軋る機械、鉄のはめ歯、ギザギザの歯車、上下しながら型を打ち抜く圧断機のピストン。長いテーブルには、工員たちがずらりと着席し、前屈みになって、手作業に勤しんでいる。機械を人力で動かしているのは、頭にバンドでまびさしを固定し、ベストを着て、腕まくりをした男たち。テーブルについているのは女工で、みな髪を結いあげ、エプロンドレスを着ている。女たちの役割は、釦を数えて箱詰めする、あるいは、チェイス家の名前が刷りこまれた台紙に釦を縫いつけること。六個、八個、または十二個の釦で一セット。

石敷きのオープンスペースの奥には、バーがある。この〈ザ・ホール・エンチラーダ〉は、土曜日には生演奏が入り、いわゆる地ビールが飲めることになっている。店内の設《しつら》えはというと、ビール樽の上に木の台を置いたのがテーブル代わり、片側の壁にそって、昔懐かしいビール・ブースがならんでいる。ウィンドウに掲げられたメニューを見るかぎり（店には入ったことがないので）、料理はなにやらエキゾチックなもの。パテ・メルト、ポテト・スキン、ナチョ（薄切りのトルティヤ）。〝よからぬ若者向けのぐちゃぐちゃの食べ物〟——少なくとも、マイエラにはそう聞かされている。マイエラはドア脇の〝リングサイド席〟に陣取り、〈ザ・

ホール・エンチラーダ〉で怪しげなことが起きようものなら、ひとつとして見逃さない。彼女によれば、ポン引きや麻薬の売人が白昼堂々、食事にくるそうだ。興奮しきって耳打ちしながら、彼らを指さして教えてくれたことがある。そのポン引きは三つ揃いを着ており、ぱっと見、株式ブローカーのようだった。麻薬の売人は白いものの交じる口髭をたくわえ、デニムの上下を着た姿は、ひと昔前の組合のまとめ役《オルグ》みたいだった。

マイエラの店は、〈ギフトとコレクションの店　ジンジャーブレッド・ハウス〉という。例の甘くスパイシーな香り——シナモンの芳香スプレーのような香り——が漂う店内では、あらゆる物が売られている。コットンのプリント生地を被せた瓶詰めのジャム、ドライハーブを詰めた、干し草の匂いのするハート形の枕、〝昔かたぎの職人さん〟が彫り物をした、蝶番《ちょうつがい》の噛み合わせのわるい木箱、メノー派信徒が縫ったというふれこみのキルト、にやにや笑うアヒルの顔がついたトイレ掃除のブラシ。街に暮らす人々の考えるカントリーライフとはかくなるものであると、マイエラは考えているわけだ。のどかな田舎町でご先祖たちは、こんな生活を送っていたのだろう、と思わせる。歴史のひとかけらを、どうぞお持ち帰りください。しかし、歴史とは、わたしの記憶にあるかぎり、こんな晴れがましいものではない。とくに、こんな清潔さはない。ところが、生々しいものは売れやしないのだ。多くの人々は、無臭の過去を好む。

　隠し持ったお宝のなかから、マイエラは好んで贈り物をしてくれる。まあ、言い方を変えれば、店の客が買いそうにない商品をやっかい払いするだけだが。いままでもらったものには、いびつな形をした枝編みの花輪、パイナップルの飾りがついた、数の揃わない木製のナプキンリング、灯油みたいな香りのする太いキャンドル。わたしの誕生日には、ロブスターをかたどったオーヴン用の鍋つかみをくれた。これも好意の印にちがいない。

あるいは、わたしを懐柔しようとしているか。マイエラはバプティストで、手遅れになる前に、わたしに主《イエス》を見出してほしい、あるいは、主にわたしを見つけてほしいと願っている。しかし、彼女の家系にはそういった血筋はないようだ。マイエラの母リーニーも、さして信仰心は篤くなかった。相互敬意の問題だという。困ったことがあれば、弁護士に頼るのと同様、自然と神頼みをする。もっとも、弁護士が出てくるからには、やっかいなトラブルにちがいない。要するに困ったことでもなければ、主と深くつきあう意味がない。少なくとも、日々の台所に入ってきてほしくはないね。ただでさえ、手一杯なのだから。

しばしつらつら考えたのち、〈ザ・クッキー・グレムリン〉でクッキーを買った。オートミールとチョコチップ、それに発泡スチロールのコップに入ったコーヒー。公園のベンチに腰かけて、指を舐め舐めコーヒーをすすりながら、足を休め、録音テープから流れてくる、軽やかで物悲しい弦楽に耳をかたむけた。

釦工場を建設したのは、わたしの祖父ベンジャミンである。一八七〇年代初めのこと。釦の需要があった時代だ、衣類まわりの物がよく売れたように。大陸の人口は飛躍的に増加していた。釦は安く作って安く売れ、それが（リーニーに言わせると）祖父にとって成功への切符になった。彼はチャンスと見てとると、神のくださった頭脳をぞんぶんに活かした。

ベンジャミンのご先祖たちは、一八二〇年代に、ペンシルヴァニアからやってきて、安い土地に目をつけ、また建設の好機に乗じて栄えた。町は一八一二年の戦争中に焼けてしまったから、再建の要望はいくらでもあった。先祖は、ドイツ系の分離派教会信徒にピューリタンの七代目をかけあわせた一族で、勤勉だが熱しやすく、清く正しい農夫も世間なみに取り揃えていたが、そのほか、巡回牧師三人と、へたな土地投機家二人と、けちな横領屋一人を家系に生んだ。彼らは夢見がちで、片目は遠く地平線を見ているような、地に足がつかない人々である。わたしの祖父の場合、これは博打うちの気質となって現われた。祖父が賭けたのは、自身の人生だけだったが。

祖父の父は、ポート・タイコンデローガに出来た最初期の水車場であるつつましい製粉所をひとつ所有していた。なにもかもが水力で動いていた時代だ。この曾祖父が溢　血《アポプレクシー》（そう、当時は、溢　血《アポプレクシー》と呼んだものだ）で死んだとき、祖父は二十六歳だった。祖父は製粉所を継ぐと、借金をして、合衆国から釦の製造機を買いつけた。最初のうちは、木と骨で釦を作っていたが、じきに、牛の角でもっと凝った物を作るようになった。骨も角も、近くにいくつかある屠畜場で、ただ同然で手に入った。木材はといえば、場所塞ぎだからと燃して始末するぐらい、そのへんにごろごろしていた。安い素材に安い人件費、拡大する市場、これで儲からない法があろうか？

祖父の会社で作られる家庭用釦は、少女のわたしがいちばんに好むような物ではなかった。

小さな真珠をあしらった物も、繊細な黒玉も、婦人用手袋の白い革でくるんだ物も、ひとつとしてなかった。履き物でいえばゴム長にあたるのがこれらの釦で、面白味もなく実用いっぺんとうの釦である。コートとかオーバーオールとか作業シャツなどに使うことが多く、頑丈で、無骨な感じすらする。モモヒキの尻ポケットを留めたり、男物のズボンの前立てに付いていたり、そういった図が思い浮かぶだろう。かような釦が隠すものといえば、ぶらぶらしていて、か弱くて、恥ずかしくて、でも避けて通れないものである。世の中が必要としながら下目に見る、そういった類の物体。

創設者の孫娘にあたる世代に、そんな釦がどれほどの魅力をもっていたのか、よくわからない。ひとつ言えるとすれば、お金。お金、または、お金があるという噂だけで、かならず種々のまばゆい光を投げる。だから、ローラもわたしも、ある種のオーラをまとって育ったのだ。それに、ポート・タイコンデローガでは、家庭用釦が滑稽でみっともないものだなんて、誰も思わなかった。この土地では、釦はまじめに扱われるものだった。あまりにも多くの人々の仕事が、釦産業にかかっており、軽々に扱えるものではなかった。

長年のあいだに、祖父はほかにも水車小屋を買いあげ、おなじく立派な工場に変えていった。やがて、アンダーシャツとコンビ下着の紡績工場をひとつ、靴下工場をひとつ、そして灰皿などの小さな陶器を作る工場をひとつ持つようになった。どの工場も、環境については、胸をはっていた。果敢にも苦情を言う者があれば、耳をかたむけ、怪我の報告があれば、遺憾とした。機械の進歩に、いや、あらゆる種類の進歩に後れをとらない人だった。この町で、電気照明を最初にとりいれた工場主でもある。花壇は工員の志気を高めるのに有効と考え、ヒャクニチソウとキンギョソウを絶やさなかった。安価で、見栄えがよくて、長持ちする花だから。また、自分の工場では、女性の働く環境が安全なことは、家の客間にいるのと同様であると断言した(女たちがうちに客間を持っていると思っていたのだ。そういう客間は安全な場だと思ってもいた。誰もかれも善人と思いたがる人だった)。酒を飲んで仕事をする、口汚いことを言う、態度がだらしない、などに対しては、容赦がなかった。

と、少なくとも、『チェイス工場　あるひとつの歴史』は語っている。祖父が一九〇三年に作らせた本で、緑革の私家版、タイトルに祖父のスナップ写真が添えられ、いかにも重々しい署名が金の浮き彫りで入っている。役にも立たないこの本をよく仕事仲間に進呈していたが、相手はさぞびっくりしただろう。いや、そうでもないか。世の慣わしとされていたにちがいない。でなければ、祖母のアデリアがそんな真似は許さなかったろう。

公園のベンチに座りながら、わたしはクッキーをむしゃむしゃ食べていた。牛糞かと思うほどやたら大きいが、これが最近の作り方だ。妙に味がなく、ぼろぼろ崩れ、油っぽい。ぜんぶは食べ切れそうになかった。こんな暑い日に食べる物じゃない。軽いめまいもしていたが、これはコーヒーのせいだったかもしれない。

カップを横に置くと、ベンチからステッキが音をたてて床に落ちた。わたしは斜めに屈みこんだが、手が届かなかった。そこでバランスを崩し、コーヒーカップを倒した。スカートを通してコーヒーがしみてくるのを感じた。生ぬるい。立ちあがると、まるでおもらししたみたいに、茶色い染みが出来ていた。はたから見たらそう見えるだろう。

人間は決まってこういうとき、世界中の人々が自分を見つめていると思うのは、なぜなのか？　たいていは、誰も見ていないのに。でも、マイエラは見ていた。わたしが入ってくるのを目にとめたのだろう。ずっと見張っていたにちがいない。慌てて店から出てきた。「ちょっと、顔色が真っ青よ！　そうとう参ってますね」彼女は言った。「さあ、コーヒーを拭きましょう！　やれやれ、ここまで歩いてきたんですか？　帰れないでしょうに！　ウォルターを呼んだほうがいいですね。車で送らせましょう」

「ひとりでなんとかするわよ」わたしは言った。「具合がわるい訳じゃないの」と言いつつ、ウォルターを呼ぶのは止めなかった。

アヴァロン館

また骨が疼きはじめていた。蒸し暑い日にはよくあることだ。骨はまるで歴史のように疼く。とうの昔に終わったことが、痛みとなって今に反響する。痛みがひどいと、眠ることもできない。夜ごと、眠りを渇望し、眠りを求めて苦闘する。なのに、それは煤けたカーテンみたいに、頭の上ではためくばかり。睡眠薬もむろんあるが、医者には、極力服《の》まないよう言われている。

ゆうべは、湿気のなか、何時間にも思える時間を悶々と過ごした末、起きだして、スリッパも履かず、吹き抜けの窓から射す街灯のほの明かりを頼りに、手探りで階段をおりていった。無事に階下までたどりつくと、まずよろけながらキッチンの冷蔵庫にたどりつき、冷気で霞んだまぶしい庫内をきょろきょろ眺めまわした。食べたいものはあまりなかった。薄汚れたセロリの残り、青かびの生えかけたパンの耳、ぶよぶよになったレモン一個。脂っぽい紙に包まれて足爪みたいに半透明になった固いチーズの切れ端。すっかり独り住まいに馴れてしまい、食事はその場しのぎの、あり合わせばかりだった。人目をはばかる間食、人目をはばかるおやつや軽食ピクニック。人さし指でピーナツバターを瓶からじかにすくいとり、それを舐めて良しとした。なぜスプーンを汚す必要がある？

片手に瓶を持ち、指を口に入れた格好のわたしは、いまにも誰か部屋に入ってきそうな感覚にとらわれた。どこかの女、所有権をもつ見えざる家主が、わたしのキッチンでいったい何をしているの、と訊いてきそうな。前にもそんな感じを覚えたことはあった。しごく当たり前の日常の営み――バナナの皮を剝いているとき、歯を磨いているとき――の最中にも、自分がどこかに侵入しているような気が。

夜、この家はいつにもまして他人のものに思える。わたしは壁に手をついてバランスをとりながら、とっつきの居間、ダイニングルーム、客間と抜けていく。さまざまな持ち物がわたしからよそよそしく離れて、自身の影のなかに浮かび、おまえの持ち物じゃないと主張する。わたしは強盗の目でそれらを見やり、盗みの危険をおかすに価する物はどれか、逆に手をつけないのはどれか、値踏みした。泥棒はわかりやすい物を盗っていく――祖母の銀のティーポット、それから、手塗りの陶器も、たぶん。残っているモノグラム入りのスプーン。テレビ。盗られて惜しいものはなにもない。

これらもみな、わたしが死んだら、誰かがひととおり目を通して始末するのだろう。その仕事を独り占めするのは、きっとマイエラだ。わたしのことも、母リーニーから受け継いだ気でいるらしい。信頼ある〝家臣〟の役どころを、嬉々として演じるだろう。わたしは羨みなどしない。人生は生きているうちでさえゴミ溜め、いわんや、死んでからは。しかし、ゴミ溜めにしても、あきれるほど小さいことよ。ひとの死後、所持品を整理してみるとわかる。自分が整理される番になったとき、緑色のゴミ収集袋がいかに少なくてすみそうか。

ワニの形をしたくるみ割り器、真珠のカフス釦が片方だけ、歯の欠けた鼈甲の櫛。こわれた銀のライター、ソーサーの欠けたカップ、ヴィネガーの瓶のない薬味スタンド。散乱した〝わが家〟の骨。ぼろくず。遺骨。難破して岸に打ちあげられた破片。

今日は、マイエラに押し切られて、扇風機を買うことになった。いままでキィキィ軋る小さな代物を頼りにしてきたが、それよりよほど良い背の高いスタンド式だという。お目当てのタイプが、ジョグー河の対岸に新しくできたモールで売られているから、車で連れていってくれるという。どうせ自分も出かけるついでだから構わないのだ、と。彼女に口実をならべられると、どうも気力がなえる。

車はわたしたちを乗せて、アヴァロン（致命傷を負ったアーサー王が運ばれたという島と同名）、いや、かつてはアヴァロンだったがいまや哀れにも様変わりしている建物を過ぎた。現在は、〝ヴァルハラ〟と呼ばれている（最高神オーディンの殿堂で戦死した英雄の霊を招いて祀る所と同名）。これが老人ホームにふさわしい名前だなどと、どういう脳たりんの役人どもが決めたのか？ 記憶によれば、ヴァルハラとは、ひとが死んだ後に行くところではないか、その直前ではなく。とはいえ、なにがしか意図はあったのだろう。場所としては一等地である。ルーヴトー河の東岸、ジョグー河との合流点のあたりにあるため、〈峡谷〉のロマンチックな景観と、ヨットの集まる安全な停泊所の風景がとけあっている。規模の大きなホームだが、すでに満杯のようで、戦後建てられた粗末なバンガローに、押しのけられそうになっている。玄関ポーチに、老女が三人腰かけており、ひとりは車椅子に座って、トイレでタバコを吸う悪ガキのように、こっそり喫煙している。そのうち、火事で建物を焼いてしまうにちがいない。

老人ホームに変わってから、アヴァロン館のなかには入っていない。きっとベビーパウダーと、きのう茹でたジャガイモと、小便の饐えた臭いがするんだろう。できれば、往時のままの姿で憶えておきたい。わたしの知る当時から、すでに使い古しの観が漂いはじめていたが。ひんやりした広い玄関ホール、よく磨かれた広い台所、玄関ホールに置かれた小さなサクラ材の丸テーブルには、ドライフラワーの花びらをいっぱいに入れたセーヴル焼きの高級陶器。階上のローラの部屋には、マントルピースの欠片が。あの子が薪のせ台を落として欠けてしまったのだ。いかにもローラらしい。このことを知っているのは、いまやわたしだけだ。妹の容貌――抜けるように白い肌、しなやかそうな体、バレリーナのような長い首――を見れば、ひとはしとやかな娘を想っただろう。

アヴァロン館は、変哲もない石灰の建物とは違う。設計者たちはひと味違ったものを造ろうとしたらしく、河の小さな丸石をセメントで固めている。遠くから見ると、いぼが出来ているように見える。恐竜の皮膚というか、絵本に出てくる〝願いの泉〟というか。くじけた野心の御霊家《みたまや》。いまでは、そんな気がする。

とくに高雅な家ではないが、ひところは、それなりに威風堂々たる建物とされていた。商い人の宮殿。屋敷まで曲線を描いてつづく車道《くるまみち》、どっしりしたゴシック様式の小塔、ふたつの河を見晴らすヴェランダは、広々と半円形に展《ひろ》がっていた。二十世紀の初頭には、夏ものうい午下《ひる》がり、ここで花を挿した帽子をかぶった貴婦人たちに、お茶がふるまわれたもの。庭で園遊会があれば、ここで弦楽カルテットが演奏した。祖母とその友人たちは、これを舞台として使い、まわりに松明をめぐらせて、夕暮れ時に素人芝居をうった。ローラとわたしにとって、ヴェランダの下は格好の隠れ家だった。そのヴェランダも、いまや沈下しかけている。ペンキも剝げてきた。

むかしは、見晴らしのよい四阿《あずまや》やら、囲い地の菜園やら、飾りを置いた空間がいくつもあった。金魚が泳ぐ睡蓮の池。草いきれのする温室。これはいまや取り壊されてシダやコケがはえ、ときおりは、貧弱なレモンやすっぱいオレンジを生《な》らす。撞球室あり、客間あり、家族の居間あり、暖炉の上に大理石のメドゥーサのいる書斎あり。いかにも十九世紀的なメドゥーサで、美しく無感情な眼差し、頭から懊悩のように這いでてくる蛇たち。あのマントルピースは、フランス製だった。ディオニュソスとぶどうの木だったか、そんな飾り付きのを注文したのに、届いたのはメドゥーサだった。送り返すにもフランスは遠いから、それを使うことにした。

薄暗くだだっ広いダイニングルームもあり、ウィリアム・モリスの壁紙が張られていた。「苺泥棒」のデザインだ。ブロンズの睡蓮がからみつくシャンデリア。ステンドグラスを入れた高い窓が三つ。これはイングランドから買いつけたもので、トリスタンとイゾルデの物語が連作で描かれる（深紅のカップに入った媚薬が差しだされる図。つぎは、恋人たちの図。トリスタンは片膝をつき、イゾルデは黄褐色の髪を滝のように波うたせ、彼への想いに身をもんでいる。ガラスで表現するのは苦労だったのだろう。箒が溶けだしたように見えなくもない。三枚めは、イゾルデひとりの図。襞のうつ紫の長衣を着てうなだれ、脇にはハープが置かれている）。

この家の設計と内装は、祖母のアデリアが監督した。わたしが生まれる前に他界したが、聞くところによると、俗にいう「絹のようになめらか」で「キュウリのように冷静」だが「大鋸《のこ》みたいに強情な」人だったらしい。〝カルチャー〟というものを信奉し、それが彼女にある種の道徳規範をあたえていた。今日びはそうもいかないようだが、当時の人々はカルチャーがより良い人生、より良い人間をつくると信じていた。カルチャーはひとを向上させる、少なくとも女性はそう信じていた。まだオペラ座に通うヒトラーに会ったこともない人たちだ。

アデリアの旧姓はモンフォートといった。名家、少なくともカナダではそう目される家の出である。モントリオールのイギリス人二世とユグノー派のフランス人の血が混じった一族。このモンフォート家も一時は興隆を誇る家で、鉄道でひと財産なしたが、危なっかしい山っ気とものぐさが祟り、滑りやすい坂道をもはや半ばまでころげ落ちていた。あつらえむきの夫も見つからないまま、婚期の時間切れを迎えようとするころ、アデリアはお金と結婚した。無骨なお金、釦のお金と。彼女なら、石油を精製するようにこの金をきれいにしてくれる、そう当てこまれたのだ。

（アデリア大奥さまは、結婚したというより、嫁に出されたのよ。リーニーはジンジャークッキーの生地をこねながら、そう言った。政略結婚ってことだね。ああいう上流の家ではよくあったことだし、自分で相手を選ぶより良いとか悪いとか、誰が言えるだろう？　どっちにしろ、アデリア・モンフォートは務めを果たしたんだし、その機会がめぐってきたのは幸運だった。そのころには、薹《とう》が立ちかけていたから。二十三だったっけ。あの時代には、もう盛りをすぎたと思われた年齢だよ）。

祖父母の肖像写真はまだ手元に持っている。銀の額に入ったそれは、結婚式のすぐ後に撮ったもので、ヒルガオの花が満開である。背景には、縁取りのあるビロードのカーテンと、ふた元《もと》のシダが写っている。遊覧馬車にもたれた祖母のアデリアは、大きな帽子をかぶり、襞のたっぷりしたドレスを着た、〝ハンサムな〟女性で、二連の長い真珠のネックレスをつけ、レースの縁取りのある襟は深く刳れ、肌白の上腕はチキンの丸焼きみたいにしなやかだ。祖父のベンジャミンも正装で彼女の後ろに立っており、たしかに上等な装いをしているが、いかにも、この日のためにめかしこみましたという感じで、板についていない。ふたりとも、コルセットをつけているようだ。

十三、四歳の年ごろはみなそうだろうが、わたしもそんなアデリアをロマンチックに美化していた。夜、部屋の窓から、芝生と、月影で銀色に輝く庭の飾り棚の向こうを眺めやっていると、白いレースの茶会服をまとい、恋焦がれる風情で歩いていく彼女の姿が目に見えるようだった。わたしは、けだるく、厭世的で、うっすら小馬鹿にしたような笑みを、彼女に向ける。すぐさま、その図に想像の恋人もくわえた。そのころには温室はもう構われなくなっており、アデリアはこの恋人といつも温室の外で逢い引きをする。わたしの父は蒸し暑いオレンジの果樹園などには、なんの興味もなかったが、わたしは頭のなかでそれを建て直し、温室花を植えてみたりした。ランがいいだろうか、それとも、ツバキか（ツバキがどんなものか知らなかったが、本で読んだことはあった）。アデリアと恋人は決まって温室のなかへ消えていき、さて、なにをするんだろう？　幼いわたしには、想像もつかなかった。

現実には、アデリアが情夫をつくる可能性はゼロだったろう。町はあまりに狭く、モラルのありかたは実に田舎じみており、道を踏み外すにも障害がありすぎた。彼女も馬鹿ではない。おまけに、持参金のひとつも持っていなかった。

女主人兼主婦として、アデリアはベンジャミン・チェイスのもとで贅沢に暮らしていた。自分の趣味の良さを誇りにしていたが、祖父もこれには敬して従った。彼女を妻に選んだ理由のひとつは、この趣味の点にあったのだ。祖父も結婚するころには、四十になっていた。財をなすのに働きつめてきたのだから、その金に見合ったものを手に入れるつもりだった。つまり、新妻に衣装をとりしきられ、テーブルマナーをびしびし躾けられるという暮らし。祖父は祖父なりに、〝カルチャー〟が欲しかったのだろう。少なくとも、自分にもカルチャーがあるところを見せたかった。しかるべき陶器類を持ちたかった。

陶器が手に入ると、それに十二皿のフルコースがついてきた。まずは、セロリと塩味のナッツが出て、ショコラでしめくくる。コンソメ、リッソウル、タンバール、魚料理、肉のロースト料理、チーズ、果物。テーブル中央のエッチングガラスの飾りスタンドからは、温室のぶどうが蔓をたらしている。いま思えば、長距離列車の豪華メニューだ。オーシャンライナーの食事。首相たちもポート・タイコンデローガを訪れてきた。そのころには、町にも大きな製造工場がいくつかあり、工場の政党支援はありがたがられた。そんな訪問のさい、政治家たちが泊まるのはアヴァロン館だった。祖父ベンジャミンが、三人の首相と代わる代わる写っている写真も、金の額に入れて書斎に掛けてあった。首相は、ジョン・スパロー・トンプソン卿、マッケンジー・ボーエル卿、チャールズ・タッパー卿だ。彼らはみな、この邸で供されるなによりも料理を好んでいた。

アデリアに期待される仕事とは、こうしたディナーの計画と食材の注文、そして、その食事をがっついている姿を決して見られないこと、だった。ひとさまがいる場では料理をほんのつつく程度だったと、客たちは証言したはずだ。ものを噛んだり飲み下したりするのは、野蛮な俗っぽい行為だから。きっと、あとで食事の盆を部屋に運ばせていたのだろう。それを手づかみで食べていたにちがいない。

アヴァロン館は一八八九年に完成し、アデリアに命名を受けた。テニスンの詩からとった名前だ。

アヴァロンの島の谷
なにも降らぬ、雹も雨も雪も
風とて吹き轟くことがない
草地の奥、幸福で、美しく、果樹園の緑に包まれ
夏の海を戴く、木陰の窪地と……（「アーサー王の逝去」より）

彼女はこの引用文をクリスマスカードの左内側に印刷させた（当時、テニスンは英文学のスタンダードから言うと、いささか時代おくれで、少なくとも若者たちのあいだでは、オスカー・ワイルドがその後釜だった。だが、あのころのポート・タイコンデローガは、なにもかもがいささか時代おくれであった）。

こんな引用文を見て、人々は——町の人々は——アデリアを笑いものにしたにちがいない。彼女を令夫人だの公爵夫人だのともちあげる人たちでさえ。とはいえ、みなさん、彼女の招待リストからはずされたりしたら、気分を害するのだが。あのクリスマスカードに対しては、こんなことを言っていたのだろう。〝たしかに彼女、雹や雪には運がないわね。それについては、きっと神さまに意見のひとつもするでしょう〟。あるいは、あちこちの工場で、〝このへんで「木陰の窪地」なんて見たことあるかい？　彼女のドレスの胸のあたり以外にさ〟。地元の人々の流儀は知っているが、いまでも、そう変わったとは思えない。

　アデリアはクリスマスカードをひけらかしていたが、そこにはカード以上の何かがあったのだと思う。アヴァロンはアーサー王が死出の地となったところ。アデリアがこの名前を選んだのには、放浪のわが身をいかに心細く思っているか、そんな含みがあったのだろう。ひたすら念ずれば、〝幸せの小島〟の安っぽい模造品を生みだせるかもしれない、と。だが、決して実物にはなりはしない。アデリアの求めているのはサロンだった。芸術家肌の人々、詩人、作曲家、科学者——要は、イギリスのまたいとこの家を訪れたさい、見かけるような人々を。彼女の一家にまだお金があったころの話だ。広々とした芝生のある、黄金の日々。

　ところが、そんな人種はポート・タイコンデローガでは見つからなかったし、ベンジャミンは旅を拒んだ。自分の工場を離れるわけにはいかん、と言って。まあ、実のところ、彼の釦工業を嘲笑うような連中のなかへ、引きずりこまれるのが嫌だったのだろう。見も知らぬ食器類がならんでいるような、そして、アデリアが夫を恥じるような世界には。

ヨーロッパでもどこでも、アデリアは夫なしでは旅の誘いを断わった。あまりに誘惑が強くて――帰れなくなるのを恐れたのかもしれない。風まかせの旅をつづけ、じょじょに金を使い果たして、小型飛行船のようにしぼみゆき、ごろつきや浮かれた者たちの餌食となり、卑しい女に身を落とす。あんな襟ぐりのドレスを着ていれば、いいカモになっただろう。

なによりもアデリアが夢中になったのは、彫刻だった。温室をはさんで、一対のスフィンクスの石像が置かれており、ローラとわたしはその背中によく登ったものだ。また、石のベンチの後ろからは、酒盛りをする牧畜神ファウヌスが流し目をくれていた。尖った耳、階級章のように陰部を覆う大きなぶどうの葉。睡蓮の池の隣には、大理石のニンフが鎮座している。幼い貧弱な胸をした冴えない娘で、ひとつに結った髪を肩にたらし、水面におずおずと片足をつけている。わたしたちはニンフの横に座ってリンゴを食べたり、彼女の足先を金魚がつつくのを眺めたりした。

(こうした彫像は〝正真正銘の〟と言われていたが、正真正銘の、何なのだろう? だいたい、アデリアはどうやって手に入れたのか? どうもイカサマの匂いがする――どこぞの怪しげなヨーロッパ人の仲買人が、二束三文で仕入れて、それらしい来歴をでっちあげ、長距離電話でアデリアに如何物《いかもの》をつかませ、がっぽり儲ける。アメリカ人の金持ちでは見向きもしないと、賢くも判断して、彼女に目をつけたのだろう)。

アデリアは一族の墓碑も設計した。ふたりの天使がいるあれだ。王朝風の威風をそなえたいからと、ご先祖の遺体を掘りおこし、ここに埋めなおしてほしいと、うちの祖父に頼んだが、祖父はついに腰をあげなかった。結局は、アデリア本人がそこに埋葬される最初の人物となった。

アデリアが逝ったとき、祖父ベンジャミンは安堵の息をついたろうか？　妻のもうける厳しい規範にとてもついていけないのは、いやというほど思い知っていたのではないか。もっとも、彼女に畏敬に近い念を抱いていたのは明らかだ。その証拠に、彼女の死後も、アヴァロンではなにひとつ変わることがなかった。絵画一枚動かず、家具ひとつ入れ替わることもなく。家そのものがアデリアの真の記念碑であると、祖父は考えていたのだろう。

それに、ローラとわたしを育てたのも彼女だった。ふたりともアデリアの家で育った。言い換えれば、彼女の理念のなかで育ったということだ。さらに言えば、おまえたちはかくあるべしという無茶な理念のなかで育ったのだ。そのころには、アデリアは没していたから、文句を言うわけにもいかなかった。

うちの父は、三人兄弟の長男で、息子たちはそれぞれ、アデリアがハイカラだと思う名を与えられていた。ノーヴァル、エドガー、パーシヴァル。古めかしいアーサー王伝説を引っぱりだして、ワーグナー風味を加えたような名前。まあ、ウーゼルとかジークムントとかウルリックとかにならずにすんで、感謝すべきだろう。祖父ベンジャミンは、息子たちを目のなかに入れても痛くない可愛がりようで、釦業を仕込もうとしたが、アデリアの志はもっと高かった。ポート・ホープのトリニティ・カレッジへ、三人まとめて送りこみ、ベンジャミンと釦商いのせいで無骨者にならないようにした。彼女も夫の資産の使いでには感謝していたが、その出所については、臭いものには蓋という態度を決めこんでいた。

夏休みになると、息子たちは帰省した。寄宿学校と大学で、父親へのなごやかな軽蔑を学んで――拙いながらもラテン語のできる自分たちと違い、まるきりだめな親への。父の知らない人物について話し、聞いたこともない歌をうたい、理解できないジョークをとばす。月明かりのもと、父の小さなヨットで出帆する。これまたアデリアの切々たるゴシック趣味により命名された〈ウォーター・ニクシー〉号。そこでマンドリンを奏で（エドガー）、バンジョーを弾き（パーシヴァル）、ビールを痛飲し、索具をもつれさせ、そのままにして父に解《ほど》かせる。はたまた、父の新車二台のうちの一台を乗り回す。町の周りの道は、年の半分がたは、たいへんな悪路となり――雪、のちに泥、のちに土埃――どこへ行っても、車で走れるところなどたいしてない。息子たちは、女にもだらしないとの噂だった。少なくとも、下の子ふたりは。〝乗り換え〟のさいは、金で解決しているとも囁かれた。いや、ご婦人がたに支払いをしてお引き取り願うのは、賢明なことに他ならない。その金で彼女たちはやり直せるのだし、チェイス家非認知の赤ん坊たちが這い回る図など、誰が希《こいねが》うだろう？　だが、娘たちはこの町の出ではなかったから、噂が流れても、息子たちが困ることはなかった。少なくとも、男どものあいだでは、むしろ逆の効果があった。少々ひとに笑われこそすれ、物笑いの種というほどではなく、なかなかのしっかり者だとか、気さくだとか言われもした。エドガーとパーシヴァルは、エディ、パーシーと呼ばれたが、うちの父だけは威あって猛《たけ》からずというふうだったので、つねにノーヴァルと呼ばれていた。三人とも見るからに快活で、多少やんちゃではあったが、男児には当然のことでもあった。しかし、〝やんちゃ《ワイルド》〟とは、どういう意味だったのだろう？

「三人とも、悪戯っ子だったね」リーニーはわたしにそう話したものだ。「でも、悪党じゃなかった」

「ふたつの違いはなんなの？」わたしは訊いた。

彼女はため息をつき、「あんたが知らずにすむことを祈るばかりだよ」と言った。

アデリアは一九一三年に、癌で亡くなった。特定の病名が伏せられたところを見ると、婦人病の類がいちばんあやしい。アデリアの末期のひと月、台所の手伝いとして、リーニーの母が呼ばれ、母についてリーニーもやってきた。当時、彼女はまだ十三歳、そのなりゆきは胸に深く刻みこまれた。「痛みがあまりにひどいんで、モルヒネを打つしかなかった、四時間おきにね。大時計のまわりに、看護婦たちを揃えていたっけ。でも、アデリアはベッドに寝ていられず、いつも歯を食いしばって起きあがり、あいかわらず綺麗に身じまいをしていた。気が変になりかけているのは、はた目にあきらかだったけど。屋敷の園内を歩き回っているのを、わたしもよく見かけた。淡い色の服を着て、ヴェールのついた大きな帽子をかぶって。立ち姿があでやかでね、そのへんの男たちよりよほど気骨があったよ、あの人は。しまいには、その身を思えばこそ、ベッドに縛りつけるはめになった。あなたのお祖父さんは胸も張り裂けんばかりで、すっかり腑抜けになってしまった」時が経つにつれ、わたしがおいそれと感服しなくなると、リーニーはこの物語に、押し殺した絶叫やらうめき声やら臨終の床の誓いやらを付け足した。どういう意図なのかは、さっぱりわからなかった。あんたもこういう気丈さを――痛みに屈せず歯を食いしばって――見せねばならないと言っていたのか、それとも、たんに凄惨な描写を愉しんでいたのだろうか？　両者だろう、きっと。

アデリアが亡くなるころ、三兄弟はおおかた大人になっていた。母を恋しく思ったろうか、その死を悼んだろうか？　それは、当然のこと。母の献身に、どうしたら感謝せずにいられただろう。それでも、アデリアは息子たちにしっかり首縄をつけていた。できるかぎりしっかりと。不帰の人となってからは、その縄や首輪にもゆるみが出来たであろうが。

三兄弟は誰も釦産業には入りたがらなかった。それも、母の蔑視を受け継いでいたからだが、一方、母の現実主義は継がなかったようだ。金は木に生るわけではないとわかってはいたが、なら、どこに生るのかと訊かれれば、あまり明解な答えはもちあわせていなかった。うちの父ノーヴァルは、国を良くするつもりだったから、法律を勉強して、いずれは政治家になろうかと考えていた。下のふたりは、旅をしたがった。パーシーがカレッジを卒業したらすぐ、ふたりは金脈を探して、南アメリカへの発掘旅行を計画した。広々とした道が手招いていた。

となると、チェイスの家業は誰が引き受ける？〈チェイス＆サンズ〉なる同族会社は存在しないことになるのか？　存在しないなら、ベンジャミンはなんのために身を粉にして働いてきたのか？　このころには、祖父も、自分がこれだけやってきたのも、みずからの野心や欲望とはべつの理由、なにか高貴な目標のためと思いこんでいた。遺産を築きあげたからには、それをつぎの世代に手渡したいと願っていたのだ。

夕食の卓を囲んで、ポートワインを飲みながら、語気を抑えたお咎めが、一度ならずあったことだろう。それでも、息子たちは頑としてゆずらなかった。やりたくもない釦作りを、若者にやらせようというのがどだい無理である。息子たちは父を落胆させようというのではなかったが、不粋で気の滅入る、日常という重荷を背負う気もないのだった。

嫁入り道具

いよいよ新しい扇風機が購入された。部品は大きな段ボール箱に入って届き、工具箱を抱えてきたウォルターが、ネジを留めてすっかり組み立ててくれた。出来あがると、ウォルターは言った。「これで、このおじょうちゃんも落ち着くだろう」

たとえば、船はウォルターにとって女なのだ。車のいかれたエンジンや壊れたランプやラジオがそうであるように。男が新しく仕入れた道具でちょいちょいといじって、新品同様に修理できる類の物は、なんでも女。わたしがそれを頼もしいと感じるのはなぜだろう？　たぶん、子どもっぽい神頼みの心の片隅では、彼がペンチや歯車をとりだして、わたしのこともおなじように直してくれると信じているから。

背の高い扇風機は、ベッドルームにすえつけられる。古い扇風機は階下へ引きずりおろし、ポーチに置いて、ちょうど風がうなじに当たるようにする。心地よいがへたりこみそうな感覚。冷気の手をそっと肩に置かれたような。こうして涼をとりながら、木製テーブルにつき、愛用のペンで書きつける。いや、〝書きつける〟のではない。いまのペンに、書きつけるという語感は似合わない。文字はなめらかに音もなくペン先をころげだし、ページに綴られていく。いまも、わたしのペンは文字を軸につたわせ、指の間から絞りだす。ああ、難儀だ。

もう陽も暮れかけている。風はない。庭の向こうから、早瀬の岸に打ち寄せる音が、長いひと息のように響く。青い花が空《くう》に融け、赤い花は黒ずんで、白い花は燐光をおびて照り映える。チューリップは花びらを落とし、あとには、むきだしのめしべが残る――口吻のような、黒くなまめかしい姿。シャクヤクの花は終わりかけ、湿ったティッシュのように、薄汚く萎れているが、百合が咲きはじめた。フロックスも。バイカウツギの最後の一本が花を落とし、草に白い花吹雪を散らす。

一九一四年七月、わたしの母と父は結婚した。いろいろ考えてみるに、なれそめを聞く必要がある。わたしはそう思った。

いちばん見込みがありそうなのは、リーニーだった。わたしはその手のことに興味をもつ年ごろ――十か、十一か、十二か、十三――になると、台所の卓に陣取って、錠をこじあけるみたいにリーニーの口をこじあけた。

工員たちが住むジョグー河南東岸の長屋を出て、アヴァロンで住みこみで働くようになったとき、彼女はまだ十七にもなっていなかった。あたしはスコットランド人とアイルランド人の血が混じっているんだよ、アイルランドと言ってもカトリックじゃないけどね、もちろん、と言っていた。わざわざそう言ったのは、自分の祖母がカトリック・アイリッシュだったからだ。わたしの乳母として仕事を始めたが、紆余曲折と軋轢の末、そのころには一家の〝大黒柱〟になっていた。あのとき、彼女はいくつだった？　〝あんたたちの知ったことじゃない。いい歳して少しわきまえたらどう。ええ、そんなことはもうたくさん〟。彼女の身の上を探ろうとすると、貝のように口を閉ざしてしまう。〝自分のことは胸にしまっておくの〟。よくそう言っていた。あの当時は、なんと慎み深く感じられたことか。いまでは、なんと惨めに思えることか。

しかし、リーニーは一家の由緒を知っていた。少なくとも、なにがしかは。語り聞かせる話の内容は、わたしの年齢に応じて、そのときの彼女の気の散りようによって、さまざまに変化した。それでも、わたしはこうして過去のかけらをじゅうぶん拾い集め、こうして物語を再構築した。そんな話でも、現実との繋がりは大いにあったはずだ。モザイクの肖像画が実物に似ている程度には。どのみち、リアリズムなど求めない。わたしが求めるのは、色彩が鮮やかで、輪郭がシンプルで、曖昧性のないもの。子どもが親から物語を聞くときに、いちばん求めるようなもの。子どもたちは、絵葉書みたいなものが欲しいのだ。

うちの父は（リーニーによると）スケート・パーティで、プロポーズしたという。滝から上流へいったあたりに、入江――古い水車用貯水池――があり、そのあたりは、流れもやや緩やかだった。冬もいちだんと寒くなってくると、スケートができるほど厚い氷が張る。若い教会信徒のグループが、ここでよくスケート・パーティを催した。いや、パーティではなく、〝お出かけ〟と呼ぶんだった。

うちの母はメソジスト教徒だったが、父は英国国教会徒だった。というわけで、社会的レベルからすると、母は父より下になった。そんなことが、当時は取り沙汰されたのだ（祖母アデリアが生きていたら、ふたりの結婚は認めなかったろう。少なくとも、あとから考えてみればそうにちがいない。アデリアにしてみれば、おそらく母はずっと階層の低い女であり、また、やけにとりすまして、押しが強く、田舎じみていたことだろう。祖母なら、父をモントリオールに引っぱっていき、最低でも、社交界に初めて出る《デビュタント》金持ちの娘とくっつけたはずだ。もっと身なりのいい女と）。

わたしの母はまだ若く、ほんの十八だったが、物知らずで引っ込み思案の娘ではなかった。と、リーニーからは聞いている。すでに学校で教鞭をとっていた。二十歳《はたち》前でも教師になれた時代だ。とくに教える必要があるわけではなかった。実父は、チェイス財閥の首席弁護士だったから、一家は〝なに不自由なく〟暮らしていた。しかし、彼女が九つのとき死んだ母親とおなじく、わたしの母も宗教には真摯であったから、自分より恵まれない人々には手を差しのべるべしと信じていた。つまり、ある種、伝道の務めとして、貧しい子どもたちに教える道を選んだのだ。と、リーニーは恭しく話したものだ（リーニーはわが身におきかえれば馬鹿らしいと思うことも、母の所業となると、よく褒めあげた。貧者については、リーニーはそのなかで育ったわけで、無力なものと考えていた。精根尽き果てるまで貧乏人を教育するのもいいが、おおかた、失望して打ちのめされるのがオチ、というのが持論だった。〝でも、あなたの母さんは――ああ、その善き心を讃えたまえ――決してそうは考えなかった〟）。

オンタリオ州ロンドンの師範学校で、ふたりの娘といっしょに撮った母のスナップがある。三人が寄宿舎の正面階段に立ち、腕をからませあって笑っている写真だ。両脇には、冬の雪が降り積もり、屋根からは氷柱がたれている。母はアザラシの毛皮のコートを着て、帽子の下から、凍てついたブロンドの毛先をのぞかせている。若いころから近眼の気があったから、わたしが憶えているフクロウみたいな眼鏡の前に、もう鼻眼鏡をかけていたはずだが、この写真でははずしている。毛皮つきのブーツを履いた片足が写っており、足首をあだっぽくひねっている。いかにも気丈そうで、少年海賊のように威勢がいい。

母が師範学校を卒業して職を引き受けたのは、さらに遠い西北の小さな学校《ワンルーム・スクール》だった。当時はまだ鄙の土地だった辺りだ。彼女はそこでの生活にショックを受けた。人々の貧しさに、無学ぶりに、蚤に。そこの子どもたちは秋になると、肌着のなかに縫いこまれ（古くは、防寒のため、冬季は子どものパンツをシャツに縫いつけてしまう習慣があった）、春になるまでほどいてもらえない――そんな話は、とくにむさ苦しい図として、わたしの心に残った。もちろん、とリーニーは言った。そこはあなたの母さんが住むような土地じゃなかった。

しかし、母は達成感を覚えていた。ひとの役に立っている、と。そういう恵まれない子どもたちの、せめて幾人かには。そうあってほしいと、少なくとも母は願っていた。そうするうちに、クリスマス休暇が来て帰省。血色もわるく痩せたことが、周囲の話題になった。ばら色の頬をとりもどさなくては。というわけで、父もふくむ仲間たちと、凍った貯水池でのスケート・パーティに出かけていった。父はそのスケート靴の紐を結ぶため、母の前に初めて片膝をつくことになる。

ふたりはたがいの立派な父親を通じて、しばし前から見知った仲だった。以前にもお行儀のいい顔合わせを何度かしていた。アデリアの最後の園遊劇で、ともに演じた間柄でもある。性的要素も半獣人キャリバンの役どころも最小限に削った修正版の『テンペスト』で、父はファーディナンドを、母はミランダを演じたのだ。リーニーによれば、母は淡いピンクのドレスを着て、バラの花輪飾りをつけていた。そして、天使もかくやという声で、台詞を完璧にこなした。〝おお、すばらしき世界、こんな人々がいるとは!〟しかも、陶然として焦点を結ばぬ澄んだまなこを細めて。すべてが一体となって、どんな効果を生んだか、わかるだろう。

父はよそ見をすることもできた。たとえば、もっと金持ちの妻を探して。だが、まちがいなく信用がおける相手、頼れる相手を求めていたにちがいない。意気軒昂なわりに——そう、父にもかつては意気があったのだ——あなたのお父さんはまじめな若者だったからね。リーニーはそう言った。でなければ、母は撥ねつけたにちがいない、と言いたげに。父も母もそれぞれに引けをとらず、熱意の人だった。意義ある目的なりなんなりを成し遂げ、世界をより良いものにしようと考えていた。なんと夢のような、なんと危険な理想！

スケートで池を何周か滑ったのち、父は母に結婚の申し入れをした。不器用なプロポーズだったと思うが、当時、男の不器用さは誠意の証とされた。求婚の瞬間も、ふたりは肩と腰を触れあわせながらも、たがいの目を見ずにいただろう。ふたりならんで、右手を前で、左手を後ろでつないで（母はどんな装いだったか？　リーニーはそれも知っていた。青い手編みのマフラー。それとお揃いの、房つきベレー帽と手袋。ぜんぶお手製だ。くるぶしまである、萌葱色の冬物のコート。片袖には、ハンカチをたくしこんでいた。リーニーによれば、このハンカチは忘れたことがない。どこぞの連中とは違って、とリーニーは名指しした）。

この運命の瞬間、母はどうしたか？　池の氷をしげしげと見つめていた。すぐには返事をしなかった。つまり、「イエス」ということだ。

雪を戴く岩場と白い氷柱が、一面、ふたりを取り巻いていた。どこまでも白の世界。足下には氷があり、それもまた白く、その下には、河の水がときに渦巻き、逆流しながら、暗く、人目につかず、流れている。わたしはそのときの図をそんなふうに思い描いた。ローラもわたしも生まれる前のこと――真っ白で、無垢で、見た目は頑丈そうでもやはり薄い氷。この世の表面下には、名状しがたいものがゆっくりと煮え立っている。

それから、指輪の贈呈があり、新聞発表がある。その後、母が教職を学年末まで勤めあげて――本分をまっとうして――里にもどると、正式なお茶会がひらかれる。優雅に調《ととの》えられた会には、アスパラを巻いたりクレソンをはさんだりしたサンドウィッチと、三種のケーキ（軽めのもの、黒いもの、フルーツ入り）と、銀器に容れた紅茶が供され、テーブルには、白やピンクや淡黄色のバラが飾られた。ただし、赤の花はない。赤は婚約のお茶会の色ではなかった。なぜ？　いまにわかるわよ、そうリーニーは言った。

それから、嫁入り道具がやってくる。この内訳を、リーニーは楽しそうにそらんじた。ナイトガウン、レース類のついた化粧着のペニョワール、モノグラムが縫いとられた枕カバー、シーツとペチコート。食器棚や衣装だんすやリネン・クロゼットのことを話し、そのなかに、どんな品々がきれいに畳まれて入っているべきかを語った。やがてそうした布地が掛けられる肉体のことには、いっさいふれず。リーニーにとって、婚礼とはおもに布きれの問題だった。少なくとも、表向きは。

つぎには、招待客のリストが作られ、しかるべき招待状が書かれ、しかるべき花が選ばれ、そんなこんなで結婚式までこぎつける。

さて、結婚式がすんだら、戦争が始まった。恋愛、のちに結婚、のちに大惨事。リーニー版の物語では、これは避けえぬ展開だった。

戦争は、一九一四年八月、わたしの両親の結婚直後に始まった。三兄弟の全員が、有無を言わせず、いっぺんに徴兵された。異論の余地のなさといったら、いま思うと啞然とする。

彼ら好青年の三兄弟が軍服を着て撮った写真があるが、みなひたいにおごそかで初《うぶ》な感じを漂わせ、柔らかい口髭をはやし、頓着ない笑顔ながら、眦《まなじり》を決し、いまだ経験せぬ兵士を気取ってポーズをとっている。わたしの父がいちばん長軀だ。父はこの写真をつねにデスクに置いていた。

三兄弟はロイヤル・カナディアン連隊に入った。ポート・タイコンデローガ出身者の入隊先はここと決まっていた。入隊すると間をおかず、バミューダに駐屯中の英国陸軍連隊を救援すべく、かの地に配属され、戦争勃発後の一年は、パレードとクリケット遊びに費やして過ごした。兄弟は早く前進したくて焦れていた。と、少なくとも彼らの手紙は言っている。

祖父ベンジャミンはこうした手紙を貪るように読んだ。両軍の勝敗が決まらぬまま、いたずらに時が過ぎゆくと、祖父はますます苛立ち、落ち着かなくなっていった。こんなはずではなかったのに。皮肉なのは、家業が繁盛していたことだ。先ごろ、セルロイドとゴム製品にも手を広げた。要は、釦産業がまだまだ成長する時期だったのだ。アデリアの手回しで政界にもつてができ、おかげで軍需品の注文が山ほど入るようになった。祖父はあいかわらず実直で、粗悪品を届けることなどなく、そういう意味では、戦争で大儲けした口ではないとはいえ、儲けなかったとは言えまい。

戦争で釦産業はうるおう。戦争では、大量の釦が失くなって、付け替えることになる。一度に、何箱、いや、トラック何台という量の釦である。釦はふっとんで粉々になり、地面に埋まり、煙火のなかで燃えあがる。下着にもおなじことが言える。経済的な観点からすると、戦争は奇跡の炎である。いわば、大火災による錬金術、立ちのぼる煙が戦をお金に変える。少なくとも、祖父にとってはそうだった。とはいえ、もはや金儲けが彼の魂を歓ばせることはなく、正道心を支えることもなかった。自己満足しがちな若いころなら、違ったかもしれない。祖父の願いは、息子たちをとりもどすことだった。まだ危険な戦地に赴いたわけでもなかったが。三人はまだバミューダにおり、炎天下で行進していた。

ニューヨーク州フィンガーレイクスへの新婚旅行の後、両親は自分たちの居を構えられるようになるまで、しばらくアヴァロン館に暮らしていた。母はその後も、祖父ベンジャミンの家を監督するため、居残ることになった。屋敷は人手不足だった。元気な者は、ことごとく工場か兵役にとられたせいもあるが、アヴァロン館は率先して節減の手本をしめすべしと思われたからだ。母は粗食を主張した。水曜日には、ポットロースト（牛肉の簡単な蒸し焼き）、日曜日の夕食には、ベイクト・ビーンズ。そんな食生活が、祖父にはしっくりきた。アデリアのごちそうでは、食べた気がしなかったのだ。

一九一五年八月、ロイヤル・カナディアン連隊はフランスへ出兵する支度のため、ハリファックスに呼び戻された。港に一週間あまり駐留して、兵站品を仕入れ、新兵を補充し、熱帯用の軍服をもっと厚手の服に交換した。兵士たちにはロス・ライフルが配られたが、これはのちの実戦では泥がつまって、兵勢を窮地に追いこむことになる。

母は父の見送りにいくため、列車に乗りこんだ。車内は、前線に赴く男たちがすし詰めになっていた。母は一睡もできず、まんじりともせず旅をつづけた。通路に投げだされた足、荷物、痰壺。咳きこみ、鼾をかく男たち――酒酔いの鼾にちがいない。周囲にならぶまだ少年のような顔を見ていると、戦争がいきおいリアルなものになった。抽象概念ではなく、血肉をともなったものに。自分の若い夫も殺されるかもしれない。あの体が息絶えるかもしれない。引き裂かれるかもしれない。なんだかわからないが〝為さねばならぬ〟ことの犠牲になるかもしれない。そう気づくと、絶望、そして、身も縮む恐怖が押し寄せてくる。だが、きっと侘しい誇りも、少しは感じたにちがいない。

父母がハリファックスのどこに、どれぐらい滞在したのか、わたしは知らない。れっきとしたホテルだったのか、部屋も乏しいおり、どこかの安宿、波止場近くのいかがわしい宿泊所だったのか？　それは、数日か、ひと晩か、それとも数時間のことか？　ふたりのあいだになにがあり、どんな言葉が交わされたのか？　ごく普通のことだろう、きっと。でも、その普通のこととは？　いまでは知る由もない。そして、連隊を乗せた船は出帆する。蒸気船〈カレドニアン〉号だった。母はほかの妻たちに混じって埠頭に立ち、涙にむせびながら手を振った。いや、たぶん泣いてはいなかった。泣くなど、身勝手なことと、自制したにちがいない。

〝フランスのある地より。ここでなにが起きているか、つまびらかに書くことはできない〟。父は手紙にそう綴った。〝書こうとも思わない。この戦争が最善を目指すものであること、それによって文明が守られ発展することを、われわれは信じるしかない。負傷者は（この先は線を引いて語が消されている）膨大な数にのぼる。人間にどんなことが為しうるか、以前のわたしはわかってもいなかった。もはや我慢の限界をこえている（また消去）。毎日、家のみんなのことを思っています。とくに、貴女、最愛のリリアナのことを〞。

アヴァロン館では、母が考えを実行にうつしていた。〝公務〞というものを信じていたから、それこそ、腕まくりをして軍役のお役に立つべしと思っていたのだ。慰安会を組織し、処分品の慈善バザーでお金を集めた。この収益金は、小さな箱入りのタバコやキャンディを買うのに使われ、慰安品は最前線に送られた。母はこういう活動のため、アヴァロン館も開放した。リーニーによると、そうとうな資金難だったらしい。慈善バザーにくわえ、毎週火曜日の午後は、客間に寄り合って兵士のために編み物をした。初心者には洗面用タオルを、中級者にはマフラーを、上級者にはパラクラヴァと手袋を編ませた。まもなく、新たに一個大隊ほどの人員を募り、木曜日には、ジョグー河南岸に住む女たちを集めた。もっと年かさで教養には乏しいが、寝ていても編み物ができる女たち。これで、餓死寸前のように言われるアルメニア人と海外難民とやらの赤ん坊の服を、まかなった。二時間編み物をすると、『トリスタンとイゾルデ』の絵がものうく見おろす客間に、つましいお茶が出された。

戦傷の跡が残る兵士たちが、街角や隣町の病院（ポート・タイコンデローガにはまだ病院がなかった）に現われだすと、母は彼らを見舞った。なかでもいちばん重傷の者を進んで引き受けた。リーニーの言葉を借りれば、どんな美男コンテストも勝ち抜けそうにない男たちだ。こうした見舞いから戻る彼女は、げっそり窶《やつ》れて震え、台所でリーニーが気付け代わりに作るココアを飲みながら、涙することもあった。あなたの母さんは自分に厳しかった、そうリーニーは言った。自分で自分の健康をそこねていたよ。とくに、身重であることを思えば、体力の限界をこえていた。

むかしはこんな考え方に、どんな美徳が付されていたのだろう？　力尽きてもがんばること、自分に厳しくすること、健康をそこねるということに！　そんな無私無欲を生まれつきそなえた人間などいない。徹底して叩きこまれて初めて、身につくものだ。生来の気質はすっかり絞りだされて。わたしの育った時代には、そういう修練のコツだか秘訣は、失われていたにちがいない。あるいは、わたしが努力しなかっただけか。そうしたものが母におよぼした影響に、自分も苦しんでいたから。

ローラにかんして言えば、無私《セルフレス》などでは、断じてなかった。というより、過敏《スキンレス》であり、これはまったくの別物である。

わたしが生まれたのは、一九一六年六月の初旬だった。ベルギーのイープル要塞（第一次大戦の激戦地）での集中砲火でパーシーが命を落とした直後だったが、七月には、エディがソンムで戦死した（と、考えられている）。エディの姿が最後に確認された場所には、大きな弾孔があったからだ。これは母にとって辛い出来事だったが、祖父にとってはさらに辛いことだった。八月に入ると、祖父は脳卒中の重度の発作を起こし、発話と記憶に障害を残した。

内々に、母が工場の経営を引き継いだ。祖父（快方に向かっているとされた）と他の人々のあいだに入って、日々、男性秘書やさまざまな工場主と話し合いをもった。祖父の言うことが理解できるのは母ひとりだったから、少なくとも、母は理解できると主張していたから、通訳の任を負うようになった。さらに、祖父の手を握ることを許された唯一の人間として、署名のさいも手を添えてやった。となると、ときに自身の裁量を発揮しなかったと、誰に言えるだろう？

問題がないわけではなかった。戦争が始まったとき、女工員は全体の六分の一だった。戦争が終わるころ、その数は三分の二になっていた。あとの男たちはというと、老齢、身体の一部が不自由などの理由で、入隊不適格とされた人々だった。この連中は女に上に立たれることを嫌い、彼女たちをくさし、下司なジョークをとばしたが、女たちはそのお返しに、彼らを弱虫、怠け者とみなし、軽蔑の目をろくに隠そうともしなかった。ものごとの自然な序列――母が自然な序列と思っていたもの――が、ひっくり返ろうとしていた。それでも、工場の賃金は高く、お金が歯車を円滑にまわし、概して母は事をそつなく進めていくのに長けていた。

書斎机を前に腰をおろしている祖父の姿が思い浮かぶ。緑の革張りの椅子は、真鍮の鋲が打たれており、机はマホガニーだ。両手の指で山形をつくっている。感覚があるほうの手と、ないほうの手。誰かの足音がしないかと耳を立てる。ドアは半開きになっている。ドアの外の影が目に入る。祖父は言う。「お入り」言おうとするが声にならず、誰も入ってこない。答えもない。

不愛想な看護婦がやってくる。そんなふうに暗闇にひとりで座って、いったいなにを考えているのか、と訊く。問われても、祖父には音が聞こえるだけで、それは言葉というより、大鴉の啼き声のようにしか聞こえない。だから、なにも答えない。看護婦は祖父の腕をつかんで、やすやすと椅子から立ちあがらせ、ベッドに追いやる。白いスカートが衣ずれの音をたてる。するると、祖父の耳には、雑草だらけの秋の野を、乾いた風の吹き抜ける音が聞こえる。降る雪の囁きが聞こえる。

息子のうち二人が死んだことを、祖父は知っていたのだろうか？　生還を、無事の帰宅を祈っていただろうか？　いや、願いが叶ったほうが、祖父にとってはむしろ悲しい結末になったのではないか？　そうかもしれない――世の中は往々にしてそうだ――が、そんなことを思っても慰めにはならぬ。

蓄音機

昨夜も、わたしはいつもの癖で気象番組を見ていた。世界のどこかよその場所で、洪水が起きている。渦巻く濁流。水で膨れた牛が流れていき、生存者は屋根の上で肩を寄せ合う。何千人という人々が溺れ死んだ。地球の温暖化が問題視される。ものを燃やすのをやめよ、と言われている。ガソリンも、石油も、森林も。それでも、止まらない。欲と餓えが人々を追い立てるのだ、例のごとく。

ええと、さっきはどこまで話しただろう？　ページを前に繰ってみると、ふむふむ、まだ戦火が燃え盛っている。〝戦火が燃え盛る〟。戦争を表現するのに、むかしはよくこの言葉を使った。いまも使うのだろう、たぶん。しかし、このページ、まっさらな白いこのページをもって、わたしは戦争を終わらせようと思う。わたしひとりの一存で、黒ボールペンのひと筆で。こう書くだけでいいのだ。一九一八年十一月十一日、休戦。

さて、これですんだ。砲声は静まりぬ。生き残った男たちは空を見あげる。煤で顔を黒く汚し、衣服をぐっしょり濡らして。たこつぼ壕や汚い穴ぐらから這いだしてくる。両軍とも、敗北を感じている。都鄙《とひ》で、この地で、海の向こうで、教会の鐘が鳴りはじめる（わたしはあの音を憶えている、教会の鐘の音を。それがわたしの生まれて初めての記憶だ。なんとも不思議な感じだった。そこいらじゅうに音が充ちあふれているのに、ひどく空っぽなのだ。リーニーが音を聞きに、外へ連れていってくれた。その顔には、涙がつたっていた。ああ、ありがたや、リーニーは言った。凍えるような寒い日で、落ち葉には霜がおり、睡蓮の池には薄氷が張っていた。わたしは氷を棒きれでつついて割った。あのとき、母さんはどこにいたのだろう？）。

父はソンムの戦いで負傷したが、やがて回復して、少尉にまでなった。北フランスの〝ヴィミーの尾根〟で、また怪我を負ったが、深手ではなく、今度は大尉に昇格した。ブルロンるうちに、戦争が終結した。

ハリファックスでは、凱旋パレードなどの帰還兵の熱烈歓迎は受けそこねたが、ポート・タイコンデローガでは、格別のもてなしがあった。列車が停まる。喝采が湧きおこる。兵士たちを降ろそうと、手が差しのべられ、宙でためらう。父が現われる。目も脚も、無事なのは片方だけだ。面窶《おもやつ》れして、顔に縫合の跡が残り、とり憑かれたような目をしている。

別れは愁嘆場になりがちだが、帰還はまぎれもなくもっと酷《むご》い。目の前にいなければ、その人の幻影はまばゆく輝くが、肉をそなえた実体はそれに決しておよばない。時間と距離は、ひとの輪郭をぼやけさせる。そこへ突如として、愛する人が帰り着く。陽が容赦なく照らす真昼。にきび、毛穴、皺、顔の毛のひとつひとつが、くっきり浮かびあがる。

というわけで、わたしの母と父だ。おたがいこんなに変わってしまったことを、どう贖えるだろう？　期待された自分でないことを。恨みのないことがあろうか？　恨みは無言のうちに、理不尽に、抑えこまれる。誰を責めるわけにも、誰に罪を着せるわけにもいかないから。戦争は人間ではない。誰がハリケーンを責めるだろう？

ふたりは立ちつくす。列車のプラットフォームに。町の楽団が演奏する。管楽器がほとんどだ。父は軍服を着ている。勲章は生地にあいた弾痕のようで、服の下から、鈍く光る金属の肉体が見えているかのようだ。父の隣には、姿の見えない弟ふたりがいる。亡くなった弟ふたり。亡きことを父が痛感している弟ふたり。迎えに立つ母は、折り返しのある襟にベルトつきの服という一張羅。帽子には、こぎれいなリボンが結ばれている。母はおののきながら微笑む。さて、どうしたものか、ふたりとも決めかねている。新聞社のカメラマンがフラッシュをたいて、ふたりの姿をとらえる。父母はわるさの最中を不意打ちされたように、目を瞠る。父は右目に黒い眼帯をしている。左目が悪意の光を放つ。眼帯の下の皮膚には（まだあらわになっていないが）、クモの巣のような傷跡。眼球のない目はまるでクモのようだ。〈チェイス家の跡継ぎ、勇者の帰還〉。新聞は高らかに告げるだろう。そう、これまた問題なのだ。いよいよ父が跡継ぎになった、ということは、兄弟はもちろん、父親を亡くしたことに他ならない。いまや、王国は父の手中にあった。泥のような手触りの王国が。

母は泣いただろうか？　おそらくは。ふたりはぎこちなくキスを交わしたにちがいない。ボックス・ソシアル（若い娘の手作り弁当が匿名で並んでおり、男は自分の好きな相手の弁当と思われるものに金をかける慈善競売会）に参加して見込み違いの弁当に入札してしまった男と女みたいに。そう、父の記憶にある相手ではなかった——いかにもやり手らしき、悩み疲れた、この女は。襟元に光る銀鎖の先には、男に縁のない小母さんがするような鼻眼鏡。ふたりはいまや他人同士であり、いや、これまでも実はそうだったのだと、このとき気づいたことだろう。陽の光の、なんと無情なことよ。ふたりとも、いかばかり老けたことか？　かつて女の靴紐を結ぶため、恭しく氷上に跪いた若者の面影は、いまやない。男の敬意を愛らしく受けた若い女の面影も。

べつの何かが、剣《つるぎ》のように、ふたりのあいだに立ち現われていた。夫には、当然ながら、他に女たちがいた。戦場をうろついて利鞘を稼ぐ類の女だ。ずばり言って、売女。母なら死んでも口にしない言葉だ。しかし、母はすぐ見抜いたにちがいない、夫が最初に手を触れてきた瞬間に。その手つきからは、遠慮がちで神妙なところが失せていたのではないか。父はバミューダにいる間も、イングランドにいる間も、エディとパーシーが戦死して、自身が怪我を負うまでは、超然と誘惑をはねのけていたかもしれない。だが、負傷して以来、生というものにかじりつくことになった。手の届く範囲に転がりこんでくるものなら、どんなにちっぽけでも。そういう状況での欲求を、母が理解しないはずがあろうか？

もちろん、母は理解していた。少なくとも、理解すべしと思われているのは理解していた。母は理解し、それについて口を閉ざし、忘却の力を求めて祈り、現に赦した。ところが、父のほうはそうやすやすと妻の赦しに甘んじられなかった。赦しの靄のかかった朝食。赦しをもって出されるコーヒー、赦し入りの粥、赦しのバタートースト。われとわが身の不甲斐なさを感じたことだろう。言葉にしないものに対しては、罪も否定しようがない。母は看護婦というものも嫌っていた。少なくとも、あちこちの病院で父の世話をしてきた多くの看護婦は。夫には妻ひとりの尽力で回復してほしかったのだろう。ひとえに、妻の慈しみ、妻のたゆまぬ献身ゆえに。このとおり、無私無欲も裏返せば、一種の暴君たりえる。

しかし、父はそんなに健やかではなかった。事実、体はぼろぼろであり、聞くところによると、暗闇で叫び、悪夢にうなされ、いきなり激情にかられ、壁や床にボウルやグラスを投げつけた。もっとも、母には一度としてそんなことはしなかったけれど。人間として壊れてしまい、修理が必要な状態だった。となれば、母の活躍の場はまだあった。夫の周りにつねに穏やかな雰囲気をつくり、夫を甘やかして下にもおかず、夫の朝食のテーブルには花を活け、夕食には好物をとりそろえた。少なくとも、悪い病気にはかからせなかった。

ところが、悪病よりはるかにひどいものにかかった――父はいまや無神論者になっていた。最前線で、神は風船玉のようにはじけ、あとにはケチな偽善のかけらのほか、なにも残らなかった。宗教とはただ兵士を打つ杖にすぎず、そうではないと言い切る者は、よほど畏《かしこ》き戯《ざれ》言《ごと》を吹きこまれている、そう父は考えた。エディとパーシーの義勇によって、なにが得られた？　彼らの勇気と惨死によってなにが？　いったいなにが成し遂げられた？　無能で腹黒い老いぼれどものヘマが祟って、ふたりは殺されたのだ。あいつらに喉を掻き切られ、〈カレドニアン〉号の船端から捨てられたようなものだ。聖戦だの、文明のための戦いだの、そんな話を聞くだけで、おれは吐き気がする。

そんな父の言葉に、母は怯えた。パーシーとエディは高き志のために殉死したのではないというの？　あの哀れな男たちはみんな犬死にしたのだと？　神といえば、この試練と苦しみの戦時下で、神のほか誰が彼らを見ていたでしょう？　そんな無神論はせめて胸にしまっておいてください、そう母は懇願した。懇願してから、そのことを深く恥じた。まるで、自分にとって大切なのは、なにより隣近所のご意見であり、夫の生ける魂と神がどう関わっているかではないみたいに。

だが、父は妻の願いを重んじた。それも仕方あるまいと思ったのだろう。ともあれ、神が云々ということは、酒を飲んだときにしか言わなかったが。戦争前は、酒は飲まなかったのに、少なくとも手放せないほどではなかったのに、帰還後は変わってしまった。飲んでは怪我した足を引きずりながら家中をうろついた。しばらくすると、体が震えるようになった。母はいたわろうとしたが、父はいたわられるのを嫌がった。ちょっと一服したいと言っては、アヴァロン館の天井の低い小塔にあがった。実のところは、ひとりになるための口実だった。塔の部屋で、ぶつぶつ独り言をいい、壁に身を打ちつけ、しまいには飲んで酔いつぶれる。さすがに、母の面前ではこんな様は見せなかった。くさっても紳士と、自分なりに思っていたからだ。紳士の衣装の残骸にしがみついていたと言うべきか。妻を怯えさせたくなかったのだろう。それに、妻の善意の介護にそう苛立つのも、忍びない気がしているのだとわたしは感じた。

軽やかな一歩、重たい一歩、軽やかな一歩、重たい一歩。片足だけ罠にかかった獣のような足どり。うなり声、押し殺した叫び。グラスの割れる音。そういう音に、始終わたしは起こされた。小塔は、わたしの部屋のちょうど真上だった。

じきに、階段をおりる足音がする。そして、沈黙。わたしの寝室の長方形のドアは閉まっていても、その向こうに黒い影がぬっと現われる。姿こそ見えないが、気配を感じるのだ。片目で、足下をふらつかせた、すこぶる哀れな化け物の気配を。そういう物音には慣れっこになっていたし、暴力をふるわれるとは思わなかったが、それでも父に接するときは、おっかなびっくりだった。

父が毎夜そんなことをしていたような印象をもたれては困る。それに、そうして荒れること——発作というか——も、いつしか次第に減り、間遠くなっていった。だが、母の口元が引きつるのを見れば、父の気が昂ぶってくるのがわかった。母はある種のレーダーを生まれ持っており、父の気が昂ぶってまたひと荒れ来るのを感知できるのだった。

父は母を愛していなかった、そうわたしは言いたいのか？　いや、まさか。父は母を愛していた。ある意味では、尽くしていたとも言える。しかし、手が届かなかったのだ。それは母の側からしてもおなじだった。ひとつ屋根の下に住もうが、おなじ釜の飯を食おうが、褥《しとね》をともにしようが、ふたりを永遠に分かつ運命の劇薬を飲んでしまったかのように。

いったいどんなものなのか？　昼も夜も、すぐ目の前にいる相手に恋い焦がれるというのは？　わたしには死ぬまでわかるまい。

何か月かすると、父は世間体のわるい漫《そぞ》ろ歩きを始めた。が、一家が住む町ではやらなかった。少なくとも最初は。〝出張〟と称して列車でトロントへ出かけて飲みにいき、〝トムキャット〟に勤しんだ。女あさりは当時そう呼ばれていたのだ。醜聞がつねにそうであるように、噂は驚くべき速さで広まった。妙なのは、噂のせいで、父母ともいっそうの敬意を集めたことだ。思えば、誰が父ノーヴァルを責められたろう？　母リリアナにしても、どれほどの辛抱があろうと、愚痴などひと言たりとも聞いたことがない。まさに、鑑《かがみ》というべき姿だった。

（そんなことを、なぜわたしが知っているか？　一般的な意味で、〝知っている〟わけではない。しかし、うちのような家では、しばしば実際の言葉より沈黙のほうが饒舌であるのだ。

固く引き結んだ唇、そむけた顔、一瞬の横目づかい。重荷でも持ちあげるかのように怒らせた肩。ローラとわたしが、ドアの前で聞き耳を立てるようになったのも無理はない）。

父は散歩用のステッキを、ずらりと揃えていた。特製の握りは、象牙、銀、黒檀など。粋な着こなしには、一家言ある人だった。家業を継ぐことになろうとは思いもよらなかったが、その任を背負った以上、うまくやってのけようとしていた。工場を売り払うこともできたが、たまたまあのころは買い手もつかなかった。父の言う値では。それに、父も責任を感じていた。自分の父親を悼むというより、ふたりの弟を想って。息子《サン》ひとりしか残っていなくても、会社のレターヘッドを変更するときは、〈チェイス＆サンズ〉と複数形にさせた。自分の息子を、できれば二人ほしがっていたのも、亡くした弟たちの身代わりだろう。父はつぶされまいとしていた。

工場の男たちも、初めは父を敬った。勲章のせいだけではない。戦争が終わるや否や、女工たちは身を引くか、そうでなければ押しのけられ、還ってきた男たちがその職をうめた。どんな男でも、まだ職に就ける体であれば。ところが、仕事はみなに行き渡るほどなかった。軍需が終わりを告げたからだ。国中いたるところ、一時閉業と一時解雇だらけだったが、父の工場はべつだった。とにかくひとを雇い、定員になってもまだ雇った。とくに復員兵を雇った。恩知らずな国は卑しむべきとし、いまこそ事業家はなにがしか恩返しすべしと主張した。だが、そんな行動に出る事業家はごくわずかだった。たいていは、片目の見えない者は不採用にされたが、自身、片目の見えない父には、それはできなかった。かくして、あの男は、反社会的で、いささか頭がわるいという世評が立ちはじめた。

どう見ても、わたしは父の子だった。つまり、父のほうによく似ていた。しかめ面も根深い懐疑主義も受け継いでいた（しまいには、勲章も譲り受けた。遺産としてもらったのだ）。わたしが強情を張るたびに、リーニーは言ったものだ。頑固な子だね、誰に似たのかわかるよ、と。一方、ローラは母似の子だった。ある意味、高潔なところがあった。秀でた純なひたいをもっていた。

とはいえ、ひとは見かけによらない。わたしには、車で橋を飛びだすなどできなかったろう。父にはできたかもしれない。母には無理だ。

さて、わたしたちが今いるのは、一九一九年の秋。わたしたち三人、父と母とわたしはある努力をしている。十一月。そろそろ寝る時間だ。三人が座っているのは、アヴァロン館の家族用の居間。部屋には暖炉があり、近ごろはいちだんと涼しくなったので、火をたいている。母は最近かかっていた奇病（人々によれば、神経病みではないかと）から回復しつつあり、繕い物をしている。ひとを雇える身分だから、そんな家事はしなくてよいのだが、好きでやっているのだ。なにか手仕事をしていたい。いまは、わたしのドレスからとれた釦を縫いつけている。わたしは服の扱いが荒っぽいと言われていた。母の脇には、草花の縁飾りをつけた裁縫籠が、丸テーブルの上に置かれている。先住民の編んだ籠のなかには、鋏や、巻き糸や、かがり用の木の裏当てのほか、目を光らせておくための新しい丸眼鏡。細かい作業に必要なわけではなかった。

母のドレスは空色で、幅広の白い襟に、縁にピケのついた白い袖口。若白髪が出はじめていた。髪を染めるなんて、手首を切り落とすぐらいとんでもないことだと思っていた人だから、童顔に、アザミの綿毛のような白髪をはやしたままでいた。これを真ん中で振り分け髪にして後ろへ流し、こしのある毛を広く波打たせて。後ろから見ると、髪の毛がくるりと巻いたり、からまったりして、大変なもつれようだった（これが五年後に亡くなるころには、短髪になって、少しは当世風に変わり、あまり見ごたえはなくなる）。まぶたが下がってきており、その頬はぽっちゃりとしてきている。お腹もおなじようにふっくらと。ほほえみの広がりかけた顔はやさしげで、電気ランプが、黄味がかったピンクのシェードごしに、やわらかな光をその顔に投げている。

母の向かいには、小ぶりのソファに座った父がいる。クッションに背をもたせてはいるが、落ち着かない。悪いほうの足に片手を置き、その足で貧乏揺すりをしている（良い足、悪い足。わたしには、この言い方が面白い。〝悪い〟と呼ばれるからには、悪い足はなにをしたのだろう？　人目をはばかる、無惨なそのありさまは、なにかの罰なのか？）。

わたしは父の隣に腰かけているが、寄り添うほどではない。父の片腕は、わたしの座るソファの背もたれのほうに伸びているが、触れてはいない。わたしはアルファベットの手習い本を持っており、それを父に読んで聞かせ、読み方ができるのを披露しようとしている。とはいえ、うまくいかない。まだ文字の形と、絵に添えられた言葉を覚えたばかりなのだ。エンドテーブルには蓄音機が置かれ、金属の大輪の花のようなスピーカーがそそり立っている。わたしの声は、ときどきスピーカーを通した声のように聞こえる。小さく、か細く、遠い声。指一本でそのスイッチを切ってしまえそうな声。

Aは、りんご《アップル》パイのA、
やきたてのアツアツ。
ちょっぴりだけたべるひとも、
たっぷりたべるひともいる。

少しは聴いているのかしら。わたしは父をちらりと見あげる。父には話しかけても、聞こえないことがある。見あげてくるわたしに気づき、かすかに笑いかけてくる。

Bは、あかちゃん《ベイビー》のB、
ピンクいろで、かわいらしい。
ちいちゃなおててと、
ちいちゃなあんよが、ふたつずつ。

父はまたいつのまにか窓の外を眺めている（そうして眺めながら、家の外にわが身をおいて、家の中を覗きこんでいたのだろうか？　永遠《とわ》に閉めだされたみなしごとして——夜の徘徊者として？　おれはこれのために戦ってきたはずなのだ。炉辺の長閑《のど》けき物語、朝食用シリアルの宣伝から抜けだしてきたような団らんの図を求めて。ふっくらとしたばら色の頬の家内は、それは優しい良妻で、子どもは聞き分けよく信心深い。この単調さ、この退屈さ。もしや、父は戦争にある種の懐かしさを感じていたのか、あの悪臭やら意味のない殺戮にもかかわらず？　勘だけが頼りの有無をいわせぬ毎日を恋しがっていたのか？）。

Fは、ほのおのF《ファイア》、
よいめしつかいと、わるいしゅじん。
ひがつけば、もえひろがる、
どんどん、どんどん。

本には、火だるまになって飛ぶ男の絵が描かれている。踵と肩から炎の翼が出て、頭からも、火を噴く小さな角がはえだしている。肩ごしに、読者の気をひく茶目な笑みを投げており、衣類はまとっていない。火がついたって痛くも痒くもないのだ。彼はなにものにも傷つかない。わたしはそこに惹かれて恋をする。自分のクレヨンで、さらに炎を描き足す。

母は釦に針を通すと、糸を切る。わたしの声は読み進むうちに、だんだん頼りなくなってくる。心地よいMとN、くせ者のQ、むずかしいR、歯が擦れそうになるS。父は暖炉の火に見入りながら、戦場や、森や、家々や、町や、兵士たちや、弟たちが火煙のなかを飛んでいく図をそこに見て、そんなときには、悪いほうの足も、走る夢を見ている犬がぴくぴくするように、競走犬よろしく、ひとりでに動きだす。ここがおれの家なのだ、この包囲された城が。おれはここの狼男だ。窓の外では、日暮れの冷たく淡い黄が色褪めて薄墨に変わる。わたしはまだ知らなかったが、もうすぐローラが生まれることになる。

パンの日

雨不足だ、農家の人々が口々に言う。一本調子のセミの啼き声が、あたりを貫く。土埃が道に渦を巻いている。道ばたには雑草の茂みがぽつぽつとあり、キリギリスが歌う。カエデの葉が、ぐんにゃりした手袋のように、枝にぶら下がっている。舗道の上で、わたしの影がひび割れる。

本格的に太陽が照りつけてくる前に、わたしは早めの散歩をする。医者にそのかされたのだ。前進していますよ、医者は言う。前進といっても、どこに向かって？　わたしは自分の心臓を旅の道連れと考えている。無理じいされた行進はいつまでも終わりがなく、わたしと心臓は縄で繋がれ、ふたりには手出しのできない計画だか戦術だかのために、本意《ほい》ならず結託しているのだ。わたしたち、どこへ行くのだろう？　明日に向かって。間違いようがない――いま自分を生かしているのとおなじものに、いつかは殺されるのだ。そういう意味では、心臓は愛にも似ているか。ある種同類のものだ。

今日は、また墓地まで足をのばした。誰かがローラの墓に、オレンジと赤のヒャクニチソウをひと束供えていた。暖色の花、心の安らぎにはほど遠い。わたしが行ったときには、もう萎みかけていたが、それでも胡椒のような香りはさせていた。〈ボタン・ファクトリー〉の正面の花壇から盗まれたものかもしれない。しわんぼうのファンか、うっすら頭のおかしいファンに。しかし、ローラ自身がやりそうなことではないか。所有権というものについては、実に朧気《おぼろげ》な認識しかない人だった。

帰り道、ドーナツ屋に立ち寄った。外はますます暑くなってきたので、日陰に入りたくなったのだ。店は、新しいとはとても言えない。実際、洒落たモダンな造りのわりに、どうも見すぼらしい。淡い黄色のタイル、ボルトで床に留められたプラスチックの白テーブル、それにくっついたプレス加工の椅子。どこかの施設かなにかを思わせる。貧しい区域の幼稚園とか、知的障害者の福祉センターとか。要は、ぶん投げたり、刺すのに使ったりできる物があまりない場所。フォーク・ナイフ類もプラスチックだ。臭いはというと、フライの揚げ油に、パイナップルの香りの消毒液を混ぜ、ぬるくて薄いコーヒーをぶちまけたような臭い。

わたしはアイスティーのSサイズと、〝オールド・ファッションド・グレイズド〟を注文したが、ドーナツは発泡スチロールのコップみたいに、歯のあいだでギュウギュウ軋む。半分がた食べたところで、もう飲みくだせなくなったので、滑りやすい床を歩いて、婦人用トイレに行った。そうして歩きながら、頭のなかでは、ポート・タイコンデローガ中の入りやすい（モレそうなとき便利な）全トイレの分布図をまとめている。このドーナツ屋のトイレは、目下のお気に入りだ。ほかより清潔で、まあまあトイレットペーパーを備えているだけでなく、落書きを楽しませてくれる。どこのトイレにもあることはあるが、辺りのトイレが頻繁に塗り替えられるのに対し、ドーナツ屋のそれはけっこう長く人目にさらされている。だから、ひとつの文章だけでなく、それについてのコメントも楽しめる。

いまのところの最高傑作は、真ん中の個室に書かれているものだ。最初の一文は鉛筆で、古代ローマの墓にあるような丸っこい字で、塗装の上に深々と刻まれている。〝殺す覚悟のないものは、なにも食べるなかれ〟。

それから、緑のマーカーペンで、〝食べるつもりのないものは、なにも殺すなかれ〟とある。

その下にボールペンで、〝殺すなかれ〟。

その下に紫のマーカーペンで、〝食べるなかれ〟。

またその下に、いまのところ最後の言葉が、太い黒の文字で書かれている。〝くたばれ、菜食主義者――「すべての神は肉食である」――ローラ・チェイス〟。

こうして、ローラは生きつづけている。

〝ローラは難産で時間がかかったんだよ〟。リーニーはそう話していた。〝生まれ落ちるのが、良策かどうか決め倦《あぐ》ねているみたいだった。生まれてすぐは病気がちでね、亡くしかけたこともあった。思うに、まだ迷っていたんだろうね。でも、やっぱり一度はやってみることにしたんだろう、生をその手につかんだ。そうして、丈夫になっていったんだよ〟。

ひとは自分の死に時を決めるものだと、リーニーは信じており、それと同様、生まれるか否かについても、発言権があると思っていた。わたしも反抗期になると、〝産んでくれって頼んだ憶えはない〟などと、逆ねじを食らわすようなことを得々として言ったものだ。すると、リーニーは決まってこう反論した。〝いいや、頼んだとも。人間がみなそうであるようにね〟。いったん生まれてきたら、その責任は負わなければならない。リーニーの論法ではそうなるのだった。

ローラの産後、母はますます疲労がひどくなった。気高さが失せ、気骨がなくなった。あの強い意志も揺らいできた。壮《さか》りの日も、いまや蹌踉《そうろう》の態であった。もっと休息をとりなさい、そう医者は言った。奥さまは丈夫なほうじゃないから、リーニーは洗濯女のミセス・ヒルコートに言った。まるで、以前の母親が妖精にでも盗まれ、そのあとにこのべつな母親――老けこんで白髪も増え、覇気がなく、しおたれたこの母親――が残されたようだった。そのころまだ四歳だったわたしは、母の豹変に怯え、しっかり抱きしめて、心配いらないと言ってほしかった。しかし、母にもはやそんな精気は残っていなかった（なぜわたしは〝もはや〟などと言うのだろう？　もともと母親としては、子どもを慈しむタイプではなく、躾に厳しい人だった。心はいつまでも教師だった）。

じきに、わたしは悟った。母にかまってほしくて騒いだりせず、お利口にしていれば、なによりもお手伝いができれば、とくに赤ん坊ローラの世話をして、そっと見守りながら揺りかごをゆらして寝かしつけたりできれば――そう簡単には寝てくれず、寝てもすぐ起きたが――母と同室するのを許されることを。それができないと、すぐ追いだされた。かくして、わたしはこういう適応をしたのだ、静かにお手伝いをする子どもになるという。

いっそ、わめき散らせばよかった。癇癪を起こせばよかった。油をさしてもらえるのは軋む歯車。リーニーはよくそう言っていた。

（そう、銀の額入りの写真のなかで、わたしは母さんのナイトテーブルを前に座っている。レースの白襟のついた暗色のワンピースを着て、見えるほうの手は、赤ん坊の白いかぎ編みの上掛けを不器用にがっちりとつかみ、カメラか、それを持つ誰かを、咎めるような目で見ている。この写真に、ローラ本人はほとんど写っていない。かろうじて見えているのは、オツムのてっぺんの和毛《にこげ》と、わたしの親指をつかむ小さな手。わたしは赤ん坊を抱かされて怒っているのだろうか？　それとも、幼子をカメラから遮り、守ってやるつもりで、手を離そうとしないのか？）。

ローラは気むずかしい赤ん坊だったが、怒りっぽいというより、臆病なのだった。そして、そのまま気むずかしい子どもになった。クロゼットの扉を怖がり、たんすの抽斗を怖がった。

遠くのなにかに、床下のなにかに、聞き耳を立てるようなところがあった。音もなく忍び寄る、見えない列車みたいなものに。よく訳もわからず恐慌をきたした。鴉の死骸や、車にはねられた猫や、澄んだ空の暗雲を見て、泣きだすこともあった。かと思えば、身体的な痛みには、気味がわるいほど強かった。口をやけどしても、切り傷をこしらえても、泣かないと決まっていた。彼女を苦しませるのは、悪意、宇宙の悪意だった。

　街角の傷痍軍人には、ことさら縮みあがった。浮浪者、鉛筆売り、物乞い――身体をだめにされて、どんな職にも就けない人々。とくに、ある猛々しい目つきの赤ら顔の男が来ると、決まって度を失った。両脚のないその男は、平たい荷台を手で押して動き回っていた。あの目に宿る怒りが恐ろしかったのだろう。

　また、子どもによくあるように、ローラも言葉を字句どおりにとったが、それが極端だった。とっとと消えろ、とか、湖に飛びこんじまえ（あっちへ行けの意）などと言ってはならず、言葉の重みをわきまえねばならない。〝ローラになにを言ったの？　いつになったらわかるの？〟と、わたしはリーニーによく叱られた。とはいえ、リーニーだってちっともわかっていなかったが。一度など、むやみに質問しないよう舌を噛んどきなさい（言いたいことを堪えろの意）と言ってしまい、それから数日、ローラはものが食べられなくなった。

　さて、そろそろ母が死ぬ場面に近づいている。この出来事を機にすべてが一変したという言い方は陳腐だが、事実であるので、そう書こうと思う。

〝これを機に、すべてが一変した〟。

それは火曜日のことだった。パンの日。われわれのパンが、丸一週間の食事に足るだけのパンが、アヴァロン館の厨房でいっぺんに焼かれる日だ。その時分には、ポート・タイコンデローガにも小さなパン屋が出来ていたが、店のパンなんて怠け者が買うものだし、パン焼き職人が小麦粉に石灰を混ぜて薄めたり、お得に見せようとイーストを増量してかさ増ししているんだよ、とリーニーは言っていた。というわけで、パンは彼女が手ずから焼いた。

当時のアヴァロン館の厨房は、〝ヴィクトリア風洞穴〟とでも呼びたくなる煤だらけの台所とは違って、暗くはなかった。三十年前には、きっとそんな場所だったのだろうが。室内は全体に白く——白い壁、白いホーロー引きのテーブル、白い薪ストーブのかまど、黒と白のタイル張りの床——大きめに改装した窓には、スイセンの黄色をしたカーテンが掛かっていた（これは戦後に手を入れたものだ。父が母のご機嫌とりにおずおずと差しだした贈り物のひとつ）。リーニーはこの台所を時代の先端品と考え、ばい菌のこと、その忌まわしさ、どこに潜んでいるかなどを、母に教えこまれた結果、曇りひとつなく磨いておくようになった。

〝パンの日〟というと、リーニーがわたしたち姉妹に、パン人形を焼くために、余った生地をくれるのが常だった。飾りの目や釦にするレーズンも添えて。これをリーニーが焼きあげてくれる。わたしはいつもすぐ食べてしまうが、ローラは自分のぶんを毎度とっておく。あるとき、ローラの抽斗の最上段に、このパン人形がずらりとならんでいるのを、リーニーが見つけた。どれも石のように硬くなり、パンの顔をした小さなミイラみたいにハンカチでくるまれていた。鼠が寄ってくるから、即刻ゴミ箱行きだと、リーニーは言いつけたが、ローラは、菜園にあるルバーブの茂みの陰で共同埋葬を執り行なうと、断固主張した。さらには、お祈りする人たちがいなくちゃイヤ、そうでないともう晩ごはんなんか食べない、と。ローラという子は、こうと決めたら、手ごわい交渉人だった。

リーニーがおんみずから穴を掘った。庭師が休みの日だったのだ。庭師の鍬は何人《なんぴと》も触れてはならない物だったが、急な事態ということで、これを使った。「ローラの未来の旦那も気の毒にね」ローラがパン人形をきれいに一列にならべるかたわらで、リーニーが言った。「豚みたいに頑固なんだから」

「どっちみち、ダンナなんていらないもん」ローラは言った。「車庫のなかで、ひとりで暮らすんだもん」

「あたしもいーらない」わたしも負けじと言った。

「嘘ばっかり」と、リーニー。「ローラはふかふかのベッドが好きなくせに。車庫じゃ、コンクリートの上に寝て、油まみれになるんだよ」

「なら、あたし温室に住む」わたしは言った。

「いまの時季は、もう温《ぬく》まってないよ」リーニーは言った。「冬場は、凍え死ぬよ」

「じゃあ、車のなかで寝るからいいもん」ローラは言った。

あの忌まわしい火曜日、わたしたちはリーニーといっしょに、台所で朝食をとった。オートミールの粥と、マーマレードのトースト。朝食は母さんと共にすることもあったが、その日の母は、疲れて席に着けなかった。リーニーより母さんのほうが口うるさく、背筋をしゃんと伸ばして、パンの耳まで食べさせられたものだ。〝考えてもみなさい、餓えたアルメニア人のことを〟。母はよくそう言った。

そのころ、アルメニア人は、おそらくもう餓えてはいなかったろう。戦争はとっくに終わっていたし、社会秩序も回復していた。ところが、彼らの窮状だけが、スローガンのように母さんの頭にこびりついていたらしい。スローガン、嘆願、祈り、おまじない。彼らアルメニア人を悼んで、パンの耳も食すべし（彼らがどんな人々かはともかく）。パンの耳を残すのは聖なるものへの冒瀆なり。この〝おまじない〟が効かないことはなかったから、ローラもわたしもその重みを理解していたのだろう。

母さんはその日、自分のパンの耳を残した。わたしはよく憶えている。ローラはさっそく糾弾に入った。〝パンの耳はどうしたの？　餓えたアルメニア人はどうなるの？〟どうとう母さんは、具合が良くないのだと白状した。それを聞いたとたん、わたしの体中に冷たい電流のようなものが走った。なぜなら、言われる前にわかっていたから。わたしには、最初からわかっていたのだ。

リーニーによれば、神さまはパンを作るように人間をお創りになるという。だから、お母さんのお腹は赤ちゃんが出来ると大きくなる。あれは、パン生地が膨らんでいるんだ、と。あたしのえくぼは神さまの親指の跡なんだよ、そう彼女は言った。あたしにはえくぼが三つあるけど、ひとつもない人もいるだろう、それはね、神さまは一人としておなじ人間はお創りにならないから。でないと、創るのに飽きちまう。だから、神さまが世に送りだすものには、ばらつきがあるんだよ。不公平に思えるかもしれないけど、まあ、しまいには帳尻が合うものなのさ。

ローラはそのころ、たしか六つだった。わたしは九つ。赤ん坊がパン生地から出来るのでないことは、もう知っていた――そんなのは、ローラみたいな小さい子むけのお話だ。それでも、子づくりにかんする詳細な説明はなされなかった。

その午後、母さんは四阿《あずまや》の椅子にかけて、編み物をしていた。編んでいるのは小さなセーターで、形からして、（いまだに編みつづけている）海外難民のための衣服らしかった。それも難民のためのセーターなの？　わたしは訊ねた。ええ、たぶんね、母は言って微笑んだ。そうしてしばらくすると、大抵うつらうつらしはじめ、瞼が重たくなってきて、丸い眼鏡がずり落ちる。母さんは頭の後ろにも目があるからオイタをしたらわかるんですよ、子どもたちにはそう言っていた。わたしの想像する後ろの目は、平たくて色がなく、眼鏡みたいに光っている目だった。

午下がりに、そんなに眠りこけるのは母らしくなかったが、その日は、母らしくないことがずいぶんとあった。ローラは頓着しなかったが、わたしは心配だった。ひとから聞かされたり、小耳にはさんだりした知識から、二足す二の答えを出そうとしていた。どんなことを聞いたかといえば、〝あなたのお母さんには、休息が必要なんだ。ローラが世話を焼かせないよう、おまえが気をつけておやり〟。また、小耳にはさんだこと（リーニーがミセス・ヒルコートに話したこと）とは、〝お医者はいい顔していないね。五分五分ってところじゃないの。もちろん、奥さまはひと言もおっしゃらないけど、丈夫なほうじゃないからね。ほら、そっとしておけない旦那というのもいるから〟。そんなわけで、わたしは母がなにか危ない目にあっていること、それが健康に関わるらしいこと、また父さんとも関係があるらしいことを察知した。その〝危ない目〟がなんであるのか、よくわからなかったが。

ローラは頓着しなかったと書いたが、いつにもまして、母さんにまといついていた。母さんが寝《やす》んでいるときは、見晴らし台の下の涼しい場所で足を組んで座り、母さんが手紙を書いているときは、その椅子の後ろに腰かけていた。母さんが台所に行くと、ローラも食卓の下にもぐりたがった。そこへ、クッションと読み方の本を引きずっていく。わたしのお下がりのアルファベットの手習い本だ。ローラはわたしのお下がりをどっさり持っていた。

そのころには、ローラも字が読めるようになっていた。少なくとも、手習い本を読みあげるぐらいはできた。彼女のお気に入りの文字はL。自分の文字、自分の名前の頭文字だからだ。Lは、ローラのL。わたしは自分の頭文字をお気に入りにしたことはない。Iは、アイリスのI。だって、I《わたし》はみんなの文字じゃないか。

　　Lは、ゆり《リリー》のL、
　きよらかで、まっしろ。
　ひるにひらいて、
　よるにとじる。

　本の挿し絵は、昔なつかしい麦わらのボンネットをかぶった子どもふたりの図で、隣には、睡蓮の花に座る妖精が描かれていた。紗《うすぎぬ》のようなきらめく翅をつけた、裸の妖精。こんなものに出くわしたらハエ叩きで追っかけてやるよ、リーニーはいつもそう言った。わたしには冗談めかして言うが、ローラには言わなかった。また本気にして、癇癪を起こしかねないから。

　〝ローラは変わった子だよ〟とよく言った。〝変わっている〟とは〝おかしな〟という意味だとわかっていたが、わたしはリーニーを問い詰めて困らせた。「変わってるって、どういう意味？」

「ほかの人たちとは違うってこと」リーニーは決まってそう答えた。

　でも、結局、ローラはそう変わってはいなかったのだろう。たぶん、みなと似たような人間だったのだ。自分のなかに奇妙でひねくれた気質を抱える、ふつうの人間。ただ、おおかたの人々はそれを隠しとおすが、ローラは隠さなかった。それが、ひとを怯えさせ、ある意味で、警戒心を抱かせた。年をとるにつれ、もちろん、その傾向は増すのだが。

さて、火曜日の朝の台所だ。リーニーと母さんはパンを焼いていた。いや、パン作りをしていたのはリーニーで、母さんは紅茶を飲んでいた。リーニーは母に、今日はあとで雷が鳴っても不思議じゃないですね、湿気がひどいですから、奥さま、木陰に出て寝ころんだりしないほうがいいですよ、と言っていた。しかし、母さんは、なにもせずに過ごすのはいやよ、役立たずの気になるんですもの、と反論した。リーニーの仕事につきあっていたい、と。

リーニーによれば、母さんは水面でも軽々と歩けるそうで、どんな場合も、あの人を言いなりにできる力は自分にはないと話していた。そんなわけで、母さんが座って紅茶を飲むかたわら、リーニーはテーブルの脇に立って、両手でパン生地をこねたり、押しつけたり、畳んだり、またこねたり、押しつけたりしていた。その手は小麦粉だらけで、白い粉の手袋をしているみたいだった。エプロンの胸当ても粉まみれ。脇の下には、半円形の汗染みができ、部屋着の黄色いデイジー柄を黒ずませていた。もうパンの形になったローフもいくつかあり、湿らせた清潔な布巾を一斤ずつにかぶせて、天火皿に置いてあった。湿ったイースト菌の匂いが、台所に充満している。

天火には石炭の大きな炉棚が必要だったうえ、長びく酷暑のせいで、台所はそうとう暑かった。窓はひらいており、そこから熱波が渦巻くようにして入ってきた。パン作りのための小麦粉は、食料貯蔵室《パントリー》の大きな樽からすくってくる。その樽には絶対に登ってはいけないと言われていた。鼻や口に粉が入れば、息を詰まらせかねない。兄姉のいたずらで、粉樽に頭から突っこまれ、あやうく窒息死しかけた赤ん坊も、リーニーは知っていた。

　そのとき、ローラとわたしは食卓の下にいた。わたしは『歴史にのこる偉人たち』という、挿し絵入りの児童書を読んでいた。ナポレオンの挿し絵は、セント・ヘレナ島に流刑になった図で、片手をコートの内側に入れた格好で断崖に立っていた。この人、きっとお腹が痛いんだわ、そうわたしは思った。ローラは落ち着かなかった。テーブルの下から這いだして、水をとりにいった。「パン人形の生地がほしいの？」リーニーは訊いた。

「ほしくない」ローラは答えた。

「結構です、ありがとう、でしょう」母さんが言葉遣いを正した。

　ローラはまたテーブルの下に這いもどった。わたしたちの目には、二対の足が見えていた。母さんの細い足と、リーニーのどっしりした靴をはいた幅広の足、母さんの痩せた脚と、リーニーの桃茶色のストッキングをはいた太り肉《じし》の脚。パン生地を返し、叩きつける、こもった音が、聞こえていた。そのとき突然、ティーカップが砕け散って、母さんが床に倒れ、リーニーがその横に膝をついた。「ちょっと、どうしよう」リーニーは言っていた。「アイリス、お父さんを呼んでおいで」

　わたしは書斎に走った。電話が鳴っていたが、父さんは部屋にいなかった。階段をあがって小塔の部屋へ向かった。普段は立入禁止の場所である。ドアの錠は掛かっていなかった。室内にあるのは、椅子が一脚と、灰皿がいくつかのみ。父は客間にも、家族の居間にも、車庫にもいなかった。なら、工場にちがいない、そうわたしは思ったが、そこへの道筋に自信がなく、距離も遠すぎた。あとはどこを探せばいいのかわからない。

台所にとってかえし、テーブルの下にもぐりこむと、ローラが膝を抱いて座っていた。泣いてはいなかった。床に、血のような、血の跡のようなものがついており、白いタイルに暗赤色の染みをつくっていた。わたしは指ですくって舐めてみた――血だ。布をとってくると、それを拭きとった。「見ないの」わたしはローラに言いつけた。

しばらくすると、リーニーが裏階段をおりてきて、旧式電話のクランクを回し、医者を呼んだ。といっても、すぐ医者がつかまったわけではなく、いつものごとく、そのへんをほっつき歩いているようだった。つぎに、リーニーは工場に電話をかけ、うちの父を出すよう言った。ところが、近くに見当たらないという。「できたら、探してきてちょうだい。旦那さまに、急用だと伝えて」彼女は言うと、階段をあたふたと駆けあがっていった。パンなどすっかり放りだしていたから、めいっぱい膨らんだ生地は、そっくり返って崩れてしまった。

「あんな暑い台所にいたのが間違いよ」リーニーはミセス・ヒルコートに言った。「とくに、雷雨が近づくこんな天気のときにさ。でも、あのとおり怠けていられない人でしょ。うっかりしたことは言えないよ」

「だいぶ苦しんだの？」ミセス・ヒルコートの声には、いたわりと好奇がない交ぜになっていた。

「まあ、もっとひどい例も見たことあるから」リーニーは言った。「ささやかな神のお慈悲に感謝を。仔猫みたいにツルッと出てきたけど、バケツに何杯ぶんも出血したのは確かだね。あのマットレスは燃やすしかないよ。どうやっても、洗い落とせそうにないもの」

「気の毒にねえ、けど、いつでもつぎを作ればいいし」ミセス・ヒルコートは言った。「今回はこうなる運命だったのよ。どこかわるかったんでしょう、きっと」

「聞いたところによると、もう無理な体だって」リーニーは言った。「これでやめておきなさいと、医者は言ってる。つぎはきっと命を落とすことになるし、だいたい今回も危なかったんだからって」

「結婚すべきでない女もいるんだわね」ミセス・ヒルコートは言った。「向いていないのよ。結婚するには、強くなくちゃ。うちの母なんて十人も産んだけど、びくともしなかった。全員、無事に育ったわけじゃないけど」

「うちの母は十一人よ」リーニーは言った。「お産でとことん擦り切れちまった」

　過去の経験から、これが序曲となって、ふたりの母親の苦労自慢が始まり、すぐ洗濯の話題に飛び火するのを察した。わたしはローラの手をひき、裏階段を忍び足であがっていった。わたしたちは心配だったが、興味津々でもあった。母さんの身に起きたことを知りたいばかりでなく、その仔猫も見てみたかった。母さんの部屋の外には狭い廊下があって、血濡れたシーツが山と積んであり、その横に置かれたホーローの洗面器のなかに、それはいた。だが、仔猫ではなかった。灰色で、古くなった茹でジャガイモみたいで、やけに大きな頭がついていた。体を小さく丸めている。光がまぶしいかのように、鼻に皺をよせて目をつむって。

「これ、なあに？」ローラが小声で訊いた。「仔猫じゃないわ」と、しゃがんで覗きこむ。

「下に行こう」わたしは言った。まだ部屋には医者がおり、彼の足音が聞こえてきた。この場を医者に見つかりたくなかった。ふたりにとって、これは禁断の生き物に違いない。見てはいけなかったのだ、とくにローラは。轢かれた獣を見るようなものだ。目にしたローラは、決まって泣きわめき、わたしがお咎めをくう。

「これ、赤ちゃんよ」ローラは言った。「まだ出来あがってないのね」と言う彼女は、驚くばかりに冷静だった。「かわいそうに。生まれさせられたくなかったのにね」

午後も遅くなってから、リーニーはわたしたちを母に会わせた。母はベッドに横になり、枕ふたつに頭をもたせかけていた。細い腕が、シーツの外に出ている。白いものが目立つ髪は、透き通るようだった。左手の指に結婚指輪が光り、両手をにぎってシーツの端に置いていた。口は、なにか考え事をしているかのように、固く引き結ばれている。頭のなかで、なにかを一覧表にしているときの顔だ。目を閉じて。やわらかい曲線を描く瞼がおりた瞳は、ひらいているときより、いっそう大きく見えた。ナイトテーブルの上には、水差しの横に、あの眼鏡が置かれ、その丸いレンズの〝目〟は左右とも光を受けて輝き、がらんどうだった。

「お寝《やす》みだね」リーニーは声をひそめた。「触ってはいけないよ」

母の目がすっとひらかれた。唇がなにか言いたげに微かに震える。こちらに近いほうの手の指がひらいた。「抱きしめてあげなさい」リーニーが言った。「でも、強すぎないようにね」わたしは言われたとおりにした。ローラが母の脇に、その腕の下に、しゃにむに顔をうずめた。糊のきいたシーツから水色のラベンダーの香り、母の石鹸の香りがした。その下からは、錆のむっとする臭いがした。それに混じって、湿ってなお燻る木の葉の甘酸っぱい香りが。

母はその五日後に死んだ。命取りになったのは、熱だった。いや、体力も戻らなかったから、衰弱死でもあったんだろうと、リーニーは言う。この五日間は、医者が出入りし、手際はよく愛想のわるい看護婦たちが、寝室の安楽椅子を占拠した。リーニーは洗面器やタオルや薄いスープのカップを手に、階段を慌ただしく上り下りしていた。父さんは車で工場と家をせわしなく行き来し、夕食の席には、げっそり窶れて現われた。あの午後、姿が見当たらなかったが、いったいどこにいたのか？　それは誰も訊かなかった。

ローラは二階の廊下にうずくまっていた。ローラに万一のことがないよう、遊び相手をしていなさいと、わたしは言いつけられていたが、彼女にはそれがお気に召さないのだった。膝を抱いて顎をあずけた格好でしゃがみ、考え深げな、腹に一物ありそうな顔をしていた。キャンディでも舐めているかのような。わたしたちはキャンディを禁じられていた。だが、それを見せなさいと言ってみると、ただの白い丸石だった。

この末期の週、わたしは母に毎朝会うことを許されたが、ものの数分間だった。話しかけることは許されなかった。というのも（リーニーが言うには）、母さんは〝さまよって〟いたから。つまり、自分がどこか余所にいると思っている。日を追うごとに、母が母でなくなっていった。頬骨が高く突きだしてきた。ミルクの匂いと、生もののような、酸敗したような臭いがした。肉をくるむ例の包装紙みたいな。

わたしはこうした面会のあいだ、ずっと不機嫌だった。母がいかに病んでいるかを感じ、病んでいることで、母を恨んだ。ある意味、裏切られている気がした。責任逃れをし、母の座を放棄している気がしたのだ。まさか亡くなろうとは、思いもしなかった。以前は、死ぬかもしれないと思うと怖かったが、いまは恐ろしすぎて、そんな考えは頭から閉めだしていた。

最後の日の朝——それが最後になるとは知らなかったが——母は近ごろになく母らしかった。ますます弱ってはいたが、と同時に、もっと凝縮されて、もっと密になった感じがした。まるで目が見えているかのように、わたしを見て「ここはずいぶんと眩しいわ」と囁くように言った。「カーテンを引いていただけない？」わたしは言われたとおりにすると、母のベッドサイドに立ちながら、涙が出たときのためにと、リーニーがくれたハンカチをねじっていた。母はわたしの手をとった。その手は熱く、乾いて、指は柔らかい針金のようだった。「いい子にするんですよ」母は言った。「ローラの良きお姉さんになってね。そう努めてくれるわね」

わたしはうなずいた。言葉が見つからなかった。なにか不当な仕打ちを受けている気がした。なぜいつもわたしばかりが、〝ローラの良きお姉さん〟の役を期待されるのだろう、その逆ではなく？　きっと、母さんはあたしよりローラのことを愛しているんだ。

　いや、そうではないだろう。おそらく、母はふたりを等しく愛していた。それとも、誰かを愛するエネルギーは、もはや持ち合わせていなかったか。そのずっと先まで行ってしまい、氷のように冷たい最果ての地にいたのかもしれない。温かくしっかりした愛の磁場から、遠く離れて。でも、子どものわたしにはそんなものは想像できなかった。娘たちへの母の愛は、与えるものであり、ケーキみたいに中身のつまった、手に触れられるものだった。ただひとつの問題といえば、ふたりのどちらが、より大きなひと切れをもらえるか。

（どういう〝作り物〟なのだろう、母親たちというのは？　たとえば、案山子《かかし》か、子どもたちがピンを刺す蠟人形か、幼稚な似顔絵か。子どもは母親の実像を否定し、自分たちのいいように作りあげる――自分たちの欲、自分たちの願い、自分たちの弱みに対して都合がいいように。わたしも母のひとりになったいまでは、よくわかる）。

　母はわたしをしっかり抱きしめ、空色の紗のなかに包みこんだ。目を開けているのさえ、そのときの母には、どんなに大変だったことだろう。娘のわたしがどれほど遠くに感じたことだろう――はるか彼方で揺れるピンクの点に見えたにちがいない。わたしに焦点を定めるのが、どんなに大変だったことか！　しかし、もしそうだとしても、母は耐えているそぶりすら少しも見せなかった。

　母さんは、あたしのことを、あたしの気持ちを、勘違いしていると言いたかった。わたしはつねに良き姉たらんとはしていなかった。それどころか、逆だ。ローラを害虫呼ばわりして、つきまとうなと言ったりした。つい一週間前にも、わたしの封筒を、礼状用のとっておきの封筒を舐めているローラをつかまえて、その糊は馬を煮て作ったのよと言い、すると、ローラは泣きじゃくりながらゲェゲェやりだした。ときには妹から隠れて温室の脇へ行き、ライラックの茂みの〝洞〟にもぐりこんで、耳に指を突っこみながら本を読んだ。ローラが姉の名を呼びながら、甲斐なく歩き回るのをよそに。要るものだけ持って逃げだすことは、しょっちゅうあった。

でも、それを表わす言葉が出てこなかった。母が思うようなことにはなっていないのだと。母の考えるアイリス・グリフェンの像を背負うことになるとは、思っていなかった。母が考える〝アイリスの善さ〟をバッジのように留められ、母にそれを投げ返すチャンスもなく(これは母娘のたどる当然のなりゆきだろう。わたしが大きくなるまで母が生きていたとしても)。

黒いリボン

今宵は、赤々と燃える夕暮れだ。時間をかけて陽が薄れていく。雲の重くたれこめた空に、稲妻が躍っている。そこへ、突然の雷鳴が響き、唐突にドアがばたんと閉まる。新しく扇風機を買ったというのに、室内はオーヴンなみに暑い。ランプを外に運びだしておいた。ときには、薄暗がりのほうが、目が利く。

先週は、ひと文字も書かなかった。熱意が失せてしまって。なぜに、あんな憂鬱な出来事を書き記す？　それでも、また書きだしたようじゃないか。そう、黒ペンで殴り書きを始めた。ページいっぱい、黒インクの跡も長々とひと続きに。からみあってはいるが、まあ、読みとれる。やはり、この世に自分の署名を残そうという気が少しはあるのだろうか？　結局、それを避けて生きてきたのに。〝アイリス〟だろうが、バツ印（字の書けない人の署名代わり）だろうが、どう縮めて書こうとも。歩道にチョークで書かれた頭文字も、お宝の埋蔵地の浜辺を記す海賊のXマークもおなじこと。

なぜ、かくも人間はみずからを記そうと躍起になるのだろう？　まだ自分が生きているうちから。われわれは、犬が消火栓にオシッコをかけるように、自分の存在を主張する。額入りの写真や、修了証書や、銀めっきのカップをひけらかす。リネン類にモノグラムを縫いとり、木に名前を彫り、トイレの壁にも書き殴る。すべてはおなじ衝動によるものだ。では、そうすることで、なにを望んでいるのか？　喝采か、羨望か、敬意か？　それとも、たんなる注目？　どんなものでも得られればいいのだろうか？

われわれは、せめて立会人を求めているのだ。耐えられないのだろう、自分の声が、壊れかけのラジオみたいに、ついには沈黙してしまうことに。

母さんの葬儀の翌日、わたしはローラといっしょに庭へ出された。リーニーの言いつけだった。日がな、ふたりを追い払うのに疲れたから、ひと休みさせてくれと言う。「もうたまらないよ」そう彼女は言った。目の下に紫の隈ができているのを見て、ずっと泣いていたのだなと、わたしは思った。誰の邪魔にもならないようこっそりと。わたしたちが出ていったら、もう少し泣きたいのかもしれない。

「あたしたち、静かにしてるから」わたしは外に行きたくないので、そう言った。外はあまりに明るく、あまりに暑いようだし、どうやら自分の瞼も、腫れて赤くなっている気がした。ところが、リーニーは、どうしても外に出なさい、どっちみち、新鮮な空気は体に良いんだから、と言った。〝外で遊んでおいで〟とは言われなかった。母さんが亡くなって日ならず、不謹慎な言い方と思ったのだろう。ただ、外に出ろと言いつけられた。

告別式は、アヴァロン館で行なわれた。いわゆる通夜ではなかった——ふつう通夜はジョグー河の向こう岸で行なわれ、飲んだくれての乱痴気騒ぎとなる。とんでもない、わたしたちのそれは〝告別式〟だった。葬儀には大勢の人が詰めかけた。工員たちとその女房子ども、それから、もちろん町の名士たちも。銀行家、聖職者、弁護士、医者。その後の告別式もそうしたいところだったが、いちおう参席者は限られた。手伝いに雇われたミセス・ヒルコートに、リーニーはこう言った。主イエスならパンや魚を何倍にも出来るだろうけど、チェイス大尉はイエスさまじゃないからね、あんな大勢に食わせろと言われても困るよ、とはいえ、旦那さん、例のごとく、どこで線引きしていいかわからないだろう、誰も踏みつぶされずにすむことを祈るばかりだよ。

招かれた人々は、恭しく、盛大に悲しみつつ、好奇心で目の色を変えて、屋敷に押しかけてきた。リーニーは来客の前後にスプーンの数を確かめ、二番目に上等のやつを使えばよかったよ、釘付けにでもしておかないとなんでも土産に持って帰る輩がいるからね、まったく、連中のあの食べ方ときたら、どのみちスプーンの代わりにシャベルでもならべといてやればよかったよ、と言った。

それにもかかわらず、食べ残しがいくらか出たので——ハムが半分ほど、クッキーの小さな山がひとつ、食い荒らされたとりどりのケーキ——、ローラとわたしはパントリーにそっと忍びこんでいた。リーニーはそれを知っていたが、その日ばかりは、〝夕食が入らなくなる〟とか、〝あたしの仕事場でつまみ食いはおやめ、さもないと、鼠になっちまうよ〟とか、〝あとひと口でも食べてごらん、お腹がはちきれるから〟とか言って、止める気力もなかったようだ。また、その他もろもろの戒めやらお告げやらを発することもなかった。そういう言葉を、わたしは密かに愉しんでいたのだが。

この時ばかりは、お咎めもなく、ふたりして思うぞんぶんお腹に詰めこんだ。わたしはクッキーをしこたま、ハムの薄切りをたんまり、そのうえ、フルーツケーキをひと切れ丸ごと食べた。まだ喪服姿だったので、むしょうに暑かった。リーニーは、ふたりの髪を後ろできつくお下げに編み、それぞれのお下げのてっぺんと先に、黒い絹のリボンを結わえてくれていた。ふたりの髪には、ぎゅっと結んだリボンの蝶々が四羽ずつ。

おもてに出たわたしは、陽の光に目を細めた。木の葉のどぎつい緑にも、花々のどぎつい黄色や赤にも、むかっ腹が立った。草花たちのあつかましさ、わがもの顔でこれ見よがしに揺れるさまが。頭をちょんぎってめちゃくちゃにしてやろうか。わたしは、うらぶれて、ふてくされ、傲慢な気分だった。甘いものを食べすぎて頭がおかしくなっていたのだろう。

ローラは温室の脇のスフィンクスに登りたがったが、わたしはダメだと言った。なら、池端ニンフの石像の隣に座って、金魚を眺めたいと言いだした。それなら、たいして危なくもないだろう。ローラはわたしの先に立って、芝生をスキップしていった。そのさまは、この世に憂いなどないかのように、むしゃくしゃするほど浮ついていた。彼女は母さんの葬儀のあいだから、ずっとそんなふうだった。周りの人々が嘆き悲しむのに、戸惑っているらしい。さらに忌々しいのは、そんな屈託ない妹を、世間がわたしより不憫がったことだ。

「かわいそうに」彼らは言った。「まだ幼すぎて、わからないんだね」

「母さんは神さまのところにいるのよ」ローラは言った。いや、そのとおり。公式見解としてはそうにちがいない。古今捧げられてきたすべての祈りの主旨はそれだ。しかし、ローラはそうした事柄を信じる力をもっていた。世の人々が裏表ありながら〝信じている〟のとは違い、揺るがぬ一途な心で信じているのだ。わたしはその信念を揺るがしてやりたかった。

わたしたちは睡蓮池の畔の岩棚に座っていた。睡蓮の葉一枚一枚が日射しを受けて、濡れた緑のゴムのように光っている。ここまで登るには、ローラの尻押しをするはめになった。彼女はいまニンフの石像にもたれて、脚をぶらぶらさせながら、水面に指をつけたり、鼻歌をうたったりしている。

「歌なんかやめてよ」わたしは言った。「母さんが死んだのに」

「死んでないもん」ローラは朗らかに言った。「本当は死んでないのよ。赤ちゃんといっしょに天国にいるんだもん」

わたしは岩棚からローラを突き落とした。といっても、池にではないが――わたしにも多少の分別はあった。草地に落としてやったのだ。さほどの高さではなかったし、地面《した》も柔らかかった。そんなに痛かろうはずがない。彼女は仰向けにのびると、ごろんと転がって、わたしを見あげてきた。信じられないという顔で、目を大きく見開いて。Oの字《オー》にひらいた口は、バラのつぼみそっくり。誕生日のキャンドルを吹き消す、絵本に出てくる子どもの口そのものだ。やおら、ローラは泣きだした。

（実をいえば、泣いてくれて満足だった。妹にも苦しんでもらいたかったのだ、自分とおなじく。幼いというだけでなんでも許されることに、もう我慢ならなかった）。

ローラはやっとこさ草地から立ちあがると、裏手の車道《くるまみち》を一目散に台所へと駆けだした。まるで、ナイフで刺されたように阿鼻叫喚しながら。わたしはあとを追った。彼女が家にいる誰かのもとに駆けこんだとき、その場に居合わせたほうがいい。言いつけられては困る。走るローラの足下はおぼつかなかった。おかしな格好で腕を突きだし、きゃしゃな小さい脚をがに股にして、お下げの先では、きつく蝶結びにしたリボンが揺れ、黒いスカートがはためいていた。途中で一度すっころび、このときは本当に怪我をして、手の甲をすりむいた。これを見たわたしは、しめたと思った。この怪我で少しでも血が出れば、わたしが乱暴したのもごまかせる。

ソーダ水

母さんが死んだ月のある日——正確にいつだか思い出せないが——街に連れていってやると、父さんが言いだした。そんなに構ってもらったことはなく、これはローラもおなじだった。とにかく、娘ふたりは母とリーニーに任せっきりの父だったので、その申し出に、わたしはたいそう腰を抜かした。

父はローラは連れて出なかった。声をかけもしなかった。

来るべき〝お出かけ〟について父が告げたのは、朝食の席だった。朝食はこれまでのように台所でリーニーといっしょにとるのではなく、父親と共にするべきだと、本人が主張しはじめたのだ。娘ふたりは長いテーブルの端に席をとり、父は反対側の端に席をとる。父が話しかけてくることはめったになかった。話すでもなく新聞を読んでおり、わたしたちは畏れ多くて邪魔できなかった（娘ふたりは、もちろん、父を崇めていた。崇め奉るか、大嫌いになるかで、父という人は、その中間の感情を呼び起こさないのだった）。

ステンドグラスごしに射す陽が、色とりどりの光を父のまわりに投げ、まるで、デッサンインクにでも浸ったように見えた。父の頬を染めたコバルト色、指を染めたどぎつい青紫を、わたしはいまも憶えている。ローラとわたしにも、そんな光の絵の具が分け与えられていた。粥の皿を少し左へ右へと動かしてみる。すると、灰色がかった退屈なオートミールが、緑や、青や、赤や、紫に七変化した。魔法のお皿。それは、わたしの気まぐれや、ローラの気分次第で、聖なるものに変わったり、毒入りになったりした。そうして食事のあいだは、たがいに〝イーッ〟としかめ面をしあうが、あくまで、静かに、静かに。肝心なのは、父に気《け》どられることなく、そんな悪戯をすること。そう、子どもたちだって、なにかして楽しまないことには。

いつもと違うその日、父さんが工場から早めに帰ってくると、わたしたちは街へ散歩に出かけた。さほどの距離ではなかった。当時のポート・タイコンデローガでは、どこからどこへ行っても、そう遠いことはなかった。父さんは車に乗るより（というか、乗せられるより）歩くことを好んだ。いま思えば、怪我をした足のせいではなかったか。歩けるところを見せたかったのだ。悠々と街を歩き回りたかった。片足は引きずり気味でも、父はたしかに悠々としていた。わたしはその変則的なリズムにあわせて、父の横をちょこまか歩く。

「ベティーズへ行こう」父は言った。「ソーダ水を買ってやる」どちらも、前代未聞の申し出だった。

〈ベティーズ・ランチョネット〉は庶民のもので、わたしやローラの行くところではないと、リーニーには言われていた。生活水準を下げて良いことはない、と。また、ソーダ水などは、破滅的な堕落であり、歯を腐らせる。そんな禁断のものが、いっぺんにふたつ差しだされるとは。それも、ごく何気なく。わたしは気も動転せんばかりだった。

ポート・タイコンデローガの目抜き通りには、五つの教会と四つの銀行があったが、どれも石造りで、どれもずんぐりしていた。ときには、建物に書かれた名前を読まないと、どれがどれだか見分けがつかない。もっとも、銀行に教会のような尖塔はなかったが。〈ベティーズ・ランチョネット〉は、銀行のひとつの隣にあった。店先には、緑と白の格子縞の天幕が張りだし、ショーウィンドウには、チキンポットパイの絵が飾られていた。パイ生地で作った子どもの帽子みたい。縁にフリルがついて。店内に入ると、黄色い明かりは薄暗く、ヴァニラとコーヒーと溶けたチーズの匂いがした。天井は、プレス加工のブリキ板で、飛行機のプロペラみたいな羽根のついた扇風機が下がっていた。帽子をかぶった女性が五、六人、飾りのごてごてした白いテーブルを囲んでいた。父が会釈をすると、むこうも会釈を返してきた。

店の片側に、ダークウッドのブース席がならんでいた。父がそのひとつに席をとると、わたしはその向かいに滑りこんだ。どのソーダを飲みたいか訊かれたが、公衆の場で、父とふたりきりになるのに不慣れだったので、気恥ずかしい。それに、どんなソーダがあるのかも知らなかった。そこで、父がストロベリーソーダを選んでくれ、自分にはコーヒーを注文した。

ウェイトレスは黒いワンピースに白い縁なし帽をかぶっていた。眉毛はきれいに抜いて細い弓形に整え、赤い唇をジャムのようにつやつやさせている。彼女は父を「チェイス大尉」と呼び、父は彼女を「アグネス」と呼んだ。それもそれだが、父の肘のつきかたを見れば、すでになじみの客なのだとピンときた。

アグネスは、この子は娘さんなのと訊き、なんて可愛いのかしらと言った。そのわりには、わたしに憎悪の一瞥をくれてきたが。彼女はハイヒールでちょっとよろけながら、さっそく父のコーヒーを運んできて、それをテーブルに置くとき、父の手に軽く触れた（その意味するところは解《げ》せなかったが、わたしはこのお触りを心に留めた）。つぎに、わたしのソーダも運んできた。阿呆帽（むかし劣等生に罰としてかぶらせた円錐形の紙帽子）を逆さにしたような三角錐のグラスに入っている。ストローが二本。泡が鼻に入って、涙が出た。

父はコーヒーに角砂糖をひとつ入れて、かき混ぜると、カップの縁でスプーンをコンコンとやって雫を落とした。わたしはソーダグラスの縁ごしに、父をしげしげと眺めた。なんだか急に、感じが変わってしまった。会ったこともない人のように。なんだか、薄まってぼやけたのに、細部ばかりが目立った。こんなに間近で父を見ることはめったになかった。後ろになでつけられた髪は、もみあげを短く切ってあり、こめかみあたりから毛が薄くなりはじめていた。良いほうの目は、青い紙を貼ったように、深みのないブルーだった。深手を負ってなおハンサムな顔には、朝食の席でよく見かけるような、心ここに在らずの表情が浮かんでいた。なにかの歌か、遠くの爆発音にでも、耳を傾けているような。口髭には、気づかぬうちに、また白いものが増えていたが、考えてみると、こんな剛毛が男の顔だけに生えて女には生えないというのも、不思議な話だった。ヴァニラの香りの漂う薄明かりのなかで見ると、父の普段着までが謎めいたものに変わった。他人の服をちょっと借りてきたような。サイズが大きすぎるのだ、そう、そのせいだ。父は萎み、ところが、それと同時に、背丈が伸びていた。

父が微笑みかけてきた。ソーダはおいしいかと訊く。それだけ言うと、黙然と考えにふけりだした。と思うと、いつも携行していた銀のケースから、タバコを一本とりだして、火をつけ、ふーっと煙を吐きだす。「どんなことが起きても」と、ようやく切りだした。「おまえがローラの面倒をみると、約束しておくれ」

わたしは厳かにうなずいた。〝どんなことが〟とは、どんなことだろう？　なにが起きるというのだろう？　何とはわからないながら、凶報を漠然と思い浮かべて、わたしは怯えた。ひょっとして、父さんは出ていこうとしているのか？　海外かどこかに。わたしの頭には、戦争の話の数々が消えずに残っていた。しかし、父はそれ以上つまびらかに話そうとしなかった。

「約束の握手を？」父は言った。わたしたちはテーブルごしに手を握りあった。父の手は、革のスーツケースの把手のように、硬く乾いていた。片方だけの青い目が、〝さて、信用に足る相手かどうか〟というように、わたしを値踏みした。わたしは顎をあげ、居住まいを正した。なんとしても、父の信頼にふさわしくありたかった。

「五セント玉があったら、なにが買える？」父はそうつづけた。わたしはその問いに虚をつかれ、言葉に詰まった。ローラもわたしも、お小遣いはもらったことがなかった。お金のありがたみを学ぶべしというのが、リーニーの持論だったから。

父はダークスーツの内ポケットから、豚革のメモ帳をとりだし、ページを一枚破りとった。そして、おもむろに釦の話を始めた。経済の基本原則を学ぶのに、早すぎることはないんだ、大きくなったら、責任ある行動をとれるよう、知っておくべきことだから、と言いながら。「二個の釦で始めるとしよう」父は言った。「経費」というのは、おまえがその釦を作るのにかかったお金だ。それから、「総収入」というのは、その釦が売れた金額のこと、「純利益」というのは、ある期間の総収入から経費を引いたもの。さあ、この「純利益」の一部は自分の財布にとっておくとして、残りのお金で、今度は釦が四個作れる。それを売れば、つぎは釦が八個作れる。父は銀のペンで、小さな図表を書いた。二個の釦が、四個の釦に、そして八個の釦に。摩訶不思議、釦はページの上で倍々になっていった。その横の欄には、金額が加算されていく。豆の殻でも剝いているみたいだった——なかの豆はこっちのボウルに、殻はあっちに。理解できたかい、父はそう訊いた。

まじめに訊いているのだろうかと、わたしは顔色を窺った。いままで、父が釦工場をさんざんこきおろすのを耳にしていた。あんなものは、ひとを閉じこめる罠だ、足をすくう流砂だ、呪われた運命だ、心の重荷だ、と。だが、それは酒を飲んでいるときにかぎられていた。いまは、まったくのしらふだ。娘にものを教えているというより、詫びているような顔つきだった。わたしになにか言ってほしいのだろう。自分の質問への答え以外に。赦しを乞うているようにも、悪事の放免を求めているようにも見えた。しかし、父はわたしに何をしたと言うのだろう？ なにひとつ、思いつかなかった。

わたしは訳がわからず、わが身の無力を感じた。父の望むもの、要求するものがなんであれ、わたしにはなす術もなかった。自分の与えうる以上のものを男に期待されるのは、これが初めてだったが、これで最後にはならない。

「はい」と、わたしは答えた。

母は亡くなる週のある朝――恐ろしい朝がつづいていたが、そのうちのある朝――妙なことを言いだした。もっとも、そのときは妙だとは思わなかった。「お父さんはああ見えても、あなたがたを愛しているのですよ」

ひとの気持ち、とくに愛については、ふだん娘たちに語ることのない母だった。自分自身の愛も、ほかの誰かの愛も。神の愛だけを例外として。しかし、両親というのは子を愛するものなのだから、これも、娘の心丈夫をおもんぱかる母親の台詞だろう。そうわたしは解釈したはずだ。見かけはどうあれ、父さんもほかの父親たちと変わらない、少なくとも、そう思われているんだ、と。

いま思うと、事はそれより複雑である。あれはひとつの警告だったのかもしれない。言わんとすることの肝だったのか。父の「ああ見える」下には愛があるにせよ、では、その上には多大なものが積み重なっているはずで、掘りおこしていったら、なにが見つかるのだろう？　光り輝く純金の無邪気な贈り物、という類ではなさそうだ。いにしえに端を発するもので、ひょっとしたら毒があるかもしれない。化石の骨のなかで錆びついた金属の護符のように。ある種のお護りなのか、この愛というのは。それにしても、重たいお護りではないか。チェーンをつけて首からさげて歩くには、重い代物だ、わたしにとっては。

第四部

昏き目の暗殺者　カフェ

小ぬか雨だが、昼ごろからしとしと降りつづいている。木立から、道路から、靄が立ちのぼる。女が正面のウィンドウを行きすぎる。コーヒーカップを描いた窓。白の地に緑の縞模様のカップからは、湯気が三すじ、ゆらゆらと立つ。まるで、三本の指が濡れたガラスをつかもうとして滑り落ちた跡のよう。扉には、剝げかかった金文字で、〈カフェ〉としるされている。女はその扉をあけ、傘を振って水気を切りながら、なかに足を踏み入れる。傘は、うね織りのレインコートとおなじクリーム色。女はフードを後ろへはらう。

男はいちばん奥のブース、聞いていたとおり、厨房につづくスイングドアの脇の席にいる。壁はタバコの煙で黄ばんでいて、がっしりした造りのブース席は、さえない茶色に塗られている。それぞれには、コート掛けとして雌鶏の爪をかたどった金属のフックがついている。そこに座っているのは男たち。男ばかり。くたびれた毛布みたいな、だぶだぶの上着をきて、タイも締めずに、散髪もいいかげんな。大股をひらき、長靴《ちょうか》を履いた足をぺたりと床板につけて。切り株のような手。こういう手は、ひとを救うこともあれば、ぺしゃんこにすることもある。どちらに与しようと、手の見てくれはおなじだけれど。いってみれば、鈍器。それは男の目もおなじく。店内には、朽ちかけた木板や、こぼれたヴィネガー、饐えたウールのズボン、肉は古びて、シャワーは週に一度というところ、つまりは生活苦と裏切りと憎しみの臭いがする。そんな臭いなど気づいてもいない振りをするのが大切だと、女は心得ている。彼が片手をあげ、ほかの男たちがうさんくさげな好奇の目で見るなか、女は木の床にヒールの音を響かせて奥の席へ急ぐ。男の向かいの席に座り、ほっとして微笑む。ああ、彼がここにいる、いまもいる。

なんてこった、男は言う。いっそ、ミンクのコートでも着てくればよかったのに。

わたしがなにをしたと言うの？　どこがいけないの？

そのコートだよ。

なんでもないコートじゃないの。ごく普通のレインコートだわ。と、女は口ごもる。これのどこがいけないの？

まいったな、男は言う。自分の格好を見てみろよ。ついでに、まわりも。あなたのなりは、きれいすぎる。

それはおかしいんじゃなくて？　女は言う。さっぱりわからないわ。

いや、わかっているはずだ、そう男は言う。あなたは自分にわかっていることぐらいわかっている。もっとも、何事も考えつめたりしない人だがね。

だって、前もって教えてくださらなかったじゃない。ここには来たことがないんだもの──こんな店には一度も。しかも、掃除婦みたいに、そそくさと出ていくわけにもいかない。そういうこと、あなた、考えてあった？

せめて、スカーフでも巻いてくればなあ。その髪を隠せるのに。

この髪ですって？　女はやけっぱちな口調になる。なら、つぎはなにを言われるのかしら？　わたしの髪のどこがいけないの？

いかにもブロンドだ。すぐ人目につく。ブロンドは白鼠みたいなものさ。籠のなかにしか見つからない。自然界では長生きしないんだ。目立ちすぎるからね。

意地悪なことおっしゃるわね。

優しさなんて、くそ食らえだ、男は言う。優しさを鼻にかけている連中も、虫酸《むしず》が走る。しみったれた猪口才な善行家どもが、あちこちで親切の施しか。見下げたやつらめ。

わたしも優しいでしょう、女は言って微笑もうとする。とにかく、あなたには優しい。

それが──気の抜けた生ぬるい優しさが──すべてと思っていたなら、おれもやきが回ったもんだな。突っ走る夜行列車か。チャンスには賭けてみよう。おれは慈善家なんかじゃさらさらないし、あやしげな施し物もほしくない。

まあ、ずいぶん荒れていること。女は思う。どうしてかしら。一週間も会わなかったから。それとも、雨のせい。

だったら、優しさではないんでしょうね、女は言う。得手勝手と言うんでしょう。わたし、とことん勝手な女なんだわ、きっと。

そう言われたほうがすっきりするね、男は言う。欲張りな女と言いたいところだが。と、タバコをもみ消し、つぎの一本に手をのばすが、考え直してやめる。いまも、出来合いのタバコを服《の》んでいる。彼にしては贅沢品だ。配分を決めて吸っているにちがいない。お金は足りているのかしら、女は不安になるが、聞きだせない。

こんなふうに向かい合って座られてもな。離ればなれじゃないか。

そうね、女は言う。でも、ほかに行くところもないわ。外はどこも濡れているし。

場所なら、おれが見つけてやるよ。雪の降らないところを。

雪なんて降っていないわ。

いや、じきに降るのさ、男は言う。北風も吹く。

じゃあ、雪降りでもいいわ。すると、あの盗っ人たちはどうするでしょうね、かわいそうに？　この台詞は、少なくとも、男をにやりとさせた。たじろいだと言ったほうがいいが。

あなた、ここしばらく、どこに寝泊まりしていたの？　女は訊く。

気にしなさんな。あなたの知らなくていいことだ。そうしておけば、やつらに捕まって訊かれても、嘘をつく必要がないだろう。

嘘はそんなに下手じゃないわ、女は言って、また微笑もうとする。

まあ、素人にしては、男は言う。だが、相手はプロだ、プロにかかれば見破られる。やつらは包みを解くように、ひとの心を解く。

彼らはまだあなたを探しているの？　あきらめたわけじゃないの？

いや、まだだ。おれはそう聞いている。

ああ、怖い、女は言う。なんて恐ろしい。それでも、わたしたちは運がいいんじゃなくて？

どこが運がいい？　男はまたふさぎこむ。少なくとも、ふたりには……。

少なくとも、こうして生きている、少なくとも、ふたりには……。

給仕がブースの横に立つ。袖をまくりあげた格好で、足首までの丈の前掛けには、うっすら泥がはねており、油でなでつけた髪をリボンのように波打たせている。指は、獣の鉤爪のようだ。

コーヒーは？

ええ、いただくわ、女は言う。ブラックで。お砂糖ぬきよ。

給仕が去るまで、女は待つ。大丈夫なの？

コーヒーが、か？　虫でも入っているんじゃないかって？　まさか、何時間も煎じるんだからな。と、男は馬鹿にしたように笑いかけるが、女は言葉の意味など探らないことにする。

違うわ、ここは安全なのかと訊いたの。

あの給仕は友だちの友だちなんだ。ともかく、ドアにはつねに目配りしている。裏口から逃げればいいんだ。小路がある。

でも、そうはしなかったくせに、女は言う。

だから、前にも話しただろう。しようと思えばできたんだ、あそこで。とにかく、そんなことはどうでもいい。連中のお望みどおりにしてやったんだから。壁際に追いつめられたおれを見るのは、さぞかし楽しいだろうよ。いけない思想をもったおれを。

お願い、逃げて、女は力なく言う。〝抱きしめる〟という語が思い浮かぶ。なんと、言い古された言葉だろう。だが、女の望むことはまさにそれだった。この男を腕に抱きしめたい。

いや、まだだ、男は言う。まだ行くべきではない。列車には乗れない、境界線は越えられない。やつら、そこを見張っているという噂だ。

あなたの身が心配なのよ、女は言う。夢にまで見るわ。いつも心配でたまらない。

心配しないで、と男は言う。やせ細ってしまうよ。そうなったら、可愛いオッパイもおケツも台無しだ。女の価値もなにもあったもんじゃない。

男に平手打ちを食らったかのように、女は頬に手をあてる。そういう言い方は、ご遠慮願いたいわ。

ごもっとも、男は言う。そんなコートを着ているお嬢さんたちは、そうお感じになるだろうね。

《ポート・タイコンデローガ・ヘラルド&バナー》紙　一九三三年三月十六日

チェイス家、救済活動を支援

論説主幹　エルウッド・R・マレー

この町の世論が高まるなか、ノーヴァル・チェイス大尉（チェイス工業株式会社社長）が昨日表明したところによると、チェイス工業は慈善の一環として、大恐慌による打撃の最も大きな地域の救済のため、トラック三台分にあたる工場の〝見切り品〟を寄付する。ここには、乳児用の毛布、幼児用のプルオーバー、男女の実用下着ひと揃いが含まれる予定。

チェイス大尉は《ヘラルド＆バナー》紙に対し、国家の危機にあるいま、国民は戦時と同様、一致倹約に努めねばならない、とくに他の地方より恵まれていたオンタリオの住民はそうすべきである、と述べた。以前、いちばんの競合会社であるトロントの〈ロイヤル・クラシック紡績〉のミスター・リチャード・グリフェンに、「市場での余り品を無料奉仕として処分しているだけ。そのぶんの給金を工員から奪っている形」と非難されたことがあるが、今回、チェイス大尉は、「これらの品物の受け取り人は現実的に自身では買えないのだから、誰の不利益になるものでもない」と述べている。

また、「国民の大多数が不景気に苦しんでいるが、チェイス工業も目下、需要の低減により、経営規模の縮小という事態に直面している」とも付け加えた。工場経営の維持には、あらゆる努力を惜しまないつもりだが、遠からず、一時解雇、あるいは労働時間または賃金の削減の要に迫られるだろうと話している。

チェイス大尉の尽力には拍手を送るよりない。ウィニペグやモントリオールなど中央のスト破り、工場閉鎖政策とは一線を画する、有言実行の人である。このおかげで、ポート・タイコンデローガの町の遵法は保たれ、労組の暴動や傷害沙汰、共産主義者が扇動した流血事などに巻きこまれずにすんでいるのだ。一方、ほかの都市は、建造物に甚大な被害を受け、多くの死傷者を出して、痛手を被っている。

昏き目の暗殺者　シュニール織りのベッドカバー

ここがあなたのお住まい？　女が言って、脱いだ手袋をねじる。まるで、濡れたものをしぼるような手つきだ。

根城というところだな。男は言う。住んでいるのとは違う。

その家は、煤で汚れた赤煉瓦の家がならんでいるなかの一軒だ。ひょろ長い建物に、角度の急な屋根。正面に、埃をかぶった長方形の芝生があり、歩道のわきには、干からびた雑草がはえている。破けた茶色の紙袋がひとつ。

階段を四つあがると、ポーチがある。正面の窓には、レースのカーテンが揺れている。男は鍵をとりだす。

女は肩ごしに振り返りながら、家に足を踏みいれる。心配しないで、男は言う。誰も見張っていないから。どのみち、ここはおれの友だちの家なんだ。今日はここにいても、明日にはいなくなる。

お友だちがたくさんいるのね、女は言う。

そうでもないさ、男は言う。いわゆる〝腐ったリンゴ〟が混じってなけりゃ、仲間はたくさんは必要ない。

真鍮のコート掛けがならぶ入口の間があり、リノリウムがすりへった床は、茶色と黄色の格子柄で、奥の部屋へつづくドアには磨りガラスが入り、アオサギだかツルだかの絵が描かれている。長い脚をもつ鳥たちが、蛇を思わせる優美な首を屈めて、百合と葦のあいだにくちばしを入れている図だ。ひと昔前の遺物か。ガス灯にはまっていたガラス。男は二番目の鍵でドアを開け、ふたりは薄暗い奥の廊下に踏みこんでいく。男が電気のスイッチをパチリと入れる。天井に備えつけのライト。ガラス製のピンクの花が三つあるのはいいが、電球が二つなくなっていた。

そう悲しそうな顔をするなよ、ダーリン、男は言う。なにも剝がれ落ちてきて、手にくっつきゃしないよ。ただ、どこにも触らないように。

あら、剝がれてくるかもしれないわ、女は言い、息を殺すようにしてちょっと笑う。あなたには、どうしたって触るもの。あなたが剝がれて手についてきそうね。

男はガラス戸を引いて閉める。左手にもうひとつドアがあり、これはニス掛けで黒っぽい。ドアの内側に、やかまし屋の耳が押しつけられるさまを、女は思い描く。床が軋む。足を踏み替えたかのような音。意地悪そうな白髪の老婆でもいるかしら――いえ、それではレースのカーテンにそぐわない？　くたびれた長い階段が二階へとつづき、踏み板には絨毯が張られ、手すり子はところどころ歯が抜けている。壁紙は格子縞にぶどうの蔓とバラがからみあう柄で、かつてはピンクだったようだが、いまではミルクティーのような淡褐色になっていた。男はそっと女の体に両の腕をまわし、唇を首筋、そして喉元に滑らせる。口には触れない。女が身を震わせる。

すんだらお払い箱にしやすい男だろ、おれは。男が囁く。あなたは家に帰って、シャワーを浴びて洗い落とすだけでいい。

そんなこと言わないで、女も囁き返す。ちょっとふざけているのよね。わたしが本気で言ったなんて思ってないくせに。

いまのは本気だろうとも、男は言う。女が彼の腰にすっと手をまわすと、ふたりは少々もたつきながら、鈍い足どりで、階段を昇っていく。たがいの体の重みで歩調が鈍る。半分あがったあたりに、ステンドグラスの丸窓がある。コバルトブルーの空、安っぽい紫色のぶどう、頭が痛くなりそうな赤い色の花々――ガラスを通して光がふりそそぎ、ふたりの顔をとりどりに彩る。二階の踊り場で、男はいま一度、女に口づけをする。今度はもう少し烈しく。絹のようになめらかな女の脚にそって、スカートをストッキングの上あたりまでまくりあげ、女の体を壁に押しつけながら、小さい乳首みたいな硬いゴムの留め具をまさぐる。女はいつもガードルを着けているのだ。それを脱がすのは、なんだか、アザラシの皮を剝ぐような感じだ。

女の帽子が転がりおち、両腕が男の首に巻きつき、髪を引っぱられたかのように、頭と体が弓なりに反り返る。髪の毛もピンがはずれてほどけ、その髪を男は撫でおろす。髪の房は先へいくほど細くなり、炎を思わせる。一本の白いキャンドルにゆらめく火、あれを逆さにしたみたいだ。もっとも、炎は下に向かって燃えはしない。

部屋は三階にある。使用人たちの生活する一角、だったにちがいない、かつては。部屋に入ると、男はすぐドアにチェーンをかける。室内は狭苦しく薄暗く、ひとつきりの窓はわずかにひらいて、ブラインドがほぼ下まで引きおろされていた。両脇にさがる白いレース編みのカーテンは、真ん中のあたりを輪っかで留めてある。午後の陽がブラインドに射して、それを金色に染めていた。部屋の空気は、むれ腐れた臭いもするが、石鹸の香りもする。片隅に小さな三角形の洗面台があって、その上に変色した鏡が掛かっている。洗面台の下には、男のタイプライターを入れた角張った箱が、押しこまれていた。ホーローのコップに挿された男の歯ブラシ。新しいものではない。生活感がありすぎだわ。女は目をそらす。ニス塗りの黒っぽい衣装だんすなどもあった――タバコの焦げ跡やら、濡れたグラスの跡やらで汚れていた――が、ベッドひとつで、部屋はほぼいっぱいだった。その真鍮らしきベッドは、流行おくれで少女趣味で、支柱の球飾りをのぞけばあとは真っ白に塗られていた。きっと軋むのだろう。そう思っただけで、女は顔を赤らめる。

ベッドには、男の苦心の跡が見える。シーツか、少なくとも、枕カバーは替えたようで、ナイル・グリーンの褪せたシュニール織りのベッドカバーも、きれいに伸ばしてあった。いっそ、ほったらかしのほうがよかった。女はそう思いそうになる。こんな跡を見ると、憐れみみたいなものを痛烈に感じてしまう。餓えかけた百姓に、パンの最後のひと切れを差しだされたようで。女にとって、憐れみは望ましい感情ではなかった。どんな形であれ、彼のもろさは感じたくない。もろくあってよいのは、わたしのほうだけ。女はハンドバッグと手袋を衣装だんすの上に置く。そこで、これも社交の一場面なのだと、急に気づく。社交としては、だいぶ奇妙だが。

すまないね、執事はいないんだ、そう男は言う。なにか飲むかい？　安いスコッチでも。

ええ、いただくわ、女は言う。男はたんすの最上段に、ボトルをしまっていた。それをとりだすと、グラスをふたつ用意して注ぎはじめる。好きなところで〝ストップ〟と言ってくれ。

ストップ。

氷はないんだが、と男は言う。水ならあるよ。

このままで結構よ。女はウィスキーをごくりと飲み、少し咳きこんでから、衣装だんすに背をもたせ、男に微笑みかける。

強いのを、少しだけ、ストレートで、か、男は言う。あちらもそういうのがお好みだ。男は自分のグラスを持ってベッドに腰かける。あなたの好みに乾杯。男はグラスをあげるが、微笑み返してはいない。

今日はいつになく意地悪ね。

自己防衛さ、男は言う。

あっちが好きなんじゃないわ、あなたのことが好きなのよ、女は言う。違いぐらいわかってます。

きっとある程度はね、と男は言う。少なくとも、自分ではそう思っているんだろ。そう言えば、面目は立つ。

いま帰っていけない理由があったら、教えてちょうだい。

男はにやりとする。なら、こっちへおいで。

愛していると言ってほしいのを知りながら、男は口にしない。言ってしまったら、罪を認めるようで、かぶとをとられてしまう。

まず、ストッキングを脱ぎたいの。ストッキングだって、あなたに睨まれたとたん逃げだすわ。

あなたらしいよ、男は言う。着けたままでいい。早くおいで。

陽が移ろっていた。日の名残りはわずかになり、おろしたブラインドの左端に射すばかりだった。路面電車が警鐘を鳴らしながら、通りをガタゴトと行きすぎる。さっきから、引きも切らず通っていたにちがいない。それなのに、なぜ静かに感じたのか？　無言、男の抑えた息づかい、ふたりの息づかい、音をまったくたてまい、あまりむやみな音をたてまいとする苦心。なぜ悦びは、こんなにも苦しみと似た音をたてるのだろう？　傷でも負ったかのような。男は女の口を手でふさぐ。

部屋のなかは翳りだしたが、女の目にはさらに多くが見えている。床に丸まったベッドカバー。ねじれた厚布のシーツが、ぶどうの蔓のように、ふたりにからみつく。シェードなしの裸電球がひとつ、クリーム色の壁紙には、小さな、馬鹿げた、青いすみれ模様が散り、雨漏りしたとおぼしき箇所が茶ばんでいた。ドアはチェーンが守っている。ドアはチェーンが守っているが、はなはだ心もとない。強くひと押しされれば。長靴《ちょうか》でひと蹴りされれば。そうなったら、自分はどうするだろう？　壁がどんどん薄くなって、氷に変わってしまう気がする。金魚鉢の金魚も同然。

男は二本のタバコに火をつけ、一本を女に手わたす。ふたりともため息をつく。男は空いた手を女の体に滑らせ、またも、指で夢中にさせる。時間はあとどれぐらいあるのだろう。男はそう思うが、女には尋ねない。尋ねずに、女の手首をつかむ。小さな金の時計をしている。男は文字盤を手で隠す。

さて、男は言う。寝物語はいかがかな？

ええ、お願い、と女は言う。

前回はどこまで話したっけ？

花嫁のヴェールをかぶった哀れな娘たちの舌を抜いたところよ。

ああ、そうだった。そこで、あなたは異議を唱えた。この物語が気に入らなければ、べつな話をしてもいいが、そっちのほうが文明的とは限らないぜ。もっとひどいかもしれない。もっと今風になるかもしれない。ザイクロン人を五、六人ばかし殺すどころじゃなく、はてしなく広がる悪臭漂う泥沼に、何十万という死が……。

いいえ、いまのお話のままでいいわ、女は慌てて言う。ともかく、あなたの話したい物語はそれなんでしょう。

女は茶色いガラスの灰皿でタバコをもみ消すと、また男にもたれかかり、胸に耳をつける。こうして彼の声を聞くのが好きなのだ。声が喉からでなくお腹から出てくる気がする。蜂がブンブンいうような、犬が唸るような音。あるいは、地の底から話しかけてくるような声。わたし自身の心臓に流れる血のように。言葉、言葉、言葉、なんて。

《メール&エンパイア》紙　一九三四年十二月五日

ベネットに喝采

《メール&エンパイア》紙　独占記事

昨晩、〈エンパイア・クラブ〉でのスピーチで、トロントの財政家であり、ずばりものを言うことで知られる〈ロイヤル・クラシック紡績〉の社長であるミスター・リチャード・E・グリフェンは、R・B・ベネット首相に対する控えめな讃辞を述べ、首相への非難に強い遺憾の意を示した。

日曜日、トロントで大荒れの再結集となった〈メープル・リーフ・ガーデンズ〉の一件にふれ、グリフェン氏は、政府が「失意に苦しむ」二十万人の署名嘆願という「圧力に屈した」ことに、警戒の色を示した。日曜の一件とは、扇動謀議の罪で服役していた指導者ティム・バックが、土曜日にキングストン・ポーツマス刑務所から仮釈放されたのに対し、一万五千人の共産主義者が、熱狂的な歓迎を繰り広げたもの。グリフェン氏は、これまでベネット首相がとってきた「徹底した鉄拳政策」は正しかったとし、その理由として、「この破壊活動に対処するには、内閣の転覆をもくろむ人々を投獄し、私有財産を没収するしかない」と述べた。

九十八項のもとに国外退去させられた何万人という移民には、ドイツ、イタリア等の国に送り返された人々も含まれ、現在、抑留という処遇にあっているが、圧政を支持してきた彼らも、今後はその実態をみずからの肌で感じることだろう。グリフェン氏はそう述べている。

また氏によれば、経済に目を転じると、依然として失業率は高く、その結果、社会不安が生まれ、共産主義者およびそのシンパがあいかわらずそれにつけこんでうまい汁を吸っているが、しかし好転の兆しもあり、春ごろまでには大恐慌も終わりを告げる手応えを感じていると言う。そうするなかで健全な政策とは唯一、しっかりした歩みをくずさず、おのずと秩序が回復するにまかせることだろう。ルーズベルト大統領がソフトなものであれ社会主義に傾くようであれば、いかなる政策にも抗すべきである。そのような路線は、長い不況にあえぐ経済をますます弱らせるばかりだ。氏はさらにそう述べている。失業者の窮状は嘆ずるべきであるが、生来怠け癖のある者も多く、違法スト団体や組合外の扇動者たちには、有効な力をただちに行使すべきである。

グリフェン氏の所見には、さかんな拍手が湧きおこっていた。

昏き目の暗殺者　報せをもたらす者

では、始めようか。あたりは暗いことにしよう。太陽は、三つの太陽は、すべて沈んだあとだ。一対の月が空にかかっている。山麓の丘陵地では、狼たちが四方《よも》に散りだした。選ばれた娘が生け贄にされる番を待っている。すでに最後の馳走をあたえられ、体には香水や香油をすりこまれ、娘を礼賛する歌がうたわれ、祈りが捧げられた。いま彼女は赤と黄金のブロケード織りのベッドに横たわり、神殿の奥の間に閉じこめられている。部屋のなかは、花びらとお香とすりつぶしたスパイスの薫りがする。これらは、死者の棺台の上にちりばめるのが慣わしなんだ。このベッドが〝ひと夜の褥《しとね》〟と呼ばれているのは、ここでふた夜と過ごす娘はいないからさ。娘たちのあいだでは、まだ舌を抜かれていないうちから、〝声なき涙の床〟と呼ばれている。

真夜中になれば、娘のもとに地界の王が訪れることだろう。王は錆びた甲冑に身を固めているといわれてるんだ。〝地界〟とは、別離と崩壊の場。魂が神々の国へ行くには、もれなくここを通過する。ことによると――ごく罪深い魂は――そこに留まらねばならない。神殿に捧げられた生娘たちは誰しも、生け贄の前の晩、錆の王の訪問をうける。これなくしては、娘の魂は満ち足りず、神々の国へ行けずに、美しき裸身の死女の一団に入れられることになる。瑠璃色の髪に、曲線美を誇る体、ルビーのように赤い唇、蛇がうじゃうじゃ出てきそうな眸《ひとみ》。裸身の死女たちは、西側の人里はなれた山中で、荒れた墓場をさまよう。どうだい、死女たちのことも忘れずにいただろう。

お気づかいに感謝するわ。

なんなりと。ほかにもちょいと入れてほしいことがあったら、お申しつけを。さて、それはともかく。古今の人々がおおかたそうであるように、ザイクロン人も処女を恐れるんだ。生娘の死者となると、なおさらね。愛に裏切られて未婚のまま死んだ女たちは、生前無念にもやりそこねたことを、否応なく死後に求めるようになる。昼間は荒れ果てた墓のなかで眠り、夜になると、不用心な旅人を食い物にする。とくに、そんなところへ来る軽はずみな若者を。女たちは、若者にとびついて精気を吸いとり、なんでも言いなりになるゾンビに変えてしまう。裸身の死女の尋常ならざる欲望を、願うそばから充たすために。

若者たちも、なんて運の悪い、女は言う。その魔物から身を守るすべはないの？

槍で刺しても、石で叩きつぶしてもいい。ただ、ものすごい数だからね。巨大タコと戦うのといっしょだよ。気づいたときには、群がられている。いずれにせよ、死女たちは獲物を催眠術にかけるんだ。意思の力を奪ってしまう。まず最初に術をかける。女をひとり目にしたとたん、根が生えたように動けなくなる。

でしょうね。スコッチのおかわりは？

もう一杯ぐらいはいけそうだ。ああ、ありがとう。その娘は——名前はなにがいいと思う？

さあ、なにかしら。決めてちょうだい。あなたの領土でしょ。

うん、考えておこう。ともあれ、その娘は明日の生け贄として、〝ひと夜の褥《しとね》〟に横たわっている。舌を切られたとき、これからの数時間とでは、どっちが辛いかわからない。これもまた神殿の公然の秘密だが、地界の王というのは本物ではなく、廷臣のひとりが変装しているにすぎない。サキエル・ノーンではなにかとそうであるように、この職務も売り物であり、特権をめぐる取引には、巨額の金が動くと言われているんだ。当然ながら、水面下で。支払金の受取人は女司祭長で、金でころびやすいこと人後に落ちず、サファイアに目がないとして知られていた。奉納金は慈善目的で使うと誓って言い逃れているが、ふと思い立っては、金の一部でサファイアを買っている。娘たちは舌を抜かれたうえ、筆記用具もないので、地界の王の苛《さいな》みについては、ろくに訴えることもできず、どのみち、翌日にはみな死んでしまうんだ。甘露、甘露と女司祭長は独りごちて、金勘定をする。

一方そのころ、はるかな地では、ぼろを着た夷狄《いてき》の大軍が行進している。サキエル・ノーンの名にし負う都を陥落し、略奪三昧の末、焼きつくすつもりなのさ。もっと西の地方でも、すでに五つや六つの都をおなじ目にあわせてきた。誰ひとり、つまり、文明国の人々は誰ひとり、夷狄の勝因がわからない。鎧も武器もろくすっぽ揃わず、読み書きもできなければ、気のきいた鉄具も持っていないくせに。

　そればかりか、夷狄にはまともな王もなく、首領がひとりいるのみだ。この首領には、正確にいうと名前もなかった。長の座についたとき、名を捨て、称号を与えられたんだ。その称号とは、〝歓喜のしもべ〟という。手下たちには、〝全能の災い人〟とか〝無敵の右拳〟とか〝悪の粛清王〟とか〝徳と義の守り神〟などとも呼ばれていた。夷狄の生まれ故郷は知られていないが、北西から来たというのが通説だった。それは、邪悪な風が出《い》ずる地でもある。敵方からは、〝荒れ地の輩〟と呼ばれていたが、本人たちは〝歓びの民〟と自称していた。

　現首領は、神に愛されし印をもっている。網《コール》をかぶって生まれ落ち、片足に傷跡が、ひたいに星形のあざがある（コールとは、出産時にときおり胎児の頭をおおっている羊膜の一部で、むかしは吉兆とされ、水難除けのお守りにした）。つぎの一手に詰まると、神懸かりになって異世界と交信する。サキエル・ノーンを滅ぼしに向かうのも、神々の使者がお告げをもたらしたためだ。

　この使者は、炎に姿を変えて彼のもとを訪れた。燃え盛る火のなかに、目と翼をいくつも備えているんだ。こういう使者たちは、まわりくどい喩え話をし、変幻自在とされている。燃える〝サルク〟になったり、口をきく石になったり、歩く花になったり、頭が鳥で胴体が人間の半鳥人になったりする。あるいは、どんな人間の振りだって出来る。独り旅やふたり連れの旅人、盗っ人だとか魔術師だとか噂される男、いくつもの言葉をしゃべる異邦人、路傍の物乞いなどは、なかんずく使者の可能性が高い。〝荒れ地の輩〟はそう言い習わしている。というわけで、こういう人々は下にも置かぬ扱いをうける。少なくとも、素性が明らかになるまでは。

これが神の密使だとわかったら、食物とぶどう酒を捧げ、ご所望とあらば女を遣わし、お告げを恭しく拝聴して、さらなる旅に出ていただく、というのがいちばんの策だ。神の密使でなければ、石打ちの刑に処し、所持品をとりあげるべし。旅人、魔術師、異邦人、物乞いたちは、〝荒れ地の輩〟が近づいたと気づいたら、怪しげな喩え話の二つや三つ、抜かりなく仕入れておくと見て間違いない。この喩え話は、〝雲の言葉〟または〝もつれた絹〟と呼ばれるが、いろいろな機会に使えるようやたら謎めいたやつがいい。状況によって、さまざまに解釈できるようにね。なぞなぞや判じ物の用意もなしに、〝歓びの民〟の地を旅するなど、みずから死を招くようなものだ。

目のある炎のお告げにより、つぎの殲滅の的として、サキエル・ノーンの都に白羽の矢が立った。その享楽ぶり、異端神の信仰、とくに幼子を人身御供にするという憎むべき慣わしゆえに。この習慣のため、全都の人々――生け贄にされる運命にある奴隷、子ども、生娘まで――が、凶刃に倒れることになる。殺しに憤って始めた殺しで、その生け贄の対象者まで殺してしまうとは、おかしな話だが、〝歓びの民〟にとって、生死を決定づけるのは罪の有る無しではなく、穢れているか否かであり、さらに彼らに言わせれば、穢れた都の住民は、みな等しく穢れているのだった。

夷狄の大軍は黒い土煙をあげながら、さらに前進していく。土煙が大軍の頭上に、旗のようにたなびく。しかし、サキエル・ノーンの城壁に立つ歩哨に見つかるほど、まだ近づいてはいない。ほかに、町人たちに急を知らせかねない人々、たとえば、町はずれの牧童、旅路の商い人などは、容赦なく追いつめられて、めった切りにされた。ひょっとして神の使者かと目された者のみ、誰であれ、まぬかれたが。

大軍を率いて馬を駆る〝歓喜のしもべ〟は、心は純にして、ひたいには深い皺が刻まれ、熱く燃える目をしていた。粗い革のマントをはおり、頭には、首領の印である赤い三角帽をかぶっている。男の後ろには、牙を剝かんばかりの軍勢がしたがう。大軍を前に、草食の獣たちは逃げ去り、屍の掃除屋たちは後につき、狼たちは軽やかに伴走していく。

一方そのころ、鬼胎を抱くことも知らぬ都では、王政転覆のはかりごとが地下で進行していた。これを仕組んだのは（例によって例のごとく）、王の信頼の篤い重臣たちさ。〝昏き目の暗殺者〟のうちでもとびきり腕のいい者を、すでに雇いいれていた。この若者はかつては織工であり、その後は幼くして男娼になったが、行方をくらまして以来、音もなく忍び寄る足と、非情なナイフさばきで、名高かった。名前は、X。

どうして、Xなの？

その手の男は決まって〝エックス〟と呼ばれるんだよ。やつらに名前は無用、足どりをつかまれるのがオチだ。ともかく、Xはエックス線のX。Xということは、固い壁も通り抜け、女の服の奥まで見透かすというわけさ。

でも、そのXは目が見えないんでしょう。

だからこそ、だ。〝内なる目〟で女のドレスを見透かす。〝孤独のなかの至福〟ってやつだな。

気の毒なワーズワースさん！　巨匠を冒瀆するような真似はやめて！　女ははしゃぐ（男は有名な「水仙」という詩の一節を茶化した）。

仕方ないだろう、おれが無礼なのは、ガキのころからだ。

Xは、〈五月《さつき》の神殿〉の構内に忍びこんで、翌日の生け贄として生娘が閉じこめられている部屋のドアを探し当て、見張り番の喉を掻き切ることになる。そののち、今度は娘も殺して、世に聞こえる〝ひと夜の褥《しとね》〟の下に死体を隠し、みずから娘の儀式用のヴェールを身にまとう。地界の王を演じる廷臣――なにを隠そう、この男こそ、来る宮廷革命のリーダーに他ならない――が現われて、金を投じた目的を果たし、また去っていくまで待つことになっている。廷臣も大枚をはたいたからには、その額に見合うものが欲しいだろうからな、いくら殺されたばかりとはいえ、死んだ生娘なんかはご免だろ。欲しいのは、まだ脈打っている肉体さ。

ところが、段取りに不手際があってつまずく。時間の申し合わせに誤解があったんだ。このままいくと、暗殺者が先に到着することになってしまう。

気持ちのわるい話だわ、女が言う。ひねくれた人ね、あなたって。

女のむきだしの腕を、男は指でなぞる。話をつづけてほしいか？　原則としては、金をもらってする仕事だぜ。それをただで聞かせているんだ、ありがたく思ってくれよ。ともかく、話がこの先どうなるか、知りもしないだろう。おれはプロットに厚みを加えているだけだよ。

もう充分に厚いと思うけれど。

プロットの厚みが、腕の見せどころなんだよ、おれは。薄っぺらいのが好みなら、ほかを当たってくれ。

わかったわ。つづけて。

殺害した娘の衣装で変装したまま、暗殺者は朝を待つことになっていた。そうして、階段の上の祭壇へと導かれ、生け贄にされんとする瞬間、王を刺殺する。そうすれば、王は女神おんみずからに討たれたと、人々の目に映り、その死を合図に、念入りに計画された蜂起が口火を切る。

金で懐柔しておいた男どもが、暴動を実行に移す。それから先は、時宜をえた段取りどおりに、出来事がつぎつぎと起きる。神殿の女司祭たちは、身の安全のためにと称して〝保護〟されるが、実際には、革命の首謀者たちの要求を教会にのませろと脅されるんだ。王の忠臣たちは、その場で槍で突き殺し、忠臣の息子たちも、後世の復讐の芽を摘むために殺すことになる。娘たちは勝者のもとへ嫁に出され、こうして、一族の財産没収は合法化される。また、望みをほしいままにし、不義もはたらいていたにちがいない妻たちは、暴徒の群れに投げこまれる。強者が倒れたとたん、踏みつけにできるというのは、格別の歓びだ。

暗殺者は事後の混乱に乗じて逃走し、あとから舞い戻って、多額の報酬の半分を請求する手はずだ。ところが、実のところ、首謀者たちはただちに暗殺者を斬り殺すつもりでいる。策略がくじけた場合、暗殺者が捕まって自白させられてはかなわない。殺したあと死体は隠す。昏き目の暗殺者は雇われ仕事しかしないから、遅かれ早かれ、雇い主は誰だと、世間が騒ぎだすだろう。王の死を謀ったはいいが、足どりをつかまれては元も子もないからな。

その娘――これまで名無しのまま来てしまったが――は、赤いブロケード織りのベッドに横たわり、偽の地界の王を待ちながら、この世に無言の別れを告げている。神殿の召使いが着る灰色の長衣をまとって、暗殺者が廊下を忍び歩く。部屋のドアの前までやってくる。神殿内で男が仕えることは禁じられているので、見張り役は女だ。灰色のヴェールごしに、暗殺者は見張りに囁く。あなただけのお耳に入れたいのだが、女司祭長からの言伝を運んできた、と。見張りの女が屈みこんだ瞬間、ナイフがひと振りされる。神のもたらす光は慈悲深い。昏き目の暗殺者の両手は、鍵の束にすばやく伸びている。

鍵がまわる。その物音は、部屋にいる娘の耳に入る。彼女は身を起こす。

男の声がやむ。なにか、外の通りの音に耳をすましている。

女は肘をついて半身を起こす。どうしたの？　彼女は言う。たんに車のドアが閉まった音でしょう。

頼みがある、男は言う。いい子だから、スリップを着けて、窓の外を覗いてくれ。

誰かに見られたらどうするの？　女は言う。白昼の陽のもとよ。

心配するな。やつらは、あなたを見てもわからない。スリップを着た女を目にするだけだ。

このへんでは見慣れぬ光景でもないよ。やつらはあなたのことを、きっと……。

〝娼婦だと思う？〟　女はさらりと言う。あなたもそう思っているの？

訳あって堕落した乙女だと思うだろうよ。ふたつは似て非なるものだ。

それはお優しいこと。

ときどき、とんでもない墓穴を掘るようだな、おれは。

もし、あなたがいなかったら、わたしはいまよりはるかに堕落していたでしょうね。女は窓辺に立って、ブラインドをあげる。女のスリップは、沿岸に寄せる氷、海氷のような、冷え冷えとした翠色。この女は捕まえておけないだろう、長いことは。じきに溶けて、流れだしてしまうのだ、おれの手をすり抜けて。

なにか見えるか？　男は訊く。

とくに変わったものは、なにも。

ベッドに戻っておいで。

ところが、女は洗面台の鏡を覗きこみ、自分の姿を見てしまった。自分の素顔、くしゃくしゃの髪。女は金の腕時計で時間を見る。どうしよう、一大事だわ、女は言う。いますぐ帰らなくちゃ。

《メール&エンパイア》紙　一九三四年十二月十五日

暴力ストを武力鎮圧

オンタリオ州、ポート・タイコンデローガ

昨日、ポート・タイコンデローガで新たな暴力ストが勃発した。〈チェイス&サンズ工業株式会社〉の休業、スト、工場閉鎖に伴い、今週は騒ぎが相次いでいるが、このストもその一部。警察の力だけでは人数的に不足と見られたため、地方議会から増援部隊の要請が出されていた。これを受けて、首相は公安保持を重視して介入を認め、カナダ連邦軍を派遣し、鎮圧部隊は午後二時に現場に到着した。現時点では、安定した情況と伝えられている。

今回の一件は、秩序回復に先立つスト参加者の集会が暴走した形。町の目抜き通りでは、ショーウィンドウが軒なみ叩き割られ、広範囲にわたって店が荒らされた。店舗を守ろうとした数名の店主が打撲傷を負い、現在、病院で療養中。警官の一人はブロックで頭を殴られ、脳震盪を起こして重態と言われている。また、早朝、〈第一工場〉から出火し、町の消防団員らが消し止める騒ぎがあったが、本件はいまも調査中であり、放火の疑いも出ている。夜間警備員のアル・デイビッドソン氏は、燃え広がる火から引きだされたものの、頭部殴打と煙の吸引により、すでに死亡していた。この暴行を働いた犯人は捜索中だが、もう数名の容疑者の名前があげられている。

《ポート・タイコンデローガ》紙の主幹エルウッド・R・マレー氏は、騒ぎが起きたのは、外部の扇動者数名がスト集会に酒類を持ちこんだためと述べ、「わが町の労働者たちは遵法の人たちであるから、けしかけられない限り暴動など起こさなかったはず」としている。

なお、〈チェイス&サンズ工業〉の社長、ノーヴァル・チェイス氏からのコメントは得られていない。

昏き目の暗殺者　夜の馬たち

今週は、またべつな家、またべつな場所。少なくとも、ドアとベッドのあいだに、向き直れるぐらいの隙間はある。カーテンはメキシコ調、黄と青と赤の縞模様。ベッドのヘッドボードには、鳥目のような斑点のあるカエデ材が使われている。伝統ある〈ハドソンズ・ベイ〉社製の毛布（先住民と毛皮取引をするため一六七〇年に設立されたイングランドの特許会社）。鮮やかな紅《くれない》の、チクチク毛羽立つそれは、床に放りだされていた。壁には、スペインの闘牛のポスター。肘掛け椅子は、栗色の革張り。デスクは、黒燻しの樫材。上には鉛筆立てが置かれ、鉛筆は一本一本きれいに削ってある。それから、パイプ挿し。タバコの煙が、部屋にこもっている。

本棚はといえば、オーデン、ヴェブレン、シュペングラー、スタインベック、ドス・パソスなどの著書。いかにも地味な体裁の『北回帰線』なる本は、いずこからくすねてきたのにちがいない。フロベールの『サランボー』、マーレイ・キャラハンの『奇妙な逃亡者』、ニーチェの『偶像のたそがれ』、ヘミングウェイの『武器よ、さらば』。バルビュス、モンテルラン。『ハンムラビ法典――法的解釈』。この新しいお友だちは、知的なご趣味があるようね、女は思う。それに、お金ももっとありそう。ということは、あまり信用ならない。この男性は、コート掛けに、帽子を三つと、純カシミアらしき格子縞のガウンも掛けていた。

ここにある本、どれか読んでみた？　部屋に入って男が鍵をかけると、女は訊いた。そう訊きながら、帽子と手袋を脱ぐ。

ああ、何冊かは、男はそう答えて、くわしくは語らない。ちょっとむこうを向いてみて、と言い、女の髪にからみついた木の葉をとった。

もう散りはじめているのね。

この家の友人は知っているのだろうか、女はふと考える。自分の部屋に女性がいるのを知っているだけでなく――彼らのあいだには取り決めが交わされており、それで友人は干渉してこないのではないか。男たちとはそういうものだ——その女の正体まで。つまり、わたしの名前やらなにやら。知らないといいけれど。本の種類からして、とくに闘牛のポスターからして、わたしには基本的に敵意をもつはずだ。

今日の男には、いつもの性急さがなく、もの思わしげだった。ぐずぐずして、引っこみがちだった。つくづく眺めてばかりで。

どうしてそんなふうにわたしを見るの？

あなたを憶えておこうと思って。

なぜ？　女は言って、男の目を片手でふさいだ。そんなふうに眺め回されるのは、いい気がしない。指でいじられるのも。

あとでまた抱けるように、男は言った。よそへ行ってからも。

よしてよ。今日という日を台無しにしないで。

陽の照るうちに楽しめ、男は言う。それがあなたのモットーか？

〝無駄がなければ、不足もなし〟のほうが好きだけど、そう女は言った。男はそのときようやく笑った。

さて、女はシーツを胸のあたりまで引きあげ、それでしっかり体をくるんでいる。男の胸に頭をもたせ、脚はというと、長い魚の尾のように波打つ白いコットン地のなかに隠れている。男は頭の後ろで手を組み、天井をじっと見あげる格好である。女は自分のグラスの酒をときおり男に飲ませる。今回はライウィスキーの水割りだ。スコッチより安い。女は前々から、なにか品のいい飲み物――飲めそうなもの――を持ってこようと考えているが、いつも忘れてしまう。

お話の先をつづけて、女は言う。

アイデアがひらめかないとね、男は言う。

ひらめくには、わたしどうしたらいい？　五時までは帰らなくていいの。

本物のインスピレーションは、また今度いただくとしよう、男は言う。まずは、力を溜めないとならない。三十分ほど時間をくれ。

オー・レンテ・レンテ・キュリテ・ノクティス・エクィ！

なんだって？

〝ゆっくり走れ、ゆっくり、夜の馬たちよ〟。オウィディウスの詩よ、女は言う。ラテン語だと、ゆっくりギャロップしているように響くわね。〝知識をひけらかしやがって〟と彼に思われたら、バツがわるい。この詩は知っていたかしら。表情からはわからない。ときには、知っていることも知らない振りをする人だ。こちらがひとしきり説明したころ、実はおれも知っている、大昔から知っているよと、言われたりする。さんざんしゃべらせておいて、口をふさぐのだ。

妙なことを言うね、男は言う。なぜまた〝夜の馬たち〟なんだい？

その馬は〝時の馬車〟をひいているの。乗っている男性は、好《い》い人といっしょなのよ。夜が長く長くつづけばいい、そうすれば、もっと長いこと彼女といられる、そういう意味でしょう。

なんのために？　男がものうく尋ねる。五分じゃ、その男には足りないのか？　ほかに、もっとましな用事はないのかね？

女は身を起こす。疲れたのね？　わたし、退屈させているかしら？　もう帰ったほうがよくて？

まあ、横になれよ。どこにも行かせやしねぇぜ。

よせばいいのに、と女は思う。映画のカウボーイみたいな台詞を吐くのは。わたしに引け目を感じさせようとしているのだ。そう思いつつも、女はまた身を倒し、男の体に手を滑らせる。

お手をこちらへどうぞ、奥さま。ああ、大変けっこう。男は目を閉じる。〝好い人〟か、なんとも古めかしい言葉だな。ヴィクトリア時代まっただ中という感じだ。わたくしめも、貴女の上品なお靴に口づけたり、はたまた、チョコレートで気を引いたりせねばならんのでしょう。

きっとわたし、古くさい女なのよ。ヴィクトリア時代もまっただ中の。なら、あなたは〝彼《あ》の人〟ね。いえ、それとも、そっけなく〝おとこ〟。このほうが、進歩的な感じがする？　より対等に聞こえるかしら？

そうだな。だが、おれはやはり〝好い人〟のほうがいいよ。だって、世の中、五分五分なんかじゃねぇんだから。

そうね、女は言う。違うわ。それはそうと、物語をつづけて。


男は話しだす。夜の帳《とばり》がおりると、〝歓びの民〟の軍勢は野営を張った。あと一日進めば都に着く距離だ。前に攻め落とした都で捕虜にした女たちが奴隷となり、革のボトルで発酵させた〝ラング〟という緋色の酒をついでまわる。生煮えのシチューのボウルを手に、びくびくと低頭しながら給仕する。中身は、かっぱらってきた〝サルク〟のすじ肉だ。正妻たちは陰に座り、頭に巻いたスカーフから卵形にのぞく褐色の顔に、目を光らせて、出すぎた真似がないよう監視している。今宵が独り寝になるのは承知しているが、あとから、不作法だとか無礼だとか言って、捕虜の娘たちをむち打つことはできるし、するつもりだ。

男たちは革のマントに身を包み、小さな焚き火を囲んでしゃがみこみ、夕食をたべながら、男だけでぼそぼそ話している。浮かれた雰囲気はない。明日か、あさってには──隊の進み具合と、敵の守りの堅さによるが──戦いが始まる。しかも、今度ばかりは勝てないかもしれない。たしかに、〝無敵の拳〟に語りかけてきた炎の目をもつ使者は約束した。いつの時も、敬虔で、従順で、勇敢で、奸智に長けていれば、勝利がもたらされるだろう、と。ところがこの手の問題には、つねに数多のもしもがつきものだ。

もし敗れれば、自分たちばかりか、女子《おんな》どもたちも殺される。情けは期待できない。もし勝てば、今度は自分たちが殺さねばならず、これは世に思われているほど楽しいとはかぎらない。都にいる者はかたっぱしから殺せ、そう下知をくだされている。男児のひとりとて、生かしておいてはならぬ。長じて、惨殺された父の仇討ちを、などという気を起こされては困る。女児も殺すべし。いずれ、良からぬ手練手管で、〝歓びの民〟を穢《けが》されては困る。これまで征圧した都からは、若い娘たちを捕らえておき、兵士たちに分配してきた。武勇や手柄の大小により、一人か、二人か、三人になるが、このあいだは、神の使者に〝もういい加減にしろ〟と言われた。

つぎの戦いは、消耗するうえ、大騒ぎになるだろう。これほど大規模な殺しとなると、実に骨も折れるし、あたりは荒廃するし、徹底してやらないと、〝歓びの民〟があとあと困る羽目になる。〝全能のかた〟は、法文に訴えるすべを心得ていた。

彼らの馬は離ればなれに繋がれている。数が少なく、乗るのは隊長たちにかぎられた。痩せて、腰抜けの馬たち——強ばった口元、哀しげな長い顔、優しくて臆病そうな目。それもこれも、馬たちがわるいのではなく、境遇のなせる業だ。

自分の持ち馬であれば、蹴ろうが殴ろうが勝手だが殺して食うべからずとされた。大昔、〝全能のかた〟の使者が、第一の馬に姿を変えて現われたことがあるからだ。馬たちはこれを憶えており、誇りにしていると言われる。だから、隊長格の者しか馬に乗れないのは、こういう理由なんだ。ともかくも、そう伝えられている。

《メイフェア》誌　一九三五年五月

トロント、真昼のゴシップ

ヨーク

この四月、運転手つきリムジンのまさしく壮麗な列とともに、春は弾むように幕開けし、著名な招待客たちが、今シーズン最も注目されるレセプションのひとつに、ぞくぞくと集まった。この心躍る四月六日の祝賀会は、オンタリオ州、ポート・タイコンデローガのアイリス・チェイス嬢を祝福して、ウィニフレッド・グリフェン・プライアー夫人が、門構えも堂々たるチューダー様式のローズデイル邸で開催した。チェイス嬢はノーヴァル・チェイス大尉の娘にして、モントリオール出身の故ミセス・ベンジャミン・モンフォート・チェイスの孫にあたる。その彼女が、近々、グリフェン・プライアー夫人の兄、リチャード・グリフェン氏と結婚することになった。リチャードは長らくこの州きっての憧れの独身男性と言われてきたが、とうとうこの五月に華燭の典をあげる。今後の結婚予定表のなかで、見逃せない一大イベントになるのは間違いない。

先シーズンの〝デビュタント〟とその母親たちは、若き未来の花嫁をひと目見ようと躍起になった。樺色の縮緬に膨らみをもたせた、スキャパレリ（当時の伊の人気デザイナー）のシックな新作を着こなす彼女を。細身のスカートにウェストの短いフレア、黒ビロードと黒玉のアクセントを縁にあしらった服である。白いスイセンの花々に、白い格子細工の四阿《あずまや》、花綱で飾った銀の突き出し燭台には小さなキャンドルが灯をともし、黒いマスカットの飾り物には、銀のリボンがらせんを描いてきらめく。それらを背景に客たちをもてなすプライアー夫人はといえば、緋褪《ひざめ》色の上品なシャネルのフォーマルガウン姿。身頃には控えめなケシ真珠をちらしてあり、これにドレープ入りの優美なスカートを合わせていた。アイリス嬢の妹であり、花嫁付添人のローラ嬢も、若草色の別珍のドレスに、西瓜色のサテンをアクセントに効かせた装いで、出席していた。

会につどった名士たちのなかには、州副総督と妻のハーバート・A・ブルース夫人、R・Y・イートン大佐夫妻と娘のマーガレット・イートン嬢、陸軍省W・D閣下およびロス夫人と娘のスーザン・ロス嬢、イゾベル・ロス嬢、A・L・エルズワース夫人と娘姉妹のビバリー・バルマー夫人、イレイン・エルズワース嬢、ジョセリン・ブーン嬢とダフネ・ブーン嬢の姉妹、グラント・ペプラー夫妻などの姿も見られた。

昏き目の暗殺者　青銅の鐘

真夜中。サキエル・ノーンの都に、青銅の鐘の音がひとつ響きわたり、その刻《とき》を告げる。〝三陽の神〟の夜の化身〝毀《こわ》れの神〟が、闇の底におりたち、血で血を洗う戦《いくさ》のすえ、地界の王と死してそこに住む戦士の一群に引き裂かれた瞬間である。毀れの神の骸《なきがら》はあとから女神に集められ、また息を吹きこまれて、また健康と精気をとりもどし、日の出には、いつものごとく甦って、光あふれる姿で現われる。

毀れの神はよく知られているが、いまや都では誰ひとり、この話を本気にしている者はいない。それでも、どこの家でも、女たちは毀れの神の土像をこしらえ、一年のうち最も暗い夜に、これを男たちが叩き割り、翌日には、また女たちが新しい像を作りなおす。子どもたちには、小さき神々をかたどった菓子パンを食べさせる。というのも、食いしん坊の小さな口をもつ子どもというのは、未来の象徴なんだ。未来は時間に似て、いまに生けるすべてを食いつくす。

贅をつくした宮殿のなかでもいちばん高い塔の部屋に、王はひとり座している。窓から星を観察し、凶兆、前兆を読んで翌週の運命を占う。プラチナで編んだ仮面もはずして脇にのけられている。感情を隠すべき相手もいないからだ。ここでは、王といえども、そのへんのイグニロッドとおなじく、好きなように笑ったり顔をしかめたりできる。まさに、もってこいの息抜き。

たったいまの王は、微笑んでいる。物思う笑みだ。最近の濡れ事について、あれこれ考えているんだ。相手は、小役人のぽっちゃりした女房。オツムの出来はサルクなみだが、ぐっしょり濡れたビロードのクッションみたいな、むっちり柔らかい唇と、魚みたいに巧みに動く先細の指と、いたずらな細い目をもち、寝間のこともよく仕込まれていた。しかし、近ごろはだんだん注文が多くなり、厚かましくなってきた。わたしのうなじに詩を捧げろとか、身体のある箇所を詩に謳えとか。宮中でも、すかした恋人同士にはそんな習慣があるが、王にはそういう面に才の持ち合わせがなかった。女というのは、なぜかくも戦利品を欲しがるのか？　思い出を残したがるのか？　それとも、この王に恥をかかせようというのか、自分の力を見せつけるために？

残念だが、彼女もそろそろお払い箱にしなくては。亭主を破産させてやる。あやつの家で、忠臣の皆々といっしょに食事をしてつかわそう、哀れなバカモノがすってんてんになるまで。そうなれば、あの女も、借金を返すため、奴隷商人に売り飛ばされていくだろう。かえってそのほうが女にもよいのではないか——筋肉を引き締めるいい機会だ。あの女がヴェールを剝がれた姿を思い浮かべるのは、また格別の愉しみ。行き交うあらゆる人の目に顔をさらされ、女主人用の新しい足のせ台や、嘴の青いペットの〝ヴィブラー〟を抱えて、道々ずっと眉をひそめながら。いつ刺客を差し向けてもいいのだが、さすがに、それでは少し手荒な気がする。罪らしい罪といったら、下手な詩を所望したことぐらいなのだ。わたしは暴君ではない。

はらわたを抜いた〝オオルム〟が、王の目の前に横たわっている。その羽を無為につつく。星のことなどどうでもいい——いまや、あんな訳のわからぬ占いは信じていない——のだが、ともかく、ちょっとひと睨みして、なにか答えをひねりださなくては。大儲け、大豊作と言っておけば、当面は効き目があるだろう。しかも、実現しないかぎり、人々は預言のことは忘れてしまう。

信頼できる秘密の情報筋——お抱えの床屋——から耳にした話には、信憑性があるのだろうか。王政転覆の密計がまたぞろ進行しているというのだが。すると、また捕り物を行ない、拷問と処刑を行使することになるのか？　ああ、ちがいない。弱腰にならずとも、弱気を起こすだけで、社会秩序にひびく。支配者の座はしっかりつかんでいるのが望ましい。生首が転がる事態になろうと、自分がそのひとりになってはならぬ。必要に迫られてするのだ、身を守るには仕方ない。そうは思っても、妙に気力が萎える。王国の政《まつりごと》とは、絶え間ない緊張にほかならない。いっときでも守りがゆるめば、襲いかかってくるだろう。誰が相手かわからぬが。

北のはずれに、ちらつくものを見た気がした——なにか燃えているような——が、すぐに消える。おや、稲妻か。王は片手で目をこする。

王さまが気の毒だわ。最善を尽くしているだけでしょうに。

酒のおかわりが欲しいところだな。どうだい？

彼も殺すつもりなんでしょう。あなたの目の光がそう言ってる。

公正に見て、殺されても仕方ないね。人でなしだと思うぜ、おれは。しかし、王とは、かくあらねばならない、そうじゃないか？　適者生存とか言うだろう。弱き者は滅ぶ。

そうとは本気で思っていないくせに。

もう酒はないのか？　最後の一滴まで絞りだしてくれ。まったく、喉がカラカラだ。

見てみるわ。女はシーツを引きずりながら、立っていく。机の上にボトルがある。シーツなんか巻くことないだろう、男は言う。いい眺めだ。

女は肩ごしに振り向いて、男を見る。そして、言う。隠したほうが、謎めくものよ。グラスをこちらにちょうだい。こんな安いお酒、買うのはやめてほしいわ。

それぐらいしか買えないんでね。どっちみち、味などわからん。みなしごだからさ。孤児院の長老派の連中が、おれを駄目にした。だから、こんなに陰気でみじめったらしいんだ。

その卑しい孤児院の切り札を使わないこと。わたしの心は痛まなくてよ。

いや、痛むだろう、血がにじむほど。男は言う。そうだとも。その脚と、ばつぐんのお尻はべつとして、おれがいちばん惚れているのはそこさ。あなたの血まみれの心。

血まみれなのは心じゃなくて頭のほうよ。残酷なことばかり考える、そう言われてきたわ。

男は笑いだす。では、あなたの血まみれの頭を称えて。乾杯。

女はひと口飲んで、顔をしかめる。

入ったらそのまま出てくるよ、男は陽気に言う。そういえば、おれもちょっと用を足すかな。と言って、起きあがると、窓辺に行き、サッシを少しあげる。

だめよ、そんなこと！

脇の車道だ。誰にもかかりゃしない。

せめて、カーテンの陰に！　わたしは、どうすればいいの？

どうすればいいって？　男の裸ぐらい、見たことあるだろう。いつも目をつむっているわけじゃあるまいし。

そうじゃなくて、わたしは窓からオシッコなんかできませんってこと。もう破裂しそう。

そこに友だちのガウンがあるだろう、男は言う。わかるか？　コート掛けの、その格子縞のやつだ。廊下に人がいないのをよく確かめて。大家は小うるさいばあさんだが、格子縞を着ていれば見分けがつかない。まわりに融けこんじまう——この安アパートは格子縞だらけだからな。

さてと、男は言う。どこまで話したかな？

真夜中になったところ、女は言う。青銅の鐘の音が刻を告げる。

うん、そうだ。真夜中だ。青銅の鐘の音が刻を告げる。その音が消えていくと、昏き目の暗殺者が、扉の鍵を回す。胸が烈しく打つのは、こういう瞬間では毎度のことだ。甚大な危機に身をさらす時。もし捕まれば、用意された死への道は、むやみに長く苦しいものになるだろう。

いまから自分がもたらす死には、なにも感じない。殺す訳も知ろうと思わない。暗殺されるのが誰だろうと、富める権力者の意図がなんであろうと。暗殺者は彼らをひとしく憎んでいる。この視力を奪った者たちであり、抵抗もできないほど幼い自分に何十人ものやつらが突っこんできたのだ。どいつもこいつも、ぶった切れるならありがたい。やつらの誰であれ、やつらの営みに関わるどんな人間であれ。この娘のように。暗殺者にとって、娘は宝石をちりばめ飾り立てた囚人でしかない。自分の目をつぶしたとおなじ連中が、娘の舌を切ったことにも、感慨はなにもない。役目を果たし、報酬を受けとれば、それでおしまいである。

自分の手で殺さずとも、どのみち娘は明日には殺される。おれのほうが仕事は速いし、あんなに下手くそではない。むしろ、救ってやることになるのだ。ひと思いに殺しそこなった生け贄はこれまでに多々あった。ここの王たちには、刀使いに長けた者はひとりもいない。

あまり騒がないといいが。娘は悲鳴もあげられないと聞いている。舌を抜かれて傷ついた口では、かすれた金切り声を出すのがせいぜいだろう、袋に押しこまれた猫の啼き声のようなな。よしよし。それでも、用心はしておこう。

廊下で死体につまずかれぬよう、暗殺者は見張りの死体を部屋に引きずりこむ。素足で音もたてず部屋に入ると、扉の錠をおろす。

第五部

毛皮のコート

今朝の天気予報で竜巻警報が出され、午後も半ばになるころには、空はすっかり剣呑な緑色を帯びて、怒り狂う巨大な獣があたりを掻きのけるように、木々が枝を振り回しはじめた。台風がまさに上空を通過していた。蛇の舌のように白光をチロチロさせ、束ねたアルミのパイ皿を通りに転がしていく。〝千と一まで数えなさい〟。リーニーはよく子どもたちに言ったものだ。〝千と一までたどりつくころには、台風も通り過ぎてるよ〟。雷雨のあいだは、絶対に電話を使ってはいけない、さもないと、稲妻が耳をつきぬけて聾になってしまうとも言った。お風呂も使ってはいけない、蛇口から稲妻が水みたいに出てくるかもしれないから。もし、うなじの毛が逆立ったら、宙に跳びあがること。命拾いするにはそれしか手がないんだから。

台風は、陽の暮れには過ぎ去ったが、あたりはまだ溝《どぶ》のように湿気ていた。わたしは寝乱れたベッドの上で輾転とし、スプリングの音とちぐはぐなわが心臓の鼓動を聴きながら、なんとか休もうとしていた。が、しまいには眠るのはあきらめ、ナイトガウンの上から丈の長いセーターを着て、そろりそろりと階段をおりていった。階下でビニール製のフード付きレインコートをはおり、ゴム長を履いて外に出る。ポーチの階段は、木の踏み板が湿って滑りやすい。ペンキが剝がれてきている。もしかして、腐っているのか。

ほの明かりに浮かぶ景色は、一面モノクロだった。空気はじめついて、そよともしない。前庭の芝に咲く菊の花が、光る雨の雫にきらめく。ナメクジの大軍が、残り少ないルピナスの葉を食い荒らしていったらしい。ナメクジはビールが好物だとか。いつも思うのだが、なら、ビールを餌代わりに出しておいてはどうか。わたしより、イケる口かもしれない。わたしならアルコールの類は選ばない。おなじ酩酊するなら、もっと手っ取り早く。

ステッキをつきながら、湿った歩道をそっと歩いていく。満月が出ていた。薄靄で月の輪が掛かっている。街灯が照らすなか、ゴブリンみたいに寸づまりの影が、自分の前を音もなく進む。われながら無鉄砲だと思う。ばあさんが夜の独り歩きとは。ひとが見たら、さぞ無防備に映ることだろう。実際、ちょっとばかり怖かった。少なくとも、胸の鼓動が烈しくなるぐらい不安ではあった。マイエラがご親切にもしきりと言うことには、老婦人は辻強盗の格好の標的だそうだ。この強盗どもはトロントからやってくると言う。世の諸悪がそうであるように。たぶん、バスに乗ってくるのだろう、盗みの七つ道具を、傘やゴルフクラブに偽装して。なんだってするにちがいないわ、マイエラは暗い声で言う。

三ブロックほど行って、街の目抜き通りに出たところで立ち止まり、濡れて艶めくアスファルトの向こうに建つ、ウォルターのガソリンスタンドを見やった。ウォルターはガラス張りの小さな〝灯台〟のなかに座っていた。まわりは、真っ暗な空《から》のプールのように、のっぺりしたアスファルトに囲まれている。赤いキャップをかぶって前屈みになった彼の姿は、見えない馬にまたがる老いたジョッキーか、宇宙のかなたへ幽霊船を導く悲運の船長か、という風情だった。その実なにをしているかというと、小型テレビで《スポーツ・ネットワーク》を見ていた。このテレビの噂は、たまたまマイエラから聞いていたが。そばに行って話しかけるのはやめておいた。頭のおかしいストーカー老婆よろしく、ゴム長にナイトガウンをまとったわたしが、夜の闇から現われたら、ぎょっとするにちがいない。それでも、こんな夜の夜中に起きている人間が、少なくともほかにひとりいるとわかれば、気が楽になった。

引き返す途中、背後から足音が聞こえてきた。とうとう来たか。わたしは独りごちた。そら、強盗が出た。ところが、それは黒いレインコートを来た若い女で、鞄だか、小ぶりのスーツケースだかを携えていた。足早に追い越しざま、こちらに首をちょっと伸ばしてきた。

ああ、サブリナじゃないの、わたしは思った。やはり、帰ってきたのだ。その瞬間、どれだけ赦された気がしたことだろう。どれほどありがたく思い、あふれる神の慈悲を感じたことか。時が逆戻りして、オペラのごとく、干からびた古い木の杖に、いきなり花が満開に咲いたように。ところが、二度目に見てみると――いや、三度目か――それはサブリナなどではまったくなかった。ただの通りすがり。ともあれ、そんな奇跡を与えられようとは、わたしは何様だ？　どうしたら、そんなことが期待できよう？

それでも、わたしは待ち望む。いっかな無理なことであっても。

でも、その話はもういい。詩の文言じゃないが、わたしはわが物語の重荷をふたたび背負おう。アヴァロン館に立ち戻って。

母さんが亡くなった。これを機に、すべてが一変した。わたしは、「唇を噛んでがんばりなさい」と言われた。これを言ったのは、誰だろう？　おおかたリーニーにちがいない、いや、ひょっとして父さんか。おかしなもので、こういうとき、ほかのものは噛まない。一種、痛みの代わりに噛むのは、唇と決まっている。

初めのうち、ローラは母さんの毛皮のコートにくるまってばかりいた。それはアザラシの毛皮で、ポケットにはまだ母さんのハンカチが入っていた。ローラはなんとかコートに袖を通して、釦をとめようと四苦八苦するうち、最初に釦をとめてから、そこへもぐりこむという手法を編みだした。いま思うと、毛皮のなかで祈っていたにちがいない。祈るというより、念じていたと言うべきか。母が戻ってくるように。なんにせよ、効き目はなかった。コートはまもなく慈善団体に寄付された。

じきに、ローラは訊ねはじめた。赤ちゃんはどこ行ったの、あの、仔猫にぜんぜん似てない赤ちゃんは。「天国へ」という答えでは、もはや納得しなかった。「あの洗面器の中からどこへ行ったの？」と言うわけである。お医者さんが連れていったのよ、とリーニーは言った。でも、どうしてお葬式をしないの？　生まれたとき小さすぎたから、リーニーはそう答えた。そんなに小さいものがどうして母さんを殺せたの？　〝忘れなさい〟。リーニーは言った。〝大きくなったらわかるから〟と。〝知らなければ傷つくこともない〟とは、疑わしい訓示である。ときには、知らないことがひとを深く傷つける。

夜になると、ローラはこっそり部屋に来て、わたしを揺り起こし、ベッドに滑りこんできた。眠れないという。神さまのせいよ。母さんのお葬式までは、あたしと神さまは仲良くしていたのに。〝神はあなたがたを愛しています〟。日曜学校の教師はそう言う。母は娘たちをメソジスト教会の日曜学校に入れており、母の没後も、リーニーが道義上、引きつづき行かせていた。ローラは教師の教えを信じていたが、いまでは信じきれなくなったという。ひとつに、神さまの正確な居所をうるさく訊くようになった。これは、日曜学校の女教師のせいだ。〝神はいたるところに居られます〟と言ったものだから、ローラはくわしく知りたがる。太陽にいるの、月にいるの、台所にいるの、トイレにいるの、それともベッドの下？（〝あの女先生の首をひねってやりたいよ〟とリーニー）。神さまにひょっこり出てこられても困ると、ローラは思っていた。最近の神の行ないを考えれば、わからなくもない。

〝口を開けて目を閉じてごらん、びっくり仰天させてあげる〟。リーニーは後ろ手にクッキーを隠しながら言うのがお得意だったが、ローラはもう相手になろうとしなかった。目は開けていたかったのだ。リーニーを信用しないわけではなく、たんに〝びっくり〟させられるのを恐れていた。

もしかして、神さまは箒をしまう物置にいるのでは。いかにも居そうな場所だ。そう、ちょっと危なそうな変わり者の叔父さんみたいに、物置にひそんでいる。なのに、自分には扉を開ける勇気がないから、いつ居ても確かめようがない。「神はあなたの心のなかに居られます」日曜学校の教師が言うと、さらにまずいことになった。箒置き場にいるなら、なにか打つ手もある。扉に鍵をかけておくとか。

「神は決して眠らない」賛美歌ではそう歌われている。「微睡《まどろ》みがうっかりその瞼を閉じることはない」と。神さまは夜も寝ないで家のまわりをさまよい、人々を偵察している——皆々の近ごろの行ないは善いだろうか、善くなければ、疫病を送りこんで全滅させるとか、なにか気まぐれを起こしてやろう。遅かれ早かれ、神は聖書によくあるような災いを降らすつもりなのだ。「シッ、神さまよ」ローラは言ったものだ。小さな足音がしても、大きな足音がしても。

「神さまじゃないわ。父さんよ。塔のお部屋にいるんでしょ」

「なにをしているの？」

「タバコを吸っているの」わたしはお酒を飲んでいるとは言いたくなかった。告げ口のような気がして。

ローラが眠っているときは、わたしもいたって優しい気持ちになれた——ちょっと開いた口、まだ泣き濡れている睫毛——が、寝ているときでも落ち着きのない子だった。うなったり、蹴飛ばしたり、ときには鼾をかいたりして、ちっとも眠らせてくれない。わたしはベッドからよじり降りると、爪先立って窓辺に行き、寝室の高い窓にぶらさがるようにして外を眺めた。月夜の晩には、色を吸われてしまったかのように、花園が銀鼠色に光っていた。ずんぐりしたニンフの石像が見える。睡蓮の池に月影が映り、ニンフはその冷たい明かりのなかに爪先をつけていた。わたしは身震いしてベッドにもどり、横になってカーテンの移ろう影を見つめ、ゴボゴボ、ミシミシと、家の鳴る音を聴いていた。わたしがどんな悪いことをしたんだろう、と思いながら。

なぜか、子どもというのは悪いことが起きると、なんでも自分のせいにするが、わたしも例外ではなかった。とはいえ、状況からしてどんなに無理があろうと、子どもは一方でハッピーエンドを信じており、わたしはその例にも漏れなかった。ハッピーエンドが急いでやって来てくれることを、ひたすら祈っていた。とくに、夜はローラが眠ってしまうと励ます必要もなくなり、たまらなく寂しかったから。

朝になると、ローラの着替えを手伝い――これは、母さんが生きているうちから、わたしの役目だった――歯磨き、洗顔の監督をする。昼食時には、ときどきリーニーがピクニックをさせてくれた。バターをつけた白パンに、セロファンみたいに透明なグレープジェリーを塗り、生のニンジンとリンゴを切って持っていく。そして、コーンビーフ。缶詰から出したそれは、アステカの神殿みたいな形をしている。あとは、固ゆで卵も。こういう食べ物をまとめて皿にのせ、屋敷の外に持ちだして、あちこちで食べる。池の畔で、温室のなかで。雨が降ってきたら、家のなかで。

「餓えたアルメニア人を忘れるなかれ」ローラはそう言うと、手をポンと合わせ、目をつむって、ジェリーサンドのパンの耳に一礼する。こんなことを言うのも、母の習慣のせいとわかっていたから、わたしは聞くたびに泣きたくなった。「餓えたアルメニア人なんていないの。ただの作り話よ」わたしは一度そう言ってみたが、妹は聞く耳を持とうとしなかった。

わたしたちは始終ふたりきりで放っておかれていたから、アヴァロン館のことなら、隅々まで知りつくしていた。どこにひび割れがあるか、洞穴があるか、トンネルがあるか。裏階段の下の隠れ家を覗きこむと、棄てられたオーバーシューズがひと山、ミトンがひとつ、骨の折れた傘が一本あった。貯蔵庫もくまなく探検した。石炭庫には、石炭。野菜庫には、台に並べたキャベツやカボチャ、砂箱に入れたビートやヒゲのはえたニンジン、カニ足のような白くて触角のない触手をはやしたジャガイモ。冷蔵室には、樽いっぱいのリンゴや、棚いっぱいの保存食があった。埃まみれのジャムやジェリーが、磨く前の原石のように光り、チャツネ、ピクルス、イチゴ、湯むきトマト、アップルソースなどの入ったクラウンの密閉瓶が並んでいた。ワインセラーもあったが、ここはいつも錠がおりていて、鍵を持っているのは、父さんだけだった。

ヴェランダの下にも、じめじめして土むきだしの〝岩屋〟を見つけていた。タチアオイの茂みのあいだを這いずっていくと、そこで育とうとしているのは、クモの巣の張ったタンポポぐらいで、あとは匍匐植物がめぐり、すりつぶしたミントのような匂いと、猫のオシッコの臭いが混ざり合っていた。（一度などは）気配に驚いたガーターヘビのいやな臭いがした。わたしたちは屋根裏部屋も発見した。何箱もの古本、しまいこんであるキルト類、空のトランク三つ、壊れたハルモニウム（代表的なリードオルガン）。祖母アデリアが衣装の縫い合わせに使っていたトルソーもあった。頭部がなく、胴体だけのそれは、生白く、かび臭かった。

息を殺し、足音を忍ばせて、わたしたちは影の迷宮を歩いていく。そこに、慰めを感じていた――ふたりだけの秘密に、知られざる小道を知っていることに、誰にも見られないという確信に。

時計のチクタクをよく聴いて。わたしはそう言った。それは年代物の振り子時計で、ずいぶん古く、白と金の陶器で出来ていた。祖父のものだろう。書斎のマントルピースの上にのっていたから。ローラは〝チクタク〟を〝チロチロ〟だと勘違いしていた。なるほど、真鍮の振り子が揺れるさまは、たしかに、見えない唇を舐める舌のようだった。時間を食べつくしながら。

秋になった。ローラとわたしは白い液の出るトウワタの〝莢〟を摘んで中をひらき、龍の皮膚みたいに重なった鱗形の種に触れた。種を引っぱりだし、繭綿みたいな〝パラシュート〟（種子の飛散を助ける毛）にのせてばらまくと、あとには、革のような手触りの黄褐色の〝舌〟が残った。肘の内側のように柔らかい。そうして、わたしたちはジュービリー橋へ行き、莢を川面に投げて、それがいつまで水に漂っていられるか眺めた。やがてひっくり返るか、流されてしまうまで。莢にそんなことをして、人でも捕まえた気分だったのだろうか？　よくわからない。しかし、沈む莢を眺めることには、ある種の満足感があった。

冬になった。空はおぼろな鼠色《ねずいろ》で、低くかかる太陽は、魚の血のような薄紅《うすくれない》をしていた。屋根や窓枠から滴った雫が、墜ちるのをやめたかのように、手首ほどの太く濁った氷柱となる。わたしたちは氷柱を折って、その先を舐めた。リーニーには、そんなことをすると舌が黒くなって落ちてしまうよ、と注意されたが、わたしは前にもやったことがあるので、嘘っぱちだとわかっていた。

あのころ、アヴァロン館は艇庫をそなえており、少し下った桟橋脇には、貯氷庫もあった。艇庫には、祖父から父に受け継がれた時代おくれのヨット〈ウォーター・ニクシー〉号が、冬は流れに乗りだすこともなく、寝かしつけられていた。貯氷庫には、ジョグー河から削ってきた氷が眠っていた。大きな塊ごと、馬に牽かせて運びいれ、おがくずをかぶせて保存し、氷が希少になる夏を待つ。

ローラとわたしは御法度をやぶって、足下の滑りやすい桟橋にも行った。リーニーには、落ちて氷を突き抜けたが最後、水は死ぬほど冷たいから、一瞬たりとももたないと言われていた。ブーツが水でいっぱいになって、石みたいに沈んでしまう、と。わたしたちは本物の石をいくつか投げて、なりゆきを確かめた。石は氷上を跳びながら滑っていくと、あるところで止まり、視界に留まった。吐く息が煙のように白くなる。わたしたちは列車みたいにシュッシュッと息を吐き、冷えきった足を交互に踏み替えた。ブーツの靴底の下で、雪が軋んで音をたてる。ふたりが手をつなぐとミトンの手袋が凍ってくっつき、手袋を脱いでも毛織りの〝手〟はつながりあっていた。がらんどうの青い手が。

ルーヴトー河の急流の水底には、尖った氷塊が堆積していた。氷は真昼に白く、黄昏には浅緑になった。小さめの氷はベルのように〝リンリン〟と音を鳴らした。流れの中ごろにいくと、河はひらけて黒くなる。木々に隠れた向こう岸の丘で、子どもたちが叫びをあげ、甲高く、細く、楽しげな声が、冷気に響きわたった。トボガン橇で遊んでいるのだ。わたしたちには禁じられた遊び。ギザギザの沿岸氷の上を歩き、固さを確かめてみようかと、わたしは思ったりした。

春になった。ヤナギの木は黄葉し、ハナミズキは紅葉した。ルーヴトー河は氾濫した。茂みや林の木が根こそぎ引っこ抜かれ、倒木で流れが逆流し、塞がれた。ひとりの女がジュービリー橋から急流へ飛び降り、その後二日間、死体が出なかった。下流で釣りあげられたが、こんな急流を下っていくのは、肉挽き器にかけられるのに等しいから、麗しの姿とはとても言えなかった。この世を去るのに最上の方法ではないね、わが身の見てくれが気になるなら。リーニーは言った。もっとも、そんな時には気にしちゃいないだろうけどさ。

ミセス・ヒルコートは、長年のあいだにそうして飛び降りた人々のうち、六人ばかりを知っていた。新聞で読んだという。ひとりはあたしとおなじ学校に行ってた娘で、鉄道員と結婚したの。亭主ったらしょっちゅう留守でしょ。どういうつもりよ？　「そのうち、お腹にできちゃってさ」と彼女は言った。「言い訳無用でしょ」それですっかり説明がつくといわんばかりに、リーニーはうなずいた。

「男がどんなに馬鹿だって、たいがい数ぐらいかぞえられる」リーニーはつづけた。「少なくとも、指を使えばね。わたしが思うに、拳固のひとつやふたつ飛んだんじゃないの。でも、馬が逃げてから納屋の扉を閉めても仕方ないと言うよね」

「どんなお馬？」ローラが訊いた。

「問題はそれだけじゃないと見たね、あの娘」ミセス・ヒルコートは言った。「厄介が起きるときって、たいてい一種類じゃすまないから」

「できちゃうって、なにが？」ローラが小声で訊いてきた。「できるって、なにが？」でも、わたしにもわからなかった。

飛び降りもそうだけどさ、リーニーがつづける。その手の女たちって、いきなり河の上流にざぶんと入っていって、自分の濡れた服の重みで水に沈もうとしたりするでしょ。そのうち安全なところまで泳ぎつこうにも泳ぎつけなくなる。そこへいくと、男はもっと計画的だね。納屋の桁から首を吊ったり、ショットガンで頭を撃ち抜いたり。それとも、溺れ死ぬつもりなら、岩とか重い物をくくりつける。斧の刃とか、釘の袋とか。こんな重大問題は、運まかせにしないんだよ。でも、女はひょいと河に入って、流れに身をまかせて、水に呑まれるのを待つというやり方をする。この男女の差を良しとしているのかどうか、リーニーの口調からは判断がつかなかった。

わたしは六月で十歳になった。リーニーはケーキを焼いてくれたが、ふたりとも本当は食べるべきでないんだろうね、お母さんが死んで間もないんだから、と言った。でも人生はつづいていくんだし、まあ、ケーキを食べたところで害はないよ。〝なんの害？〟ローラは訊いた。〝母さんの気分を害するってこと〟わたしは言った。じゃあ、お母さんは天国からあたしたちのこと見張っているの？　そう訊かれたが、わたしは意地悪にヘソを曲げていたから、答えなかった。〝母さんの気持ち〟を聞いてしまったら、ローラはケーキなど喉を通らなくなったので、わたしがふた切れとも頂いた。

わが悲しみを仔細に思い出し、それがどんな形をとっていたか再現するのも、いまとなっては骨が折れる。しかし、悲しみの木霊なら、貯蔵庫に閉じこめた哀れな仔犬のように、思いどおりに呼びだせる。母さんが死んだ日、わたしはなにをしていたろう？　そんなことも、母がどんな様子だったかも、ろくに思い出せない。いまでは、写真のままの姿が思い浮かぶだけだ。しかし、母が急にいなくなったベッドの奇異な感じは憶えている。なんと空っぽに見えたことか。午後の陽が窓から斜めに入り、堅材の床にそっとそっと射すなか、こまかい埃が薄霧のように漂う、その感じ。蜜蠟をかけた家具の臭い、しおれた菊の花の臭い、おまると消毒液の、いつまでも消えない香気。母の不在の空気をいまも思い出す。その存在よりも明確に。

リーニーはミセス・ヒルコートにこう言った。チェイスの奥さんの代わりは誰にも務まらないよ。あの人は地上の聖人だったからね、そんなものがいるとしたら。でも、あたしだって自分にできることはやったし、あの姉妹のために明るくふるまってきたよ、なにしろ、

「なるべく言葉にせぬほうが直りも早い」と言うし、良くしたことに、あの子たちも死を乗り越えられそうだから。いや、もっとも、静かな河ほど深いとか言うし、アイリスはおとなしすぎて、あれじゃ本人のためにならないね。あの子は考えこむタイプなんだよ。けど、それはどういう形にせよ、表に出る。その点ローラは、わからないねえ、むかしからおかしな子どもだったから。リーニーはそんなことを言った。

あの子たちは一緒にいすぎたんだよ、リーニーは言った。そのせいで、ローラは歳よりずいぶんとませたやり口を身につけ、アイリスのほうは引っ込み思案の子になった。本当は、どちらも同年代の子たちと付き合うと良いんだけど、ふたりと釣り合いそうな子どもは町に数少ないし、その子たちもいまじゃ寄宿学校に遣られているからね。あの子たちもあいう私立校に送りこまれてしかるべきだけど、チェイス大尉は入学手続きをしようって気配もないね。ともかく、いちどきに多くのことが変わりすぎた。アイリスは〝キュウリのようにおとなしい〟から、寄宿学校でもやっていけるだろうけど、ローラは歳のわりに幼い面があるからね。いや、それを言ったら、子ども子どもしすぎているよ。しかも、すぐうろたえる。深さ十五センチの水でも、動転してバタつくうちに溺れてしまうタイプだね。水から顔をあげていられず、冷静さを失って。

ローラとわたしはドアを細く開けて、裏階段に腰かけ、手で口をふさいで笑いをこらえた。ふたりともスパイの悦びを味わっていた。しかしながら、自分たちのそんな話を耳に入れるのは、双方にとってあまり良いことではなかった。

疲れ果てた兵士

今日は散歩がてら銀行まで行った。早いうちに出かけたのは、酷暑を避けるためもあるが、銀行の開店と同時に入りたかったのだ。そうすれば、きっと誰かの目を引けるだろう。銀行員はわたしの取引明細をまたぞろ間違えかねないから、必要なことだ。わたしだって、まだ足し算引き算はできるし、電卓と違って、「間違いだ」と言ってやることもできる。すると、彼らは決まってウェイターのようににっこりする。客に出すスープに厨房で唾を吐いていそうな給仕の笑い。すると、わたしは決まって支配人を出せと言い、すると、支配人は決まって〝会議中〟である。すると、わたしは決まって、さっきオムツがとれたばかりのような、薄ら笑いの横柄な小僧のもとへ回される。本人、自分を未来の大金持ちだと思っている。

預金がこんなに少ないのかと、蔑《さげす》まれた気になる。むかしはあんなにあったのに、と。もちろん、わたしの手にあったわけじゃない。父さんが持っていたのだ。その後は、夫のリチャードが。ところが、金の〝咎《とが》〟はわたしにも着せられた。犯罪現場に居合わせた人間が罪を着せられるのとおなじように。

銀行の前には、「カエサルのものはカエサルに帰《き》すべし」と言わんばかりに、ローマ様式の大柱がそびえている。たとえば、あの馬鹿げた手数料も帰すべきひとつか。その二セントのために、わたしはマットレスの下に、まあ、たんなる嫌がらせだが、金を隠しておく。しかし、いまごろは噂が流れているだろう。あの婆さん、いよいよ気がふれておかしくなっちまったよ。あばら家で死んでいるのが見つかったら、何百個ってキャットフードの空き缶と、黄ばんだ新聞紙が部屋中にぎっしり、新聞には五ドル紙幣ばかりで二百万ドルありました、なんてね。いや、わたしも、近所のヤク中やら素人泥棒やらの注目の的にはなりたくない。目を血走らせて、指をうずうずさせた連中。

　銀行からの帰り、回り道をしてタウンホールまで足をのばした。イタリア風の鐘塔に、フィレンツェ様式の二色の煉瓦積み。剝げかけた旗ざお。ソンムの戦いで使った銃砲が捧げられている。ブロンズの像がふたつ、どちらもチェイス家が造らせたものだ。右手の一体は、祖母アデリアの注文で、パークマン大佐をかたどっている。アメリカ独立革命の最後の決戦で闘った兵《つわもの》。このときの砦〈フォート・タイコンデローガ〉は、現在のニューヨーク州にある。ときには、うちの町にも、砦《フォート》と港《ポート》をとり違え、タイコンデローガ砦の戦場跡地を探してうろつく、ドイツ人や、イギリス人や、アメリカ人すら出てきそうだ。〝ああ、それは違う町だよ〟と、住民たちに教えてやれる。〝考えてみりゃ、国からして違うだろうが。あんたらが見たいのは、お隣にあるやつだろう〟。

　そう、パークマン大佐その人である——地元を離れて、国境を越え、われわれの町に名をつけたのは。それゆえ、妙な形で、自分の敗れた戦いを記念することになった（とはいえ、これはそう珍しいことでもない。おのれの傷に、一種、歴史学的な関心を抱くのはよくあることだ）。彫像の大佐は馬にまたがり、剣を振りかざして、そばのペチュニアの花壇に早駆けで突っこもうとしている。百戦錬磨の目にピンと尖った髭のいかつい男。騎士の長を彫れと言われると、みな思いつく図はおなじらしい。パークマン大佐は肖像画の類は一切残していないし、彫像は一八八五年になって初めて建てられたから、実の姿は誰も知らないのだが、いままでは、これが〝実の姿〟となっている。ゲイジュツの横暴とは、かようなものである。

芝生の左手に、これまたペチュニアの花壇つきで建っているのは、勝るとも劣らぬ伝説の像だ。〈疲れ果てた兵士〉。シャツは上から三つの釦がはずれ、その首を酋長の斧に差しだすようにたれ、軍服は皺くちゃになり、ヘルメットは斜めにずり落ち、役立たずのロス・ライフル（構造複雑なこの銃は、戦場で泥や水をかぶるとしばしば作動不良を起こした）にもたれている。永遠《とわ》に若く、永遠《とわ》に困憊して、戦争記念碑の頂きを飾り、陽射しに肌を緑に輝かせ、顔には鳩の〝落とし物〟が、涙のようにつたう。

〈疲れ果てた兵士〉は、わたしの父が建てさせたものである。作者は、キャリスタ・フィッツシモンズ。当時、〈オンタリオ州芸術家協会〉の戦争碑委員会の会長、フランシス・ローリングに強く推されるようになった女彫刻家だ。ミス・フィッツシモンズには、地元民の反対の声もあった——この任に女はふさわしくないという意見——が、有力後援者たちとの会議で、父さんが強引に押しきった。ローリング会長ご自身、女性ではないですか？　父は問いかけた。すると、この言葉が筋違いのコメントをいくつも誘いだしたが、いちばん簡潔な質問は、「どうしてわかるんです？」だった。内輪では、父はこう言っていた。事を決めるのは、資金を出すおれだ。連中は雑魚ばかりなんだから、さっさと金を出さないんなら黙っていろ、と。

ミス・キャリスタ・フィッツシモンズは女であるばかりか、二十八歳で赤毛だった。アヴァロン館をちょくちょく訪れ、注文された彫像のデザインについて、父さんと打ち合わせるようになった。この打ち合わせをするのはいつも書斎で、初めのうちはドアを開けたまま、のちには閉めて行なわれた。彼女があてがわれた部屋は客室のひとつで、初めは二番目に良い部屋、やがていちばん良い部屋に変わった。彼女はじきにほぼ毎週末、そこで過ごすようになり、その一室は〝彼女〟の部屋と呼ばれるようになる。

父さんは以前より楽しげだった。酒の量が減ったのは間違いない。敷地内をきれいにし、少なくとも、見られる程度には整理してあった。車道にも砂利を撒きなおした。〈ウォーター・ニクシー〉号も、磨きをかけて塗りなおし、あちこち修繕した。ときには、気楽な週末のハウスパーティも開かれたが、そんなときのお客は、トロントから来たキャリスタの芸術仲間だった。そういう芸術家たちは――いまでは名前を見かける人物もいないが――ディナーの場に、ディナージャケットもスーツも着用せず、みなVネックのセーターを着ていた。芝生でありあわせの料理をつまみ、ゲイジュツについて小難しい議論を交わし、吸って飲んで言い争った。女の芸術家たちは、バスルームでタオルを何枚も何枚も使ったが、あの娘たち、きっとまともなバスタブのなかに入ったことがないんだよ、とはリーニーの弁だ。それに、指の爪が汚らしく、それを嚙む癖があった。

ハウスパーティがないと、父さんとキャリスタはふたりでピクニックに出かけた。何台ものなかから選ぶ車は、セダンではなくロードスターで、リーニーがいやいや詰めてくれたランチバスケットを積んでいく。ドライヴでなければ、ヨットで海に出た。スラックスをはいたキャリスタは、ココ・シャネルよろしくポケットに両手を突っこみ、父さんの着古したクルーネックのセーターを着ていた。ときに、ふたりはデトロイト河に臨むウィンザーまで、はるばる車を駆ることもあり、カクテルとホットなピアノ演奏と奔放なダンスが売り物の、道路沿いのナイトクラブに立ち寄る。こうしたナイトクラブには、酒の密輸を手がけるギャングたちもよく出入りしていた。カナダ側で合法的蒸留業者と取引をしようと、シカゴやデトロイトからやってくるのだ(そのころアメリカは禁酒法時代であり、酒は最高級の水のように、国境を越えて流れていった。デトロイト河には、指を詰められ、すってんてんにされた死体が投げこまれ、エリー湖の岸に流れ着くたび、埋葬の費用を誰が出すかをめぐって、論争が巻き起こった)。父さんとキャリスタは、そうして遠出をすると、丸ひと晩、ことによると、幾晩も外泊をした。一度はナイアガラの滝まで出かけて、リーニーを羨ませ、一度はバッファローにも行ったが、このときは列車の旅だった。

こういう旅の詳細をわたしたちに話したのは、キャリスタだ。こまかいことまで、開けっぴろげに話す女だった。彼女が言うには、父さんには〝景気づけ〟が必要だそうで、この〝景気づけ〟は健康にもいいらしい。羽を伸ばして、もっと人づきあいをしなくちゃ、わたしとお父さんは〝大の仲良し〟なのと言い、わたしたち姉妹を〝子どもたち〟と呼ぶようになった。自分のことは〝キャリー〟と呼んで、と言った。

(父さんもナイトクラブでダンスをするの、とローラは訊いた。片足がわるいことを思うと、想像しがたかったのだろう。キャリスタは、〝いいえ、でも、ダンスを眺めているだけで、お父さんは楽しいのよ〟と答えた。それはどんなものかと、最近のわたしは思う。自分が踊れないのにひとのダンスを眺めても、面白くもない)。

わたしはキャリスタを畏敬していた。なにしろ、芸術家であり、男まさりのご意見番で、男みたいに悠然と歩き、握手をし、短い黒のホルダーでタバコを吸い、そのうえ、ココ・シャネルのことまで知っている。耳にはピアス、スカーフを結んだ赤毛が（いまでは、染めていたのに気づくが）豊かにカールしていた。ローブに似た流れるような服は、派手なうずまき模様で、赤紫にはフクシア、薄紫にはヘリオトロープ、黄色にはサフラン、と呼ばれた。キャリスタによれば、これはパリ仕込みのデザインなのよ、白ロシア人亡命者《エミグレ》にインスパイアされたものなの、とのこと。デザインについても、ひとくさり説明してくれた。とかく蘊蓄をたれたがる人だった。

「ご主人の例のズベのことだけどね」リーニーがミセス・ヒルコートに言った。「またひとり、陰で糸を引く女が出てきたよ、その糸も、自由自在に操れるほど短くなっているようだけど、ご主人だって、あの女を家につれこまない慎みぐらいあると思うじゃないの。まったく、奥さまがお墓で冷たくならないうちに、恥知らずな。奥さまの墓だって、自分で掘りかねないようすだったのにね」

「ズべってなあに?」ローラが訊いた。

「よけいなこと言わないの」と、リーニー。ローラとわたしが台所にいても、しゃべりつづけるのは、よほど怒っている徴だった(あとで、わたしはズべの意味をローラに教えてやった。ガムを嚙む女のことだ、と。ところが、キャリー・フィッツシモンズはガムなど嚙まなかった)。

「ちょっと、子どもは早耳と言うわよ」ミセス・ヒルコートが注意したが、リーニーはかまわず先をつづけた。

「あの素っ頓狂な格好からすると、教会にもパンティ一枚で行きかねないね。陽に透けると、太陽だって、月だって、星だって、その間にあるものだって、ぜんぶ見えちまう。見せるものがたいしてある訳じゃないのにさ。まあ、いまどきのフラッパーのひとりだね。男の子みたいにペッタンコ」

「わたしには、あんな格好する度胸ないわ」と、ミセス・ヒルコート。

「あれは度胸とは言わないよ」と、リーニー。「本人は、気もしてないいんだから」(リーニーは頭に血がのぼると、文法があやしくなった)「言うなれば、どっか欠けているんだね。オツムがちょっと足りないんだよ。なんせ、あのカエルや金魚がうようよいる睡蓮の池で、素っ裸で泳いでいたからねえ。芝生をつっきって戻ってくるところで出くわしたんだけど、生まれたままの姿にタオル一枚という格好だった。会釈してにっこりするだけで、顔色ひとつ変えなかったよ」

「その話、わたしも聞いたことあるわ」と、ミセス・ヒルコート。「根も葉もない噂話かと思ってた。〝いくらなんでも〟って気がしたもの」

「あの女は、金目当てだよ。とにかくご主人を釣りあげて、すっかり巻きあげようって腹だ」

「カネメアテってなあに？　なにを釣るの？」ローラが訊いた。

フラッパーと聞いてわたしの頭に浮かんだのは、濡れてでれんとなった洗濯物が、物干しで風にはためいている図だった。キャリスタ・フィッツシモンズは、そんなものには似ても似つかなかった。

戦争碑をめぐって論争が起きたのは、なにも、父さんとキャリスタ・フィッツシモンズの噂のせいばかりではなかった。〈疲れ果てた兵士〉の姿が、あまりにしょぼくれて、だらしないと感じる人々もいたのだ。はずれた釦が気に入らない。隣の隣の町にある戦争碑〈勝利の女神〉のように、もっと覇気のあるものが欲しい。その女神は翼をはやし、風になびくローブをまとい、パンをあぶるフォークみたいな三つ叉の道具を手にしていた。また、反対派は「すすんで尊い犠牲を払った人々へ」という一文を前面に刻むことを要求した。

しかし、父さんは、〈疲れ果てた兵士〉は、頭部は言うにおよばず、手も足も二本ずつあるのだから、幸運と思ってもらいたいと、彫像の件では一歩もひかなかった。みなさん、気をつけないと、わたしが裸体のリアリズムをとことん追究し、腐りかけた死体のかけらで彫像を造らせるかもしれませんよ。軍にいたころは、そんなものを数知れず踏んできましたが。また、碑銘についてですが、犠牲は〝すすんで〟払われたのではありません。死者たちは、なにも吹き飛ばされてあの世に行こうと思っていたのではない。わたしとしては、碑銘には〝われらは忘れまい〟のほうがいいね、帰すべきところに責任を帰する。べらぼうに多くの人々が、べらぼうに忘れっぽくなっていやがる、そう父は言った。人前で悪態をつくなどめったになかったから、これは人々の度肝を抜いた。金はわたしが出すんだから、当然ながら、好きにさせてもらう。父はそう断言した。

商工会議所の面々は、ブロンズの銘板四枚ぶんの金をしぶしぶ出し、銘板には、戦没者と戦いの名が一覧にして刻まれた。彼らはいちばん下に自分たちの名前も入れたがったが、恥じて思い留まるよう、父さんが説きつけた。戦争碑は死者のものであって、生き残った人々のものではないし、ましてや、利を得ようとはもってのほかだ、と。父がこういった話をすると、反感を買うこともあった。

戦争碑は、一九二八年十一月の英霊記念日に落成した。凍えるような霧雨にもかかわらず、たいへんな人だかりができた。〈疲れ果てた兵士〉は、河の丸石を積んだ（ちょうどアヴァロン館の石みたいに）四角錐のピラミッドのてっぺんに据えられ、ブロンズの銘板は、百合やポピーの花に縁どられ、カエデの葉が編みこまれた。これにも、ひともんちゃくあった。キャリー・フィッツシモンズは、そんな萎れた花と葉をあしらうデザインは、古くさくて俗っぽいと言った。〝ヴィクトリア朝風ね〟。当時の芸術家のあいだで、この言葉はなによりの侮蔑だった。キャリーの好みは、もっと素っ気なくてモダンなものだった。でも、町の人々には好評で、ときには妥協も必要だと、父は言った。

落成式では、バグパイプの演奏もあった（〝屋内より、外のほうがいいね〟とリーニー）。それがすむと、長老派教会の牧師による主説教があり、この牧師は〝すすんで尊い犠牲を払った人々〟について話した――要は、父に対するあてこすりである。わがもの顔にふるまわせまい、金で買えないものもあるのだ、そう思い知らせるべく、あえてこの言い回しが使われた。説教のあとは、さらなる祝辞があり、さらなる祈りが捧げられた。町中からあらゆる宗派の教会を代表して牧師が来ていたから、祝辞も祈りもやたらと多かった。創設委員会にカトリック教徒はいなかったが、カトリックの司祭もひと言述べることが許された。カトリックの戦死者もプロテスタントの戦死者も、死んでしまったことには変わりないと、父が理屈をこねてごり押ししたのである。

そういう見方も一方にはあるだろう、とリーニーは言った。

「じゃあ、もう一方にはなにがあるの？」ローラは訊いた。

父が最初の花輪を手向けた。ローラとわたしは手をつないで、その光景を見つめていた。リーニーが泣きだした。ロイヤル・カナディアン連隊は、はるばるオンタリオ州ロンドンのウルズリー・バラックスから派遣団を寄越しており、M・K・グリーン市長も花輪を手向けた。それにつづき、およそ考えつくかぎりの人々によって花輪が手向けられた――在郷軍人会、〈ライオンズ・クラブ〉、〈キンズメン・クラブ〉、〈ロータリー・クラブ〉、〈オッドフェローズ独立共済会〉、〈オレンジ党〉（アイルランド・プロテスタントの組織した秘密結社）、〈コロンブス騎士会〉（米国の男性カトリック信徒の国際的友愛組織）、商工会議所、なかんずく忘れてはならない〈IODE〉（カナダを拠点とする女性の慈善団体）。そして、最後は、〈戦没者母の会〉を代表して、三人の息子を亡くしたミセス・ウィルマー・サリヴァン。《日暮れて四方《よも》は暗く》が歌われ、スカウト楽団のラッパ手によるいささか頼りない〝消灯ラッパ〟があり、二分の黙禱ののち、民兵によるライフルの一斉射撃があった。そして、つぎは〝起床ラッパ〟。

父はこうべを垂れていたが、傍目にわかるほど震えており、それは悲しみによるものか、怒りによるものか、判然としなかった。厚手の大外套の下に軍服を着ており、革手袋をはめた両手を杖にあずけている。

キャリー・フィッツシモンズも参席したが、後ろに控えたままだった。芸術家がしゃしゃり出て敬礼するような場ではなかったから、と後でわたしたちに話してくれた。いつものローブではなく、行儀のいい黒の上着にきちんとしたスカートというスーツ姿で、顔は帽子でほとんど隠れていたが、それでも、周囲の人々にひそひそ話をされていた。

落成式がすむと、リーニーは台所でローラとわたしにココアを淹れてくれた。霧雨ですっかり冷えた体を温めるために。ミセス・ヒルコートにも勧めたところ、〝それは願ってもない〟と返ってきた。

「どうして記念碑って呼ぶの？」ローラが訊ねた。

「あたしらが死んだ人たちを忘れないように」リーニーが答えた。

「どうして？」と、ローラ。「なんのために？　死んだ人たち、忘れないでほしいって思ってるの？」

「死者のためというより、生きている人間のためのものだね」リーニーは言った。「まあ、大きくなればわかるよ」ローラはこれを言われると、いつも疑いの眼《まなこ》になった。いま知りたいのに。妹はココアのカップをひっくり返した。

「もっとちょうだい。尊い犠牲ってなあに？」

「兵隊さんたちは、あたしらのために命を捧げてくれたの。いいかい、むやみにガツガツしなさんな。もう一杯淹れたら、今度は飲み干してもらうよ」

「どうして命を捧げたの？　そうしたかったから？」

「いや。でも、とにかくそうしたんだよ。だから、犠牲と呼ぶの」リーニーは言った。「もうこの話はいいだろう。ほら、ココアだよ」

「兵隊さんは神さまに命を捧げたのよ。神さまがそう望んだから。人々の罪をすべて贖うためにキリストが死んだようにね」バプティストであり、この問題の最高権威と自負するミセス・ヒルコートが、答えた。

一週間後、ローラとわたしは、〈峡谷〉の下流あたり、ルーヴトー河沿いの小道を散歩していた。その日は河からうっすら霧が出ており、スキムミルクのように宙に渦巻き、落葉した低い木立の枝から雫が滴っている。道の石は滑りやすくなっていた。

アッと思った瞬間、ローラはもう河に落ちていた。さいわい、主流の岸辺ではなかったから、すぐにはさらわれなかった。わたしは悲鳴をあげ、下流へと駆けだして、ローラのコートをつかんだ。衣服はまだ水を吸ってはいなかったが、それでもかなり重く、あやうく自分まで落ちるところだった。平たくなった岩棚までなんとか引っぱってきて、力いっぱい引きあげた。その体たるや、ずぶ濡れの羊みたいにびしょびしょだったが、わたし自身もだいぶ水をかぶっていた。わたしは妹のことを揺さぶった。そのときには、ローラも身震いしながら泣きだしていた。

「わざとやったんでしょ！」わたしは言った。「あたし、見たもの！　溺れるところだったじゃない！」ローラはしゃくりあげて鼻をすすった。わたしは妹を抱きしめた。「どうして、こんなことしたの？」

「そしたら、神さまが母さんをきっと生き返らせてくれるもん」ローラは泣きわめいた。「あんたが死ぬことなんて、神さまは望んでない」わたしは言った。「そんなことしたら、神さま、かんかんよ！　母さんを生き返らせるつもりなら、神さまにはいつでもできるの！　あんたが溺れ死にしなくたって」こんな気分になったローラには、こういう諭し方をするしかなかった。神さまについてはあたしのほうがよく知っているのよ、というハッタリが要る。

ローラは手の甲で鼻をこすった。「どうしてわかるの？」

「だって、そうでしょ――たったいまも、あんたを救いあげるようになさった！　ほらね？　死ぬのを望んでいるなら、あたしも一緒に落ちてたはずだもの。ふたりとも死んでいたんじゃないの！　ねえ、早く体を乾かさないと。リーニーには絶対に言わない。うっかりしたんだって言う。足が滑ったんだって。でも、あんなこと、二度としちゃだめよ。わかった？」

　ローラはなにも言わなかったが、おとなしく連れられて帰った。家に着くや、リーニーは戦《おのの》きながらさんざん舌打ちし、おろおろし、叱りつけ、ローラは薄いビーフスープを飲ませられ、風呂に入れられ、湯たんぽを用意され、そして、今回の災難は、ローラによくある不器用のなせる業と結論された。足下に気をつけなさいと、言い含められて。父さんは〝よくやった〟と、わたしを褒めてくれた。ローラを救えなかったら、なんと言われたことだろう。リーニーはこう言った。ふたりとも少しばかりは機転がきいてよかったけど、そもそもそんな場所でなにをしていたんだい？　しかも、こんな霧の日に。もっとわきまえなさい。

　その晩、わたしは横になったものの、自分を抱きしめるように、両の腕を体に巻きつけた格好で、なかなか寝つけずにいた。足は冷えきって、歯の根もあわない。ローラの姿を脳裏から追いだせなかった。凍えるルーヴトー河の黒い水に流されていくローラ――逆巻く風に髪が煙のように広がり、濡れた顔が銀色に光る。コートをつかんだわたしを睨んだあの目。その体をつかまえているのが、どれほど大変だったか。どれほど手を放しそうになってしまったことか。

ローラとわたしは学校には通わず、つぎつぎと家庭教師をあてがわれていた。男の先生も、女の先生もいた。本人たちはそんなものは不要と思っていたから、極力やる気をなくしてもらうよう腐心した。ふたりして空色の瞳でひたと見据えたり、耳が聞こえない振りだの、理解できない振りだのをやらかした。そのさいは、決して目をあわせず、おでこのあたりばかりを見る。追っ払うのに、思いのほか時間のかかることもあった。概して、家庭教師がさんざんな仕打ちに耐えるのも、人生に叩きのめされ、金を必要としているからだ。わたしたちも、彼らに悪意があるわけではなく、たんに煩《うるさ》くされたくなかったのだ。

家庭教師が同伴しないかぎり、子どもたちはアヴァロン館に留まるのが決まりだった。屋敷内か、あるいは、庭に。とはいえ、誰が監視できる？　家庭教師たちをかわすのはたやすかった。彼らは秘密の抜け道を知らなかったし、リーニーだって、始終追っかけているわけにもいかない（と、本人も言っていた）。機会あるごとに、わたしたちはアヴァロン館からそっと抜けだして、街をうろついた。リーニーの思いこみによれば、この世は、犯罪者と、無政府主義者と、阿片パイプをくわえて捩《よじ》り縄みたいな薄い口髭をはやして先の尖った長い爪をした邪《よこしま》な東洋人と、麻薬中毒者と、白人の奴隷商たちがいっぱいで、わたしたちを誘拐して父さんから身代金をとりたてるべく、虎視眈々と狙っているそうだったが。

リーニーの数多い兄弟のひとりは、あちこちの安雑誌と付き合いがあった。ドラッグストアで買って読み捨てにするような、パルプマガジン。下手をすると、人目を忍んで買うしかない類の。あの男の仕事はなんだったのだろう？　「流通」とリーニーは呼んでいた。いま思えば、国外から密輸でもしていたんだろう。いずれにせよ、この人はときどき売れ残りをリーニーにくれたので、彼女がいくら隠そうとしても、早晩、子どもたちが手にすることになる。なかにはロマンス小説もあり、リーニーは貪り読んでいたが、わたしたちには益体もないものだった。わたしたちは――というか、わたしは――よその国の話や、もっと言えば、よその星の話のほうが好きで、これにはローラも同調した。未来からきた宇宙船には、女たちも乗っていて、光る素材の恐ろしく短いスカートをはき、なにもかもがキラキラしている。小惑星では、草花がおしゃべりをし、ギョロ目で牙をむいた化け物たちが跋扈する。いにしえの異地《とつち》には、トパーズ色の目にオパールのような肌をした、しなやかな身体の娘たちが住んでいた。ごく薄い綿布のズボンをはき、ふたつの漏斗を鎖でつないだような金属の小さなブラジャーを着けている。英雄たちは厳めしいコスチュームを身にまとい、翅付きのヘルメットには、大釘《スパイク》もどきが林立している。

　ばかばかしい。そんな物語をリーニーは一蹴した。この世のものとは思えないね。でも、だからこそわたしは惹かれたのだ。

　リーニーの言う犯罪者や白人の奴隷商は、探偵小説雑誌に出てきた。銃弾が乱れ飛ぶ、血塗られた表紙画の。この手の話では、巨万の富を持つ女相続人が決まってエーテルで眠らされ、洗濯紐で（必要以上にぐるぐると）縛りあげられ、ヨットの船室に閉じこめられるか、教会の地下霊廟やら、お城のじめじめした貯蔵室に転がされている。ローラもわたしも、そんな悪党の存在を信じてはいたが、あまり怖くはなかった。どんな手口で来るか、おおかた予想できたから。連中は大きな黒塗りの車を持っており、厚いコート、厚い手袋に、黒いフェドーラをかぶっているので、すぐに見つけて逃げだせる。

とはいえ、実物はさっぱり見かけなかった。わたしたちが出くわす〝敵軍〟といえば、工員の子どもたちぐらいだった。わたしたちが高嶺の花だと、まだわかっていない幼子たち。子どもらは二人三人と寄り合い、後ろを尾けてきながら、なにも言わず好奇の目で見つめたり、名前を呼ばわったりした。ときには、石を投げてくることもあった。いっぺんも命中しなかったが。断崖の下、ルーヴトー河畔の小道を歩いていくわたしたちは、彼らの格好の餌食であり、いつ上から物が落ちてくるか知れなかった。あるいは、路地裏。こうした場所も、ふたりは避けるようになった。

わたしたちはよく店のウィンドウを眺めながら、エリー・ストリートを歩いた。通りにならぶ安雑貨店がお気に入りだった。金網のフェンスごしに小学校を覗き見ることもあった。そこは一般の児童――労働者の子どもたち――の通う学校で、燃え殻を敷きつめた競走用トラックがあり、紋様を彫りこんだ高い正面ドアには、それぞれ〝男子〟〝女子〟と記されていた。休み時間には、甲高い声が飛びかい、生徒たちは薄汚かった。ことに、喧嘩をしたり、燃え殻の上に突き倒されたりしたあとは。こんな学校に通わずにすんでよかったと、ふたりとも感謝したものだ（いや、実のところ、感謝などしていたろうか？　むしろ、仲間外れの気分を味わっていたのではないか？　おそらく両方だ）。

　こういうお出かけには、ふたりとも帽子をかぶっていった。なにかの保護になると思っていたのだ。帽子をかぶると、ある意味、姿が見えなくなるというか。レディは帽子なしで出かけたりしないよ、リーニーはそう言った。手袋も必須だと言われたが、これはわざわざ着けないこともあった。あのころというと、麦わら帽を思い出す。淡いわら色ではなく、焦茶色をしていた。そして、六月の蒸し暑さ。あたりには花粉がものうげに舞っている。照りつける空の蒼。のらくらと、ぐうたらと。

　あんな日々をどれほどとりもどしたいと思うことか。あの徒《いたずら》なる午下がり。あの退屈。無為。縹渺《ひょうびょう》とした未来。しかし、ある意味では、とりもどしたとも言える。もっとも、この先なにが起きようと、長くはない未来だが。

　そのころ就いていた家庭教師は、おおかたより長続きしていた。四十女で、色褪せたカシミアのカーディガンを箪笥ひとつぶんも持っており、そんな召し物や、後ろで丸く結いあげた灰茶色の髪からは、往時には止《や》ん事なき暮らしがあったことが偲ばれた。名前は、ミス・ゴーアム。ミス・ヴァイオレット・ゴーアムといった。わたしは陰で鬼子先生《ミス・ヴァイオレンス》とあだ名した。すみれ《ヴァイオレット》の花と、血のり《ゴーア》では、いかにも不似合いな取り合わせではないか（Gorehamのgoreは流血などを意味する）。以来、先生を見るたび、どうにもくすくす笑いがこみあげたが、まったくもってピッタリのあだ名だった。ローラにも教えたところ、当然のごとく、リーニーにばれた。悪い子たちだね、そんなふうにゴーアム先生をからかって、と叱られた。あの気の毒な人は、おちぶれてきたんだよ、哀れんでおやり。それもこれも、行かず後家だからなんだ。イカズゴケってなあに？ 旦那さんのいない女のこと。ミス・ゴーアムは清らかな独り身の人生を歩む運命を背負ってきたんだよ。そう言うリーニーは、ちょっとばかり見下す口調になった。

「でも、リーニーだって旦那さんがいないじゃない」ローラは言った。

「それは話がべつ」リーニーは言った。「あたしの場合、慎んでお世話しようって男には、まだお目にかかったことがないんだよ。いままでの分はお断わりしてきた。申し出はいくつもあったんだけどね」

「鬼子先生だって、あったかもよ」わたしは反論したいがためにそう言った。そういう年ごろに差しかかっていた。

「いいや」リーニーは言った。「なかったね」

「どうしてわかるの？」ローラが訊いた。

「ぱっと見でわかるじゃないの」リーニーは言った。「とにかく、かりにも申し出があったなら、その男が三つ頭でしっぽがはえてたって、あのおばさん、蛇みたいにすばしこくつかまえてるよ」

鬼子先生とうまくやれたのは、先生がわたしたちの好きにさせてくれたからだ。この子たちを操る力は自分にはないと早々に気づき、賢くもそんな努力はしようともしなかった。わたしたちは午前中、かつては祖父ベンジャミンの、いまは父さんの書斎で授業を受けたが、鬼子先生はただ自習させるだけだった。本棚には、革装の重たい本がぎっしり詰まっており、ぼやけた金文字で題名が刻印されていた。祖父ベンジャミンが一度でも目を通したかどうかは疑わしい。〝これぐらいは読んでいなくては〟と、祖母アデリアが思う本をならべたにすぎないだろう。

わたしは興味惹かれる本があると、抜きだしてみた。チャールズ・ディケンズの『二都物語』、マコーレーの歴史書、挿し絵入りの『メキシコ征服』と『ペルー征服』。詩集も読んだし、ときには鬼子先生も、それを朗読させようとなまくらな試みにでた。〝桃源郷《ザナドゥ》に忽必烈《フビライ・》汗《ハーン》は壮麗な歓楽宮の建設を命じぬ〟（サミュエル・テイラー・コールリッジの「フビライ・ハーン」より。映画《市民ケーン》の冒頭ナレーションでも有名な一節）。〝フランダースの野に、芥子の花がそよぐ。幾列にもならぶ十字架の合間合間に〟（ジョン・マクレーの「フランダースの野に」より）。

「詩というのは、のそのそ歩くようでは駄目」鬼子先生は言った。「流れるようでなくてはね、アイリス。自分が泉になったつもりで」かく言う本人が、のっそりして野暮ったかったが、デリカシーなるものに高い規範を掲げており、こうあるべしという注文が果てしなくあった。〝花咲く木々のように〟〝蝶々のように〟〝やさしいそよ風のように〟。間違っても、膝小僧を汚して鼻をこするような娘であってはならない。家庭内の衛生については、実にやかましかった。

「色鉛筆を囓らないの」と、ローラに注意する。「リスじゃあるまいし。ほら、見なさい、口中が緑色ですよ。歯がわるくなります」

わたしはヘンリー・ウォッズワース・ロングフェローの「エヴァンジェリン」を読んだ。

そして、エリザベス・バレット・ブラウニングの「ポルトガル女のソネット」。〝どんなに貴方を愛しているか、愛の形を数えましょう〟（ソネット十四番より）。「なんて、美しい」鬼子先生はため息をついた。ブラウニング夫人の詩題となると、先生はやたら感傷的になった。失意の心が許すかぎり感傷的に。また、モホーク族のプリンセス、E・ポーリーン・ジョンソンの詩にも。

そして、おお、河は流れる、どんどん速く
舟のへさきで流れが逆巻く。
渦巻け、渦巻けよ！
小波は打ち、また打つ
そちこちの険しい淵で、くるくると！（「わたしの櫂《かい》がうたう歌」より）

「ああ、胸が騒ぐ」―鬼子先生は言った。

それから、アルフレッド・テニスン卿の詩も読んだ。その荘厳さたるや、右に出るものは神しかいない詩人、とは鬼子先生のお説である。

苔黒々と、花園に
あつく生《む》す、いちめんに
釘は錆びて節目から落つ
破風壁に梨の木の板を留めし釘……
彼の女《ひと》は言うのみ、〝なんとわびしい人生なのか〟
〝あの方はとうとう来なかった〟彼の女は言う
〝わたしは疲れ、疲れきった
いっそ、死ねたらよいものを！〟　（「マリアナ」より）

「この人は、なぜそんなこと望んだの？」普段は、わたしの朗読にさしたる関心も示さないローラが訊いた。

「それが愛というものよ、ローラ」鬼子先生は答えた。「限りのない愛。けど、報われない」

「どうして？」

鬼子先生はため息をついた。「これは詩なの。作者はテニスン卿といって、詩のことをいちばんわかっている人だと思うわ。詩は、わけを述べたりしない。〝美は真実、真実は美――それが知りうるすべてなり、そして、知るべきすべてなり〟（ジョン・キーツ「ギリシャの壺への頌歌」より）」

ローラは軽蔑の眼《まなこ》で先生を見ると、塗り絵にもどっていった。わたしはページを繰った。すでにその詩は全篇にざっと目を通し、とくに新たなことが起こらないのはわかっていた。

砕けよ、砕けよ、砕けよ
汝の冷たい灰色の岩に、おお、大波よ！
もし、口にできるものならば――
こみあげるこの想いを（「砕けよ」より）

「すばらしい」鬼子先生は言った。限りのない愛は好きだが、救いのない陰鬱も、ひとしく好んだ。

なかに、黄褐色の革装の薄い本があった。もともと祖母アデリアの蔵書だった。エドワード・フィッツジェラルドの『オマル・ハイヤームのルバイヤート』（エドワード・フィッツジェラルドが実際に書いたのではないのに、著者ということになっていた。どう説明すればいいのか？　まあ、あえてふれるまい（このペルシャ語の詩はフィッツジェラルドの英訳が定着している））。折にふれて鬼子先生はこの本の詩篇を朗読し、詩とはいかに音読すべきかという手本を示した。

大枝の陰に一冊の詩集
ひと瓶のぶどう酒、一斤のパン――そしてあなた

われの傍ら、野に歌う
　おお、それだけで野は楽園ぞ！

「おお」のところは、誰かに胸を蹴られたように息苦しげに。「あなた」のときもおなじく。ピクニックひとつするのに大変な騒ぎだな、わたしは思ったものだ。パンにはなにを塗ってきたんだろう。「もちろん、本物のぶどう酒じゃないのよ」鬼子先生は言った。「聖体拝領のことを詠っているの」

翅ある天使よ、後の祭りになる前に、
まだ展《ひら》けぬ運命という巻物をとらえ、
その酷な記録をくつがえしたまえ、さもなくば、
跡形なく消し去りたまえ！

ああ、愛よ！　おまえとわれ、神と共に謀り、
憂き世をこの手につかめれば。
統べてをいちど粉々にし、
心願に沿うべく再建せん！

「まさに、まさに」鬼子先生はため息まじりに言った。とはいえ、なんにでもため息をつく人である。アヴァロン館が実にお似合いだった――いまどき流行らないヴィクトリア時代の麗々しさ、趣ある退廃と、いまは亡き気高さと、やるせない悔いの空気。そのふるまいも、色褪せたカシミアも、屋敷の壁紙とよく合っていた。

ローラはあまり本は読まなかった。絵を描き写したり、分厚くて小難しそうな紀行本や歴史書の白黒の挿し絵に、色鉛筆で塗り絵をしたりしていた（どうせ誰にも見つかるまいと思ったらしく、鬼子先生はこのいたずらを黙認していた）。ローラの色の選択は奇抜だったが、断固としていた。木を青や赤に塗ったり、空をピンクや緑に塗ったりした。気にくわない似顔絵があると、紫や鈍色で造作を塗りつぶしてしまった。

エジプトの本を見ながらピラミッドを描くのも、エジプトの偶像に色を塗るのも好きだった。胴体が翼のある獅子で、頭が鷲または人間という、古代アッシリアの彫像もあった。ヘンリー・レアード卿の本に載っていたのだが、卿はアッシリアの首都ニネヴェの廃墟でこの像を見つけ、イングランドまで輸送したそうだ。なんでも、これこそ、エゼキエルの預言書に書かれている天使の姿だとか。鬼子先生はこの絵に眉をひそめるふうだった（彫像はいかにも異教的で、血に餓えているように見えた）が、それでもローラは負けなかった。お咎めをものともせず、命がけの形相でますますページの上に屈みこみ、どんどん色づけしていった。

「背筋を伸ばしなさい」鬼子先生は言ったものだ。「背骨が木になったつもりで、お日さまに向かって伸びるように」しかし、ローラはこういう〝ごっこ遊び〟みたいなものを興《おもしろ》がる子ではなかった。

「木になんかなりたくない」決まってそう答えた。

「猫背より木のほうがましですよ」鬼子先生はため息をつく。「姿勢に気をつけないと、そうなってしまうのよ」

鬼子先生はたいがい窓辺に座って、図書館から借りたロマンス小説を読んでいた。祖母アデリアの細工のきれいな革装のスクラップブックを繰るのも好きで、なかには、浮き出し入《エンボス》りの上品な招待状が、ていねいに糊づけされていた。新聞に掲載されたメニュー、それにつづく記事の切り抜きも。チャリティのお茶会、スライド上映つきの教化講演などなど——パリに、ギリシャに、インドにまで足をのばしてきた、大胆で人好きのする旅行家たち、スウェーデンボリ主義者、フェビアン協会のシンパ、菜食主義者、その他ありとあらゆる自己啓発の推奨者たちがこの家にはやってきた。ときには、たまげるような講演者もおり、アフリカ大陸やサハラ砂漠やニューギニアへの使節が、土着民はこんな魔術を使うとか、凝った木のお面で女たちの顔を隠しているとか、赤い塗料とタカラガイの殻で、ご先祖の頭蓋骨を飾るんだとか、そういう話をした。黄ばんだ新聞紙は、そんな贅沢で、志高く、過酷な、既往の暮らしを物語り、鬼子先生はまるで記憶に刻みつけようとするかのように隅々まで熟読し、夢の世界にひととき身をおいて静かな笑みを浮かべた。

先生はティンセル紙の金銀の星をひと箱もっていて、わたしたちのやりおえた課題に貼りつけていった。ときには、野の花を摘みに連れていってくれ、摘んだ花はインク紙の間に挟んで重たい本を置き、押し花にした。わたしたちは鬼子先生がだんだん好きになったが、辞めるときに泣きはしなかった。もっとも、先生のほうは泣いた。湿っぽく、あられもなく。すべてにおいてそうだったように。

わたしは十三歳になった。こういう育ち方をしたくてしたのではないのに、まるでわたしが悪いみたいに、いちいち父さんの気にさわるようだった。姿勢だの、しゃべり方だの、立居ふるまい全般に、目を向けるようになった。服装は清楚でなくてはいけない。普段は、白いブラウスに黒のプリーツスカート、教会用には、濃紺のベルベットのワンピースを。制服のような出で立ち。セーラー服のようで、セーラー服でない。前屈みにならず、背を丸めないこと。大の字に寝てはいけない、ガムを嚙んではいけない、そわそわせず、むやみにおしゃべりをしないこと。父さんが求める美徳とは、軍隊のそれだった。整然。服従。沈黙。性をあらわにしない。性とは——一度も話題にのぼらなかったものの——蕾のうちに摘まれるべきものだった。父さんは長いこと、わたしを野放図にしていた。そろそろ躾の時期だった。ローラも幾分びしびしやられたが、まだそういう年ごろではなかった（そういう年ごろとは、なんだろう？　つまり思春期というやつだと、いまではわかる。ところが、当時のわたしは戸惑うばかりだった。あたしがどんな罪を犯したと言うの？　なぜ得体の知れない感化院の子どもみたいに扱われるんだろう？）。

「あなた、子どもたちに厳しすぎるわ」キャリスタは言った。「男の子じゃないんだから」

「残念なことにね」と、父さんは言った。


恐ろしい病気に気づいた日、わたしが頼っていったのはキャリスタだった。股のあいだから血が流れ落ちていた。あたしきっと死ぬのよ！　キャリスタは笑いだし、おもむろに説明してくれた。「ちょっと鬱陶しいだけよ」それを〝お友だち〟とか〝お客さま〟とか呼びなさいと言った。リーニーはもっと長老派らしい考え方だった。「忌まわしいものだよ」さらに、こう言いそうになって、あやうく口をつぐんだ——これもまた、人生を辛くしようという神さまのおかしなご配慮なんだ。まあ、そういうことになっているんだよ。血には、布きれでも破いて使え、と（実際には〝血〟とは言わず、〝オリモノ〟と称した）。カモミール・ティーを一杯淹れてくれたが、腐ったレタスみたいな臭いがした。あとは、下腹が痛むだろうからと、湯たんぽが用意された。それでお終《しま》いで、どちらも効果なし。

ローラはわたしのシーツに血の染みを見つけると、泣きだした。姉さんは死にかけていると結論づけたらしい。姉さんも母さんみたいに死んじゃうのね、と言って、妹は泣きじゃくった。あたしになにも言わないうちに。仔猫みたいな灰色の赤ちゃんを産んで、死んじゃうんでしょ。

バカみたいに騒がないの、わたしは妹に言い聞かせた。この血は赤ん坊とは関係ないんだから（キャリスタはその点まで言及しなかった。きっと、こういう情報をいちどきに与えると、わたしの魂《プシュケー》が歪むと判断したのだろう）。

「いつかは、あんたもこうなるのよ」わたしはローラに言った。「あたしぐらいの歳になったら。女の子の体に起きることなの」

ローラはいたく立腹して、信じようとしなかった。たいがいにおいてそうだったが、自分だけは例外であると信じて疑わない子だった。

このころ写真館で撮った、ローラとわたしのポートレイトがある。わたしはお決まりの濃紺のベルベットのワンピースを着ている。歳にしては、幼すぎる格好である。当時は〝お乳〟と呼ばれたものが、すでに目につく。わたしの隣に座るローラも、まったくおなじ服装。膝丈の白い靴下に、エナメル革のメリージェーン（ストラップ付きで踵の低い女児の靴）。指示されたとおり、足首を——左足に右足を重ねて——お品よく組んでいる。わたしはローラの肩に腕をまわしているが、おっかなびっくりの手つきは、まるで命じられたかのようだ。かたや、ローラは膝の上に両手を重ねている。どちらも明るい色の髪を真ん中で分け、後ろできつくひっつめている。ふたりとも微笑んでいるが、ふたりでひとまとめに扱われ「お行儀よくにっこり」と言われた子どもが浮かべる、おどおどした笑みである。叱られるのが怖くて無理につくった笑みである。叱るにせよ、脅すにせよ、それは父さんだったにちがいない。わたしたちはそれに怯えていたが、まぬかれる術を知らなかった。

オウィディウスの変身譚

娘たちの教育はなっとらん。父さんがそう判断したのも、しごくもっともである。わたしたちに、フランス語のみならず、数学やラテン語も習わせようとした。いきすぎた夢想癖に、理路整然たる頭の体操は、よき矯正役をはたすと考えたのだ。地理学も、頭をはっきりさせるにはちょうどいい。鬼子先生が勤めるあいだは、その存在を気にも留めなかったくせに、いまや、先生の手ぬるい、古くさい、おめでたいやり方は、きれいに削ぎ落とすべしと結論。まるで、レタスでも剝くみたいに、ひらひら、へなへなした部分、とにかく薄暗いものは娘たちから切って落とし、すっきり、しっかりした芯だけを残そうとした。ふたりがなにを好もうと、父にはなぜ好むのかわからない。なんとかして、娘たちを男子のように仕立て上げようとした。まあ、仕方ないのではないか？　父は女きょうだいを知らずに育ったのだ。

父さんが鬼子先生の代わりに雇ったのは、アースキンという名の男で、かつてはイングランドの男子校で教えていたが、突然、健康を理由に、カナダに送られてきた。見たところ、ちっとも不健康そうではなかった。たとえば、咳ひとつしたことがない。ずんぐりとした体軀にツイードの服を着て、歳は三十か、まあ、三十五ぐらい。赤みがかった毛、ふっくらと濡れた赤い唇、貧相なヤギ鬚をはやし、辛辣な皮肉を言い、癇癪もちで、湿った洗濯かごの底みたいな臭いがした。

じきにわかったことだが、なまくらな態度で、おでこを見つめているだけでは、アースキン先生を追っ払うことはできなかった。まず、先生はふたりにテストをし、学力のほどを見きわめようとした。そう点数は高くないだろうが、告げ口されるほどではないと、本人たちは思っていた。ところが、先生は父さんに、お宅の娘さんたちの知能は、虫なみ、あるいは、リスなみであると告げたのだ。まったく、嘆かわしいと言うよりなく、先天的な問題がないのが不思議なぐらいだ、と。しかも、怠け癖が身についている――それが許されてきたということです。先生は咎め立てるようにそう付け足した。さいわい、手遅れではありません。

これを聞いた父は、ならば、先生がぞんぶんに鍛えてやってほしいと答えた。

わたしたちには、先生はこう言った。きみたちのだらけ癖、横柄な態度、とかくフラフラして夢想にふけりがちな性向、甘ったるい感傷などのすべてが、人生の重大事をふいにしてきたのだ。天才たれとは誰も言わないし、もし天才であってもなんらよいこともないが、物事には下限というものがあるのだ、たとえ女子にしても。靴下ぐらいまともにはけるようになっておらんと、いくらきみたちと結婚するほど愚かな男がいようと、婚家のお荷物にしかならんぞ。

先生は学校用の練習帳をひと山も注文した。安手のもので、ページには罫線が入り、表紙は薄っぺらなボール紙。質素な鉛筆と消しゴムの予備も買いこんだ。これらは魔法の杖なのだと、先生は言った。これを使って自分を変えることができるのだ、先生の手助けがあれば。

「手助け」と言うところで、先生は薄ら笑いをしてみせた。

それから、鬼子先生のキラキラ星をうち捨てた。

この書斎では気が散って仕方なかろう。アースキン先生はそう言った。学習机をふたつ取り寄せてもらい、それを空いていた寝室のひとつに据えつけた（もとあったベッドも、他の家具も、みんなよそへ移動させたので、がらんとした部屋だけが残っていた）。ドアには鍵が掛かり、鍵は先生が手にしていた。さあ、これで、きみたちも張り切って取りかかれるだろう。

アースキン先生の教え方は、直截簡明だった。髪を引っぱり、耳をつねる。定規でもって、手を置いたすぐそばの机を叩き、手そのものを叩き、はたまた、怒り心頭に発すると、後頭部をひっぱたいた。最後の手段となると、本を投げつけたり、腿を後ろからピシャリとやったりした。先生の辛辣な嫌味は、少なくともわたしを萎縮させた。一方、ローラはしょっちゅう先生の言うことを字句どおりにとり、ますます怒らせた。先生は涙を見ても、ほだされなかった。むしろ、楽しんでいたんじゃなかろうか。

先生も、毎日毎日、こんな態度だったわけではない。つづけて一週間ぐらいは、平穏無事に過ごす。辛抱強い面、不器用ながらある種の優しさも見せないではなかった。ところが、その後に癇癪玉がはじけ、怒髪天をつくことになる。最悪なのは、いつ、なにをするかわからないという点だった。

父さんに文句を言うわけにもいかなかった。だいたい、先生は父の指示に従っているのではないか。本人がそう言っていた。わたしたちは当然ながら、リーニーに不満をもらした。彼女はかんかんになり、アイリスはそんな扱いを受けるほど子どもじゃないよ、と言った。ローラはとても敏感だし、だいたい、うちはふたりとも――まあ、あの男、何様のつもりだろうね？　育ちが卑しいくせにいい気になってさ、成り下がってここに流れてくるイギリス人はみんなそうだけど、親分気どりなんだよ、あの男が月に一度でも風呂に入っていたら、あたしゃ逆立ちして通りを歩くね。ローラが手のひらにみみず腫れをつくってきたときには、アースキン先生に真っ向から意見したが、余計なお世話だと言い返された。あのふたりを駄目にしたのはあんたなんだ、先生はそう言った。あんたが赤ん坊扱いして甘やかし――それぐらい見ればわかる――すっかり駄目にしたんだ。あんたの壊したものを、いまになってわたしが直すはめになった、と。

ローラは、アースキン先生が辞めないなら、自分が家出すると言いだした。窓から飛びだしてやる、と。

「そんなことはおよし」リーニーは言った。「よく考えようじゃないの。あの鼻っ柱をへし折ってやるんだよ！」

「先生、鼻に柱なんてないもん」ローラは泣きじゃくった。

キャリスタ・フィッツシモンズなら多少は力になれたかもしれないが、なにせ、風向きに敏感な人だった。わたしたちは彼女の子ではなく、父さんの子。その父が自分なりのやり方を選んだのだ、それにちょっかいを出すなら、戦術ミスにもなろう。ソヴ・キ・プ。アースキン先生のお勉強のおかげで、わたしもこんな言い回しを訳せるようになっていたが（フランス語で「退避せよ」の意）。

アースキン先生の数学理念はいたって明解だった。われわれ女子は家計を切り盛りする術をもたねばならない。つまり、足し算、引き算、それに複式簿記。

では、フランス語とは何であるかというと、動詞形とギリシャ女神パイドラーに他ならず、著名な作家による簡潔な金言を頼りとした。「青春に分別があり、老いに力があれば」——エティエンヌ。「わたしがなにより恐れるのは恐れなり」——モンテーニュ。「心は心で、理性のまったく知らぬ理由をもっている」——パスカル。「歴史、このお調子者で嘘つきの老婦人め」——モーパッサン。「偶像に触れるなかれ、金めっきが剥がれてくる」——フロベール。「神は男から創られた。すなわち、悪魔は女から創られたということだ！」——ヴィクトル・ユゴー、などなど。

地理とは何かというと、すなわち、ヨーロッパの首都に尽きた。ラテン語とは何かといえば、カエサルがガリアを征服しルビコン河を渡ることであった。アーリア・イアークタ・エースト、賽は投げられた。そのつぎには、ウェルギリウスの「アエネーイス」からの引用。とくに、女王ディードーがアエネーイスに捨てられて自殺するくだりを好んだ。あるいは、オウィディウスの『変身譚』からの引用。神々の手でいろいろな娘たちに、よからぬことがなされる箇所。エウローペーが白い巨牛（ゼウスが化けた姿）に、レーダーが白鳥（これまたゼウスが化けた姿）に、ダナエーが黄金の雨（おなじくゼウスが化けた姿）に、強姦される場面。こういう話なら、少なくともきみらの興味をそぐことはあるまい。先生は嫌味っぽく笑いながら言った。いや、仰せのとおり。気分転換にと、ラテン語のシニカルな恋歌を訳させることもあった。オーディ・エト・アーモー、われは憎みかつ愛す、といった類の。詩人の悪辣なご意見と格闘するふたりを見て、溜飲を下げていたのだろう。わたしたちがそんな女に、なるべくしてなりそうだと見て。

「ラピオ、ラペレ、ラプイ、ラプトゥム」アースキン先生は動詞の変化形をならべる。「捕まえて連れ去る、という意味だ。英語の捕らえる《ラプチュア》もおなじ語源から来ている。さあ、動詞の活用を言ってみろ」ここで、定規をピシャリ。

わたしたちは学んだ。たしかに学んだのだ、復讐心に燃えて。お仕置きの口実を与えてなるものか。先生はふたりをぎゅうっと言わせることをなによりの楽しみとしていたから、よし、できるものなら、それを奪ってやろうと考えたのである。先生から学んだのは、本当のところ、ペテン術だった。数学の答えをでっちあげるのは難しかったが、祖父の書斎からオウィディウスの翻訳書を二冊ほど拝借し、訳文をつぎはぎする。そんなことに、午後のおそい時間をたっぷりと費やした。ヴィクトリア時代の名文家たちによる古い翻訳は、活字が小さく、複雑怪奇な語彙に充ちていた。ひとくだり読んで文脈を理解すると、つぎはべつな言葉――もっと簡単な言葉――に置き換えていき、自分の訳のように見せかけるため、間違いをわざといくつか付け足す。しかし、なにをやっても、アースキン先生は赤鉛筆で訳文をめった切りにし、ページの端に散々なことを書いてきた。このおかげで、ラテン語はたいして学ばなかったが、偽造の技はおおいに身につけた。また、糊づけしたかのごとく、無表情で強ばった顔をする術も覚えた。アースキン先生には、いかなる反応も見せないのがいちばんだった。ことに、ひるんださまを見せてはいけない。

ローラもしばらくは先生を警戒する風だったが、せっかんの痛み（要は、体の痛み）ぐらいでは、言うことをきかせられなくなった。先生が怒鳴っているときでも、注意力が散漫になった。アースキン先生も、しょせんはそのていどの器だったのだ。ローラはバラの蕾とリボンの柄の壁紙を見つめたり、窓の外に目を凝らしたりしていた。彼女ときたら、瞬く間に自分を消してしまう力を養っており、いま目の前にいると思ったら、つぎにはもうどこかに行っている。というより、こちらのほうがどこかへ押しやられている。見えない魔法の杖を振ったかのように、さっと相手を退《さが》らせてしまうのだ。そう、相手のほうが消されたみたいに。

アースキン先生はこんなふうに黙殺されるのには我慢ならなかった。ローラに揺さぶりをかけた。叩き起こしてやると言い、〝眠り姫じゃあるまいし〟と怒鳴りちらしたものだ。ときには、ローラを壁に叩きつけたり、首根っこをつかんで揺すったりした。揺すられているあいだも、妹は目を閉じて体をぐんにゃりさせ、これが先生をさらに憤激させた。わたしも最初はとりなそうとしたが、なんの足しにもならない。先生のツィード臭い腕で、ひと払いされるのがオチだった。

「先生を困らせないの」わたしはローラに言った。

「あたしがどうしようと関係ないもん」ローラは言った。「どっちみち、あいつ困ってなんてないもの。あたしのブラウスをまくり上げたいだけなのよ」

「先生がそんなことしてるの、見たことない」わたしは言った。「なぜ、そんなことをするのよ?」

「姉さんが見てないときにするの」ローラは言った。「スカートに手を入れてきたり。あいつが好きなのは、パンティ」いとも淡々と言ったので、きっと作り話だろうと思った。あるいは、思い違いか。アースキン先生の手の動きを、その意図を、勘違いしたのだろう。妹の話したことは、あまりに突拍子もなかった。わたしには、いい大人がするようなこと、したがるようなこととは思えなかった。女の子なんて、ローラばかりではあるまいし?

「リーニーに話したほうがよくない?」わたしは恐る恐る切りだした。

「話しても、信じないかもね」ローラは言った。「姉さんだって、そうでしょ」


ところが、なんと、リーニーは信じた。というか、あえて信じることを選び、それがアースキン先生の最後となった。リーニーはいきなり一騎打ちに出るような馬鹿はやらなかった。そうしていたら、先生はローラを卑怯な嘘つきだと糾弾し、事態はいっそう悪化していたろう。四日後、釦工場の父のオフィスに乗りこんでいったリーニーは、密輸品の写真をひと束抱えていた。今日《こんにち》なら、眉のひとつも吊りあげてお終《しま》いだろうが、当時ではスキャンダラスな代物だった。黒ストッキングに、巨大なブラジャーからプリンのような胸がこぼれだしている女。また、おなじ女が、今度は一糸まとわぬ姿で身をよじり、大股開きをしている図。

アースキン先生の部屋の掃除をしていたら、ベッドの下からこれが出てきたんです、リーニーはそう言った。これがチェイス大尉の幼い娘さんを任せておけるような男でしょうか？　まわりには、興味津々の聴衆がいた。工員の一団、父の弁護士、そして、奇しくもリーニーの未来の夫となる、ロン・ヒンクス。リーニーをひと目見るだけで——えくぼのできた両頬を紅潮させ、復讐の女神よろしく眸《ひとみ》を怒りに燃やし、ピンがほどけた黒髪は巻き貝のようで、その女が、デカパイの髪ふさふさのすっぽんぽんの女たちの写真を振りかざす姿を見るだけで、ロンはまいってしまった。心ではリーニーに跪きつつ、その日から、彼女を追いかけはじめ、ついには上首尾に終わった。まあ、この話はまたにしよう。

ポート・タイコンデローガに許されないことがひとつあるとすれば、と父さんの弁護士は諭すように切りだした。汚れなき児童をあずかる教師の手に、このようなゴミがあるということです。父はすぐに悟った。こうなったからには、アースキン氏をこのまま家においておけば、鬼かと思われてしまう。

（わたしは長らく思っているのだが、あの写真はリーニー自身のもらい物ではなかったか。雑誌の〝流通業〟に携わる兄は、それぐらい調達するのは朝めし前だったはず。あの写真に関して、アースキン先生は無罪だろうと思う。いずれにせよ、先生は小児志向だったわけで、巨乳は好みではなかった。だが、そのころには、リーニーのフェアプレイは望むべくもなかった）。

アースキン先生はわが身の潔白を主張しながら去っていった。いたく腹を立て、だが、わななきながら。あたしのお祈りが通じたんだわ、とローラは言った。アースキン先生をこの家から追いだしてくださいと祈ったので、神さまが聞き届けてくれたのだ、と。ローラが言うには、リーニーは神さまの意志に従っただけらしい。わいせつな写真などを使って。わたしは考えこんだ。神がいるものなら、この件についてどう思っただろう――その存在はますます疑わしくなった。

かたや、ローラはアースキン先生の勤務期間に、深く信仰に傾きだしていた。まだ神には怯えていたが、怒りっぽくてなにをするかわからない暴君か、そうでない存在かの二択を迫られたすえ、より大きく、またはるか遠くにいる神を信奉することにした。

そうと決まれば、何かにつけそうであったように、これを徹底した。「あたし、大きくなったら修道院の尼さんになる」そう静かに告げたのは、台所の食卓で昼のサンドウィッチを食べている最中だった。

「なれないよ」リーニーが言った。「教会が入れてくれない。ローラはカトリック教徒じゃないんだから」

「カトリックになるからいいもん」ローラは言った。「教会に入る」

「いいかい」リーニーは言った。「髪も切ることになるんだよ。あのヴェールの下には、尼さんのつるっ禿げがあるんだ」

リーニーらしい狡猾な一手だった。悌毛のことを、ローラは知らなかった。妹にひとつ鼻を高くするものがあるとすれば、それは髪の毛だ。「どうして切るの?」ローラは訊いた。

「神がお望みだと思っているんだよ。髪を捧げるのをお望みなんだって。いかに純真無垢かってことを示すためだけにね。神さまも、髪なんかもらってどうしようっていうだろうねえ？」リーニーは言った。「まったく、なにを考えだすやら！　つるっ禿げにするなんて！」

「その髪はどうするの？」ローラは訊いた。「切り落とした髪は」

リーニーは小気味よく豆を剝いていた。プチッ、プチッ、プチッ。「鬘にするんだよ、金持ちのご婦人の」手はよどみなく動いていたが、わたしには作り話とわかっていた。パン生地から赤ん坊が出来るという、むかしのお話とおなじだ。「高慢ちきな金持ち女さ。自分のきれいな髪が、お偉い誰かさんのでっかく膨らんだ頭にのって歩くのなんて、見たくないだろう」

ローラは尼になるという夢はあきらめた。ともあれ、あきらめたように見えた。とはいえ、つぎはなにに入れこむかわかったものじゃない。なにしろ、信仰にかけては、並々ならぬ力をもっていた。おのれを解放し、おのれを委ね、おのれを棄て、神の慈悲に託す。ここに多少の疑心があれば、自衛のための〝前線基地〟になったろうに。

アースキン先生のおかげで、数年が過ぎて、というより、数年を無駄にしてしまった。いや、無駄という言い種はないだろう。先生からは多くのことを学んだ。もっとも、ご本人が教えようとしたことばかりではないが。わたしは嘘とペテンのほか、隠微な横柄さと、無言の反抗も身につけた。復讐とは、冷製にして食すのが最良であることも学んだ。とっ捕まらない術も覚えた。

一方、そのころ、世界は大恐慌に見舞われていた。父さんはこの大不況で大損はしなかったものの、失うものはいくらかあった。また、人生の〝許容誤差〟を割りこんでしまい、追いつめられていた。需要の低減にともない、もっと早くに工場を閉鎖すべきだったのだ。立場をおなじくする人たちと同様、お金を銀行に預けて大切に貯めこむべきだった。それが上分別であったろう。ところが、父はそれをやらなかった。そんなことには耐えられなかった。工員たちを路頭に迷わすなど。彼らには仕えてもらった恩がある。工場の男たちには。いや、もちろん、女工もいたけれど。

貧しさの影がアヴァロン館を覆っていた。冬場になれば、娘たちの部屋は冷えこみ、シーツは使い古しだった。リーニーは擦り切れた真ん中で切り離し、両端を縫いあわせた。扉を閉ざしたままの部屋がいくつもあった。使用人のほとんどは暇を出された。もはや庭師もおらず、雑草がはびこってきた。なんとかやっていくには、この苦境を切り抜けるためには、おまえたちの協力が必要なんだ、そう父さんは言った。リーニーの家事を手伝いなさい、どうせラテン語や数学にはうんざりだろうから。お金の有効な使い途を学ぶべし。これはすなわち、豆や塩ダラや兎を夕食にたべ、自分の靴下を繕うことだった。

ローラは断固として兎を食べなかった。皮を剝いだ赤ちゃんみたいだと言って。人喰い人種でなけりゃこんなの食べられない。

りということになりそうだよ。

リリーニーが言うには、父は人が好すぎて損するタイプらしい。プライドが高すぎるとも言った。人間、負けは負けと認めないとね。この先どうなるのかわからないけど、一巻の終わりということになりそうだよ。

さて、わたしは十六歳になった。学校教育は（お粗末なものではあったが）終わりを告げた。毎日町をぶらついていたが、いったいなんのために？　このあと、わたしはどうなるのだろう？

リーニーにはリーニーの考えがあった。ずっと《メイフェア》誌を愛読しており、そのページには、世の慶事が独特の筆致で書き立てられていた。それから、新聞の社交欄。結婚式、慈善舞踏会、贅沢な休暇。名前まで暗記していたぐらいだ。名士の、遊覧船の、一流ホテルの名前を。アイリスも社交界にデビューすべきだと言う。しかるべき彩りを添えて。社交界の顔役のご婦人と顔あわせのお茶会、レセプション、当世風のピクニックやなにか、適齢期の若者を招いてのフォーマルダンス。またアヴァロン館は、身なりのいいお客たちで溢れかえるよ、むかしみたいに。弦楽四重奏団を招んで、芝生に松明を灯して。うちだって良家なんだから。少なくとも、こういったことを娘にしてやっている家に引けをとらず。それぐらいのお金、旦那さまも銀行に貯めておくべきだったよ。奥さまがまだ生きていたらねえ、とリーニーは言った。なにもかもうまく片づいていただろうに。

それはどうかと、わたしは思う。母さんの話を伝え聞くに、あの人ならわたしを寄宿学校にやると言いはったかもしれない。ケベック州のアルマ女子カレッジだとか、そういうご立派で陰気な学校へ。実用的で、これまた陰気な、たとえば、速記などを習わせに。だが、社交界デビューは虚栄と感じただろう。経験のない身だった。

祖母アデリアなら、違ったはずだ。もう他界して久しかったから、わたしも美化して見られたのかもしれないが。祖母なら、わたしのために骨を折ってくれ、どんな計画も出費も厭わなかっただろう。わたしは書斎をうろつき、いまも壁に掛けてある絵をしげしげと眺めた。油彩の肖像画、制作は一九〇〇年。絵のなかの祖母は、スフィンクスめいた笑みを浮かべ、ドライフラワーの紅バラのような色のドレスを着ている。深く刳れた胸元からは、肌もあらわな首がぬっと伸び、奇術師のカーテンの奥から突きだす手のようである。金縁のモノクロ写真には、華やかに飾った鍔広のピクチュア・ハットをかぶった祖母や、オーストリッチの羽根をつけた祖母や、夜会用のガウンに白手袋をしティアラを戴いた祖母が、ひとりで、あるいは、もう名前も忘れたお偉方たちと写っていた。祖母なら、わたしを座らせて、必要な助言をしてくれたろう。ドレスの着こなし、口のききかた、あらゆる場面でのふるまいかた。笑いものにならずにすむ術。そうすれば、いまごろは、洋々たる未来がひらけていたろうに。社交欄を読み漁っているわりに、リーニーにはその手のことがよくわかっていなかった。

「労働の日」の週末が来て、過ぎていった。プラスチックのコップと、水面に浮かぶボトルと、静かに萎みゆく風船を、河の戻り水の溜まりにごっそり残して。いよいよ九月がのさばりはじめている。午《ひる》の暑熱はいっかな和らがないが、朝ごとに日の出は遅くなって、薄靄が漂い、涼をました夕刻には、コオロギがにぎやかに啼く。庭には、しばし前に根をおろした野生のアスターが群生し、小さな白い花を咲かせ、生い茂って空色の花をつけ、錆び色の茎に深紫の花をひらかせる。かつて、庭造りもぼちぼちしていたころなら、雑草は悪しきものとして引っこ抜いているところ。いまではそんな分別《ふんべつ》もしない。

かげろうの立つ夏の陽は薄れ、散歩のしやすい陽気になった。観光客もしだいに減り、少なくとも、残った人々はまともに肌を隠している。やたら大きなショートパンツやら、ぴちぴちのサンドレスやら、茹だって赤くなった脚やらは、もう見かけない。今日の散歩の行き先はキャンプ場だったが、途中マイエラが車で通りかかり、乗りませんかと言ってきた。恥ずかしながら、申し出を受けた。息が切れていたし、目的地が遠すぎたのをすでに思い知っていたから。わたしがどこに行くのか、なにをしに行くのか、マイエラは聞きたがった。こういう羊飼い的な直感は、リーニーから受け継いだのにちがいない。わたしは行き先を告げた。理由については、あの場所をまた見てみたくなった、ちょっと懐かしくなって、とだけ言った。そんな危険な、とマイエラは止めた。あの下生えのなかに何がひそんでいるか、知れたものではない、と。わたしは見通しのいい場所にあるベンチに座って、彼女が来るまで待つと約束させられた。一時間ほどで拾いに戻るという。だんだん自分が手紙にでもなった気がしてくる。こっちで預けられ、あっちで受け取られ。もっとも、宛先人のない手紙だが。

キャンプ場には、さして見るものはない。道路とジョグー河に挟まれた、一、二エイカーばかりの土地で、木立と低木の茂みがあり、春には、中ほどの沼地から蚊がお出ましになる。アオサギの猟場だ。でこぼこのブリキを棒で引っ掻いたような、しゃがれた声が折々に聞こえてくる。ときには、バードウォッチャーが数人、例の侘しげな風情でうろつく。まるで、落とし物でも探すかのように。

木陰になにか銀色に光るものがあると思えば、シガレットの箱。あとは、捨てられて精気なく萎んだコンドーム、雨でぶよぶよになったクリネックスの四角い箱。犬たち、猫たちが、縄張りを主張して小便を引っかけ、欲情した恋人たちが木《こ》の間隠れに忍びこむ。とはいえ、近ごろはほかに行く当てもいろいろあるらしく、以前よりは数が減った。夏には深く繁った低木のもと、酔っぱらいが眠りこけ、ときには、ティーンエイジャーたちが、なにを喫《す》ったり吸ったりしているのか知らないが、なにかを喫ったり吸ったりしにやってくる。ロウソクの燃えさしが見つかっていた。焦がしたスプーンも、妙な針が捨てられているのも。こういう話はどれもマイエラから聞いたのだが、彼女に言わせれば、遺憾なことだそうな。ロウソクの燃えさしやスプーンの使い道を知っているわけだ。つまり、〝ドラッグの七つ道具〟。悪徳はいたるところにある、らしい。エト・イン・アールカーディア・エーゴ、わたしもアルカディアの住人、そんなことはよくわかっている。

十年か二十年前、このエリアを整理しようという計画がもちあがった。看板まで建てられたものだ——カーネル・パークマン・パーク。なんたるマヌケな響き。また、田舎風のピクニックテーブル三台と、ポリバケツのゴミ箱ひとつと、個室型の簡易トイレ二つも設置された。街からの観光客の利便をはかる、ということだったが、彼らはもっと河の見晴らしのよいところを選んで、ビールをがぶ飲みし、ゴミを撒き散らした。やがて、ガンマニアの若造たちが看板を射的の練習に使うようになり、テーブルとトイレは（なにやら予算にからむ事情で）地方自治体によって撤去され、この場撤去され、ゴミバケツは空になることがなかったが、アライグマがしょっちゅう中身を漁りにきた。というわけで、じきにゴミバケツも取り払われ、この場所《ママ》で）地方自治体によっては以前の姿に逆戻りしつつある。

ここが〈キャンプ場〉と呼ばれているのは、かつて宗教団体のキャンプ・ミーティングがよく開かれたからだ。サーカスみたいな大テントと、熱弁をふるう外国人宣教師たち。ここも、あの時分のほうがよく手入れされ、少なくとも、もっと人の出入りがあった。小さな移動市が立って露店や荷車がならび、あちこちにポニーやラバが繋がれ、いつしか人々が列をなしてやってきて、三々五々、ピクニックが始まる。あらゆる戸外の集いに使われる場所だった。

〈チェイス＆サンズ　労働者の日の祭典〉が催されたのも、ここだった。それが正式名称だったが、人々はたんに「釦工場のピクニック」と呼んだ。公的には、九月の第一月曜日となっているが、ピクニックはいつもその前の土曜日だった。熱き雄弁と、マーチングバンドの吹奏と、お手製の旗。風船、メリーゴーラウンド、他愛もないばかげたゲームの数々――両足を袋に入れてぴょんぴょん跳ぶ〝サック・レース〟とか、スプーンを使った〝卵運びレース〟とか、人参をバトンに使ったリレー競走とか。床屋のカルテットが毎年歌ったが、これはどうして悪くない。ボーイスカウトのラッパ隊が、調子っぱずれの曲をひとつふたつ吹く。子どもたちの一団が、ボクシングリングみたいに高くなった木製の演台で、スコットランドのフォークダンス〈ハイランド・フリング〉や、アイルランドのステップダンスを踊ったり。音楽を流すのは、ぜんまい仕掛けの蓄音機だ。ベストドレッサーを競う、ペットショー、それに赤ちゃんショーも。食べ物といえば、トウモロコシの丸焼きや、ポテトサラダや、ホットドッグ。〈婦人補助団体〉は、世のあれやこれやを救うべく、焼き菓子を売り、パイやクッキーやケーキ、瓶入りのジャム、チャツネ、ピクルスを奉仕品として出した。どの瓶のラベルにも、名前が入っている。〝ローダのチャウチャウ〟とか、〝パールのプラム・コンポート〟とか。

そこには、空騒ぎ、いわゆる乱痴気騒ぎもあった。飲み物はレモネードぐらいしか売っていなかったが、男たちはウィスキーのフラスクや小瓶を買ってきた。夕闇がせまるころには、取っ組み合いが始まり、怒声、馬鹿笑いが林間に響きわたる。その後は、岸辺に水しぶきがあがる。おっさんや若者が服を着たまま、あるいはズボンを脱がされて、河に放りこまれるのだ。ジョグー河もこの辺りは浅いから、溺れる者はめったにいなかった。陽が暮れると、キャンプファイアが焚かれた。ピクニックの最盛期には——というか、わたしが最盛期と記憶しているころは——ヴァイオリン演奏にあわせて、スクエアダンスも繰り広げられた。しかし、思い出すに、一九三四年までには、こうした派手なお祭り騒ぎもつましくなっていた。

午後三時ごろになると、父さんがステップダンスの演台にあがって、スピーチをする。毎度短いものだったが、年配の人々は熱心に耳を傾けた。女たちも。自身がチェイスの工場で働いているか、工員と結婚していたからだ。ますます不景気になるにつれ、若者たちもスピーチを聴くようになった。腕を半分あらわにしたサマードレスの若い娘たちまでも。スピーチは言葉少なだったが、行間を読めばよい。「安心できる根拠」は善きものだが、「楽観できる論拠」は悪しきものである、など。

その年のピクニックは、暑く乾いた日だった。暑く乾いた日が、嫌というほどつづいていたが。例年ほど風船の数もなく、メリーゴーラウンドもなかった。トウモロコシは品物が古く、その粒は指の節みたいに皺くちゃだった。レモネードは水っぽく、ホットドッグは早々に品切れになった。それでも、チェイス工業に解雇の文字はなかった、いまだに。景気は減退していたが、解雇だけは。

父さんは「楽観できる論拠」という言葉を四度使ったが、「安心できる根拠」は一度も言わなかった。聴衆の不安げな顔。

もっと幼いころはローラもわたしも、このピクニックを楽しんだ。もう楽しめない年ごろになっていたが、参加は義務づけられていた。参加することで団結の意志を示さねばならない。小さいころから叩きこまれてきたことだ。母さんは欠かさず参加していた。どんなに気分のすぐれないことがあっても。

母さんが亡くなると、リーニーがわたしたちの監督を引き継いだ。この日の衣装を小うるさい目で点検する。くだけすぎは、いけない。町の人々にどう思われても構わないと言わんばかりで、失礼である。だが、盛装しすぎても、いけない。なんだか、偉そうだから。そのころには、ふたりとも自分の着るものは自分で選ぶ歳になっていた——わたしは十八になったばかり、ローラは十四歳と半年ばかり。とはいえ、いまや服を選ぼうにも、そうたくさんはなかったが。もともとわが家では、これ見よがしに贅沢な服装は是とされていなかった。リーニーが「良い品」と呼ぶものは持っていたが、近ごろでは〝贅沢〟の定義もどんどん厳しくなり、新品のすべてを指すまでになってしまった。その年のピクニックにわたしたちが着たのは、前年の夏に新調した青のギャザースカートと白いブラウス。ローラのかぶる帽子は、三シーズン前にわたしが買い与えられたものだった。わたし自身も去年とおなじ帽子で、リボンだけを替えていた。

ローラは頓着ないようだった。でも、わたしは気にした。わたしがそう言うと、姉さんって俗っぽいのね、と言われた。

わたしたちはスピーチを静聴した(少なくとも、わたしは。ローラも聴きいるような姿勢は見せていた。目を見開き、さも熱心そうに首をかしげて。なにに耳を傾けていたのやら)。父さんはそれまでどんなに酒を飲んでいようと、毎年このスピーチはどうにかやり遂げてきたが、今回は、文章の途中でつっかえた。タイプ原稿を良いほうの目に近づけ、とまどいの顔で凝視しながらまた離した。まるで、注文したはずのない物の勘定書でも見るように。かつて父の装いはエレガントであり、そのうち、エレガントではあるが着古されたものになり、この日にいたっては、見すぼらしいのと紙一重になっていた。髪は耳のあたりがぼさぼさになり、理髪の必要がある。窮地に追いこまれ、獰猛といっていいような形相。追いつめられた辻強盗のように。

お義理ばかりの拍手のうちにスピーチが終わると、聴衆のなかには、近く寄り合い、仲間内でひそひそ話しだす男たちもいた。そうでなければ、木陰にジャケットや毛布を広げて座ったり、横になって顔にハンカチをのせ、まどろみだしたりする。が、これは男ばかりだった。女たちは抜からぬ顔で、しっかり目を覚ましている。母親たちは幼子らを川端に追いやり、ささやかな岸の辺で水遊びをさせた。そこからずっと離れた辺りでは、草野球の試合が始まっていた。見物人が押し合いへし合い、へべれけになって観戦している。

わたしは手作りの焼き菓子を売るリーニーの手伝いにいった。あれは、なんの救済運動だったのか？　はて、思い出せない。ともかく、わたしはこの手伝いを毎年やっていた。当然するものと思われていた。あんたも来なさいとローラに声をかけたが、まるで聞こえないかのような顔でよそへ行ってしまった。帽子の柔らかい縁をつかんでぶらぶらさせながら。

わたしは構わずにおいた。本当なら、目を離してはいけないのだが。リーニーによれば、わたしに関してはよけいな心配はいらないが、ローラはまったくもって疑心がなく、手もなく他人《ひと》になついてしまうと言う。白人の奴隷商たちがいつなんどきでも付け狙っているんだ、ローラはあつらえむきの餌食だよ。平気で知らない人の車に乗るし、見慣れないドアを開けるし、よからぬ通りを渡ってしまうけど、もう仕様がないね。あの子は線引きというものをしないんだから、というか、普通の人ならすべきところでしない。前もって注意しようにも注意できないよ、だって、そんな忠告は理解できないんだから。ルールを蔑《ないがし》ろにしているわけじゃない、たんに忘れてしまうんだよ。

わたしはローラの監視役にうんざりしていた。本人に感謝されもしないのに。粗相や不出来の責任を負わされるのにもうんざりしていた。責任を負わされるのはうんざりだ、以上。ヨーロッパへ行きたい。それとも、ニューヨーク、いや、モントリオールでもいい。ナイトクラブへ、夜会《ソワレ》へ、リーニーの社交雑誌に載っている、あらゆるときめきの場へ。なのに、家にいなくては駄目だと言う。〝家にいなくては、家にいなくては〟——まるで、終身刑の宣告を聞かされているようだ。さらにわるく言えば、葬送歌とでもいうか。わたしはポート・タイコンデローガに押しこめられていた。平凡でありふれた釦と、財布の紐が固い客向けの安価なモモヒキの、誇り高き砦に。きっとこの身になにも起こらないまま、ここで朽ちていくんだろう。鬼子先生みたいなイカズゴケになって、哀れまれ、嘲られ。心の奥底にある恐怖はこれだった。ここではないどこかへ行きたい、でも、そこへ行き着く手段が見つからない。ときおり、ふと気がつくと、白人の奴隷商にさらわれたい、などと夢みている。そんなものが実在するとは信じていないくせに。さらわれれば、せめて気分転換にはなるだろう。

焼き菓子売場の露台はひさし付きで、ハエがたからないよう、商品にふきんやパラフィン紙を掛けていた。リーニーはパイを出品していた。焼き方をマスターしたとは言えない代物なのだが。彼女の作るパイは、詰め物が膠みたいに粘っこくて生焼けで、生地は堅いけれど弾力があり、まあ、ベージュ色の海藻というか、革製の巨大キノコというか。好景気のころは、このパイもよく売れた。要は、式典の飾りであり、それじたい食べ物ではない、と諒解されていたからである。だが、最近では、活発にはさばけない。金欠のご時世、人々は彼女のパイより、まともに食せるものを求める。

売場に立っていると、リーニーが声をひそめて最新のニュースを配信してきた。もう四人の男たちが河に放りこまれたよ、まだこんなにお天道さまが高いのにさ、これが面白半分なんかじゃなくてね。なんでも、言い合いがあったんだって、政治がらみでね、怒鳴り合いだよ、そうリーニーは言った。毎度の河での悪ふざけはもちろん、取っ組み合いがいくつかあったらしい。エルウッド・マレーがぶちのめされたそうだ。週刊紙の編集発行人で、三代つづくマレー新聞の跡取り。といっても、彼がほとんど自分で書いて、写真も撮っていたのだが。エルウッドは河に突っこまれなくてよかったよ、カメラがおじゃんになるとこだった。あれは中古でも馬鹿高かったらしいから。と、リーニーはたまたまそんなことも知っていた。エルウッドは鼻血を出し、いまはレモネードのグラス片手に、木陰に座っていた。なるほど、女がふたり、湿らしたハンカチを当てながら、せっせと世話を焼いている。わたしの立つ位置からも、その姿は見えた。

政治がらみなのだろうか、この〝ぶちのめし〟の一件も？　リーニーはわからないと言うが、町の人々はエルウッド・マレーには話を聞かれたくないと思っていた。世の中が豊かなころには、彼もバカモノ扱いされ、おそらくは、リーニー言うところの〝男女《おとこおんな》〟と思われていた（そう、彼は独り身でもあり、この歳ともなると、いわくありげに思われた）が、おおむね許容され、それどころか、そこそこ評価されもした。人々の名を挙げるのが社交面記事で、おまけに綴りを間違えないかぎりは。ところが、豊かな時代も過ぎると、なにかと首を突っこんでくるので煙たがられる。誰だって細かいことまでいちいち書き立てられたくないよ、そうリーニーは言った。まともな人間であればそうだろう。

そのとき、ピクニック場で工員たちと一緒に、身をかしげながら歩む父さんの姿が、目に入った。いつもの癖で、いきなりこちらに頷いたかと思うとあちらに頷く。この頷き方が、首を前に倒すというより、仰け反っているように見えるのだ。黒い眼帯が右に左に動く。遠目に見ると、顔にあいた穴のようだった。鼻下には、黒い一本角を横にしたような口髭がくるりとカールしている。口がときおり引き結ばれて、ある表情をつくる。本人は笑顔のつもりなのだろう。両手はポケットのなかに隠れていた。

その隣に、父さんより心もち背の高い若者がいた。もっとも、父さんとは違い、皺もなく、体もかしいではいなかった。毛並みが良い、という言葉が思い浮かぶだろう。粋なパナマ帽をかぶり、キャラコのスーツはまばゆいばかり――それほど真《ま》っ新《さら》で清潔だった。町の人間でないのは、火を見るよりあきらかだ。

「父さんの隣にいるのは誰？」わたしはリーニーに訊いた。

リーニーは父のほうをそれとなく見やると、短い笑い声をたてた。「ミスター・ロイヤル・クラシックご本人さ。まったく、いい度胸だね」

「その人だと思ったわ」わたしは言った。

ミスター・ロイヤル・クラシック——リチャード・グリフェンだった。トロントの〈ロイヤル・クラシック紡績〉の。うちの工員——父さんの工員たちは、この会社を〝ロイヤル・クラシック凡績〟なる蔑称で呼んでいた。グリフェンは父さんのいちばんの敵手であるばかりか、あらゆる面で敵対していた。彼は父のことを、失業者や救済運動やアカに対する認識が全般に甘すぎると新聞で論難した。また、組合問題への認識も甘すぎる、と。これは指摘する必要もなかった。なにしろ、ポート・タイコンデローガにはいかなる組合も存在しなかったから、父の蒙昧ぶりは秘密でもなんでもない。ところが、ここにきて、なぜか父さんはピクニックにつづくアヴァロン館での晩餐に、リチャード・グリフェンを招いたのだった。それも、直前になって急に。わずか四日前に。

リーニーはグリフェンが降って湧いたかのように感じていた。ご承知のとおり、味方より敵を相手にする時のほうが、格好つけなきゃならないんだからね、こんな一大事の支度に四日間じゃ足りないよ、と。とくに、アデリア大奥さまが他界してからこっち、アヴァロン館では晩餐会と呼べるものを開いていないんだから。なるほど、キャリー・フィッツシモンズが週末に友人を招くこともあったが、それは別だった。お客は芸術家ばかりだったから、なにを出されてもありがたがって当然である。夜、ときに彼らが台所にいるのを見かけたが、食料貯蔵室《パントリー》を漁り、残りもので勝手にサンドウィッチを作っていた。彼らのことを「底なし胃袋」とリーニーは呼んだ。

「しょせんは、にわか成金だね」リチャード・グリフェンをひと眺めして、リーニーは鼻先で笑う。「あのお高そうなズボンをごらんよ」父さんを悪く言う人間には、誰であれ手厳しく（誰であれというのは、自分自身を除いての話）、身のほど知らずのふるまい（彼女から見て身のほど知らずのふるまいということ）をする成り上がり者は、誰であれ馬鹿にした。グリフェン家が、少なくとも、彼らの祖父が下層の出であるのは周知の事実だった。ユダヤ人を騙して事業を成功させたんだよ、と、ここでリーニーの毒舌が鈍った。彼女の見解からすると、それはある種の偉業だったのか？　とはいえ、どうやって成功したのか、具体的には知らないという（公正を期すと、こんなグリフェン家への誹謗中傷はリーニーのでっち上げかもしれない。こういう一族にはこんな由緒があるはずだと決めつけるきらいがあった）。

父さんとグリフェンがキャリー・フィッツシモンズをともなって歩いていく後ろには、女性がひとりいたので、リチャード・グリフェンの奥さんだろうと、わたしは思った。まだ幼げで、か細く、いかにも今風の娘だった。透けて橙《だいだい》がかったモスリンが、薄いトマトスープをひとすじ流したようになびいている。ピクチュア・ハットは緑、踵にベルトの付いたハイヒールもそろいの色であり、首に儚げなスカーフのような物を巻いていた。ピクニックには過ぎた装いである。見ていると、立ち止まって、片方の足の裏を返し、ヒールにゴミでもついていないか、肩ごしに覗き見た。ついていればいいのに、とわたしは思った。それでも、あんな綺麗な服を持てるとは、あんな邪《よこしま》な成金の服が着られるとは、なんて素晴らしいんだろうとも思った。高潔で、流行おくれで、尾羽うち枯らした衣類ではなく。近年のわたしたちの服は、そんな〝モード〟にならざるをえなかった。

「ちょっと、ローラはどこ？」リーニーが急に色をなして訊いた。

「知らないわよ」わたしは答えた。近ごろは、リーニーにすぐ噛みつくようになっており、威張られるとなおさらだった。〝母親でもないくせに〟のひと言が、いちばんの撃退術になっていた。

「あの子から目を離すなんて、馬鹿なことを」リーニーは言った。「ここには誰だかわからない人間《エニバディ》だっているんだよ」誰だかわからない人間《エニバディ》は、彼女の恐れるお化けのひとつだった。どんな侵入があるか知れず、誰ともつかない人間が、どんな盗みや過ちをしでかすかわからない。

わたしは木陰の草地に座るローラを見つけた。若い男と話していた。少年ではなく、おとなの男だ。色の浅黒い男で、明るい色の帽子をかぶっていた。素性のわからない服装である。工場労働者ではないが、他になんとも言えず、これと当てはまるものがない。ノータイだが、ここはピクニック場だ。青いシャツは、袖のあたりが少しほつれている。無造作な感じ、プロレタリア風だ。当時は若者の多くがプロレタリアを気取っていた。とくに、大学生の多くが。冬になると、彼らは毛編みのベストを着た。横縞柄の。

「あら」ローラは言った。「どこに行ってたの？　こちらは姉さんのアイリス、こちらはアレックス」

「ミスター……あの、苗字は？」わたしは言った。どういうわけで、ローラはこう早速にファーストネームで呼ぶような仲になったのか？

「アレックス・トーマス」その若い男は言った。丁重な態度ではあるが、気を許していないようだ。急いで立ちあがって手を差しのべてきたので、わたしはその手をとった。気がつくと、自然とふたりの隣に座っていた。そうするのが最善と思われたから。ローラを守るためには。

「地元のかたではありませんよね、ミスター・トーマス？」

「ええ、いわゆる旅行者です」男の口調は、リーニーなら〝好青年〟と評す人のそれだった。貧乏人ではない、という意味だ。だが、裕福でもない。

「キャリーの友だちの友だちなのよ」ローラは言った。「彼女、さっきまでここにいて、わたしたちのこと紹介してくれたの。アレックスは彼女とおなじ列車で来たんですって」ローラにしては、説明が少し長すぎた。

「ねえ、リチャード・グリフェンに会った？」わたしはローラに訊いた。「父さんと一緒にいるわ。ほら、晩餐会にも来る人だけど」

「リチャード・グリフェンというと、あの搾取工場の大君か」若い男が言った。

「アレックス、ええと、ミスター・トーマスは古代エジプトにくわしいのよ」ローラが言った。「いま象形文字のお話を聞いていたところ」と言って、彼のことを見る。こんな顔で誰かを見る妹は初めて目にした。驚き、それとも感嘆だろうか？　なんとも名状しがたい表情だった。

「それは面白そうね」わたしは言った。〝面白そう〟と言う自分の声に、みながよくやる嫌味な調子を聞きとった。なんとかしてこのアレックスに、ローラはまだ十四歳だと伝える必要があったが、妹を怒らせずにすむ法を思いつかない。

　アレックス・トーマスはタバコの箱をシャツのポケットからとりだした。記憶によれば、〈クレイヴンA〉の。箱を指ではじいて、自分のぶんを一本抜きだす。彼が既製のタバコを吸っているのに、わたしは少々驚いた。ほつれたシャツと似合っていない。箱入りのタバコは贅沢品だった。工員たちは自分で巻いたものを服《の》む。片手でうまく巻く者もいる。

「ありがとう、いただくわ」わたしは言った。タバコはまだ数本しか吸ったことがなかったし、それも、ピアノの上に置かれた銀の箱からこっそりくすねたのだ。彼は険しい顔で見てきたが――まさにそんな顔をさせたかったのだと思う――結局はタバコを勧めてくれた。親指でマッチを擦り、火を差しだしてくる。

「危ないわ、そんなこと」ローラが言った。「手に火がついちゃう」

　エルウッド・マレーが目の前に現われた。もうぴんぴんして調子づいている。シャツの前身頃はまだ湿って、うっすら赤いものが点々とついていた。さっきの女たちが濡れたハンカチで血の染みを抜こうと苦心した箇所だろう。鼻の穴の内側もぐるりと暗赤色に染まっていた。

「ご機嫌よう、ミスター・マレー」ローラが言った。「怪我のほうはいいの？」

「少々やりすぎの若造もいるってことさ」そう言うエルウッド・マレーは、賞でも獲ったのを照れて打ち明けるような口調だった。「まあ、お楽しみのうちだよ。ちょっと、いいかな？」と言いながら、フラッシュを焚いてわたしたちの写真を撮った。マレーは紙面用の写真を撮る前にいつも「いいですか？」と訊くが、答えを待った例しがない。アレックス・トーマスがカメラを遮るように手をあげた。

「こちらの可愛いお嬢さんがたは、もちろん存じていますが」エルウッド・マレーは彼に言った。「おたくのお名前は？」

リーニーがいきなり現われた。帽子が斜めにずれ、顔を赤くして息を切らせている。「お父さまがずっとお探しだよ」彼女は言った。

そんなの嘘だと、わたしにはわかっていた。それでも、ローラとわたしは木陰から立ちあがり、スカートの汚れをはたくと、子ガモたちが追い立てられるみたいに連れられていった。アレックス・トーマスは別れに手を振ってきた。小馬鹿にしたような手つき。少なくとも、わたしにはそう感じられた。

「あんたたちには、分別ってものがないの？」リーニーは言った。「どこの馬の骨ともつかない男と、野っ原でごろごろしたりして。それに、後生だから、アイリス、そのタバコを捨てなさい。浮浪者じゃあるまいし。お父さまが見たらどうなると思う？」

「父さんこそ煙突みたいに吸うわよ」わたしはなるべく横柄な口をきいてやろうとした。

「それは話がべつ」リーニーは言った。

「ミスター・トーマスはね」ローラが口を挟んだ。「ミスター・アレックス・トーマスはね、神学を勉強しているのよ。というか、最近までしていたの」と、几帳面に言い直した。「でも、信心をなくしたんですって。それで、良心が咎めて勉強をやめることに」

アレックス・トーマスの良心なるものは、ローラに大きな感銘を与えたらしいが、リーニーは一顧だにしなかった。「じゃあ、いまはなにを勉強しているの?」と返した。「怪しげなものにちがいないよ、ああ、そうとも。あれは油断ならない顔だ」

「あの人のどこがいけないの?」わたしは訊き返した。彼のことは気にくわなかったが、これでは審問もなしに裁かれているわけである。

「あの人のどこが良いの、と言うほうが当たっているね」と、リーニーは答えた。「ひとさまに丸見えのところで、草に寝転がったりして」わたしよりローラに懇々と説いているようだ。「ローラ、スカートをたくしこんでいたね」若い娘が男とふたりきりになったら膝を固く固く閉じておくべしと言う。わたしたちの脚を、膝から上の部分をひとに(男たちに)見られるのをつねに恐れていた。そういうことを許す女については、決まってこう言う。〝さあ、幕があがった、ショーはどこ?〟とか、〝いっそ看板を揚げたらいいのに〟とか、もっと意地悪になると、〝自分から誘ってるようなもんだよ、来る者拒まずだね〟とか、最悪の場合は、〝ありゃ、いつ起きるかわからない災難そのものだね〟、と。

「わたしたち、転がったりしてないもの」ローラが反論した。「斜面でもないのに」

「屁理屈はいいから。意味はわかっているくせに」リーニーは言った。

「べつになにもしてないわよ」わたしは言った。「話をしていただけ」

「そんなことはどうでもいい」リーニーは言った。「ひとに見られるでしょうが」

「なら、今度なにもしないときは、茂みに隠れることにするわ」わたしは言った。

「ところで、あの男は誰？」リーニーは訊いた。わたしの真っ向からの挑戦はたいてい相手にされない。近ごろは、もうリーニーには打つ手もないからだ。〝あの男は誰？〟とは、すなわち〝あの男の親は誰か〟ということである。

「彼はみなしごなの」ローラが言った。「孤児院から養子にもらわれたのよ。長老派教会の牧師さん夫婦にもらわれたの」ローラはあんな短時間にこれだけの情報をアレックス・トーマスから引きだしたらしいが、これを技と呼べるとすれば、彼女の得意技のひとつだった。たんにどんどん質問するのだ。失礼にあたると教わってきた私的なことについても。そのうち、相手は恥じるか怒るかして、答えるのをやめてしまう。

「みなしごだって！」リーニーは言った。「それこそ、誰だかわからない《エニバディ》じゃないか！」

「みなしごのどこがいけないの？」わたしは言った。リーニーの言う問題はわかっていたが。父親が誰とも知れないのであれば、それは信頼ならない相手だというわけである。まったくの不心得者ではないにしろ。〝橋の下で生まれた〟という言い方をよく彼女はした。橋の下で生まれて、玄関先に捨てられた、と。

「みなしごは信用ならないよ」リーニーは言った。「うまいこと潜りこんでくるんだ。限度ってものの弁《わきま》えがない」

「どっちにしろ」と、ローラは言った。「あたし、晩餐会に呼んだもの」

「それじゃ、ジンジャーブレッドにも金めっきしないとね」リーニーは言った。

糧《パン》を与えし者

庭の奥、フェンスの向こう側に、野生のスモモの木が立つ。ずいぶんな古木で、幹はねじ曲がり、枝には黒い節がごつごつしている。切り倒すべきだとウォルターは言うが、厳密にはわたしのものじゃない、と指摘してやった。いずれにせよ、この木には愛着がある。春がめぐりくれば、頼まれもせず、世話もされぬまま、花を咲かせる。晩夏になれば、わたしの庭にスモモの実を落とす。塵のような果粉をつけた、青く小さな卵形の実。なんと気前のよいことよ。今朝は、最後の〝授かりもの〟を拾い――リスとアライグマと蜜で酔っぱらったスズメバチのわずかな余り物――貪り食べた。少しいたんだ果肉から溢れる汁が、わたしの顎を血の色に染める。それに気づいたのは、マイエラがまた得意のツナの鍋料理を持って立ち寄ったときである。〝あらら、あらら〟と彼女は言った。息を切らして鳥みたいに笑いながら。〝なにを相手に戦ったの？〟

あの労働者の日のことは、細大もらさず憶えている。わたしたちがひと部屋に一堂に会した機会は、後にも先にもこれきりだから。

キャンプ場ではまだ飲み食いがつづいていたが、そばで見たいようなものではなかった。安酒がこっそり飲まれ、いまやお祭り騒ぎも最高潮。ローラとわたしは早々に引きあげ、晩餐の支度をするリーニーを手伝っていた。

ここ数日は、ずっとこの調子だった。パーティのことを知らされるや、リーニーはたった一冊の料理本を引っぱりだした。ファニー・メリット・ファーマー先生による『ボストン料理学校　料理の手引き』（一九一八年発刊の有名な料理書）。もともと彼女の本ではない。祖母アデリアの持ち物で、例の十二皿のフルコースを組み立てるときは、これを参考にしたものだ。もちろん、いろいろなシェフにも相談しながら。ご本人の弁によれば、リーニーはこの本を譲り受けたのだが、普段の食事には使わなかった。「内容はぜんぶ頭に入っているから」。しかし、今回は凝った料理を出すことになる。

かつては、わたしもこの本を読んだことがある。少なくとも、覗いたことぐらいは。祖母をロマンチックな目で見ていた時分のことだ（もうそんな美しき夢は棄てていた。いつかは祖母にも夢をくじかれるとわかっていたのだ。リーニーに、父親に、くじかれてきたように。母が生きていれば、母にもくじかれただろう。わたしの夢をくじくのが、おとなたちみんなの生き甲斐らしかった）。

料理書の表紙は飾り気もなく、真面目くさった辛子色をしており、本の中身もやはり飾り気がなかった。ファニー・メリット・ファーマーは徹底した実用主義者らしい。無味乾燥、ニューイングランドのそっけない流儀である。読者は完全な無知と想定し、そこから始める。「飲料というのは、あらゆる飲み物を指す。水とは、自然が人間に与える飲料である。すべての飲料には相当率の水が含まれるため、その点から然るべき用途が考えられる。一つ、喉の渇きをいやす。二つ、循環器に水を供給する。三つ、体温を調整する。四つ、水分を得る。五つ、身体に栄養を与える。六つ、神経系およびさまざまな器官を刺激する。七つ、医薬作用」といった具合。

料理の味や悦びなどは度外視されているようだが、そのわりに、本の扉にはジョン・ラスキンによる妙なエピグラフが付されていた。

料理とは、すなわち、メーディアとキルケーとヘレネーとシバの女王の叡知。あらゆるハーブ、果実、香草、スパイスの叡知を集めたものであり、そのすべては、野畑にあっては、癒しと旨味、食卓にあっては、良き風味となる。料理とは、すなわち、丹精と独創性と意欲と機転に尽きる。すなわち、お祖母ちゃんの知恵と現代の科学。すなわち、試行にひとつとして無駄はない。すなわち、イギリス流の周密さと、フランス、アラビア流のもてなしの心。要は、あなたがいつの時も完璧な女性――糧《パン》を与えし者であるべし、ということである。

トロイアのヘレネーのエプロン姿というのは、想像しがたかった。かの絶世の美女が腕まくりをし、ほっぺを粉だらけにしている図は。キルケーとメーデイアについても、わたしの知るかぎり、ふたりの作った料理というと、妖薬の類しかない。推定相続人を毒殺したり、反抗的な人間を豚に変えたりするのだ。シバの女王にしても、そんなにトーストを焼いたとは思えなかった。いったいラスキン氏はこんな妙ちきりんなことを、どこから思いついたのか。女にしても、料理にしても。それでも、わたしの祖母の時代には、これが中産階級の女性の多大な支持を得たのである。彼女らは落ち着いた物腰で近寄りがたく、威風すら漂わせ、ところが命をも奪う秘密のレシピや、男の心に炎のような激情を掻き立てるレシピを持つべしとされた。そして、なにより、「いつの時も完璧な女性——糧《パン》を与えし者」であるべし、と。ありがたくも惜しみなく分け与えし者。

こんな話を真に受けた読者がいたものだろうか？　祖母は真に受けていた。彼女の肖像画をひと目見ればわかる——あの悦にいった微笑み、あの細めた目を見れば。自分を誰だと思っていたのだろう、シバの女王か？　間違いない。

ピクニックから戻るや、リーニーは台所でてんてこ舞いを始めた。トロイアのヘレネーとはあまり似ない姿。前もっていろいろ支度したわりには、上を下への大騒ぎで、ご機嫌のわるいこと。汗をかきかき、結った髪もほつれかかっていた。いいかい、あんたたち、なにが出てきてもおとなしく頂くんだよ、他にどうしようもないんだからね、あたしだって魔法が使えるわけじゃなし、むかしから「豚の耳で絹の財布は作れない」って言うんだ、粗末な材料から上等な料理は出来ないよ。しかも、土壇場になってよぶんな席が増えた。あのアレックスとかいう男のせいでね、御自《おんみずか》らなんと称するか知らないけど。お利口《スマート》アレックスってとこかね、見た感じ。

「もちろん、彼だって自分の名前を名乗るわよ」ローラが言った。「みんなとおなじように」

「みんなとおなじなもんか」リーニーが言った。「ひと目見ればわかる。きっとインディアンとの混血だね、それともジプシーか。間違っても、あたしたちとおなじ出所《でどこ》じゃない」

ローラは黙りこんだ。基本的に良心の呵責などは覚えない性質《たち》だが、アレックス・トーマスをはずみで招いてしまい、少しばかり気が咎めているらしい。でも、誘わずにはいられなかった――だって、招ばないなんてとんでもなく失礼だわ、とは彼女の言い分である。招ぶものは招ぶのだ、相手が誰だろうと。

この件は父さんにも伝えられたが、喜んだとはとても言えない。なぜなら、ローラは早まって、主《あるじ》としての父の地位を簒奪《さんだつ》したのだから。つぎに気づいたときには、みなしごやら浮浪者やら不遇の人々を、ローラは片っ端から夕食の席に招んでいるかもしれない。父が〝善王ウェンセスラス〟（クリスマスキャロルの歌詞でも有名なチェコの守護神）であるかのように。こういう聖人もどきの衝動は抑えこまねばいかん、父さんはそう言った。うちは救貧院をやっているわけではないんだ。

こんな父をキャリー・フィッツシモンズはなだめようと努めていた。アレックスはべつに〝不遇の人〟じゃないわ、と力説して。たしかに、あの若者は無職のようだけど、なにがしか財源はありそうだし、少なくとも、ひとさまにペテンを働いたなんて噂は聞いていない。その収入源とやらはなんだろうな？　父さんは言った。知るもんですか、キャリーはカッとなった。アレックスはその手の話には口が固いのよ。きっと銀行強盗でもしているんだろう、と嫌味たっぷりに父さん。まさか、とキャリー。ともかく、わたしの友だちにも彼の知り合いはいることだし。まったく、つぎからつぎへだな、と父さん。このころには、芸術家なるものに嫌気がさしはじめていた。マルクス主義と労働者を擁護し、農民を締めあげていると非難してくる連中は、もうたくさんだった。

「アレックスなら心配いらない。ただの若造でしょ」キャリーは言った。「面白半分、遊びにきただけ。たんなる友だちのひとりよ」父さんがまずいことを思いついては困るので牽制したのだろう――アレックス・トーマスも彼女の恋人のひとりではないか、などと。それがどういう恋敵にしても。

「どんなお手伝いをすればいい？」ローラが台所で訊いた。

「なんと言っても」と、リーニー。「かえって面倒が増えるぐらい迷惑はないね。邪魔をしない、なにも倒さない、お願いするのはそれだけ。アイリスには手伝ってもらうよ。少なくとも、そうぶきっちょでもないから」リーニーは、手伝わせるのは目をかけている証、という考えの持ち主だった。ローラにまだご立腹で、のけ者にしたのだろう。ところが、こういうお仕置きの形は、妹には理解されなかった。日除け帽を手にすると、庭をぶらつきに出ていってしまった。

わたしに割り当てられた仕事は、テーブルに花を飾ること、くわえて、座席の配置を決めることだった。花に関しては、すでに敷地の境からヒャクニチソウを摘んできてあった。一年のこの時季ともなると、いたるところに咲いていた。席順に関しては、アレックス・トーマスの席を自分の隣にもってきて、反対側の隣にはキャリー、ローラはいちばん端っこにした。こうしておけば、隔離できるだろう、少なくとも、ローラを隔離できる。そう考えたのだ。

ローラもわたしも、まともなディナードレスなど持っていなかった。しかし、ただのドレスなら持っていた。子ども時代から着古している、例の濃紺のベルベットだが、裾上げをほどいて丈を出し、それを隠すため、擦り切れた縁《ヘム》に黒い帯リボンを縫いつけてある。以前はレースの白襟がついていた。ローラはまだつけていたが、わたしは取ってしまったので、そのぶん襟ぐりが深くなった。いまの体型にはきつすぎる服だった、少なくとも、わたしには。ローラもそう感じはじめたようだ。世の中の基準からいって、妹はまだこんな晩餐会に出るような歳ではなかったが、独りぼっちで部屋に置いておくなんてかわいそうだと、キャリーが主張したのだ。とくに、ローラは自分でも客のひとりを招いているのだから。それも、もっともだろう、と父さんは言った。いずれにしろ、雑草みたいにニョキニョキ背が伸びたから、アイリスとおなじ年格好には見えるだろう、と。父の思うそれが何歳なんだか、判然としなかったが。娘たちの誕生日を憶えていた例しがない。

約束の時間になると、ゲストたちが客間に通され、食前酒のシェリーが出された。その役をこなしたのは、今日の会に引っぱりだされてきた、リーニーの未婚の従姉だった。ローラとわたしは、シェリーも、食事中のワインも許されなかった。ローラはこの閉め出しを厭うふうではなかったが、わたしは違った。これについて、リーニーは父さんに同調したが、どのみち彼女自身、絶対禁酒主義の人なのだ。「お酒に触れた唇は、絶対あたしには触れさせない」と言いながら、ワイングラスの飲み残しを流しに捨てるのが常だった（ところが、その心づもりは外れた。この晩餐会から一年もしないうちに、ロン・ヒンクス、在りし日は酒飲みとして鳴らした男と結婚したのだから。マイエラよ、もしこれを読んでいたら、心に留めておきなさい。リーニーがこの一円の柱石に仕立てあげる以前、あなたの父親は名うての飲んだくれだった）。

リーニーの従姉は彼女より年上で、痛々しいほどみすぼらしかった。正装として、黒い服に白いエプロンをつけていたが、靴下は茶色の木綿で、だらしなくたるみ、手にしても、もっと清潔にできそうなものだった。昼間は食料雑貨店で働いていたが、そこの仕事のひとつにジャガイモの袋詰めがあった。こういう汚れを洗い落とすのはひと苦労だ。

リーニーが用意したのは、オリーヴの薄切り、固ゆで卵、小さなピクルスをのせたカナッペ。それから、鞠形《まりがた》に焼いたチーズ・ペストリー。これは思ったような出来上がりにならなかった。これらを祖母アデリアのいちばん上等の大皿に盛りつける。ドイツ製の手塗りの陶器で、金色の葉と茎をつけた暗紅色《あんこうしょく》の牡丹の柄が描かれていた。大皿の上には、小さなナプキンが掛けられ、大皿の真ん中には、塩味のナッツをのせた小皿、カナッペを花びらのように並べ、ひとつひとつに爪楊枝を刺す。従姉はこの皿をやぶからぼうに、ほとんど脅すように、客たちに突きつけた。ピストル強盗でもするみたいに。

「えらく腐ったような料理だな」父さんは嫌味ったらしく言った。わたしは気づいていたが、こういう声を出すときは、怒ったふりをしているのだ。「勘弁願ったほうがよろしい。でないと、あとで苦しむことになりますよ」キャリーは笑いだしたが、ウィニフレッド・グリフェン・プライアーは情け深くもチーズ・ボールをひとつ撮《つま》み、口紅を乱すまいとする、あの女独特の手つきで――唇を漏斗のようにすぼめて――口に差しいれると、〝あら、面白い〟と言った。従姉がカクテルナプキンを出し忘れていたので、ウィニフレッドは指をギトつかせたままになった。指を舐めるのか、ドレスで拭くのか、それともソファで拭くのか、わたしは興味津々で見つめていたが、ちょうどいい時に目をそらしてしまい、その隙に見逃した。ソファがあやしいのでは。

ウィニフレッドは（わたしの思いなしに反して）リチャード・グリフェンの妻ではなく、妹だった（結婚しているのか、未亡人なのか、離婚したのか？　そのあたりは、よくわからなかった。〝ミセス〟のあとにあえてファーストネームを入れているあたり、前夫プライアーとの間に傷があったことを匂わせる。プライアーが本当に〝前〟夫だったらの話だが。彼のことはめったに話題にのぼらず、人前に出てきたこともないが、大金持ちで、〝旅行中〟だとされていた。わたしはのちにウィニフレッドと口もきかない仲になると、このミスター

・プライアーなる男にまつわる話を自分勝手に改ざんした。こんな感じに――ウィニフレッドはその男を剝製にして、防虫剤を入れた段ボール箱にしまっている。あるいは、お抱え運転手と結託して、夫を貯蔵室の壁に埋めこみ、みだらな性の饗宴に耽っている。性の饗宴というのは、当たらずといえども遠からずだったのでは。しかし、そっち方面でウィニフレッドがなにをしていようと、慎重だったのは認めねばなるまい。あの女はきれいに足跡を隠していた――あれも一種の美徳だったのだろう)。

その晩のウィニフレッドは黒のドレスを着ていた。あっさりした仕立てだが、貪欲なまでにエレガントで、三連の真珠の首飾りがまた装いを引き立てていた。イヤリングはぶどうの房のミニチュアで、これも果実は真珠だが、果柄と葉はゴールドだった。彼女と打って変わって、キャリー・フィッツシモンズは、あてつけがましいほどくだけた装いだった。この二年ほどのあいだに、フクシアやサフランの巻き布はやめていた。あの大胆なロシアの亡命者みたいな柄も、タバコホルダーまでも。最近の彼女は、昼間は、スラックスにVネックのセーターという格好になり、シャツの袖をまくりあげていた。髪の毛も切り、呼び名まで〝キャル〟と短くした。

戦死した兵士たちに捧げる記念碑は、もうあきらめていた。近ごろは、それを望む声もあまり聞こえなくなった。最近やっているのは、浅浮彫り《バスレリーフ》で、労働者や農民や防水コートを着た漁師や、あるいは、インディアンの罠猟師とか、エプロン姿で腰のあたりに子どもを抱き日射しに手をかざしながら太陽を見あげる母親の像、などを彫った。これらを造らせるゆとりのある依頼主というと、保険会社か銀行で、もちろんビルの表に飾りたがった。時代に即した姿勢を見せるために。こんなあざとい資本主義者に雇われるなんてがっかりだけど、とキャリーは言った。肝心なのは、そこに込められたメッセージであって、少なくとも、街の銀行やそんな会社の前を行きすぎる人たちは、無料でこの彫刻作品を見られるんだから。大衆のための芸術ということよ、そう彼女は言った。

一時は、父さんが手を貸してくれないかと、あらぬ期待もした。銀行からの依頼をもっと取ってきてくれるのでは、と。ところが、父さんは、もはや銀行とは〝じっこんの仲〟ではないのだと、にべもなく断わった。

その晩のキャリーが着ていたのは、レーヨンかなにかのワンピースで、ぞうきん色をしていた。彼女の話によると、トウプという名の色らしい。フランス語で〝もぐら〟の意味だとか。キャリー以外には誰が着ても、くたびれた袋に袖とベルトをつけたように見えたろうが、彼女はそこに〝高み〟を感じさせていた。といっても、ファッションとかスタイルなどの問題ではなく――むしろ、この服には埒外にそういうものがあることをほのめかしていた――うっかり見すごしがちだが鋭いなにか、ありふれた台所用品みたいなもの、たとえばアイスピックなどを思わせた――このすぐ後にも人を殺しかねない物。それは服の形をかりた鉄拳だった、声なき群集の。

父さんはいつものディナージャケットを着ていたが、アイロン掛けの必要があった。リチャード・グリフェンも着ていたが、こちらはアイロンは要らない。アレックス・トーマスは茶色のジャケットに灰色のフラノのズボンをはいていたが、いまの陽気にしてはずいぶんな厚着だった。タイも締めていた。青の地に赤い水玉模様の。シャツは白、だぶつき気味。なんだか、借り物の衣装みたいだった。まあ、晩餐会に招かれるとは思っていなかったのだろう。

「なんてすてきなお宅」ダイニングに入っていくと、ウィニフレッド・グリフェン・プライアーが作り笑顔で言った。「とっても――とっても、昔の姿を伝えていて！　窓のステンドグラスのすばらしいこと――いかにも世紀末《ファン・ド・シェクル》だわ！　博物館に住んでいるような気分でしょうね！」

　要するに、時代おくれだと言うのである。屈辱的だった。あの窓は子どものころから大のお気に入りだったから。だが、ウィニフレッドの見解は、外の世界のそれに他ならない、とわかった。そういう物事を知ったうえで〝判決〟を下せる世界。つまり、わたしが住みたくて住みたくて仕方がなかった世界。しかし、自分がいかに不適格か、いまよくわかった。いかに田舎臭く、いかに野暮ったいか。

「あのステンドグラスはとくに優れた例ですね」リチャードが言った。「ある時代の。鏡板も上質のものだ」博学ぶった鷹揚な口調ではあったが、わたしはありがたく思った。なにせ、彼が心のなかで財産を値踏みしているとは、思ってもみなかったから。リチャードは家財ひとつ見ただけで、ここの王政が揺らいでいるのを見抜いたはず。わたしたち姉妹が競売に掛けられている、じきに掛けられることを察したのだ。

「博物館というのは、つまり埃っぽいという意味ですか？」アレックス・トーマスが言った。

「それとも、時代にそぐわないとか」

父さんが顔をしかめた。公平を期して言うと、ウィニフレッドは赤面した。

「弱い者いじめはおやめなさい」キャリーが満足げな声をひそめて言う。

「なぜさ？」と、アレックス。「みんなしていることだぜ」

リーニーはありったけのご馳走を献立に入れていた。ともあれ、そのころのわが家に出しうるかぎりのご馳走を。ところが、それはおよそ大それた企てだった。モック・ビスク・スープ（ファーマーの料理書に出てくるそれは、トマトをベースにしたミルク仕立てのスープ）、パーチ・ア・ラ・プロヴァンス（スズキの天火焼きプロヴァンス風）、チキン・ア・ラ・プロヴィデンス（茹で鶏にバターと小麦粉と卵黄を使ってソースをかけた料理）などが、つぎからつぎへと、有無を言わせず繰り出されてくる。神の摂理《プロヴィデンス》というだけあって、大津波のように、宿命のごとく。ビスク・スープはほとんど味がせず、鶏料理のソースは粉っぽく、また、茹で具合がいいかげんなので、肉が縮んで固くなっていた。ひとつ部屋に会した大勢の人々が、かくも思案しつつがむしゃらに物を噛んでいる光景は、あまり見よいものではなかった。食べる、というより、まさに咀嚼という語がふさわしい。

ウィニフレッド・プライアーはドミノの駒でも動かすように、皿の上のものを押しのけていった。わたしは怒りに燃え、いっさい残さず食べてやると決意した、骨までも。リーニーを悲しませてなるものか。過ぎし日であれば、彼女もこんなに汲々とせずにすんだろう――急なことでなにかと事足らず、みずから恥をさらし、わが家の恥もさらすようなことは。往時であれば、料理人を雇い入れていたはずだ。

わたしの隣席では、アレックス・トーマスが着々と仕事を片づけていた。必死の形相で、肉を切り分けている。ナイフの下で、鶏肉がぎしぎし軋む（この献身には、リーニーも感謝しなかったとは言わない。彼女は誰がなにを食べたか、こまかく点検していた。あのアレックスなんとかいう男は食欲旺盛だね、とのこと。穴ぐらで餓えていたのかと思うよ）。

そんな状況なもので、会話も途絶えがちである。とはいえ、チーズが出たあとは――チェダーはまだ若すぎてゴムのようであり、クリームチーズは熟しすぎ、青かびのチーズは強烈すぎたが――しばしの安息が訪れた。そのあいだに、わたしたちは手を止め、状況を窺ってまわりを見渡した。

父さんが片方だけの碧眼をアレックス・トーマスに向けた。「それで、きみ」と、切りだす。せいぜい気さくな調子で言ったつもりなのだろう。「どういったわけで、われらが麗しの町に？」まるで、大時代なヴィクトリア朝演劇に出てくるお父上の台詞みたいだった。わたしは食卓に目を伏せた。

「ええ、友を訪ねる予定なのです」アレックスも重々丁寧に返した（彼の丁重さについては、あとからリーニーに聞かされる。みなしごというのはお行儀がいいんだよ、行儀を叩きこまれるからね、孤児院で。こんな独りよがりは孤児にしかできないことで、あの落ち着きの裏には復讐心が隠れてる――心の奥では、みんなを馬鹿にしているんだ。ええ、そうとも、彼らは恨み深いよ、見捨てられていたことを思えばさ。無政府主義者と誘拐魔の多くはみなしごだね)。

「娘に聞いたが、きみは聖職につく勉強をしているとか」父さんは言った(ローラもわたしもそんなことは話していなかった――リーニーにちがいない。しかも、やはりと言うべきか、意地悪をして、わざと〝誤解した〟のだろう)。

「ええ、かつては」アレックスは答えた。「しかし、仕方なく断念しました。信仰とは袂を分かつことに」

「なら、いまは?」父さんは言った。もっと具体的な答えに慣れている人である。

「いまは、わが理知を頼りに生きております」と、アレックス。微笑んで、自嘲してみせながら。

「そりゃ、しんどいだろうな」リチャードがぼそりと言うと、ウィニフレッドは笑いだした。わたしは驚いた。この男にこんなウィットがあったとは。

「きっと、新聞記者という意味よ」ウィニフレッドは言った。「市民にまぎれたスパイ!」

アレックスはふたたび微笑んだが、なにも言わなかった。父さんは顔をしかめた。父にすれば、新聞記者とは害虫なのだ。嘘を書くばかりか、他人《ひと》の不幸を食い物にする。〝屍にたかるハエ〟というわけだ。エルウッド・マレーを例外としたのは、うちの一家と付き合いがあったから。エルウッドにはせいぜい毒づいても、〝ほら吹き屋〟ぐらいのものだった。

そのあと、会話は時事一般、政治、経済の話にうつったが、近ごろでは、そういうなりゆきが多かった。もっともっと厳しくなる、というのが父さんの意見。そろそろ曲がり角でしょう、というのがリチャードの意見だった。見通しを立てるのはむずかしいけど、とウィニフレッド。このまま蓋をしておけると本当にいいわね。

「なにに蓋をしておくの？」それまで無言だったローラが訊いた。椅子がしゃべりだしたかのように。

「社会的混乱の可能性にだ」父さんが答えた。叱りつけるような語気は、これ以上しゃべるなと言っていた。

アレックスが、そうもいかないのでは、と言いだした。先ごろキャンプから戻ったところだと言う。

「キャンプ？」父はぽかんとしていた。「なんのキャンプだね？」

「救済運動のキャンプです」と、アレックス。「ベネット首相の〝強制収容所〟ですよ、職にあぶれた人々の。一日十時間労働で、賃金は雀の涙ほど。若者たちはあまり熱心ではありませんね。ますます落ち着かなくなっているかと」

「物乞いに選り好みはできず、ってね」リチャードが言った。「社会から葬られるよりはましだろう。三食まともな飯が食えるんだ、ことによれば、扶養家族のいる労働者よりいい食事かもしれない。実際、食べ物はわるくないと聞いている。感謝すべきじゃないのかね。なのに、あの手の輩ときたら」

「彼らは〝どの手〟の輩でもありません」アレックスは言った。

「こりゃ参ったな、書斎の左翼《アカ》さんか」リチャードは言った。アレックスは皿に目を落とした。

「彼がアカだと言うなら、わたしもおなじですね」キャリーが言う。「そのような問題意識をもっているからといって、アカだとはかぎらない……」

「おまえ、こんなところでなにを始めようというんだ？」父さんがキャリーの話をさえぎった（このところ、父とキャリーは言い合いばかりしていた。キャリーは父に組合運動を援助させようとし、父によれば、彼女は〝二足す二を五に〟しようとしている、とか）。

折しもそのとき、ボンブ・グラセー（メロン形の器に数種のアイスクリームを層にして詰めたもの）が登場した。その時代には、もう電気冷蔵庫はあり、わが家は大不況の直前に買ってあったので、リーニーは冷凍庫をうさんくさく思いながらも、今夜は活用したらしい。ボンブはフットボールのような形をした鮮やかな緑の代物で、火打ち石のように硬かったから、一同しばしこれと取り組むことになった。


コーヒーが出されるころ、キャンプ場では花火の打ち上げが始まった。わたしたちはそろって桟橋に出て見物した。きれいな眺めだった。空にあがる花火とジョグー河に映る光をいっぺんに見られる。赤、黄、青の炎の泉が、滝のごとく中空に流れ落ち、光は弾けて星になり、菊になり、ヤナギの木になった。

「中国人は火薬を発明したけど」と、アレックスが言いだした。「銃器には使わなかった。花火にしか。でも、本当いうと、おれはあまり楽しめないんだ。花火って、重砲そっくりの音がするから」

「あなたは平和主義者なの？」わたしは言った。彼がなにかであるとすれば、その手の人間のようだった。もし、〝そうだ〟と言われたら、反発してやるつもりだった。気を引きたかったのだ。アレックスはローラとばかりしゃべっていた。

「そういうわけではないけど」アレックスは言った。「両親とも戦争で殺されたもので。少なくとも、おれは殺されたにちがいないと思ってる」

さあ、ようやく孤児物語にたどりついた、そうわたしは思った。リーニーがなんのかんの言っても、善き物語でありますように。

「はっきりとはわからないんでしょ？」ローラが言った。

「そう」と、アレックス。「聞くところによると、おれは灰と化した瓦礫の山に座りこんでいたとか。焼け落ちた家のね。自分ひとりを除いてみんな死んだ。おれは洗い桶か大鍋か、なにか鉄の容器のなかに隠れていたらしい」

「それは、どこで？　誰があなたを見つけたの？」ローラが声をひそめて訊いた。

「それが判然としない」アレックスは言った。「彼らにもよくわからない。フランスでもドイツでもなく、どこかの東部――あのへんの小さな国のどれかだろうな。おそらく、あちこち盥回しにされたすえ、赤十字にともかくも引き取られた」

「それは憶えているの？」わたしも訊いた。

「いや、はっきりとは。途中で少々話がこんがらがって――氏名とかそういうものが――終《しま》いには宣教師たちに預けられた。事情を鑑みれば、忘れてしまうのがいちばんだと、彼らは考えた。長老派の、小さな教会だった。虱がいるんで、みんな頭を剃られてね。いきなり髪の毛がなくなった時の感覚は、いまでも憶えているよ。あのひんやりした感じ。おれの記憶は、実際そこに始まるんだ」

アレックスのことはだんだん好きになりはじめていたが、恥ずかしながら白状すれば、この話はかなりうさん臭く感じた。あまりにメロドラマ然としている——良くも悪くも、あまりに運頼みの話である。偶然というものを信じるには、わたしはまだ幼すぎた。しかも、ローラの気を引こうというなら、——そのつもりだったのだろうか？——かくもうってつけの話ではないか。

「辛いんでしょうね」わたしは言った。「本当の自分を知らないなんて」

「そう思ったころもある」アレックスは言った。「でも、本当の自分とやらは、本当の自分が誰かなんて知る必要がないんだ、普通なら。どのみち、それはなにを意味するんです——氏素性とか？　ひとがそんなものを持ちだすのは、お高く見せたいか、べつの弱みを隠す口実と、相場は決まっている。おれはそういう誘惑には囚われないってことだ。そういうしがらみからは解放されている。おれは何事にも縛られない」そのあとにもなにか言ったが、空に花火が弾けて聞こえなかった。だが、ローラには聞こえたのだろう。おごそかに頷いた。

（アレックスはなにを言ったのだろう？　のちに、わたしは知ることになる。こう言ったのだ。〝少なくとも、ホームシックとは無縁だ〟）。

頭上で、光が爆《は》ぜてタンポポの花をかたどった。わたしたちはそろって空を見あげた。こんなときは、見あげないほうがむずかしい。どうしたって、口を開けて見てしまう。

あれが始まりだったのか、あの晩が。アヴァロン館の桟橋で、まばゆい花火を空に仰いでいたときが？　知るべくもない。始まりとは唐突ながら隠然としたものである。いつのまにか傍らに忍び寄り、冥々のうちに気づかれぬままひそむ。それが、あとになって急に芽吹くのだ。

ハンド・ティンティング

雁たちが、蝶番《ちょうつがい》のうめきのような嗄れ声で啼きながら、南へ飛んでいく。河の畔には、ウルシの実で作ったキャンドルが、鈍い赤に燃える。十月の第一週。ウールの衣類がたんすの奥から出てくる季節。夜霧、夜露で、玄関の階段は滑りやすく、季節はずれのナメクジが這い、かと思うと、キンギョソウが最後にひと花咲かせる。葉のひらひらした、飾り物みたいな、ピンクと紫のキャベツが、市場に出回る。昔はこんなもの存在しなかったのに、いまや至るところにある。

菊の季節でもある。葬式の献花。と、くれば、決まって白菊。死者たちも飽きあきしているにちがいない。

朝の空気はさわやかに澄んでいる。わたしは前庭から黄色とピンクのキンギョソウを摘むと、墓地に持参し、一族の墓前に捧げて、白い台の上で沈思する天使ふたりに手向けた。これで、天使たちも気晴らしになるだろう、そうわたしは思った。墓に着くと、ささやかな儀式を執り行なう。墓碑銘をもったいつけて読み、死者の名前を読みあげる。無言のつもりだが、ときどき自分の声が聞こえてくる。聖務日課を唱えるイエズス会士のようにぶつぶつと。

死者の名を口にするとは、生き返らせること。古代エジプト人はそう言った。まあ、望んだことが叶うとはかぎらない。

墓碑のぐるりをうろつくうち、ひとりの少女を見つけた。若い娘と言うべきか。墓前に跪いていた、正確に言えば、ローラの埋葬されているあたりに。こうべを垂れて。黒ずくめである。黒のジーンズ、黒のTシャツとジャケット、黒の小さなナップザック。今日びの娘がバッグ代わりに持ち歩く類の。そして、長い黒髪――サブリナのような。と思って、急に心臓がドキリとする。サブリナが帰ってきたのだ、インドからか、どこからか。なんの予告もなしに。わたしへの気持ちを改めて。きっと驚かせるつもりだったのに、その機会を台無しにしてしまった。

ところが、よくよく覗きこむと、見知らぬ娘ではないか。どこぞのご熱心な大学院生にちがいない。初めは祈っているのかと思ったが、いや、違う、花を置こうとしているのだ。白いカーネーションを一本、茎はアルミホイルで包まれている。立ちあがった姿を見て、泣いているのに気がついた。

ローラはひとの心に触れる。わたしではそうはいかない。

釦工場のピクニックのあとには、《ヘラルド&バナー》紙にいつもながらの報告記事が載った。ベストドレッサー賞をさらったのはどこの赤ちゃんか、あるいは、どこのワンちゃんか。父さんがスピーチでなにを話したか。これもざっと要約されて。エルウッド・マレーがなんでもかんでも能天気に色づけするので、例年どおりの行事に感じられる。しかも、写真入りだ。優勝したワンちゃんは、黒っぽくモップのようなシルエット。優勝した赤ちゃんは、針山みたいにころころ太って、頭にはフリル付きのボンネット。ステップダンスの踊り手たちは、ボール紙で作った大きなシロツメクサを持ちあげている。演台に立つ父さん。映りのいい写真ではなかった。口を半開きにし、あくびしているように見える。

写真の一枚には、アレックス・トーマスも写っていた、わたしたちふたりと一緒に。左側にわたし、右側にローラが座り、ブックエンドみたいに彼を挟んで。ふたりとも彼を見て微笑んでいる。アレックスも笑顔だったが、片手を前に突きだすさまは、お縄になった暗黒街の悪党がカメラのフラッシュに手をかざしているようだ。とはいえ、顔半分がようやく隠せたていど。キャプションは、「遠方からの旅人をもてなす、長女のミス・チェイスと妹のミス・ローラ・チェイス」。

エルウッド・マレーはあの午後、アレックスの名前を聞きだそうと、まとわりついてきたりしなかった。あとになって、彼が屋敷に電話をしてくると、リーニーが出て、得体の知れない男とならんで名前をでかでかと載せるのはお断わりだ、と、彼の名前を教えようとしなかった。ともかくも写真は掲載され、リーニーはエルウッド・マレーにも、わたしたちにも、恥をかかされたと憤慨した。ふたりの脚も見えていないのに、この写真を「お下劣すれすれ」であると断罪した。ふたりして恋患いのヌケサクみたいに馬鹿な色目を使っている、と。涎を垂らさんばかりに、口をあんぐり開けちゃって。あんたたち、哀れなさらし者だよ。町のみんなが陰で笑うにちがいない。インド人か、いや、それどころか、ユダヤ人かもしれない若造に、うつつを抜かしているってね。おまけに、あの男、あんな風に袖をまくりあげてさ、共産主義者みたいだよ。

「あのエルウッド・マレーめ、懲らしめてやらないとね」リーニーは言った。「自分をたいした切れ者だとうぬぼれているらしい」新聞をずたずたに裂くと、焚きつけ箱に詰めこんで、父さんの目にふれないようにした。どのみち、もう工場で見ていたにちがいないが、だとしても、まだなにもお言葉はなかった。

ローラはエルウッド・マレーのもとを訪れた。責め立てたわけでも、リーニーの悪口の受け売りをしたわけでもない。あなたみたいなカメラマンになりたいと言ったそうだ。いや、まさか。あの子がそんな嘘をつくはずがない。マレーの勝手な推測だろう。妹はこう言ったのだ。ネガから写真を現像する方法を学びたいんです、と。これは〝字句どおりの〟意味である。

エルウッド・マレーは、いと高きアヴァロン館から〝お褒め〟にあずかり舞いあがった。この男、ひと癖あるとはいえ、とんでもない俗物なのだ。週に三回、午後、ローラが暗室作業を手伝うのを承諾した。結婚式や子どもたちの卒業式などの肖像写真を焼きつけるのを傍らで見学させてもらう。新聞の活版と印刷は、奥の部屋で男たちふたりがこなしていたが、その他はほとんどすべて、現像も含めてエルウッドの仕事である。

なんなら、ハンド・ティンティング（指で色を薄くぼかす絵の技法）の技術も教えましょう、と彼は言った。来るべき新技術です。たとえば、従来のモノクロ写真が持ちこまれたら、それに天然色をつけることで、もっと生き生きとした画像に仕上げられる。手順としては、いちばん濃い部分をブラシで色抜きしてから、セピア・トナーで写真を処理し、下地にピンクの色味をくわえる。そのあとに行なうのが〝ティンティング〟だった。顔料は小さなチューブや瓶に入っており、ごく小さなブラシでの色づけは細心の注意を要する。微妙なことに、少しでもやりすぎると絵を塗りつぶしてしまう。色を混和するセンスと腕が求められ、頰は紅をまん丸くはたいたようでは、ダメ、肌もベージュの布を張りつけたようでは、失格。よく見える目としっかりした手元が要《かなめ》である。これはいっこの芸術なんです、エルウッドは言った。それを習得したのが自慢で仕方ない――胸中そう思っていたのだろう。編集室の窓の一角に、このハンド・ティンティングの写真をとっかえひっかえ選んで飾っていた。ある種の宣伝として。その横には、〈あなたの思い出を、より鮮やかに〉という手書きのプレートが置かれていた。

色づけによく使われる写真は、いまや時代おくれになった大戦の軍服姿の若者だった。新郎新婦の写真も。あとは、卒業式の肖像、初めての聖体拝領、家族の粛々とした集まり、洗礼式の衣装をまとった幼子《おさなご》たち、式典の長衣を着た娘たち、パーティのために装った子どもたち、猫たち、犬たち。ときには変わったペット――陸ガメやコンゴウインコ――もいたし、まれには棺に納められた赤ん坊もいた。青白い顔をして、襞飾りに囲まれて。

白紙に描くのと違って、色がくっきり出ることはなく、靄がかかった感じになった。薄布を透かしているような。人物はよりリアルに見えるというより、むしろリアルすぎてしまう。まるで、奇妙な異界の住人。色は毒々しいが、押し黙って。リアリズムなどそっちのけの世界。

エルウッド・マレーと顔つき合わせてなにをしているのか、ローラはわたしに話したし、リーニーにも話した。当然、文句たらたら、大騒ぎになるものと思った。まったく、自分を貶めて、とか、安っぽいことをして体裁のわるい、とか言うだろうと。電気を消した暗室に若い娘と男がふたりきりだなんて、なにが起きるかわかったもんじゃない、と。ところが、リーニーの見解は、エルウッドはローラを使用人扱いしているわけではなく、ものを教えているのだから、話はぜんぜん違う、ということになった。要は、エルウッドのほうが雇われ助手の位置になるんだ。ローラと暗室でふたりきりといっても、べつに悪いことありゃしないよ、エルウッドはあのとおりの男女《おとこおんな》なんだから。いま思うに、あれは、ローラが神以外のものに興味を示してくれて、内心ほっとしていたのだろう。

たしかに、ローラは興味を示したが、例のごとく、度を超していた。エルウッドのハンド・ティンティングの顔料をくすねて、家に持ち帰ってくる。わたしが見つけたのは、たまたまだった。書斎で本をあれこれてきとうに繰っているおり、祖父ベンジャミンの額入りの写真が目にとまった。それぞれ、歴代の首相といっしょに写っている。ジョン・スパロー・トンプソン総理の顔は、いまや淡い藤紫であり、マッケンジー・ボーエル総理の顔は、胆汁のような緑色、チャールズ・タッパー総理のそれは、淡い橙色だった。祖父ベンジャミンの顎鬚と頬髯も、薄紅に塗られていた。

その晩、わたしは犯行の現場をおさえた。ローラの鏡台には、小さなチューブと小さなブラシがならんでいた。さらに、ベルベットのドレスに例のメリージェーンを履いたローラとわたしの肖像写真が、額から抜きとられ、わたしは空色に色づけされていた。「ねえ、ローラ」わたしは呼びかけた。「いったい全体なにをやってるわけ？　どうしてあの写真にみんな色をつけたの？　書斎に飾ってあるやつよ。父さん、かんかんになるわ」

「お稽古してみただけよ」ローラは答えた。「どっちみち、あの人たちもう少し鮮やかなほうがいいもの。見映えがするでしょう」

「気味がわるい」わたしは言った。「というか、ひどい病気みたい。緑の顔をした人なんていないわよ！　紫の人も」

ローラは恬《てん》としたものだった。「彼らの魂の色なのよ」と言う。「本当はああいう色をしてるはずなの」

「きっと大目玉だわ！　誰の仕業かすぐわかるもの」

「あんな写真、誰も見やしない」妹は言った。「気にもとめてない」

「言っとくけど、アデリアお祖母さまには指一本触れないことね」わたしは言った。「死んだ叔父さんたちにも！　父さんにお仕置きされるわよ！」

「あの人たちは金色にしようと思ったの。華やかでしょ」ローラは言った。「でも、金色の絵の具なんて無いのね。あ、叔父さんたちの話よ。お祖母さまじゃなくて。お祖母さまは青銅にするつもり」

「めっそうもない！　父さんは、華やかさなんてありがたがらないの。それに、その絵の具、早く返しておかないと、泥棒呼ばわりされるわよ」

「たいして使ってないもの」ローラは言った。「どっちみち、エルウッドにはジャムをひと瓶持っていってあげたわ。これでおあいこ」

「どうせ、リーニーのジャムでしょう、冷蔵室にある。ちゃんと断わったの？　リーニーは、あのジャムの瓶は数をかぞえているんだからね」と言って、わたしは姉妹で写っている写真をとりあげた。「なぜわたしは青いの？」

「眠ってるからよ」ローラは答えた。


妹がくすねてくるのは、ティンティングの顔料ばかりではなかった。書類整理も仕事として任されていた。仕事場となると、エルウッドは大変なきれい好きで、暗室にもおなじことが言えた。ネガは薄いグラシン紙の封筒に入れられ、撮影の日付順にファイルされていたから、ローラが例のピクニックのネガを見つけだすのはたやすかった。ある日、エルウッドが出かけた隙に暗室をわがもの顔で使って、モノクロ写真を二枚プリントした。このことは誰にも、わたしにさえ、話さなかった——ずっとあとになるまで。写真をプリントすると、ネガもハンドバッグに忍ばせて、家に持ち帰った。盗んだという意識はないらしい。そもそも、エルウッドが許可もなくわたしたちの写真を盗み撮りしたんだもの、本来彼のものじゃない、それを取り返しただけよ、と。

もくろみが叶うと、ローラはエルウッド・マレーの仕事場に行かなくなった。理由も告げず、事前の断わりもなしに。これまた気の利かないことだと思ったが、実際、エルウッドも見くびられたと感じたようだ。病気でもしたのかと、リーニーから聞きだそうとしたが、写真への気持ちが変わったんだろう、と言われるばかりだった。いろんなことが頭に詰まっているからね、あの子は。一時は夢中になっていたけど、もう目移りしたってことだよ。

これを聞いたエルウッドは、好奇心をそそられた。ローラから目を離さないようになり、いつもの詮索癖では納まらない行動にもでた。まあ、スパイ行為とまでは言わないまでも——茂みの陰にひそんだりしたわけでもなし。ただ、以前よりローラの行動に目をつけるようになった（もっとも、ネガが盗まれたことには、いまだ気づいていなかった。ローラには家捜ししようという密かな思惑があったのでは、など思いもしなかったろう。ローラはどこまでもまっすぐな眼差しをして、きょとんと目を見開き、純真そうな丸いおでこを見せていたから、彼女に心の裏表を疑う人はまれだった）。

初めはエルウッド・マレーの目にも、これといったものは見つからなかった。そのうち、日曜日の朝、人ごみを分けて、目抜き通りを教会へ向かう彼女の姿が観察されることになる。教会では、五歳の子どもたちを相手に日曜学校の先生をしていた。また、週のうちあと三日は、駅の横に設置された合同教会の給食所で、朝の手伝い。給食所の役割は、職にあぶれて腹をすかせた、汚いおっさんや坊やたちに、椀一杯のキャベツスープを配ることだった。尊い尽力、ではあったが、町の誰もが賛同の目で見ていたわけではない。こういう活動をするのは、腹に一物ある扇動者、もっといえば、共産主義者と感じる人々もいたし、「働かざる者食うべからず」と考える者もいた。〝仕事に就け！〟の叱声があちこちで聞かれた（罵声の飛ばし合いはお互いさまだったが、流れ者たちの声のほうが静かではあった。とはいえ、もちろん、彼らはローラのような教会の善行人たちをなべて嫌っていた。もちろん、その反感を知らしめる法もわきまえてもいた。戯れ事を言い、鼻先で笑い、馴れなれしく接し、むっつりと好色な目で見つめて。恩着せがましくされるほど、鬱陶しいことはない）。

町の警察は、こういう連中が小賢しいことを考えつかないよう、目を光らせていた。たとえば、ポート・タイコンデローガに住み着くというような。彼らは追い立てられれば、どこへでも移っていく。しかし、さすがに駅で有蓋貨車に乗りこむことは許されなかった。それには鉄道会社も我慢ならなかったのだ。小競り合い、殴り合いが始終あり――エルウッド・マレーが記事にしたとおり――夜警棒がさかんにふるわれた。

流れ者たちは線路沿いにとぼとぼ歩き、駅の先で列車に飛び乗ろうとしたが、そのころには列車もスピードがついているから、なおのこと難儀だった。事故も何件かあり、死者も一名出た。見たところ十六にもならない少年が、車輪の下敷きになり、まさに真っ二つにされたのである（ローラはその後三日間にわたって自室に閉じこもり、なにも食べようとしなかった。この少年にスープを配ったことがあったのだ）。エルウッド・マレーは論説を書き、そのなかで、この不幸が起きたのは残念だが、鉄道会社の責任ではない、間違っても町の責任でもないと述べた。向こう見ずをすれば、なにが起きよう？

ローラは教会のスープのだしをとるがらをリーニーにねだった。リーニーは、あたしはがらで出来ているんじゃないし、がらは木に生るわけでもないんだ、と返した。欲しいのはこっちだよ、アヴァロン館とあんたたちの食事のために。一銭なりとも貯めるには稼がなきゃならないんだ、お父さまだってこの不景気な時代、いくらでも入り用なのがわからないの？　そう言いながらも、ローラには長らく抗しきれた例しがなく、がらの一つや二つや三つは、すぐに出てきた。妹は骨には触りたがらず、目にするのさえ嫌がったから——そういう臆病なところがあった——リーニーは決まって紙にくるんで渡してやった。「さ、持っておいき。あの穀つぶしども、いつかわが家を食いつぶすよ」と、ため息をつく。「玉ねぎも入れといたから」彼女はローラが給食所で働くのは良しとしていなかった。妹のような娘には過酷な務めだ、と。

「穀つぶしなんて呼ぶのは間違いだわ」ローラは言った。「あの人たちをみんなして追っ払おうというのね。仕事が欲しいだけなのに」

「そうだろうとも」リーニーは、不審げな、嫌味たらたらの声で返した。そして、わたしにこっそり耳打ちする。「この子はお母さまにそっくりだよ」


わたしは給食所に行くローラに同伴しなかった。頼まれもしなかったし、まんいち、声をかけられても、時間をつくれなかったろう。アイリスは釦産業の取引について学ぶべし、それが務めであると、いまや父さんは思いこんでいた。フォート・ド・ミュー、やむにやまれぬ選択。ゆくゆくはわたしが〈チェイス&サンズ〉の跡取り息子《ザ・サン》になるのだから、会社を営むとなれば、みずからの手も汚さねばならない。

自分に事業の才がないのはわかっていたが、異議を唱える度胸もなかった。わたしは毎朝、父について工場へ出かけ、（父の弁によれば）実社会で物事がどう動いているかを学ぶことになった。わたしが男子なら、父はまず一列にならんでの流れ作業からやらせただろう。自分にできないことは部下にも期待するべからず、という軍隊に似た論法である。しかし、実際にわたしが任されたのは、在庫管理と出荷商品の決算だった——原材料が入ってきて、完成品が出ていく。

腕前のほうは、からきしだったが、多少は意図してのことだ。退屈だったし、萎縮してもいた。毎朝、修道女のようなスカートとブラウスで工場に着くと、犬のように父の後ろについて、列なす工員のあいだを縫って歩かねばならない。女工たちには笑いものにされている気がし、男たちにはじろじろ見られている気がした。陰でわたしを種にジョークを言っているのも知っていた――女たちはわたしの立居ふるまいについて、男たちはわたしの身体について。対等であろうとする彼らなりの方策だった。ある意味、わたしは責めていなかったが――逆の立場なら、おなじことをしただろう――それでも、侮辱された気がした。

ラ・ディ・ダ　あの娘はシバの女王気どり。
たっぷり可愛がりゃ　身のほど思い知るだろう。

こういうことを、父さんはなにひとつ気づいていなかった。それとも、あえて見ないことにしたのか。

ある日の午後、リーニーのいる勝手口にやってきたエルウッド・マレーは、やけにふんぞり返って、凶報の知らせ人らしい勿体ぶった態度に出た。わたしは瓶詰めをするリーニーを手伝っていた。九月の下旬、瓶に詰める菜園のトマトも最後のひと山。リーニーはむかしからしまり屋だったが、近ごろでは、無駄は罪ですらあった。きっと気づいていたのだろう、その糸がいかに細くなっているか――自分をいまの職に繋ぎとめてくれる余財の糸が。お耳に入れておくことがある、エルウッド・マレーはそう切りだした。あなたがたのために。リーニーは一瞥をくれ――エルウッドと、その偉そうなふるまいに――報せの重みを推し量ると、招じいれて然るべき重大事であると判断した。お茶を勧めさえした。そして、ちょっと待って、トングでお湯から最後の瓶を引きあげ、全部に蓋を閉めてしまうからと言った。それがすむと、椅子に腰かけた。

　報せというのは他でもない。おたくのローラ嬢が街なかで……とエルウッドは話しだした。若い男性と連れだっていたそうですよ、釦工場のピクニックで彼女が一葉の写真にならんでおさまっていたまさにあの男です。最初は、給食所のあたりで見かけられたとか。そのあと、公園のベンチに座っているところを。ひとつの公園とはかぎりませんが、タバコを服《の》んでいたそうで。少なくとも、男のほうは。ローラは、まあ、そうとも言いきれませんがね。と言って、エルウッドは口を引き結んだ。市庁舎横の戦争記念碑のそばにいたとか、ジュービリー橋の欄干にもたれて、早瀬を眺めおろしていたとか――あそこはむかしから求愛の名所だ。キャンプ場の近くでも見かけたとかなんとか。となると、ある種、怪しげな行為を思わせないでもない。そんな行為の前ぶれというか。もっとも、ぼく自身目の当たりにしたわけじゃないから、断言できませんがね。

　ともあれ、お知らせしておくべきと考えました。あの男はいい大人だし、ローラ嬢はまだ十四歳ではありませんか？　なんたる破廉恥、こんなふうに娘さんを手玉にとるとは。エルウッドは椅子に背をもたせると、悲しげに首を振った。リスみたいに澄まし返って、意地悪な喜びに目を光らせながら。

　リーニーは憤然となった。ゴシップがらみで先手を打たれるとは、誰であれ腹が立つ。

「それはそれは、知らせてくれてありがとう」と、ばか丁寧に答える。「転ばぬ先の杖と言うしね」彼女なりにローラをかばっているのだ。つまり、実際なにかあったわけではないが、不測の事態もありうる、と。

「だから、言わんこっちゃない」エルウッド・マレーが帰ると、リーニーは言った。「恥知らずな男め」エルウッドのことではもちろんなく、アレックス・トーマスのことだ。

問い詰めると、ローラはなにひとつ否定しなかった。キャンプ場で見かけたという件をのぞいて。公園のベンチやその他については――ええ、座ったわ、長いあいだじゃないけど。リーニーがなにをそんなに大騒ぎしているのか理解できない、とも言った。アレックス・トーマスは、〝お安い恋人〟なんかじゃない（リーニーがそう評したのだ）。〝金目当ての穀つぶし〟でもない（これもリーニーの言葉）。また、生まれてこのかたタバコは一本も吸ったことがない、とも言い張った。〝いちゃついていた〟ですって（これまたリーニーの表現）、不愉快よ。そんな下司の勘ぐりをされるなんて、あたしがなにをしたと言うの？　なにも知らないくせに。

ローラという存在は、すなわち音痴であることに似ている。わたしはそう思った。音楽が奏でられ、なにがしか聞こえてくるのだが、みなとおなじものが聞こえているとはかぎらない。

ローラによれば、そういうとき――たったの三回しかないが――は、アレックス・トーマスとふたりで真面目な討論をしていたのだとか。なにについて？　神についてよ。アレックス・トーマスは信心を失くしたから、それをとりもどせるよう、あたしが力になっていたの。大変な苦労だわ、だって、彼は本当に冷笑的《シニカル》な人なんだもの——実は、懐疑的《スケプティカル》と言いたかったのかもしれない。彼はこう思うんですって。現代は〝この世の〟時代になる、〝あの世〟の時代ではなく。人間の、人類の時代にね。ぼくは大賛成だよ。断じて言うが、ぼくには魂などないし、死後の自分の身になにが起きようとかまわない。彼にこんなこと言われても、あたしはがんばっていくつもり。この務めがどれほど辛いものになろうとも。

わたしは片手で口をふさいで咳払いをした。笑いをこらえたのだ。ローラはよくこんな善人ぶった顔をアースキン先生に向けることがあったが、いまもそれとおなじなのだろう。目くらまし、というやつだ。リーニーは両手を腰にあて、足をひらき、口をぽかんと開け、追いつめられたニワトリみたいだった。

「なぜあの男がまだ町にいるのか、そこを知りたいね」リーニーは面食らい、戦法を変えて訊ねた。「遊びにきただけだと思った」

「だって、こっちに仕事があるもの」ローラはおっとりと言った。「けど、彼は居たいところに居ていいでしょ。奴隷の立場じゃあるまいし。いわゆる〝賃金の奴隷〟（勤め人のこと）はべつだけど、もちろん」ふたりの〝改宗〟の試みは、あたら一方通行でもなかったらしい。アレックス・トーマスもローラに入れ知恵をしているようだ。このぶんで行くと、ボルシェビキ少女を背負いこむことになりそうだ。

「彼、歳が上すぎない？」わたしは言った。

ローラは凄まじい形相で睨んできた。なににとって、歳が上すぎるの？　と、食ってかかり、「魂に年齢はないわ」と断言した。

「町の噂になっているんだよ」リーニーが言った。いつもの決め台詞だ。

「言わせておけば」ローラは言った。ひとを尻目にかけた苛立ちが声に現われている。他人とは背負うべき十字架、苦しみの種だ、とでも言いたげに。

リーニーもわたしも途方に暮れた。なす術は、いったい？　父さんに相談する手もあったし、そうすれば、父はローラにアレックス・トーマスと会うことを禁じたかもしれない。しかし、ローラは〝魂〟に関わる問題だとして、言いつけに従わないだろう。父に話すのは、きっと要らぬ面倒を引き起こすばかりだ。わたしたちはそう結論した。結局のところ、実際なにがあったというのだ？　別段、なにも指摘できないではないか（この問題について、リーニーとわたしはもはや腹蔵なく話し合う仲になっており、ひたいを寄せて知恵をしぼっていた）。

日が経つうち、ローラにからかわれているのでは、という気がしてきた。どんなふうにと言われても、はっきりとはわからないが。嘘をついているとまでは思わないものの、洗いざらい打ち明けているとも思えなかった。一度は、アレックス・トーマスと戦争碑のあたりを散歩しながら、しきりと話しこんでいるのを見かけた。またある時は、ジュービリー橋で。またある時は、〈ベティーズ・ランチョネット〉の店先をうろつく姿を。人々の目――わたしの目も含めて――が向くのを気にもせずに。まあ、たいした跳ねっ返りぶりだった。

「あんたが言いふくめてくれないと」リーニーはわたしに言った。しかし、ローラを言いふくめるなど、わたしには無理だった。次第に、話しかけることすらできなくなっていた。というより、話しかけたとしても、彼女は耳を傾けただろうか？　白いインクの吸い取り紙に話しかけているようなものだ。口から言葉が出ても、深々《しんしん》と降る雪に吸いこまれるがごと、ローラの顔の向こうに掻き消えてしまう。

わたしは釦工場を離れると――このお務めも、父さんの目にすら、日ごと空しく映るようになっていた――ひとり町を歩き回るようになった。行く当てがあるような顔で、川べりを颯爽と歩き、待ち人でもいるかのように、ジュービリー橋にたたずみ、黒い水を眺めて、ここに身を投じた女たちの物語に思いを巡らせた。みな、色恋のためにしたことだ。これが色恋の人におよぼす力なのである。色恋にそっと忍び寄られて、気づかぬうちにがっちり捕まれ、手も足も出なくなる。いったん落ちたなら――恋に――否応なく押し流されてしまう。少なくとも、あまたの書物はそう記してきた。

ある時は、目抜き通りを漫《そぞ》ろ歩き、店のウィンドウを真剣な眼差しで覗きこんだ。ソックスや靴、帽子や手袋、ねじ回しやスパナ。〈ビジュー・シアター〉の表では、ガラスケースに飾られた映画スターのポスターをまじまじと眺め、わが身と比べたりした。髪を梳かしつけて片目にたらし、然るべき服を着た自分を想像して。館内に入ることは許されていなかった。映画館に足を踏み入れたのは、結婚してからだ。リーニーが、〈ビジュー〉は若い娘がひとりで行くにはともかく低俗だと言い張ったのだ。男たちは下心があって行くんだよ、卑しいことを考えて。若い女の隣に陣取って、ハエ取り紙みたいに手をくっつけてくるんだよ、知らないうちにのしかかられちまう。

リーニーの表現によれば、そういうときの娘、女というものは、ジャングルジムみたいに数々の〝手がかり〟を差しだしながら、じっと固まってしまうらしい。不思議なことに、悲鳴をあげたり動いたりする力も奪われてしまう。麻痺したように動けず、頭がぼうっとしてしまうのだとか。ショックで、怒りで、あるいは羞恥で。リーニーには、論拠たる経験があったわけではないと思うが。

コールドセラー

身を切るような寒気。空高く風に翔んでいく雲。インディアン・コーンを干したハロウィンの飾りが、洒落た家々の玄関先に姿を見せる。そのポーチでは、カボチャで作ったジャック・オ・ランタンが、にかっと笑って寝ずの番を始めた。いまから一週間後には、飴玉目当ての子どもたちが、バレリーナやゾンビや宇宙人や骸骨やジプシーの占い師や死んだロックスターに扮して通りを占拠し、わたしは例年のごとく電気を消して、留守の振りをするだろう。それほど子ども嫌いというのではなく、自己防衛である。仮にチビすけの誰かが姿を消しても、あの婆さんが取って食ったなどと言われたくない。

マイエラにもそう話した。彼女の店では、ずんぐりしたオレンジのキャンドルやら、陶製の黒猫やら、サテン地のコウモリやら、凝った魔女のぬいぐるみ——頭は干したリンゴ——やらが、盛んに売れていた。わたしの話を聞くと、マイエラは笑いだした。冗談だと思ったらしい。

きのうは、心臓にいたぶられて、ソファからほとんど動けずに、冴えない一日だったが、今朝は、薬を飲むと妙に活力が湧いてきた。きわめて足どりも軽く、ドーナツ屋まで歩く。トイレの壁を点検すると、最新の落書きはこうだった。〝気の利いたことが言えないなら、もの言うべからず〟。これにつづいて、〝気の利いたモノが吸えないなら、モノ吸うべからず〟。この国で言論の自由がまだ大いに奮っているのがわかって、幸い。

さて、コーヒーと、チョコでコーティングしたドーナツをひとつ買い、外に持って出ると、公園管理者の設置したベンチに向かう。ベンチは便利よくゴミ箱のすぐ横に置かれている。そこに腰かけ、まだ暖かい日射しに包まれて、カメのようにひなたぼっこをする。人々がのんびりと行き交う——栄養過多の女がふたり、乳母車を押していく。それよりもっと若く、もっと細く、釘の頭みたいに銀の鋲《スタッド》をうった黒革のコートを着た女。かたや、銀の鋲を鼻にうった女。ウィンドブレーカーを着た変てこな年寄りが三人。こっちをじろじろ見ている気がする。わたしはいまもそんなに悪名高いのだろうか、それとも、被害妄想か？　いや、たんに独り言をいっていただけかも。よくわからない。気を抜いたすきに、声が風のように流れでているのか？　嗄《しわが》れたささやき声。冬の蔓草がカサコソ鳴るような、枯れ野をわたる秋風のかすれた音のような。

ひとがどう思おうと、気にするものか。わたしは自分に言い聞かせた。聞き耳を立てたいというなら、いくらでも立てるがいい。

誰が気にするか、誰が。永久《とわ》なる思春期の反抗心。わたしはもちろん、気にしたが。他人《ひと》がどう思うか気になる。いつでも気になった。ローラと違い、確たる信念をもつ度胸がなかったから。

犬が一匹、近づいてきた。わたしはドーナツの半分をやった。「遠慮なくどうぞ」と、犬に話しかける。これは、盗み聞きの現場をとっつかまえたリーニーが、決まって言う台詞だった。

十月は――一九三四年の十月のことだ――ずっと釦工場の現状を云々する噂が流れていた。よそ者の扇動者たちがうろついている、と。彼らは世の中を攪乱し、とくに血の気の多い若者を狙うという。労使間の団体交渉とか、労働者の権利とか、組合に関する噂なども流れた。組合はあきらかに違法だった、少なくとも、クローズドショップ（労働組合員だけを雇う事業所）の組合は、違法ではなかったか？　誰もよく把握していないらしい。いずれにせよ、組合については少々きな臭いものがあった。

攪乱を行なっているのは、いわゆるゴロツキや、雇われの犯罪者だった（ミセス・ヒルコートによれば）。〝異郷の〟扇動者というに留まらず、〝異国の〟扇動者であり、これはともかくさらなる脅威だった。口髭を生やした、小柄で肌の黒い男たち。血文字で署名し、命をかけて忠誠を誓ってきた彼らは、いったん暴動を起こしたら、なにがあっても鎮まらず、爆弾を仕掛け、夜闇に乗じて忍び寄り、寝ているわたしたちの喉を掻き切る（リーニーによれば）。それが彼らのやり方なのだ、この非情なボルシェビキと、組合のオルグたちの。両者は本質的にまったくおなじものである（エルウッド・マレーによれば）。彼らは〝自由恋愛〟と家族の崩壊を求め、銃殺隊によるあらゆる金持ちの死を望んでいる。どんな金でも、いや、持っているなら、腕時計でも、結婚指輪でも解釈は同様。これが、ロシアでなされてきたことだ。少なくとも、そう言われていた。

父さんの工場が窮地にある、そうも言われていた。

ふたつの噂——国外の扇動者と、工場の窮地——は、どちらもおおやけには否定された。だが、どちらも信じられていた。

父さんは九月に工員の一部をすでに解雇し——比較的若い工員である。父の持論によれば、まだしも自力で凌いでいけそうな——残った者たちにも就労時間の短縮を願いいれていた。全工場の製造機能をフル回転させておくには、単純な話、仕事が不足しているのだと、父は弁明した。消費者は釦を買おうとしない、ともあれ、〈チェイス＆サンズ〉が作るようなものは。利益を出すには量産が必要なタイプの釦なのだ。また、安価で持ちのよい下着も、買わない。買わずに、繕うのだ、あるいは手製で作るか。もちろん、国中の人々が職にあぶれているわけではないが、有職者もいまの仕事にしがみつくには安穏としてはいられない。当然ながら、金も使うより貯えておく。誰が責められよう。彼らの立場であれば、みなそうするだろう。

こうした状況のなかに、算術が入りこんでいた。何本もの足と、いくつもの棘《とげ》と頭をもち、〝ゼロ〟の形をした無情な目の生き物が。二足す二は四、それが算術の言わんとするところだ。しかし、そもそも〝二と二〟がなければどうする？　足そうにも足せない。足せなければ、いかんともしがたい。つまり、帳簿の赤字は黒字にしようにもできないのだ。この事態にわたしは戦《おのの》いた。まるで、わたし個人の責任みたいではないか。夜、目を閉じると、釦工場の樫材の四角いデスクが浮かび、数字が幾列にもならぶページが眼前に現われた。機械仕掛けの芋虫みたいな、あの赤字の列。むしゃむしゃと食い荒らしながら、お金のいくばくかの残りにも近寄ってくる。どうにか物を売って得たお金が、それを作るための経費を下回ると――〈チェイス＆サンズ〉では、しばらくそんな状況だったが――数字はこういう態度をとるのだ。お行儀のわるいことだが――愛も、正義も、情けもありはしない――いったいどうしろと？　数字は数字にすぎない。本件にかんして、数字には選択の余地がない。

十二月の第一週、父さんは操業休止を告示した。一時的なことだと言って。ほんの一時であることを願うと言って。そして、部隊再編のための退却と軍縮について語った。父さんが理解と忍耐を乞うと、集まった工員たちから、はりつめた沈黙をもって迎えられた。告示のあと父さんはアヴァロン館に戻り、小塔の部屋に閉じこもって、酔いつぶれるまで飲んだ。告示の部屋で、なにかが砕け散った。ガラス製のものが。酒瓶にちがいない。ローラとわたしは、わたしの部屋のベッドに座って、しっかりと手を握りあい、頭上の小塔で怒りと悲しみが荒れ狂う音に、その屋内に降る雷雨のような音に息を殺して聴きいった。こんなに派手なことを父さんがするのは、しばらくぶりだった。

工員たちの希望をくじいたと感じていたのだろう。自分は負けたのだと。なにをしようと、ひとつとして功を奏さなかった、と。

「父さんのために祈るわ」ローラが言った。

「神さまが気にかける？」わたしは言った。「どこ吹く風じゃないかしら。もし、神がいたらの話だけど」

「そんなのわからないでしょ」ローラは言った。「あとになってみないと」

なんのあとになってみないと？　わたしはよくよくわかっていた。この会話は前にもしたことがある。〝わたしたちが死んだあと〟だ。

父さんの告示から数日もすると、組合が力を顕わした。すでに組合員の核となるグループはあったが、彼らはいまや誰もかれもを引きこもうとしていた。会合は鍵をおろした工場の外で開かれ、全工員に召集がかけられた。というのも、（その召集令によれば）こんど社長が工場を再開するときには、経費をぎりぎりまで切りつめ、雀の涙ほどの賃金しか期待できないからだという。しょせんはあいつもよその経営者と同類だ、こういう不況時に、自分の金は銀行に預け、人々が打ちのめされ倒れ伏すのを、手をこまねいて見ている。そのうち、労働者を尻目に、大儲けの機会をつかもうというのだ。自分と大邸宅と贅沢者の娘たちばかりが——あの娘たちときたら、大衆の汗を食い物にする浮薄な寄生虫だ。

ああいう〝組織者《オルグ》〟なんて連中が、町のよそ者なのはわかるだろう、リーニーはそう言った。彼女がこんな話をしゃべり立てていたのは、台所の食卓である(ダイニングルームで食事をとることはなくなっていた。父さんがそこで食べなくなったからだ。小塔の部屋に立てこもり、リーニーが食事の盆を持ってあがっていた)。あの荒くれどもめ、良識ってものをわきまえてないよ、あんなふうに娘ふたりまで引きあいに出すなんて。あんたたちは工場となんの関係もないと、みんな知っているのにさ。リーニーはわたしたちに、受け流せと言ったが、言うはやすし、行なうは何とかである。

いまもって、父さんに忠実な者もいた。聞くところによると、会合でも異議があがり、やがて声が高くなり、やがてつかみ合いになったとか。みな、気が荒くなっていた。ある男は頭を蹴られ、脳震盪を起こして病院に運ばれた。ストライカーのひとりだったが——そう、彼らは〝ストライカー〟と自称するようになっていた——この怪我はストライカー側の責とされた。なぜなら、一度この手の衝突が起きたら、切りがなくなるではないか。

そもそも始めないほうがよい。口を閉じておくこと。さらにずっとよい。

キャリー・フィッツシモンズが父さんに会いにきた。あなたのことが心配で仕方ない、そう彼女は言った。駄目になっていくんじゃないか、と。〝道徳的に〟という意味である。そんな尊大かつしみったれた姿勢で、工員たちをどう扱おうというの? 現実を直視しろ、と父さんは答えた。キャリーを〝ヨブの慰安者〟と呼んだ。うわべを慰めたつもりで、むしろ悩みをこじらせていると言うのだ。こうも言った。〝おまえをここに寄越したのは誰だ？　どこのアカの友だちだ？〟キャリーは自分の意思で来たと言った。愛情ゆえに。あなたは資本主義者だけれど、つねに真っ当な人だったから。でも、もはや心ない金満家になりはてたとわかったわ。破産者では金満家にもなりようがない、と父さんは言い返した。資産を処分したらいいでしょ、とキャリーはやり返した。おまえの資産などおまえの尻の値打ちとたいして変わらん、と父さん。知るかぎり、おまえは乞われれば誰にでもタダで与えてきたようだからな。あなた、以前は施しを蔑んではいなかったわよね。ああ、でも、見えざるコストが高くつきすぎた――最初は、この家でおまえの芸術仲間にくれてやった食べ物、それからこの血、そうしていまは魂だ。ブルジョワの反動主義者ね、キャリーは父をそう呼んだ。死体にたかるハエめ、父は彼女をそう呼んだ。このころには、怒鳴り合いになっていた。じきに、キャリーはドアをバタンと閉めて出ていき、車のタイヤを横滑りさせながら砂利道を行き、それで幕引きとなった。

リーニーは喜んだか、悲しんだか？　悲しんだ。キャリーのことは好きではなかったが、すっかりなじんでいたし、むかしは父さんを元気づけてくれた女だ。誰が彼女にとって代わるのか？　またどこぞの尻軽女だろう。悪魔も顔なじみのほうがましなのに。

翌週、ゼネストの招集があり、〈チェイス＆サンズ〉の労働者との結束を見せつけた。すべての店や会社は休業すべし、というお触れだった。公益事業もすべて休止すること。電話、郵便配達。牛乳もなし、パンもなし、米もなし（こんなお触れを出していたのは誰なのか？布告の言葉を伝えた本人が発令元の黒幕だとは、誰も思っていなかった。この男、自分は地元の出だと、まさにこの町の出身だと称しており、いっときはそう信じられていたのだが──モートンとかモーガンとか、そんな姓で──地元民でないことはもはやはっきりしていた。見るからに違う。こんな行動に出るなんて、この町の者ではありえない。いずれにしろ、そいつの祖父さんは誰なんだ？）。

要は、お触れの元はあの男じゃないんだよ。影のブレーンですらないと、リーニーは言った。そもそも、あの男、脳み《ブレーン》そなんてこれっぽっちもないんだから。闇の力が動いているね。ローラはアレックス・トーマスの身を案じた。なにかの形で、彼も巻きこまれている、と。あたしにはわかる。彼の見識からしたら、それもそのはずよ。

その日の午すぎ、リチャード・グリフェンがアヴァロン館に車で到着した。お付きの乗る車二台を引き連れて。どれも大きな車で、つやつやとし、車体が低かった。リチャードのほか、全部で五人の男がおり、そのうち四人はたいそう大柄で、黒いコートに灰色のフェドーラをかぶっていた。リチャード・グリフェンとお付きの一人が、父さんといっしょに書斎へ入っていった。残りのうち二人は、家の出入口──表玄関と裏口──に立ち、あとの二人は、高価《たか》そうな車のひとつでどこかへ消えた。ローラとわたしは、ローラの寝室の窓から、こうした車の出入りを眺めていた。邪魔をしないよう言いつけられていた。話の聞こえない場所にいろ、という意味でもある。いったいどうなっているのか訊ねると、リーニーは心配そうな顔をし、あたしにもさっぱりわからないけど、聞き耳を立ててなりゆきを探っている、と答えた。

リチャード・グリフェンは夕食時まではいなかった。彼とともに二台の車がいなくなった。三台目はあとに残り、大男のうち三人がそこに居残った。そして、車庫の上にあたる、かつてお抱え運転手が寝泊まりした棟に、そっと居所を定めた。

あの男たち、刑事だよ、リーニーは言った。そうにちがいない。だから、ずっとコートを着ているんだ、脇の下にさした銃を隠すために。銃はリボルバーだね。いろいろ雑誌を見ているからわかるよ。彼女によれば、男たちはわたしたちを守るためにいるのだとか。夜、おかしな人物が庭を忍び歩いているのを見たら——もちろん、あの三人以外に——いいかい、悲鳴をあげること。

その翌日、町の繁華街で、暴動があった。暴動に加わった大半は、見かけない顔だった。見たことがあったとしても記憶にない程度である。浮浪者の顔を誰が憶えていよう？　だが、彼らの一部は浮浪者ではなく、世界を股にかける扇動者が偽装していた。もとから、偵察していたのだろう。しかし、この田舎町までどうしてこんなに素早くたどりつけたのか？　列車の屋根に乗ってきた、とも言われた。こういう連中はそうやって動き回るのだと。

暴動が始まったのは、市庁舎の表で開かれた大会の最中だった。まず、スピーチがあり、スト破りを請負うチンピラや、会社に雇われたならず者について言及された。つぎに、ボール紙で作った父さんの人形《ひとがた》――山高帽をかぶり、葉巻を吸っている姿。本人、葉巻はやらないのに――が、群衆の前で焼かれると、やんやの喝采が湧きおこった。フリル付きのピンクのドレスを着たボロ人形ふたつが、灯油をかぶせられ、おなじく火のなかへ投じられた。あの人形は、あんたたち、ローラとアイリスのつもりなんだよ、そうリーニーは言った。「お熱い人形ちゃん」とかなんとか、戯れ事を叩かれていたようだ（ローラがアレックスと町をふらついている姿は、当然人々の目に留まっていた）。リーニーによれば、この話を伝えたのはロン・ヒンクスで、知らせるべきだと思ったのだとか。目下、お嬢さんふたりは街中に行かないように。人々の感情が昂ぶっているから、なにがあるかわからない、ロンはそう言ったらしい。みんなアヴァロン館にじっとしているんだ、そこなら安全だろうから。人形の件は由々しき侮辱である、あんなものを作ったやつが誰であれ吊るしあげてやりたい、とも言った。

ゼネストへの参加を拒んだ繁華街の店や会社は、ウィンドウを叩き割られた。だが、休業したところも、あとでウィンドウを叩き割られた。割られてのちは、金目のものを根こそぎ取られ、とても収拾のつかない事態になった。新聞社は何者かに押し入られ、めちゃくちゃに荒らされた。エルウッド・マレーはぶちのめされ、奥の印刷所の機械も叩き壊された。写真の暗室は難をまぬかれたが、カメラは無事ではなかった。彼はしばらく泣き暮らし、のちのち幾度となく聞かされるはめになる。

その夜、釦工場に火がついた。下の階の窓から、火の手があがったのだ。わたしの寝室から火は見えなかったが、消防車が警鐘を鳴らしながら通りすぎ、救出に向かっていった。わたしはもちろんうろたえて怯えていたが、少しばかりわくわくしていたことも認めねばならない。警鐘の音と、おなじ方向から聞こえる遠い叫び声に聴きいるうち、裏階段を昇る誰かの足音が聞こえてきた。リーニーかもしれないと思ったが、そうではなかった。ローラだ。野外用のコートを着ていた。

「いったい、どこにいたの？」わたしは訊ねた。「家にじっとしている約束でしょう。父さんはただでさえ心配事が尽きないのよ、あんたがふらふらしなくても」

「温室にいただけよ」妹は答えた。「お祈りをしていたの。静かな場所が欲しかったから」

どうにかこうにか火は消されたが、工場の建物は大きな被害をこうむった――それが第一報だった。じきに、ミセス・ヒルコートが息を切らし、洗濯した衣類を持って到着すると、門番になかへ通された。放火ですってよ、彼女はそう言った。ガソリン缶が見つかったんだって。夜警が死んで床に倒れていてね、頭をガツンとやられていたんだって。

逃げていく二人の男の姿が目撃されていた。顔の識別はついたかって？　まだはっきりはしていないけど、一人はローラ嬢ちゃんのあの若い男だって噂よ。ローラ嬢さんの若い男なもんか、リーニーは言い返した。ローラ嬢さんに〝若い男〟なんていないんだ、あれはただの知り合いだよ。まあ、あの男がなんにせよ、とミセス・ヒルコートはつづけた。釦工場に火をつけて、気の毒なアル・デイビッドソンに一発お見舞いしたうえ、ネズミみたいに殺すなんて、いかにもやりそうなことね。しかし、あの男も身の安全を思うなら、この町から早くトンズラしたほうがいいよ。

夕食の席で、ローラはお腹がすかないと言った。いまは食べられないから、自分で食事の盆を用意して、あとで食べる、と。盆を持って裏階段をあがって寝室へ向かう彼女を、わたしは見守った。盆には、なにからなにまで二人前の食べ物がのっていた——兎の肉も、カボチャも、茹でジャガイモも。普段のローラにとって、食べることは、すなわち食物をこねまわすような行為だった。みながおしゃべりをしている横で。たんに手を使ってするなにか。あるいは、銀器磨きのような、こなすべき家事。いわば、ある種の退屈なメンテナンス作業というか。そんな彼女に、いつこんなおめでたい食欲が湧いてきたのだろうと、わたしはいぶかった。

翌日、秩序回復のため、ロイヤル・カナディアン連隊から派遣された部隊が到着した。父さんが以前所属した〝連隊〟だ、戦争のときに。父さんはこれをいたく恨み、兵士たちが、会社の味方——つまり父さんの味方、少なくとも味方だと思っていた人々の敵にまわったと考えた。その人々がもはや自分と袂を分かっていることは、べつだん天与の才がなくてもわかることだったが、これも父さんはいたく恨みに思った。ということは、工員たちはただお金のためにわたしを慕っていたのか？　どうもそうらしい。

ロイヤル・カナディアン連隊が暴動を制圧すると、こんどは騎馬警察隊が到着した。そのうち三人がわが家の玄関にも現われた。行儀よくドアをノックして、玄関ホールに入ってきた彼らは、ワックスをかけた寄せ木の床に、ぴかぴかの長靴の踵を軋ませ、手に硬い茶色の帽子を持っていた。ローラと話をしたいと言う。

「一緒に来て、お願い、アイリス」ローラは呼ばれると、わたしに頼んできた。「わたしひとりじゃ行けない」妹がひどく幼げに、顔色は真っ青に見えた。

わたしたちはふたりして、家族用の居間に降りていき、古い蓄音機の横にあるソファに座った。警官たちは椅子に座った。わたしの考えていた騎馬警察とはどうも見場が違い、年寄りすぎるし、腹回りがでっぷりしすぎていた。ひとりだけはわりと若かったが、担当ではないらしい。真ん中のひとりがもっぱらしゃべっていた。お宅も大変な時にちがいないのに、お邪魔して申し訳なく思うが、事態は急を要するのだと、彼は言った。話したいのは、アレックス・トーマスのことだ、と。この男は破壊活動分子の過激派で、以前は救済キャンプにおり、そこでアジテーションを行なったり、悶着を起こしたりしていたが、ローラ嬢はそれは知っていたのか？

わたしの知るかぎり、彼は人々に読み書きを教えていただけです、そうローラは答えた。

そういう見方もひとつにはあるだろう。その警官は言った。また、彼が潔白であれば、当然ながら隠すことなど何もないし、求められれば出頭してくるはずだ、あなたもそう思わないか？　ここのところ、身を隠しているとすればどこだろう？

それはわかりません、とローラは答えた。

質問は、形を変えて繰り返された。この男は容疑をかけられているのだ。あなたは父上の工場に放火し、忠実な雇用者を死に至らしめた疑いもある犯罪者を捜しだすのに、協力したくないのか？　目撃証言が信用できるとなれば、つまり。目撃証言など信用できるはずがないでしょう。わたしはそう言った。逃げる姿を目撃されたのが誰であれ、背中から見られただけだし、しかも暗かったのだから。

「どうです、ローラさん？」騎馬警官はわたしにとりあわず、妹に訊いた。

知っているとしても言いません、ローラはそう答えた。ひとは容疑が立証されるまでは無罪です、とも言った。また、誰かを猛獣のもとに投げだすなど、わたしのキリスト者としての教えに反します。死んだ夜警さんは気の毒だったと思いますが、それはアレックス・トーマスの責任ではありません。そんなことをする人ではないから。けど、これ以上はもう言えません。

そう答えながら、わたしの腕の手首のあたりをしっかりつかんでいる。その手から、線路が振動するように、震えが伝わってきた。

長とおぼしき警官が、公務執行妨害がどうとか言った。

この時点で、わたしが割って入り、ローラはまだ十五歳なのだから、大人とおなじ形で責任を負わされても困ると言った。またこうも言った。いままで彼女が話したことは、もちろんここだけの話であり、この部屋の外にもれたりしたら――たとえば、新聞などに――父には礼を言う相手がすぐわかるだろう、と。

警官たちはにっこりして立ちあがると、暇《いとま》を告げた。あくまで礼儀正しく、ご心配なく、と言って。このやり方で取り調べを進めてはまずいと悟ったのだろう。窮地にあるとはいえ、父さんにはまだ〝友人たち〟がいた。

「なーるほどね」警官たちが立ち去ると、わたしはローラに言った。「この家に彼を匿っているってわけね。居場所を教えたほうがいいわよ」

「コールドセラー（貯蔵室のなかでも根菜などをしまう場所）に隠しているの」ローラは下唇を震わせた。

「コールドセラーですって！」わたしは言った。「なんて馬鹿なところに！　なぜそんな場所に？」

「だって、食べ物には不自由しないでしょ、もしもの時も」ローラはそう言うと、わっと泣きだした。わたしがその体を抱きしめると、肩に顔を埋めてすすりあげた。

「食べ物に不自由しない？」わたしは言った。「ジャムとジェリーとピクルスで？　まったく、ローラ、あんたってとびきりね」そう言ったとたん、ふたりとも笑いだし、ひとしきり笑って、ローラが涙を拭くと、わたしはつづけた。「彼をここから出さなくちゃ。リーニーがジャムの瓶かなにか取りにいって、うっかり出くわしたらどうするの？　彼女、心臓発作を起こすわよ」

わたしたちはまた少し笑った。妙に興奮していた。屋根裏部屋のほうがいい、あそこへは誰もあがらないから、わたしは言った。段取りはぜんぶわたしに任せて。ローラはもうベッドに入りなさい。あんた、はたからわかるほど緊張していたし、見るからに疲れきっているもの。妹は子どものように小さくため息をつくと、言われたとおりに引きあげた。男の居場所を知っているというとてつもない重荷を、忌まわしいリュックのように背負いながら、ハラハラして暮らしてきたのだ。その重荷をわたしに預け、ようやく心おきなく眠れるだろう。妹の仕事の肩代わりをしてやるだけだと、わたしは思いこんでいたのか？——手を貸し、世話を焼くのは、いつものことじゃないか、と。そう。わたしはまさにそう思いこんでいたのだ。

リーニーが台所の片づけをすませ、寝支度に入るまで、待った。いよいよセラーへの階段を降りていくと、冷気と、ほの暗い闇と、クモの出そうな湿気の匂いに包まれる。石炭をしまうコール・セラー、鍵の掛かったワインセラーの扉は行きすぎた。コールドセラーの扉は閉ざされ、閂が差してあった。ノックしてから、閂を抜き、なかへ入る。すると、慌てて動きだす音がした。もちろん、庫内は暗い。廊下から差す光だけだ。リンゴの貯蔵樽の上に、ローラの夕食の残り——兎肉の骨がのっていた。まるで、太古の祭壇かなにかのような。最初は姿が見当たらなかった。リンゴ樽の後ろにいたのだ。じきに、居場所がわかった。片方の膝、そして足。「だいじょうぶ」わたしは小声で言った。「わたしよ」

「ああ」アレックスの声はいつもと変わらなかった。「妹思いの姉さんか」

「シーッ」わたしは言った。電球からさがる鎖が、灯りのスイッチである。それを引くと、明かりがついた。アレックス・トーマスは肩の力を抜き、樽の後ろから這いでてきた。しゃがんだ姿勢で目をぱちくりさせ、取りこみ中を見られたかのように、おどおどしていた。

「恥を知りなさい」わたしは言った。

「おれを蹴りだしに、さもなくば、然るべき当局に突きだしにきた、そんなところだろうな」彼はにやりとして言った。

「馬鹿言わないで」わたしは言った。「ここで発見されたらたまったもんじゃないわ。そんなスキャンダル、父さんは耐えられないでしょうね」

「〝資本家の娘、ボルシェビキの殺人犯を匿う〟とか？」アレックスは言った。「〝瓶詰めジェリーに囲まれた愛の巣、発覚す〟とか？　そんなスキャンダルか？」

　わたしは眉をひそめて見せた。笑い事ではない。

「まあ、落ち着けよ。ローラとおれはなにも企んじゃいないさ」彼は言った。「あれはたいした子だが、修行中の聖人だ。それに、おれにはお子さま趣味はない」そう言うところには立ちあがり、体の埃を払っていた。

「なら、あの子はなぜあなたを匿うの？」わたしは訊いた。

「主義の問題だろ。おれが頼んだら最後、受けいれざるをえない。彼女からすると、おれは適切な範疇に入るらしい」

「範疇って、なんの？」

「〝もっとも小さき者たち〟ってことだろう」アレックスは言った。「イエスの御言葉を借りれば（奉仕の精神を説く主の言葉。わたしの兄弟であるもっとも小さき者の一人になにかするのは、わたしになにかしてくれるのとおなじことなのである――新約聖書マタイ福音書二十五章四十節より）」ずいぶんな皮肉を言うものだ。ローラに出くわしたのはある意味偶然だと、アレックスはつづけた。

温室でばったり出会ったと言う。あなた、そんなところでなにをしていたの？　隠れていたに決まっているだろう。それに、と彼は言った。あなたと話ができればと思ったんだ。

「わたしと？　どうしてまたわたしなの？」

「どうすべきか相談しようと思った。現実的なタイプとお見受けする。そこへ行くと妹さんのほうは……」

「これでも充分よくやったんじゃないかしら」わたしは言下に返した。ローラのことを他人にとやかく言われるのはご免だ。彼女がぼんやりしていて、単純で、不器用なことを。ローラを腐すのは、わたしだけの特権だ。「あなたのことだけど」わたしは言った。「あの子、玄関にいた男たちの前をどうやって通して家に入れたの？　あのコートを着た男たちよ」

「コートの男たちも、たまにはションベンしないとね」アレックスは言った。

言葉の下劣なことに、わたしは面食らった。晩餐会での慇懃さとはえらい違いだが、これも、リーニーが看破した孤児らしい嘲りのスタイルなのかもしれない。わたしは受け流すことにした。「あなたは放火なんかしていない、わたしはそう思っているの」嫌味な口調を心がけたが、通じなかったようだ。

「おれはそこまで阿呆じゃない」彼は言った。「理由もないのに放火するか」

「みんな、あなたの仕業だと思ってる」

「ところが、違うのさ」アレックスは言った。「だが、誰かさんたちは、そう考えると実に都合がいいんだろう」

「誰かさんって誰？　どういうこと？」今度ばかりは語気も弱かった。啞然としてしまったのだ。

「オツムを使えよ」アレックスは言ったが、その先は無言だった。

屋根裏部屋

停電にそなえて台所に常備してあるロウソクを一本とってくると、火を灯して、アレックス・トーマスをセラーから連れだした。台所を抜けて、裏階段をあがり、ついで屋根裏部屋につづく狭い階段を昇り、ここで空のトランク三つの後ろに、アレックスを落ち着かせる。屋根裏には、杉材のチェストに古いキルトが何枚かしまってあったので、これを引っぱりだして、寝床をこさえた。

「ここなら誰も来ないわ」わたしは言った。「もし来たら、キルトの下に隠れて。歩きまわらないこと、足音を聞かれるかもしれない。電気もつけないこと」（屋根裏には、スイッチの鎖のついた電球がひとつあるきりだった。コールドセラーとおなじく）。「朝になったら、なにか食べ物を運んでくる」と、わたしは言い添えたが、どうやって約束を果たしたものか思案していた。

階下へ降りると、こんどは〝おまる〟を持って屋根裏へあがり、無言で設置した。リーニーの人さらいの話を聞いて、いつも不安に思うのは細かい部分だった。つまり、トイレや何やらはどうするのか？　地下室に監禁されるのと、スカートをまくりあげて片隅にしゃがまされるのとは、まるで別個の問題である。

アレックス・トーマスはうなずいて言った。「気が利くな。きみは頼りになる。現実家だと睨んでいたよ」

翌朝になると、ローラとわたしは彼女の寝室で、声をひそめて話しあった。議題は、飲食物の調達、警戒の必要性、おまるの処理についてだった。どちらかひとりが――本でも読むふりをしながら――わたしの部屋でドアを開けたまま見張りをする。そこからなら、屋根裏への階段が見えるのだ。そのあいだに、もうひとりが食べ物などを取ってきて運ぶ。ふたつの仕事は交代制でやることにした。大きなハードルといえば、リーニーだろう。あまりコソコソしていると、嗅ぎつけるにちがいない。

露顕した場合、どうするか。その打開策は見つかっていなかった。わたしたちも、こんな計画を遂行したことは、いまだかつてない。すべてが、その場の思いつきで進行した。

アレックス・トーマスの初めての朝食は、トーストの耳だった。普段だと、ガミガミ言われるまで、わたしたちはパンの耳を食べないが――「餓えたアルメニア人を忘れるなかれ」とリーニーが言うのが、いまも日課だった――今日は、リーニーが目を向けたときには、パンの耳はなくなっていた。実のところ、ローラの濃紺のスカートのポケットに入っていたのだが。

「じゃ、アレックス・トーマスは餓えたアルメニア人ってわけね」ふたりで階段をあがりしな、わたしは囁いた。ところが、ローラはこれを冗談とはとらず、そのとおりであると考えた。

屋根裏への訪問時間は、朝と夕方にした。わたしたちはパントリーを荒らし、残り物を漁った。生のニンジンや、ベーコンの塊、食べかけの茹で卵、パンなどを、バター、ジャムと一緒に包んで、こっそり持ってあがる。一度などは、鶏肉の脚のフリカッセまで——大胆な攻略である。それにくわえて、水、牛乳、冷めたコーヒー。空いた皿は手荒に運びだし、ベッドの下に押しこんで頃合いを見はからい、バスルームの流しで洗ってから、台所の食器棚にもどした（ここはわたしがやった。ローラは不器用で任せられない）。上等の陶器は使わないようにした。割れでもしたらどうする？　日用の器一枚でも、気づかれていないとはかぎらない。リーニーはしっかり数を把握しているから。そんなわけで、わたしたちもテーブルウェアにはごくごく気を遣った。

リーニーはわたしたちを疑っていたか？　そうだろうと思う。なにか企もうものなら、いつだってばれてしまった。だが、その〝なにか〟をずばり知らないほうが得策であると判断するのも聡かった。いま思えば、まんいちわたしたちが捕まっても、とんと知らなかったと言うつもりだったのではないか。事実、一度など、レーズンをくすねに行くのはよせと、ご忠告いただいたりした。まったく、あんたたちのお腹は底なしみたいだよ、いったい、どこで急にそんな大食らいの口を見つけてきたんだい？　また、彼女はパンプキンパイが四分の一切れ行方知れずになっているのにも、やきもきしていた。あたしが食べたのよ、ローラはそう言った。突然、猛烈にお腹がすいたの、と。

「皮もぜんぶ？」リーニーはぴしっと訊き返した。ローラはリーニーの焼いたパイの皮は絶対に食べない。誰も食べない。アレックス・トーマスも食べなかった。

「皮は鳥にあげたわ」ローラは言った。嘘ではなかった。実際そうしたのだ、あとから。

アレックス・トーマスも最初は、わたしたちの骨折りに感謝していた。きみたちは心強い味方だ、きみたち無しには、とうに消されていただろう、と言った。そのうち、タバコが欲しいと言いだした。吸いたくて死にそうだ。わたしたちはピアノの上の銀箱から何本か持っていったが、一日一本に抑えるよう注意した。煙を察知されかねない（アレックスはこの禁令を平気でやぶった）。

やがて、アレックスは、この屋根裏で最悪なのは衛生を保てないことだ、などと言いだした。口の中がドブみたいだ、と。わたしたちは、リーニーが銀器磨きに使っていた古い歯ブラシをかすめてきて、せいいっぱいゴシゴシ洗ってから渡してやった。無いよりはましだ、とのこと。ある日は、洗面器とタオルと、お湯を注いだ広口瓶を運んでやった。すると、その後、アレックスは階下にひとがいなくなるのを待って、汚れた水を屋根裏の窓から投げ捨てた。しばらく雨が降っており、いずれ地面は濡れていたから、水しぶきを気づかれることもなかった。少しして、安全そうだとなると、アレックスに階段を降りさせ、姉妹で使っていたバスルームに押しこめて、まともに体を洗えるようにした（お手伝いのために、自分たちのバスルームの掃除は引き受けるわ、と言うと、リーニーはこう述べた。「奇跡はとどまるところを知らない」）。

　アレックス・トーマスの入浴中、ローラは彼女の寝室に、わたしは自分の寝室から、それぞれバスルームのドアを見張った。ドアの向こうでなにが行なわれているか、わたしは考えまいとした。服を脱いだ彼の姿を思うと痛ましく、それは、じっと思い浮かべていられないような痛みだった。

　アレックス・トーマスが社説で大きく扱われるのは、この町の地元紙にかぎらなかった。彼は放火犯にして殺人鬼であり——と、新聞記事は書いていた——血も涙もない狂信から人を殺す、最も残忍な類である。このポート・タイコンデローガへやってきたのは、労働層に入りこみ、紛争の種を撒くためで、ゼネストや暴動を見るかぎり、このもくろみは成功したようだ。大学教育の悪しき産物の例だろう——利口な少年は、その賢さがあだになったと見え、良からぬ仲間や、さらに良からぬ書物とつきあううちに、才覚をねじ曲げられてしまった。また、彼の養父である長老派の牧師は、こう言ったとされる。わたしはアレックスの魂のために、毎夜祈っていますが、いまは悪人の跳梁する時代です。幼子のアレックスを戦争の恐怖から救った精神は、受け継がれていません。アレックスは、火中から拾われた燃えさし（ゼカリヤ書より）さながら、回心して罪から救われた人間ですが、赤の他人を家に上げるのには、つねに危険がつきまといます——つまり、この言葉のふくみは、そんな燃えさしは拾わぬままが良いということか。

こんなことばかりか、警察にいたっては、指名手配のポスターを刷って、郵便局や公共機関に貼りだした。さいわい、あまり明瞭な写真ではなかった。アレックスは片手を前に突きだし、顔が半分がた隠れている。新聞からの転載写真だった。エルウッド・マレーが釦工場のピクニックで、わたしたち三人を撮ったあれである（両側にいるローラとわたしは、当然ながら、カットされていた）。もっと〝焼き〟のいい写真ができるはずだと、エルウッドは請けあったものの、探しにいってみると、ネガは消えていた。まあ、不思議もないか。新聞社が荒らされたときに、いろいろ壊されたりしたから。

アレックスのところに、新聞記事の切り抜きと、指名手配ポスターも一枚持っていった。後者は、ローラが電柱から失敬してきたものだ。彼は自分の記事を、悔しそうな顔で読み、「おれの首をとりたいようだな」と、ひと言コメントした。

数日後、なにか紙きれを持ってこられないかと訊かれた。ものを書く紙を。それなら、アースキン先生時代の学習帳の残りが山ほどあった。それと、鉛筆を一本持っていった。

「あの人、なにを書くんだと思う？」ローラは訊ねてきた。ふたりとも首をひねるばかり。獄中記か、それとも弁明の記か？　もしかしたら、手紙かもしれない。助けだしてくれそうな相手に。ところが、投函物はなにも頼まれなかったから、手紙ではありえない。

アレックス・トーマスの世話のおかげで、ローラとわたしは一時期より親密になった。ふたりにとって、彼は罪深い秘密であり、高潔な計画でもあった——とうとう姉妹で分かちあえるものが出てきた。わたしたちはふたりの善きサマリアびとで、盗人の手に落ちた男を、ドブ底から引きあげてやるのだ。わたしたちはベタニア姉妹のマリアとマルタ、お仕えするのは……いや、イエスではない。ローラでもそこまでは考えなかったが、どちらにどちらの役柄を割り振っているかはあきらかだった。わたしは姉のマルタと決まっていよう。いつも陰になり、つまらない家事に勤しんでいる。ローラがマリアだ。アレックスの足下に汚れなき献身を（男はどちらを好むのか？　ベーコン&エッグズか、崇拝か？　ときにはこっち、ときにはあっち。腹の減り具合によるのだろう）。

ローラは神殿に捧げ物でもするように、食べ残しを屋根裏に運んだ。おまるを下に持ってくるときは、聖骨箱か、いまにも火の消えそうな尊いキャンドルでも捧げているようだった。夜、アレックス・トーマスに食事と水を出すと、彼のことを語りあったものだ――今日のようすはどうだったか、やせすぎてはいないか、咳をしてはいないか。病気になられては困る。明日はなにを必要とし、彼のためになにを盗めばいいだろうか。そう話してから、わたしたちはそれぞれのベッドに入った。ローラはどうだか知らないが、わたしは屋根裏部屋の、この真上にいるアレックスの姿を思い浮かべた。彼もまた眠ろうとして、かび臭いキルトのなかで輾転としているのだろう。やがて、寝入る。そして、夢を見る。戦争と火焔の、崩れ落ちる村の、そのかけらが飛び散る長い夢を。

こうした彼の夢がどの時点で、追跡と逃走の夢に変わったのか、わからない。こうした夢のどの時点で、自分をそこに加えたのか、わからない。夕暮れ時、彼と手に手をとって逃げる、焼け落ちる建物から離れ、畝うった十二月の畑を越え、霜のおりはじめた刈り株畑を踏みわけ、はるかな森の暗き境へ。

しかし、これはアレックスの夢では実際ない。それだけはわかっていた。これはわたしの、見ていた夢だ。燃えているのはアヴァロン館であり、地面に飛び散っているのは、崩れ落ちた館の破片――上等の陶器、バラの花びらを入れたセーヴル焼きの鉢、ピアノの上に置かれていた銀のシガレットケース。そのピアノも、ダイニングのステンドグラスも――鮮血のような赤のカップ、ひび割れたイゾルデの弾くハープ――どれもこれもあんなに逃れたいと思っていた物だ、たしかに。だが、破壊による離別は望んでいなかった。わたしは家を出たいと願っていたが、屋敷にはそのままの姿で、変わらずわたしを待っていてほしかった。好きなときに舞い戻れるように。


ある日、ローラが出かけているすきに――外出はもはや危険ではなかった。コートの男たちも、騎馬警官もいなくなり、街は秩序を回復していた――わたしは屋根裏への単独行を決意した。供物も用意していた。ポケットにいっぱい、クリスマス・プディングの素材からちょろまかしてきたカランツや干しぶどう、干しイチジク。あたりを偵察すると、リーニーはうまいこと台所でミセス・ヒルコートにかまけており、わたしは屋根裏へのドアに近づくと、ノックをした。そのころには、合図のノックが決まっていた。まずノック一回、そのあと、もっと素早いノックを立てつづけに三回。そうして、屋根裏への狭い階段を昇っていった。

アレックス・トーマスは楕円形の小窓の脇にうずくまり、わずかばかりの日光になんとか当たろうとしていた。わたしのノックが聞こえなかったらしい。キルトの一枚を肩にかけた格好で、こちらに背を向けている。なにか書き物をしているのか。タバコの匂いがした。なるほど、タバコを吸っているんだ、タバコを持つ手が見える。キルトのこんなそばで、こんなことはやめてほしいと思った。

わたしは到来をいかにして告げるか迷った。「あのう」わたしは言った。

アレックスは跳びあがり、タバコを取り落とした。それがキルトの上に落ちる。わたしは息を呑み、膝をついて火を消しにかかった——いまや見慣れた、アヴァロン館炎上の図。「ああ、だいじょうぶ」彼は言うと、自分も膝をつき、もう火種はないかとふたりで目を皿にした。つぎに気づいたときには、ふたりとも床に転がり、アレックスはわたしを抱きしめて、唇にキスをしていた。

こんなこと、予期していなかった。

予期していたろうか？　まるで突然だったのか、それとも、前置きがあったのか。肌の接触やら、秋波やらが？　わたしがなにか誘いかけるようなことをした？　なにも思いつかないが、記憶にあることと、実際あったことはおなじだろうか？

そして、いま。わたしは、ただひとりの生き残り。

いずれにせよ、リーニーの言葉どおりだったわけだ。映画館の男たちのやり方。ただ、わたしの感じているのは怒りではなかったが。しかし、残りの部分は的を射ていた。体が固まって動けなくなり、助けを求める相手もいない。骨は溶けだした蠟のようで、彼が釦をあらかた外したころになって、ようやくわれに返り、身を振りほどいて、逃げだした。
わたしはその間、無言だった。屋根裏の階段を転げるように降り、髪を後ろにはらって、ブラウスの前をかきあわせながら、こんな気がしていた――背中で、アレックスがわたしのことをゲラゲラ笑っているような。

こんなことが再度起きようものならどうなるのか、よくわからなかったが、なんにせよ危険なことになるだろう、少なくとも、わたしには。みずから危険を招きいれ、当然の報いを受ける。さながら、いつ起きるかわからない災難そのもの。もう二度と、屋根裏でアレックス・トーマスとふたりきりにはなれない。その理由をローラにも話せない。妹を傷つけすぎる。彼女には決して理解できないだろう（可能性としてはもうひとつあった――彼はローラにも似たようなことをしたかもしれない。だが、いや、そんなことは信じられない。あの子が許すわけがない。そうではないか？）。

「彼を町から追いだすべきよ」わたしはローラに言った。「こんなこと、つづけていられない。きっとじきに感づかれる」

「まだ、だめ」ローラは言った。「まだ彼らが線路を見張っているもの」こうした情報を得られる立場にあるのは、妹がいまも教会の給食所の仕事をつづけているからだった。

「だったら、町のほかの場所に」わたしは提案した。

「たとえば、どこ？　ほかの場所なんてないわ。それに、ここがいちばん安全よ。捜しにこようとは思わない場所だもの」

雪に閉じこめられるのはご免だと、アレックス・トーマスは言った。屋根裏で冬を過ごしたら、気がふれてしまう、と。獄中惚け《スタークレイジー》になってしまう。二マイルほど線路を歩いて、貨物列車に飛び乗るよ、あのへんは土手が高くなっているから楽だ。トロントまで行けさえすれば、雲隠れできる。あっちには友だちがいるし、彼らにも友だちがいるから。しばらくしたら、どうにかして合衆国へ渡る、そこまで行けば安全だ。新聞で読んだところによると、当局はおれがすでに合衆国にいるのではと疑っている。いまだにポート・タイコンデローガを捜しているわけがない。

一月の第一週には、わたしたちもアレックスの旅立ちを安全なものと判断した。父さんのクロークルームの片隅から、古いコートを一枚くすねてきたうえ、昼の弁当も詰めてやって――パンとチーズとリンゴがひとつ――彼を旅に送りだした（のちのち父さんがコートがないのに気づくと、あれは浮浪者にあげてしまったと、ローラは言った。あながち嘘ではない。こんな行動はまったく彼女らしかったから、小言をいわれる程度で、不問に付された）。

旅立つ夜、わたしたちはアレックスを裏口から出した。たいへん世話になった、この恩は忘れないと、彼は言い、わたしたちをひとりずつ抱きしめた。どちらも等しくおなじ長さの、男の兄弟どうしのような抱擁。わたしたちから逃れたいのが見え見えだった。夜中であることをのぞけば、まるで子どもを寄宿学校に送りだすかのような図で奇妙だった。アレックスが発つと、わたしたちは母親のように泣いた。一方で安堵もあった――彼がいなくなったことに、ふたりの手を離れていったことに——が、それもまた母親の安堵だった。

アレックスは、ふたりがあげた安い学習帳の一冊を残していった。わたしたちが即座にひらいて、なにが書いてあるのか見たのは、言うまでもない。なにを求めていたのだろう？　不朽の感謝を述べる別れの手紙でも？　わたしたちへの甘い感傷でも？　そんな類のものを。

出てきたのは、こんな文字だった。

アンコリン　ネイクロッド
ベレル　オニキサー
カーキニール　ポーフィリアル
ダイアマイト　クァルトゼフィア
エボノート　ライント
ファルガー　サフィリオン
グラッツ　トリストック
ホルツ　ユーリンス
イリディス　ヴォーヴァー
ジョシーンス　ウォータナイト
カルキル　ゼナー

ラザリス　　　　　ヨルラ
マラコント　　　　ザイクロン

「宝石の名前かしら？」ローラは言った。

「いえ、そんな感じじゃないわ」わたしは言った。

「なら、外国語？」

それもわからない。どうやら暗号のようではないか。おそらく、アレックス・トーマスは（やはり）世間が言うとおり、スパイの類だったのでは。

「これは捨ててしまったほうがいい」わたしは言った。

「あたしが捨てておく」ローラはすかさず言った。「自分の部屋の暖炉で燃しておくから」と、そのページを破りとってたたみ、ポケットに滑りこませた。


アレックス・トーマスが発って一週間後、ローラがわたしの部屋にやってきた。「これは、姉さんが持っていて」エルウッド・マレーがピクニックで撮った、三人の写真だった。ところが、彼女は自分の姿だけ切り取っていた――片手だけを残して。この手まで消そうとすると、切り口がジグザグになってしまうので、仕方なかったのだろう。写真にはいっさい色をつけていなかったが、切り離された手だけは別だった。この手だけは、ごく淡い黄色に色づけされていた。

「ちょっと、どういうことよ、ローラ！」わたしは言った。「どこで手に入れたの？」

「何枚かプリントしたわ」ローラは言った。「エルウッド・マレーのとこで働いていたとき、ネガももらってきたの」

怒っていいやら、恐れていいやら、わからなかった。写真をこんなふうに切り裂くとは、ずいぶん妙なことをするものだ。ローラの淡黄色の手は、見た目、草地をアレックスに這い寄る白熱色の蟹のようで、わたしは背筋に寒気が走った。「いったい、なぜこんなことを？」

「この光景を姉さんに憶えておいてほしいから」彼女は言った。その不敵さに、わたしは息を呑んだ。妹は無遠慮な表情で見つめてきた。ほかの人間がやったら、挑発ともとれる顔だった。だが、相手はローラなのだ。語気には不機嫌さも妬みも、窺われなかった。彼女にしてみれば、事実を述べているにすぎない。

「だいじょうぶ」ローラは言った。「あたしには、もう一枚あるし」

「あなたのには、わたしは入ってないの？」

「ええ、そうよ」彼女は言った。「入ってない。少しもね、片手をのぞいて」わたしが聞くかぎり、後にも先にも、これがアレックス・トーマスへの愛の告白にいちばん近いものだった。死の前日は、それはそれでまた話がべつだが。そのときでさえ、愛という言葉を使ったわけではない。

こんな切り裂かれた写真はうち捨てるべきだったのに、わたしはそうしなかった。

生活は単調な旧慣のなかへ返っていった。暗黙の了解で、ローラもわたしも、アレックス・トーマスの話はふたりの間にもちださなかった。言えないことが多すぎたのだ、お互いに。初めのうち、わたしは屋根裏に足を運んだものだ――タバコの微かな香りが、それとわかるぐらいまだ残っていた――が、しばらくすると、むなしいばかりなのでやめてしまった。

わたしたちはふたたび日常生活に埋もれた。できるかぎりは。いまでは、わずかながらお金があった。父さんが焼けた工場の保険金を、やっとのことで受けたからだ。充分な額ではなかったが、父いわく、これで少しは息つく暇ができた。

インペリアル・ルーム

地球儀が回るように季節はめぐり、大地は陽の光からなおのこと遠のく。路傍の草の下には、夏の名残りの紙くずが、雪の先触れさながらに舞う。空気はからからに乾燥し、エアコンでサハラのごとく乾いた冬に、住民をそなえさせる。わたしの親指の先はもう皹《ひび》になって、顔もますます萎びていく。鏡に映る自分の肌が見えたなら――もう少し近くに寄るか、充分に離れられさえすれば――きっと太い皺のあいだに、ちりめん皺が縦横に走っているのだろう。水夫が手慰みに彫る細工品みたいに。

ゆうべは、脚が毛むくじゃらになる夢をみた。それも少々の毛ではなく、びっしりと——見る見るうちに、黒い毛が、房となって渦巻くように芽吹き、わたしの太股を獣皮のように覆ってしまう。じきに冬が来る、わたしは夢のなかで思う。だから、冬眠するのだ。まずは、毛を生やして、洞穴のなかにもぐりこみ、そうして眠りにつく。前にも経験があるかのように、いたって自然なことに感じられた。と、そこで、夢のなかだというのに、思い出した。そんな〝毛むくじゃら女〟になったことはないし、いまではイモリみたいに毛が無いのだ。少なくとも、両の脚は。この毛むくじゃらの脚は、わたしの胴体にくっついているようだが、わたしのものではありえない。感覚だってないではないか。別なもの、というか、別な人の脚なのだ。この脚を触って、手で撫でてみれば、すぐにわかるだろう、それが誰なのか、あるいは何なのか。

このときのショックで目が覚めた。と、自分では思っていた。リチャードが帰ってきた夢をみていた。隣のベッドから、あの男の息づかいが聞こえる。ところが、そこには誰もいない。

そこで、現実にも目が覚めた。わが脚は眠っていた。半身をひねった姿勢で寝ていたらしい。手探りでベッドサイドの灯りをつけ、腕時計の文字盤をなんとか読み解く。午前二時。ランニングでもしたかのように、心臓が苦しげに打っていた。世に言われることは本当だった。そうわたしは思う。悪夢はひとを殺す。

さあ、書き急げ。蟹みたいに横へ横へと、紙の上を。いまや、心臓とわたしのノロマな競争だが、先に着いてやるつもりだ。どこに？　わたしの一巻の終わりか、あるいは、この本の終わり《ジ・エンド》か。まあ、どっちもどっち。どちらも、ある種の目的地にはちがいない。

一九三五年の一月と二月。冬真っ盛りのころ。雪が降り、息が凍る。炉に火が燃え、煙が立ちのぼり、ラジエーターがカチカチ音をたてる。車は横滑りして、道から水路に転落。ドライバーたちは助けも呼べず、エンジンを空ぶかししたまま、窒息死した。公園のベンチで、うち捨てられた倉庫で、死んだ浮浪者がマネキンみたいに硬くなって発見される。まるで、店のウィンドウでポーズをとっているみたいだ。〝貧困〟の宣伝をするために。鋼《はがね》のように固い地面では墓を掘ることもできず、埋められなかった死体は、びくつく葬儀屋の離れ屋で順番待ちをした。ネズミたちは豪勢に暮らしていた。子持ちの母親たちは、職も見つからず、家賃も払えず、雪のなかに叩きだされた。家財ごと。子どもたちは凍りついたルーヴトー河の水車用貯水池でスケートをし、二名が氷の下に落ち、一名が溺死した。水道管は凍って破裂した。

ローラとわたしの仲はますます間遠になっていった。実際、ローラはこの後あまり姿も見かけなくなるのだが。そのころの彼女は、合同教会の救済運動を手伝っていた。まあ、ともかく、自分ではそう言っていた。リーニーは、来月からお屋敷の仕事は週に三日だけにするよ、と言いだした。足の具合がどうもわるいんでね。もはやチェイス家がフルタイムで雇っておけないという事実を、彼女なりに隠してくれたのだ。とはいえ、わたしにはわかっていた。その顔に書いてあるようなものだったから。父さんの顔にも書いてあるように。父の顔といえば、列車の転覆事故のあとの朝みたいだった。近ごろでは、小塔の部屋にこもってばかりいた。

釦工場は人気《ひとけ》もなく、屋内は黒焦げで、あちこち粉々になっていた。しかし、修理するだけのお金はなかった。放火をめぐる不審な状況を引き合いに、保険金が急におりなくなったのだ。なにやら裏があるようだ、世間はそう囁いた。父さんが自分で火をつけたとほのめかす人たちさえいた。根も葉もない言いがかりだ。工場がほかにふたつ、まだ休業中で、父さんはその操業再開に知恵をしぼっていた。仕事でトロントに出向くことがしだいに増えた。ときにはわたしを同伴し、そのさいは〈ロイヤル・ヨーク・ホテル〉に泊まった。当時はトップクラスとされたホテルで、あらゆる会社の社長や医者や弁護士がお妾さんを囲って、一週間ほどぜいたく三昧するような場だったが、あのころのわたしはちっともあずかり知らなかった。

ふたりのこんな大名旅行の費用を誰が払っていたのか？　いま思えば、リチャードがあやしいのではないか。こういう機会には、かならず姿を現わしていた。父さんの取引相手だったのだ。狭くなった商いの領地で、最後に残ったひとり。取引とは工場の売却に関することで、内容が込み入っていた。父さんは以前にも売却しようと試みたが、今日びでは、なかなか買い手もつかなかった。ともかく、父さんの出した条件では――売りたいのは、利権にすればほんの小規模な部分だけ。みずから監督はつづけたい。資金投入を望む。〝うちの連中〞が職にありつけるよう、工場群の操業を再開したい。父さんは工員を〝うちの連中〞と呼び、まるでいまも軍隊で彼らの大尉《キャプテン》を務めているがごとき口ぶりだった。わが身の損を減じて部下を見捨てるような真似はできない。周知のとおり、少なくともかつては周知だったとおり、艦長《キャプテン》は船とともに沈むのが務めなのだから。ところが、いまどきのキャプテンはそんなことは意に介さない。とっとと工場を売って金で解決し、フロリダへ行ってしまう。

「大事なことを心に書き留めておいてほしい」からおまえを連れていくのだと、父さんは言ったが、わたしはなにひとつ書き留めやしなかった。父も旅の道連れがいたほうがいいから、同伴していくだけだと思っていた――精神的な支えとして。父さんにそれが必要なのは、たしかだった。いまでは棒きれみたいにやせ細り、しじゅう手が震えていた。自分の名前を書くのにすら、ひと苦労するありさまだった。

こうした旅行にローラはついてこなかった。お呼びがかからなかったのだ。いつも町に残って、古くなったパンや水っぽいスープの施しに精を出す。食べる資格がないとでも思っているのか、自分まで食を切りつめていた。

「イエスさまだって食事はしたよ」リーニーは言った。「あらゆるものを召しあがった。けちったりしなかった」

「そうね」ローラは言った。「けど、あたしはイエスじゃないもの」

「やれ、ありがたや。少なくとも、それぐらいわかる分別はあるようだよ、この子にも」リーニーはわたしにぶつくさ言った。ローラが三分の二も残した夕食を、こそげながらスープ鍋に空ける。むざむざ捨てては、罪になり、恥になる。なにひとつ無駄にしないこと。それは当時のリーニーにとって、誇りにかかわる問題だった。

もはや父さんにはお抱え運転手もいなかったし、かといって自分で運転する自信もなかった。ふたりでトロントに行くときは列車に乗り、〝ユニオン・ステーション〟に到着すると、通りを渡ってホテルに向かう。仕事のやりとりのかたわら、わたしは午後いっぱい独りで遊んでいることになっていた。とはいえ、たいがいは部屋でぽつんとしていた。都会の街が怖かったし、歳よりずっと幼く見える野暮な服が恥ずかしかったから。雑誌をよく読んだ。《レディーズ・ホーム・ジャーナル》、《コリアーズ・ウィークリー》（一八八八年創刊の米国の週刊誌。売り文句は「虚構と現実、センセーション、ウィット、ユーモア、そしてニュース」）、《メイフェア》。いちばんよく読むのは、短篇小説、ロマンスをあつかった短篇だった。キャセロール料理やら、かぎ編み細工やらには興味がなかったが、美容の記事には目をひかれた。広告も読んだ。左右に伸縮自在のラテックス社の補整下着を着ければ、ブリッジの腕もあがると言う。〈スパッズ〉を愛用すれば、煙突みたいにタバコを吸ってもだいじょうぶ、お口はいつもすっきり、だとか。また、〈ラルヴェックス〉なるものがあれば、衣類の虫食いの心配も解消するらしい。美しきベイズ湖の畔のビッグウィン旅館にあっては、一瞬一瞬がときめきの時であり、ビーチでは、音楽にのせて痩身体操もできると言う。

昼間の仕事が終わると、わたしたち三人――父さんとリチャードとわたし――は、街のレストランで食事をした。こういう場で、わたしはひと言も口をきかなかった。どんな言うことがあるだろう？　話題といえば、経済に政治、大恐慌のこと、ヨーロッパの情勢、〝世界共産主義〟が台頭しつつある不穏な状況。経済的観点からいえば、ヒトラーはまぎれもなくドイツを建て直した、とリチャードは断固信じていた。ムッソリーニは趣味人のディレッタントだから、いまひとつ賛同できない、とか。しばらく前から、イタリア人の開発している新しい織地に投資しないかと、話を持ちかけられているんですが、と彼は打ち明けた。いや、ここだけの話ですよ。これが熱した牛乳の蛋白質から作るという代物でね。ところが、この素材、濡れると、チーズみたいなひどい臭いがするもんで、北米のご婦人がたには受け入れられないでしょう。リチャードはそう言った。ぼくとしてはレーヨンを推しますね、あれは湿ると皺になるが。今後も動向をよく窺って、有望なものを選びたい。来るべき素材があるはずだ、人工の織地で、絹を市場から追いだしてしまい、木綿も肩身が狭くなるようなもの。現代のご婦人がたが求めているのは、アイロン掛けの要らない製品だ——洗濯物といっしょに干せて、皺にならずに乾かせるもの。それから、シーア地みたいに長持ちするストッキングも。おみ足を見せびらかすためにね。そうじゃないかい？　リチャードはにっこりしながら、わたしに訊ねた。彼は〝ご婦人がた〟の問題となると、常々わたしに問いかけてくるのだった。

　わたしはうなずいた。決まってうなずいた。話をよく聞いた例しがなかったのは、退屈のせいではなく、辛かったからだ。どうやら共感してもいない所見に追従する父さんの姿を見ると、胸が痛んだ。

できればわが家のディナーにもおふたりをお招きしたいが、自分は独り身なので、いたって雑なもてなしになるでしょう。リチャードはそう言った。侘しいアパート住まいでしてね、と。坊さんも同然ですよ。「妻のない暮らしとはなにものぞ？」彼は微笑しながら言った。なにかの引用のような感じがした。事実、そうだったのだろうと、いまでは思う（おそらく、「妻のない暮らしとはなにものぞ。妻こそ、家庭の威厳を保つもの」と続くことわざ）。

リチャードがわたしに求婚したのは、〈ロイヤル・ヨーク・ホテル〉の〈インペリアル・ルーム〉だった。父さんといっしょに昼食に招かれていた。ところが、土壇場になって、廊下をエレベーターへと向かう途中、急に父さんは「参加できない」と言いだした。おまえ独りで行きなさい、と。

当然ながら、彼らは事前に示し合わせていた。

「リチャードはおまえに頼み事があるようだし」父さんは言った。どこか申し訳なさそうな口ぶりだった。

「そう？」わたしは言った。きっとアイロンがどうのこうのいう話だろうが、さして関心も湧かなかった。わたしにしてみれば、リチャードはおとなの男だ。むこうは三十五、わたしは十八。彼は興味の範疇にはなかった。

「おまえに結婚を申しこむ気じゃないかな」父さんは言った。

そのときには、もうロビーまで来ていた。わたしは椅子に腰かけ、「そう」と言った。というのむかしから明々白々だったはずなのに、いまさら急に気づいたわけだ。まるで一杯食わされたみたいで、笑いだしたくなった。お腹が消えて無くなったみたいに力が抜けていく感じもした。それでも、なぜか声は平静を保っていた。「どうすべきなの？」

「わたしの承諾はすでに出したろう」父さんは言った。「あとは、おまえが決めることだ」と言ってから、こう付け足した。「これには、あるていどのことが懸かっている」

「あるていどのこと？」

「わたしはおまえたちの将来を考えねばならん。わたしの身になにかあったら、ということだが。ローラの将来はとくにな」つまりこう言っていたのだ。わたしがリチャードと結婚しなければ、わが家は文無しになってしまう。こうも言おうとしていた。わたしたち――わたしと、ことにローラ――には、自活していく力がない。「工場のことだって、考えねばならん」父さんはつづけた。「事業のことを考えなくては。まだ救えるかもしれないが、銀行に追われているありさまだ。連中はぴったり後を尾けてくる。もう長くは待ってくれないだろう」と、杖に身をあずけながら、絨毯を凝視している。どんなに自分を恥じているか、わたしにはよくわかった。どれだけ打ちのめされているか。「すべてを無に帰したくない。おまえのお祖父さんから受け継いで……五十年、六十年と、懸命に働いてきた歳月を無駄にするようなことは」

「ええ、そうよね」わたしは追いつめられていた。求婚に対する答えに、選択の余地があったわけではないが。

「アヴァロン館も取られてしまう。売られてしまうだろう」

「銀行に？」

「屋敷は丸ごと抵当に入っているんだ」

「え……」

「場合によっては、あるていど覚悟することにもなろう。よほど気丈になって。歯を食いしばって」

わたしは無言のままだった。

「だが、当然ながら」父は先をつづけた。「どういう答えを出そうと、それはおまえ自身の問題だよ」

わたしは無言のままだった。

「自分の気持ちに背くようなことは、なにもしてほしくない」父は言った。見えるほうの目で、わたしの後ろを見やり、由々しき物体が視界に入ってきたとでも言うように、少しばかり顔をしかめた。わたしは無言のままだった。わたしの後ろには、壁のほか何もないのに。

「よし。じゃ、決まりだね」父はほっとした面持ちになった。「ものはしっかりわきまえているだろうさ、グリフェンも。信頼できる男だからな、ああ見えて」

「きっとそうでしょうね」わたしは言った。「とても信頼できる」

「これでもう安心だ。ローラのこともだ、もちろん、もちろん」

「もちろんよ」わたしは消え入るような声で言った。「ローラのこともね」

「なら、元気を出して」

いまも父を責めているか？　いや。もう責めてはいない。後知恵では気の利いたことも言えるが、父は責任ある態度と思われるもの——あのときは事実そう思われたもの——をとったにすぎない。考えのおよぶかぎり、最善を尽くしていた。


そこへ合図を受けたように、リチャードがやってきて、ふたりの男は握手を交わした。わたしの手も取られ、つかのまぎゅっと握られた。それから、手は肘へ。あの当時、男は女をこうしてエスコートしたものだ。肘に手をそえて。かくして、わたしは肘で舵取りされながら、〈インペリアル・ルーム〉へ案内された。実は〈ベネチアン・カフェ〉のほうに予約をとりたかったのだが、とリチャードは言った。もっと肩の凝らない、お祝いにふさわしい雰囲気のレストランだから、残念ながら満席だった、と言う。

いまこんなことを思い出すとは不思議だが、〈ロイヤル・ヨーク・ホテル〉はトロントでいちばん高いビルであり、なかでも〈インペリアル・ルーム〉はいちばん大きなダイニングルームだった。リチャードは、大なることを好んだ。ダイニングの室内にも、大きな角柱が幾列にもならび、天井はモザイク模様を織りなし、それぞれのシャンデリアには先から房飾りが垂れていた。いわば、富の結晶。革のように硬く、重々しく、ぽってりした感じ——そこに木目を入れたような。〝はんがん〟という言葉が思い浮かんできた（斑岩。古代エジプトで産出した赤地に長石結晶を含んだ硬い岩石）が、そんな素材は使われていなかったかもしれない。

正午。冬によくある不穏な日で、季節にしては妙に陽が明るかった。白い日射しが、重厚なカーテンの襞のあいだから、幾条にも射している。いま思うと、あの生地こそ〝えび茶《マルーン》〟にちがいなく、素材はたしかベルベットだった。スチームテーブルにのった野菜や、生温かい魚料理といった、ホテルのダイニングに共通の匂いの底に、熱くなった金属と、こもったようなクロスの臭いがした。リチャードが予約したテーブルは、薄暗い片隅にあり、癪にさわる昼の光からは離されていた。小さな花瓶には、まだ蕾の赤バラが一輪挿され、わたしはその花ごしにリチャードを見つめた。どんなふうに事を進めるのか、好奇心を抱きながら。わたしの手をとり、バラの花を握らせ、言いよどみ、口ごもったりするのだろうか？　そうとは思えない。

この男のことは、やたら滅多ら嫌いではない。ただ、好きではない。よくよく考えたこともないから、彼に対する感慨もろくにないが、服装のなかなか洒落ていることに（ときおり）気づく。キザな感じがすることもあるが、少なくとも、世に言う醜男《ぶおとこ》では決してない。この男なら、結婚相手としてはじゅうぶん適格だろうと思った。軽いめまいがする。どうしたものか、まだ決めかねていた。

ウェイターがやってきた。リチャードが料理を注文する。それから、腕時計を見る。そして、話をする。彼の言うことは、ほとんど耳に入らなかった。リチャードがにっこりする。

黒いベルベット張りの小箱をとりだして、蓋を開ける。なかで、小さなものがキラリと光っていた。

わたしは身を丸めて震えながら、その夜をホテルの巨大なベッドで過ごした。足が冷えきったので、膝を抱えた体勢をとり、頭は枕から横にはみだしていた。目の前には、糊のきいた白いシーツの凍える荒野が、果てしなく広がっている。この荒野を渡って、また道を見つけだし、暖かな場所へもどるなど、できっこないとわかっていた。わたしは方向音痴なのだ。荒野で迷子になったも同然。何年も経ってのち、勇敢な救助隊によってここで発見されるのだろう――道行きで倒れ、藁にもすがるように片手を投げだした格好で。顔は干からび、指はオオカミどもに食いちぎられて。

そのときわたしが味わっていたのは、恐怖だったが、リチャードその人が怖かったのではない。灯りに照らされた〈ロイヤル・ヨーク・ホテル〉のドーム天井がもぎとられ、暗く空漠とした星空の上から、悪意ある存在にじっと見つめられている気がした。神だ。サーチライトのように虚ろで皮肉な目で、見おろしている。わたしを観察しているのだろう。わたしの苦境を。わたしが神を信じられないさまを。部屋には、床がなくなっていた。わたしは宙に浮き、いまにも墜落しそうだった。その落下には終わりがなく――どこまでも墜ちていくのだろう。

そんな暗澹たる気分も、朝の晴れた陽のなかでは、そうつづくものではない。まだ若いころには。

アルカディアン・コート

窓の外を見れば、暗くなった中庭に、雪が降り積もっている。ガラスに触れる、その口づけのような音。まだ十一月だ、すぐに溶けてなくなるだろうが、それでも冬の前触れではある。なぜだろう、そう思うとわくわくするのは。やがて来るものはわかりきっているのに。泥まみれの雪と、暗闇と、流感、道路に張った氷、吹く風、長靴につく凍結防止の塩。とはいえ、なにか期待感がある。闘いを前にした緊張。冬とは、そのなかに飛びこんでいって立ち向かい、やおら屋内に退却することでかわすべき相手である。とはいえ、やはりこの家にも暖炉があったら。

リチャードと暮らした家には、暖炉があった。炉辺が四か所も。思い起こすに、夫婦の寝室にもひとつあった。炎が肌を舐めるように燃えていた。

まくっていたセーターの袖をおろし、袖口を手の甲まで引っぱりおろす。むかし八百屋などがよく使った、指先のない手袋みたいだ。寒さのなかで仕事をするための。いまのところ暖かい秋のようだが、ゆめゆめ油断してなるものか。火を熾させなくては。フランネルのナイトガウンを探しだせ。ベイクト・ビーンズの缶詰と、ロウソクと、マッチを仕入れておけ。

去年の冬のようなアイス・ストームが来たら、なにもかも停止しかねない。そうなれば、電気もつかず、トイレも使えず、飲み水もないところに残され、氷でも溶かすしかなくなってしまう。

庭は、枯れ葉と、触れなば崩れそうな茎と、しぶとい菊がちらほら残るほかは、閑散としたものだ。太陽はしだいに高度を下げている。近ごろは、日の暮れも早い。書き物は、キッチンテーブルで――家のなかでするようになった。早瀬の音を恋しく思う。ときおり、落葉した枝間を風が吹きすぎて、似たような音をたてるが、どうも頼りない。

婚約した翌週、わたしは早速リチャードの妹との昼食会に送りだされた。ウィニフレッド・グリフェン・プライアー。彼女本人から招待状が来たのだが、実際にわたしを送りこんだのはリチャードだろうと感じていた。だが、これは逆だったかもしれない。後ろで大いに糸を引いていたのはウィニフレッドのほうで、このときも彼女がリチャードをうまく操ったのかもしれない。ふたりで結託したというのが、いちばんありそうだが。

昼食会は、〈アルカディアン・コート〉でひらかれた。ここはレディたちがランチをとる店で、クイーン・ストリートの〈シンプソンズ・ストア〉の最上階にあった。店内は天井が高く、広々として、〝ビザンチン風のデザイン〟という触れ込み（アーチと鉢植えのヤシの木がある、という意味）。内装の色はライラックとシルバーでまとめ、照明器具と椅子には、流線型のシルエットをとりいれていた。高い位置にバルコニーがめぐり、凝った鉄細工の手すりがついている。ここはもっぱら男性、ビジネスマン向けの席。この席に陣取り、羽根飾りをつけて囀《さえず》るレディたちを見おろすのだ。まるで、巨大な鳥小屋にいる鳥みたいに。わたしは昼服の一張羅を着ていった。こんな席に着ていけるものといえば、それしかなかった。濃紺のスーツに、プリーツスカート、白のブラウス、襟元にはボウタイ、そして、かんかん帽のような濃紺の帽子。このアンサンブルは、わたしをどこかの女学生か、救世軍の勧誘員のように見せていた。靴については、ふれるつもりもない。あれを思うだけで、いまでもえらくげんなりする。汚れひとつない婚約指輪は、木綿の手袋をした手に固く握られていた――こんな服装の自分がはめたのでは、ガラス玉に見えるにちがいない。それとも、盗品と思われるか――そう承知していたから。

レストランの給仕長は、場違いだと言わんばかりの目で、わたしをぎろりと一瞥した。少なくとも入口が違うだろう、と。きみ、職探しにきたのかね？　わたしはまさに尾羽うち枯らした出で立ちであるうえ、〝レディのランチ〟をとるには幼すぎた。ところが、ウィニフレッドの名前を伝えると、問題は跡形もなく解消した。ウィニフレッドは〈アルカディアン・コート〉にすっかり住んでいたからである（〝すっかり住む〟というのは、彼女独特の表現）。

少なくとも、独り氷水を飲みながら、身なりのよい女たちにじろじろ眺められ、この子、どうやってもぐりこんだのかしらと思われながら、じっと待つ羽目にはならなかった。ウィニフレッドはもう到着しており、淡い色のテーブルに着席していた。記憶よりも背が高く、細身、というか、柳腰といった感じだったが、これは補整下着のお陰もあるだろう。彼女のほうは、装いをグリーンで統一していた。パステルではなく、生々しい緑で、どぎついとさえ言える（この二十年ほど後に、葉緑素のチューインガムが流行するが、ちょうどあんな色）。鰐皮の靴も、同系色のグリーンでそろえていた。それはつやつやして、弾力がありそうで、水に浮かんだ睡蓮の葉のように、心もち濡れた感じがした。こんなにお洒落な、珍しい靴は見たことがない、そうわたしは思った。帽子もまたおなじ色味――グリーンの織地が渦巻くように円形をなすそれは、毒入りケーキみたいな風情で、彼女の頭にちょこんとのっていた。

折しもウィニフレッドは、〝安っぽいこと〟としてわたしが禁じられている行為の真っ最中だった。コンパクトの鏡をのぞいて顔を見ていたのだ、公衆の面前で。さらには、鼻に白粉をはたいていた。こんな粗相を見られたのに気づかないといいけど。わたしがそう思いながら、声をかけそこねていると、彼女はコンパクトを閉じて、何事もなかったかのように、艶やかなグリーンの鰐皮のバッグに滑りこませた。そして、首を伸ばすと、白粉をはたいた顔をゆっくりとめぐらせ、ヘッドライトのような白々とした眼差しで、あたりを見まわした。こちらに気づくと、にっこり微笑み、気だるく歓迎の手を差しだしてきた。その手の銀の腕輪が、わたしはたちまち欲しくなった。

「フレディと呼んでね」わたしが腰をおろすと、彼女はすぐに言った。「仲良しはみんなそう呼ぶし、わたしたち大の仲良しになりたいから」ウィニフレッドのような婦人が、男子っぽい略称を好むのは、当節の時流だった。ビリー、ボビー、ウィリー、チャーリー。わたしにはそんなあだ名はなかったので、調子をあわせて名乗ることもできなかった。

「あら、例の指輪ね？」ウィニフレッドは言った。「それ、綺麗でしょ？　わたし、リチャードが選ぶお手伝いをしたのよ――兄はよく自分の買い物をわたしに頼むの。男たちには頭痛の種なんじゃないかしら、買い物って？　リチャードはエメラルドを考えていたようだけど、ダイヤモンドに勝るものはないわよね？」

こう言うあいだも、彼女は好奇と、ある種冷たい悦楽の目でわたしをつぶさに眺め、わたしがこの話――自分の婚約指輪が、些細な〝おつかいの品〟として語られること――をどう受けとめるか観察した。ウィニフレッドの目は知的で、ばかに大きく、際《きわ》にはグリーンのアイシャドウが入っていた。眉はきれいに抜いて弓形に整え、ペンシルで描いていたが、なんだか退屈しているような、と同時に、仰天しているような顔に見えた。これは、あの時代の映画スターが編みだした表情である。もっとも、ウィニフレッドにそれほど驚いた例しがあったかどうか。口紅は濃いめのピンクがかったオレンジで、近ごろ発売されたばかりの色だった。正式には〝シュリンプ〟というらしい。午後に読む雑誌で知ったばかりの名称だったが。口元も眉とおなじく、銀幕の女優のような質を誇り、上唇のふたつの山はキューピッドの弓のように尖っていた。声は、いわゆるハスキーボイスだった。低く、野太いと言ってもいい。猫の舌みたいに表面がざらざらして掠れたような――革からできたベルベットのような。

（あとから知ったのだが、ウィニフレッドはカードゲームをやるのだった。ポーカーではなく、ブリッジだが、ポーカーをやらせたら相当だったろう。はったり《ブラッフ》が巧みで。だが、ポーカーはリスクも博打の要素も強すぎた。彼女は既知数に賭けるのが好きだった。ゴルフもやったが、おおむね社交が目当てで、本人の弁によれば、腕前のほうはからきしだとか。テニスは彼女には過大な体力を必要としたし、汗だくの姿はさらしたくない。また、〝セーリング〟もやった。これは彼女流の言葉で、帽子をかぶって、ヨットのクッションにもたれながら、飲み物をのむということ）。

なにを食べたいかと、ウィニフレッドが訊いてきた。なんでもかまいません、わたしはそう答えた。彼女はわたしを「お嬢さん《ディア》」と呼び、ウォルドーフ・サラダが絶品だと勧めた。それをいただきます、とわたしは言った。

どうがんばっても、彼女を「フレディ」とは呼べそうになかった。馴れなれしすぎるし、馬鹿にした響きすらする。相手はやはりおとなの女なのだ。三十か、若くて二十九。リチャードより六つ七つ年下だけれど、ふたりは友だちだとか。「リチャードとわたしは、大の親友なの」と、こっそり打ち明けるように話してくれたが、これが最初で最後になりはしなかった。もちろん、一種の脅しである。いつもこんな信頼あつい気さくな口調で言うわりには。彼女の言わんとしているのは――わたしはあなたに先んじてリチャードの所有権をもっているし、あなたには理解すら望めない信頼関係を築いているの。そればかりか、まんいちあなたがリチャードの機嫌をそこねたら、ふたりとも敵に回すことになるわよ、ということだった。

リチャードの予定を組んでいるのはわたしなの、ウィニフレッドはそう言った。社交界の催し、カクテルパーティ、晩餐会——なぜなら、リチャードは独り者だし、彼女が言うには(何年も先まで繰り返し言うことには)、「物事のけじめは、わたしたち女がつけないとね」。それから、兄がやっと落ち着く決心をしてくれてうれしい、と言った。それも、あなたみたいに若くて素敵な女性と。二、三度は、決まりかけたこともあったけど——まあ、過去のちょっとした〝もつれ〟よ(リチャードと関係した女たちについて、ウィニフレッドはいつもこんな言い方をした。〝もつれ〟。網だか、クモの巣だか、罠だかみたいに。地面に落ちているひも状のグミか何かのように。うっかりすると靴についてしまうとでも言いたげに)。

さいわい、こういう〝もつれ〟をリチャードはなんとか逃れたわ。兄だって、女に追っかけられなかったわけじゃないのよ。ええ、群れをなして追っかけてきたわ、ウィニフレッドがハスキーボイスをさらに低めて言うと、わたしの頭には、服を引き裂かれ、ていねいに梳かしつけた髪をめちゃくちゃにされたリチャードが、這々《ほうほう》の体《てい》で逃げる後ろから、女の一群が猟犬のように唸りながら追ってくる図が思い浮かんだ。とはいえ、そんな図は信じられなかった。リチャードが駆けたり、急いだり、また、怯えているところも、想像できなかった。彼が苦境に立たされた姿など、考えもつかない。

わたしはうなずいて微笑んだ。自分がどういう立場を想定されているのか、ぴんとこないまま。わたしもべとつく〝もつれ〟のひとつなのか? かもしれない。ともあれ、表面上ご教示いただいていたのは、リチャードは生まれながらに高い価値をもっており、わたしがそれに応えようとするなら、言行には気をつけたほうがいい、ということだ。「でも、あなたなら上手に切り盛りしていけるわね」ウィニフレッドはちょっと笑って言った。「とっても若いんだし」むしろ、わたしのこの若さは〝上手な切り盛り〟の見込みを薄いものにしていたはずで、ウィニフレッドはそこを当てこんでいたのだろう。彼女自身は、いかなる〝切り盛り〟をも放棄するつもりがなかった。

注文したウォルドーフ・サラダが来た。ウィニフレッドはわたしがナイフとフォークを手にとるさまをしげしげと見つめてから――〝少なくとも、手では食べないようね〟、その顔はそう言っていた――小さくため息をついた。なるほど、いま思えば、やけに気重な娘だと思っていたのだろう。ぶすっとして、不愛想だと思っていたにちがいない。他愛もないおしゃべりもできないなんて、まったく物知らずな田舎娘だ、と。それとも、気の逸《はや》るため息か。これからの仕事を察知して。なにせ、相手は捏ねてもいない土くれなのだ、腕まくりをして、捏ねにかからないと。

当世とは時代が違う。ウィニフレッドはすぐさま取りかかった。彼女の場合、ほのめかしや当てこすりを活用する（彼女のもうひとつの手法には、〝ごり押し〟があったが、このときには出くわさなかった）。あなたのお祖母さんを知っていた、と言う。モントリオールのモンフォート家の女たちは、そのスタイルをもって話には聞いていた、と言う。モントリオールのモンフォート家の女たちは、そのスタイルをもって讃えられていたけど、アデリア・モンフォートは当然のことながら、あなたの生まれる前に亡くなったのよね。これは、彼女流の言葉でこう言っているのだ。あなた血筋はいいけど、現実にはゼロから始めたのとおなじでしょ。

あなたの装いには、スタイルってものがてんで無い。ウィニフレッドは遠回しにそうも言った。衣服を買うことは当然いつでもできるけど、映える着こなしを覚えなくては。「まるで自分の肌みたいにね、ディア」彼女は言った。わたしの髪にいたっては論外だった——長くて、ウェイブもかけずに後ろに梳かしつけ、髪留めでまとめただけ。どう見ても、ヘアカットとコールドパーマの出番ね。さて、つぎは爪が問題になった。いい、あまりオシャマなものは駄目よ。そういうお洒落をするにはまだ若すぎる。「あなたなら、断然、魅力的な女性になれるわ」ウィニフレッドは言った。「ちょっと努力すればね」

わたしはうんざりしながら謹聴した。自分に〝魅力〟などないのは承知していた。ローラもわたしも、そんなものは持ちあわせていない。魅力なるものに関すれば、ふたりはやけに隠したがるか、あまりに鈍感か、だった。リーニーにすっかり甘やかされたせいだ。誰をもってこようと、わたしたちは素のままで充分なはずだと、彼女は思っていた。わざわざ綺麗にして見せたり、相手を口説くのに、甘言巧言を弄してお目目をパチクリさせなくてもよろしい。父さんなら、と或る界隈で、女の魅力の核心にふれる機会もあったかと思うが、それを娘たちに伝授することは一切なかった。むしろ、男の子のように育てたがり、その頃には、そのとおりになってしまっていた。ふつう、男の子に〝チャーミングであれ〟とは教えない。そんなことをしたら、真っ当とは思われないだろう。

ウィニフレッドは唇に胡乱《うろん》な笑みを浮かべて、わたしの食べる姿を眺めていた。もはや彼女の頭のなかで、わたしはあらゆる形容詞の羅列になっていたのだろう。つぎつぎと繰りだされる笑い話に。きっと、ビリーだ、ボビーだ、チャーリーだといった〝仲良し〟に得々と語るにちがいない。「まるで歩く慈善バザーよ。欠食児童みたいな食べ方をするの。しかも、あの靴ときたら！」

「ところで」ウィニフレッドはサラダを一度つつくと、そう切りだした――彼女はひと皿食べ切った例しがない――「そろそろふたりで知恵をしぼらないとね」

どういう意味か、わからなかった。すると、ウィニフレッドはまたもやため息をつき、「結婚式の計画よ」と言った。「あまり時間がないでしょう。考えたんだけど、聖シモン使徒教会から、〈ロイヤル・ヨーク〉のボールルームへ、というのはどうかしら、あのメインの部屋よ、披露宴にね」

自分としては、手荷物みたいにぽんとリチャードの手へ渡されるものと思っていた。とんでもない。式典なしではすまされないようだ。それもひとつならず。カクテルパーティ。お茶会。ブライダル・シャワー。肖像写真の撮影、これは新聞記事のために。リーニーに聞いていたうちの母の結婚式を彷彿する式になるだろう。もっとも、いまでは時代おくれで、失われたコマがいくつかあるが。たとえば、ロマンチックな序章はどこへ行った？　若者がわたしの前に跪くような。膝のあたりから、悲しみがうねるように湧きおこり、顔にまで伝うのを感じた。ウィニフレッドはそれを見てとったが、安らぐようなことは何もしてくれなかった。わたしに安らがれては困るのだろう。

「心配しないで、ディア」と言う声には、あるかなしかの望みしか見いだせなかった。彼女はわたしの腕を軽く叩くと、「あなたの身は引き受けるわ」と言った。その瞬間、自分の内から意志というものが浸みだしていくのを感じた。まだ残っていたはずの、自分を律するいかなる力も（いま思えば、そりゃそうだ！　まさにウィニフレッドは、いうなれば女衒《ぜげん》だったのだ。実のところ、ポン引きだった）。

「あら、たいへん。もうこんな時間よ」彼女は言った。腕にしていた時計は銀製で、なめらかな液体のようだった。まるで、金属をリボン状に流しこんだような。文字盤には、数字ではなく、黒い点がついていた。「わたしは、急がないと。あとで、お茶が出てくるわ。お望みなら、フランかなにかお菓子も。若い娘さんは、大の口甘《くちあま》だものね。あら、甘党《かんとう》と言うんだったかしら？」と言って笑いだすと、立ちあがって、シュリンプ・カラーのキスを、わたしの頬ではなく、ひたいにした。これでわたしの位置は決まることになった。どうやら、〝お子さま〟という位置らしい。

わたしが見つめるなか、ウィニフレッドはさんざめく〈アルカディアン・コート〉の淡い空間を、滑るように歩んでいった。会釈をしたり、微妙に調整しながら小さく手を振ったり。背の高い草が分かれるみたいに、彼女の前で空気が分かれる。両の脚は、お尻ではなく、直接腰から生えているように見えた。ぎくしゃくしたところは、みじんもない。わたしは自分の体の肉があちこちはみだしている気がした。ストラップの脇から、ストッキングの上から。

あんな歩き方を真似てみたい。なめらかで、贅肉ひとつなく、まるで不死身のような。

わたしはアヴァロン館ではなく、ローズデイルにウィニフレッドが持つ、チューダー王朝様式を模した木骨煉瓦造りの大邸宅から嫁いだ。招待客の多くはトロントから来るので、そのほうが便がいいと思われた。うちの父にとっても、あまり恥をかかなくてすむ。もはや、ウィニフレッドが不足ないと思うような結婚式をするお金はなかった。

礼服をそろえる余裕すらなかった。その手のことは、ウィニフレッドが面倒をみた。わたしの鞄——新品のトランクが五、六個あるなかのひとつ——には、テニスのスコートや（テニスはしないのに）、水着や（泳げもしないのに）、舞踏会のドレス（踊り方も知らないのに）が何着かしまいこまれていた。こんな芸当、どこで身につけられたというのだろう？ アヴァロン館では無理だ。リーニーが水に入るのを許さないので、泳ぎすらできなかった。それでも、ウィニフレッドはこういう衣装をそろえるといって聞かない。あなたも役柄なりの装いが必要になるのよ、と。いくらできないことでも、できないと言っては駄目。「頭痛がすると言いなさいね」そう彼女は言った。「何にでも、それらしい言い訳はあるものよ」

ウィニフレッドには、ほかにも山ほど指南を受けた。「退屈そうにするのはかまわないわ。でも、決して恐れを見せないこと。ひとはそれを鮫みたいに嗅ぎつけて、とどめをさされる。テーブルの縁を見るのはいいけど——目を伏せた感じになるわ——床を見ては駄目、なんだか弱々しげに見えるから。それから、すっくと立ちあがらないこと。兵隊じゃあるまいし。

尻込みも禁物。誰かに失礼なことを言われたら。〝失礼ですが？〟とお言いなさい。聞こえなかったみたいにね。相手も繰り返すような神経は、十中八九、持ちあわせていないわよ。給仕と話すのに大声を出さないこと。お品がない。むこうに屈みこませなさい。そのためにいるんだから。手袋や髪の毛をいじらないこと。つねに、もっと大事な用があるような顔をして、でも、苛々を見せては駄目。迷ったときには、とりあえず化粧室に行きなさい。ただし、ゆっくりとね。品格とは、無頓着から滲みでるものよ」。彼女の教えは万事こんなふうだった。ウィニフレッドのことは大嫌いだったが、これは認めねばならない――こうした教えは、人生においてまことにありがたいものと判明した。

わたしは結婚式の前夜、ウィニフレッドが持つ最上の寝室のひとつに泊まった。

「綺麗になっておいてね」彼女はほがらかに言い、わたしが綺麗でないことを匂わせた。クリームと、木綿の手袋を渡されていた。手にクリームをすりこんでから、手袋をしなさい、と。このトリートメントを使うと、手が透けるように白く、柔らかくなると言う。〝生ベーコンの脂身みたいな手触りに〟。わたしは続き部屋になったバスルームに立ち、陶製のバスタブに落ちる水の音を聞きながら、鏡に映る自分の顔をつぶさに点検した。自分が消されて、のっぺらぼうになった気がした。すりへって丸くなった石鹸か、欠けはじめた月のように。

ローラが自分の寝室から、部屋をつなぐドアを抜けてやってきた。いきなり、蓋をおろした便器の上に座る。わたしが知るかぎり、この子はノックという習慣をもたない。白い無地の木綿のナイトガウン（わたしのお下がり）を着て、髪を後ろで縛っていた。小麦色の巻き毛が、片方の肩にかかっている。素足だった。

「部屋履きはどうしたの？」わたしは言った。ローラの顔は、憂いに沈んでいた。そんな顔で、素足に白いガウンをまとってこられると、教会の悔悟者――それとも、古い絵画に出てくる、処刑に向かう異端者のようだった。両手を前でしっかりと組み、組んだ指でO字形の隙間をつくっている。まるで、火を灯したキャンドルを持っているかのように。

「履くの、忘れた」妹はドレスアップすると、上背があるので実年齢よりおとなびて見えるが、いまは歳より幼く見えた。十二歳ぐらいに見え、赤ん坊のような匂いをさせていた。使っているシャンプーのせいだ。安いからといって、ベビーシャンプーを使っていたのだ。近ごろは、ささやかで無益な節約をするようになっていた。バスルームをぐるりと眺めわたすと、今度はタイル張りの床に目をおとした。「結婚してほしくないの」ローラは言った。

「それは重々わかっていたわよ」わたしは言った。妹は一連の行事のあいだ、終始むくれていた。歓迎会、衣装合わせ、リハーサル。リチャードにはろくな愛想もなく、ウィニフレッドには、奉公にきた小間使いの娘のようにぽかんとして従うだけ。わたしに対しては、怒っていた。この結婚が、良く言えば、意地悪な出来心、ひどく言えば、彼女への拒絶であるかのように。最初は、わたしを妬んでいるのかと思ったが、正確には違った。「なぜ、結婚しちゃいけないの？」

「まだ若すぎるもの」ローラは言った。

「母さんも十八だった。ともあれ、わたしはもうすぐ十九よ」

「けど、母さんの相手は、愛する人だった。望んで結婚したのよ」

「わたしが望んでいないと、なぜわかる?」わたしはカッとして言った。

その言葉に、妹はいっとき口をつぐんだが、「望むはずがないでしょ」と言って、わたしを見あげてきた。その目は潤んで、うっすら赤くなっていた。泣いていたのだろう。その目がわたしの癪にさわった。この子はなんの権利があって、泣いたりしているのか? 泣く人間がいるとすれば、わたしのはずではないか。

「わたしがなにを望むかなんて、問題じゃない」わたしは冷たく言いきった。「現実的な答えは、これしかないんだから。うちには一銭のお金もないのよ。それとも、あなた、気づいてないの? 一家を路頭に迷わせるつもり?」

「わたしたち、職を見つければいいわ」ローラは言った。横の窓台に、わたしのコロンが置いてあった。妹は上の空で、それを手にひと吹きした。ゲランの〝リウ〟(オペラ《トゥーランドット》の登場人物をイメージした香水)、リチャードからの贈り物だった(ウィニフレッドが知らせてきたところによると、彼女が選んだそうだ。「香水売場に行くと、男性は途方に暮れてしまうじゃない? 香りで頭がのぼせてしまうのね」)。

「馬鹿なこと言わないで」わたしは言った。「わたしたちがどんな仕事をするというの? 言ってごらん、恥さらしな」

「あら、できることなら、たくさんあるじゃない」ローラはぼんやりと言って、コロンを窓台に戻した。「女給になってもいいし」

「それだけじゃ食べていけない。女給の稼ぎなんて雀の涙なのよ。おべっか使ってチップをちょうだいしないと。立ちっぱなしで、みんな扁平足になるんですって。あなたものの値段もわかってないくせに」わたしは言った。鳥に算数を教えるようなものだった。「工場は閉鎖中、アヴァロン館は崩壊寸前で売られようとしている。銀行はもうけりをつけるつもりでいる。最近、父さんの顔を見ていないの？　顔を合わせていないの？　まるで、おじいさんよ」

「なら、父さんのためなのね」ローラは言った。「姉さんのしていることは。だったら、少しは説明がつく。立派なことだと思う」

「正しいと思うことをしているだけ」わたしは言った。殊勝な心もちになると同時に、わが身の不遇を感じはじめ、あやうく泣きそうになった。だが、泣いたら、ゲームオーバーになっていただろう。

「正しくなんかない」ローラは言った。「ちっとも正しくない。破棄してしまえばいいじゃない。まだ遅くはないわ。今夜、書き置きを残して、逃げだすのよ。わたしもいっしょに行く」

「だだをこねないで、ローラ。わたしだって、この歳になれば、自分のすることぐらいわきまえているわよ」

「でも、だからって、彼に触らせることはないでしょ。キスだけじゃすまないのよ。彼に、もっと……」

「わたしのことは心配しないで」わたしは言った。「そっとしておいて。目はしっかり開けてきたつもり」

「夢遊病者みたいにね」妹は言うと、わたしのボディパウダーの容れ物をとりあげ、蓋を開けて、匂いを嗅ぎ、粉をひとつかみ床にふりまいた。「まあ、とにかく、綺麗な服は着られるものね」

ひっぱたいてやってもよかった。しかし、もちろん、そう思って密かに自分を慰めただけである。


白い粉の足跡を点々とつけながらローラが行ってしまうと、わたしはベッドの端に腰をおろし、ひらいた船旅用のトランクを眺めた。流行の先端をいく形で、外側は淡い黄色だが、内側は濃いブルー。留め具はスチール製で、鋲の頭が固い金属の星みたいに光っていた。ここに、新婚旅行用の荷物が、なにからなにまで整然と詰めこまれていたが、わたしには、闇で充ちているように思えた——空しさが、虚空が、広がっているように。

これがわたしの嫁入り道具《トルーソー》。わたしはそう思った。にわかに、トルーソーという言葉が恐ろしいものになった——外国語のような、決定的な響きがある。トラッスと似た音——七面鳥を焼く前に、脚を胴体に串刺しにして紐で縛るのを、トラッスと言うじゃないか。

そうだ、トゥースブラシ、歯ブラシ。あれは持っていかなくちゃ。そう思いながらも、体は萎《な》えたように動かない。

トルーソーは、トランクを表わすフランス語から来ている。トルーソー。意味はまさにそれだけ。「トランクに詰めこむ物」。だから、こんな言葉に気色ばんでも仕方ない。たんに荷物という意味なのだ。つまりは、わたしが鞄にしまいこんで持っていく、全財産という意味だ。

タンゴ

その結婚式の写真がここにある。

バイアス裁ちにしたサテンの白いドレスを着た娘。生地はなめらかで、糖蜜を零《こぼ》したように、もすそが足下に広がっている。その立ち姿は、なんだかのっぽの男の子のよう。腰つきや足の位置。背筋がぴんと伸びすぎていて、このドレスには似つかわしくないような。こういうドレスを着るときは、少し肩をすくめるように猫背になって、丸みを出さないといけない。いうなれば不健康そうに背を丸めて。

顔の両脇にヴェールがすとんと垂れ、少しばかりひたいにかかって、目のあたりにやたら暗い影をつくっている。笑みのなかに、歯はのぞいていない。頭には、小さな白バラの花《チャプ》冠《レット》。白手袋をした腕には、ピンクと白の大ぶりのバラをとりまぜ蔓草をあしらって流れ落ちるようなカスケード形にあつらえたブーケ——腕は肘までがちょっと長すぎる。チャプレット、カスケード。これは新聞で使われていた用語。前者は、尼さん、後者は、危険な河水を思わせる言葉だ。〈美しき花嫁〉と、キャプションが添えられている。あのころは、こんな言い方をしたものだ。この娘に対して、〝美しき〟と書くのは義務であろう、あれだけ金がからんでいれば。

（「この娘」と他人事のように言うのは、自分では出席した憶えがないから——なんらかの意味のあることを言うとすれば。わたしと、写真のなかの娘は、もはや同一人物であることをやめている。わたしは彼女の〝結末〟、かつて彼女が無鉄砲に生きた人生の行く末なのだ。一方、写真のなかの彼女は——仮にも存在すると言えるなら——わたしの記憶だけで出来ている。年とったいまのわたしのほうが、ものはよく見えるから、だいたいにおいて、彼女のことは、はっきり見える。ところが、彼女のほうは見ようとする知恵があったとしても、わたしのことはまるで見えないわけだ）。

わたしの横に立つリチャードは、あの時代あの場所で言えば、立派な姿を見せている。ここで言う〝立派〟とは、まだ若く、醜男でもなく、裕福だということ。見るからに資産家らしいが、一方、どこか戸惑った顔をしている。片方の眉が吊りあがり、下唇が少し突きでて、口元は笑いだしそうになっていた。まるで、内輪のいかがわしいジョークでも聞いたみたいに。ボタンホールには、一輪のカーネーション。髪の毛は、つやつやしたゴムの水泳帽みたいに後ろへ撫でつけられ、当時よく使ったべたべたの整髪油で、頭皮にぴったりはりついている。だがそれでも、いい男だ。これは認めざるをえない。人当たりのいい。都会の遊び人。

みなでポーズをとった集合写真も何枚かある。後景には正装の花婿の付添人たちがひしめき、なんだか結婚式の客というより、葬儀の参列者、あるいは給仕長に見えなくもない。手前に写っているのは、輝くばかりに磨きあげた花嫁付添人たちで、手に持つブーケには花が咲き誇っている。ローラはどの写真も台無しにしようともくろんでいた。ある一枚では、断固たる渋面をつくり、またべつな一枚では、わざと顔がぶれるように首をひねったらしい。ガラス窓に鳩がぶつかる瞬間みたいに撮れていた。三枚目は、後ろめたそうに横を向いて、指を噛んでいる。まるで、店の金に手をつけようとしている現場を見つかったみたいに。四枚目は、写しそこないにちがいない。光が斑状になり、彼女の上からでなく下からあたっていた。ライトアップした夜のプールの際《きわ》に立っているようだ。

式典のあとは、場にふさわしくブルーのドレスに羽根飾りをつけたリーニーが、姿を現わした。わたしをきつく抱きしめて、こう言う。「ああ、お母さまがここにいらしたら」あれはどういう意味だろう？　ある種の喝采か、それとも、このなりゆきに「待った」をかけようとしたのか？　その口ぶりからは、どちらにもとれた。そう言うと、彼女は泣きだしたが、わたしは泣かなかった。ひとが結婚式で泣くのは、物語のハッピーエンドで泣くのと理由はおなじだ。ありっこないとわかっているものを、ひとは無性に信じたがる。しかし、当時のわたしは、そんな幼稚な感情は卒業していた。もっと上のほうの、幻滅という侘しい空気を吸っていたから――と、少なくとも自分では思っていた。

もちろん、シャンパンも供された。供されないはずがない。これ無しには、ウィニフレッドが黙っていなかったろう。客たちは料理を食べ、つぎつぎとスピーチがあったが、内容はさっぱり憶えていない。わたしたちは踊ったか？　踊ったと思う。踊り方も知らなかったが、気がつくとフロアに出ていたから、ヨタヨタとなにがしか行なわれたのだろう。

そののち、わたしはハネムーン用の服に着替えた。上下そろいのスーツは、萌葱色をした軽い春物のウールで、やけに取り澄ました帽子も同色だった。お安くなかったのよ、とはウィニフレッドの弁。わたしは出かけるばかりの格好で階段に立つと（どの階段だっけ？　この階段は記憶から消えている）、花嫁のブーケをローラのいるほうへ投げた。ローラは取ろうとせず——貝殻のようなピンク色をした衣装に身を包み、冷たい目でわたしを睨みながら、体が動きださないようにとでもいうのか、前で手をがっちり組んでいた——グリフェン家の従姉妹か誰か、花嫁付添人のひとりが、ブーケをつかむと、食べ物でももらったように、がめつく持ち去っていった。

そのころには、父さんは姿を消していた。けっこうなことだ。さっき見かけたときには、もう泥酔していたから。いま思うと、仕事を片づけにいったのだろう。

それから、リチャードがわたしの肘をとり、休暇用の車にエスコートした。わたしたちの行き先は、町から遠く、人里離れたロマンチックな宿、というだけで、誰にも知らされないことになっていた。実のところ、界隈を車でひと廻りして連れていかれた先は、いまさっき披露宴を催した〈ロイヤル・ヨーク・ホテル〉の横手の入口。こっそりエレベーターに押しこまれた。リチャードはこう言った。明日の朝には、ニューヨーク行きの列車に乗るんだし、ユニオン・ステーションはこの通りのすぐ向かいなんだから、なぜ遠回りする必要がある？

婚礼の晩、というより、婚礼の午後について――太陽はまだ沈まず、部屋は（よく言われるように）あかあかと照らされていた。リチャードがカーテンを引かなかったから――は、ほとんど語ることがない。どういうものなのか、わかっていなかったし、情報源といえばリーニーだけだったが、彼女はこう思わせていた。なにが起きようとそれは不快なことで、きっと痛いにちがいない。まあ、その点は嘘ではなかったが。また、この気色わるい出来事もしくは感覚は、日々慣れてしまえば何でもなくなる。女なら誰でも、結婚した女なら誰でも通過することだから、大騒ぎするんじゃない、とも匂わせ、「笑ってこらえろ」という常套句を使った。血が少し出るとも言っていたが、実際に出た（なぜ出るのかは聞いていなかったので、これにかんしては、肝をつぶした）。

わたしが歓びを覚えられないこと――嫌悪、さらには苦痛――が、夫にとってはむしろ正常であり、望ましくすらあるとは、まだわかっていなかった。リチャードもこんなふうに考える男たちのひとりだった――女が性的快感を覚えないのは、むしろ結構なことである。快楽を求めて余所をふらつくこともないだろうから。あの時代は、こういった考え方が一般的だった。いや、どうだろう。わたしには知る由もないが。

リチャードは、ここぞと言うときにシャンパンが運ばれてくるよう、事前に手はずをととのえていた。夕食もおなじく。わたしがおぼつかない足取りでバスルームへ行き、なかに閉じこもっているうちに、給仕が折り畳み式テーブルに白いリネンのクロスを掛け、何から何までセッティングしてくれた。ウィニフレッドがこの場にふさわしいと判断した衣装に、わたしは着替えた。それはサーモンピンクがかったサテンのナイトガウンで、白鼠《しろねず》の繊細なレースの飾りがついていた。タオルで体を拭こうとしたところで、ふと、これはどうしたものかと思案した。タオルの赤い染みは、鼻血のように鮮明だった。考えたあげく、それを紙くず籠に放りこみ、ルームメイドには、なにかの手違いで紛れこんだと思われることを願った。

それから、〝リウ〟を吹きつけた。もろく、はかない香りだと思った。そのころには聞きかじっていたが、これはあるオペラに出てくる娘にちなんだ名前だとか。愛する男を裏切れば、男は報いにほかの誰かを愛するだろう。ならばいっそと、みずから命を絶つ運命にある囚われの身の女だ。オペラは決まってこんな展開を見せる。この香水をして幸先がいいとはとても思えなかったが、自分がへんな臭いをさせているようで気になったのだ。実際へんな臭いがしていた。このへんなものはリチャードの中から出てきたのに、いまやわたしまで臭う。あのとき大騒ぎしすぎていないといいけど。冷たい水に飛びこむときのように、わたしは無意識のうちにハアハアと強く息を吸っていた。

ディナーはステーキ、それにサラダが添えられていた。わたしはサラダばかり食べていた。あのころは、ホテルのレタスといえば、どれもこれもおなじだった。薄緑の水みたいな味がするのだ。霜みたいな味が。

翌日、ニューヨークへの列車の旅は、つつがなく過ぎていった。リチャードは新聞を読み、わたしは雑誌を読んだ。ふたりの会話は、結婚する前のそれと趣を違《たが》えることもなかった（会話と呼ぶのもためらわれる。わたしはほとんどしゃべらなかった。にこっとして、あいづちをうってはいたが、ろくに聴いていなかった）。

ニューヨークでは、リチャードの友人たちとレストランで夕食をともにした。夫婦ものだったが、名前は忘れてしまった。新興の成金にちがいない。それこそ、お札まで新しくて軋みそうだった。全身糊を塗りたくってから百ドル札のなかを転げ回ったような出で立ちである。どうやって儲けたのだろう、こんなお金を。わたしはいぶかった。どうもインチキ臭い。

ふたりはリチャードのことをさして知らず、熱心に知ろうともしなかった。彼になにか恩があるらしく、まあ、そういうことだ——暗黙の引き立て役。ふたりは彼に恐縮し、恭しいばかりの低姿勢だった。これは、ライターの動きから察したことである。つまり、誰が誰になにを点けてやるか。それも、どれぐらい素早く。リチャードは立場の違いを楽しんでいた。自分のタバコに火を点けさせてかしずかせることを。ひいては、わたしにもかしずかせることを。

わたしは不意に気がついた。リチャードが彼らと出かけたがったのは、ごますり坊主に取り巻かれたいからだけではない。わたしとふたりきりになりたくないのだ。それも責められまい。わたしには話すことなどほとんどなかった。それでも、リチャードはいまや同伴者としてわたしを気づかい、優しくコートをはおらせ、ときおりちょっと声をかけて盛り立て、つねにどこかに軽く手を添えてくれていた。たまに室内をさっと見渡して、ほかの男性客を窺い、妬ましげな顔を探しだす（いまにして思えば、である、もちろん。あのときのわたしは、こういうことはひとつも気づかなかった）。

そのレストランはいたって値段が高く、いたってモダンでもあった。こんな場所は見たこともなかった。室内は、ピカピカというより、ギラギラ光っていた。日にやけたように白茶けた木材や、真鍮の飾りや、派手な色のガラスが、いたるところに使われ、金属を張った素材がふんだんにとりいれられていた。型にはまったポーズをとる女たちの彫像は、真鍮だかスチールだかで、砂糖菓子のようにつややか。みんな眉はあるのに目がない。流線型を描く腰まわり、足はなく、腕はトルソーのなかに溶けこんでいる。なにやら白い大理石の球体。舷窓のような丸い鏡。どのテーブルにも、カラーの花が一輪、薄いスチールの花瓶に活けられていた。

リチャードの友人夫妻は、彼よりさらに年上で、女のほうが男より歳がいっているようだった。女は、春の陽気だというのに、白いミンクのコートを着ていた。コートの下のドレスもおなじく白で、そのデザインは――くだくだしい説明によると――古代ギリシャにインスパイアされたものだとか。具体的に言えば、「サモトラケのニケ（翼のある勝利の女神像）」にである。胸の下あたりに金糸で襞をとり、あいだに十字模様の刺繍を入れていた。こんなに胸が垂れてたるんでいたら、自分ならこういうドレスは絶対に着ない、そうわたしは思った。襟足の上にのぞく肌は、腕とおなじに、そばかすだらけで萎びていた。妻がしゃべるあいだも、夫は無口にしており、握った手を膝でそろえて、石で固めたような微笑を顔にはりつけている。賢くも、目はテーブルクロスを見つめて。なるほど、これが結婚というものか、わたしは思った。こうして退屈を分かちあうことが。こうして苛々することが。白粉が流れて鼻の両脇に細い跡をつけることが。

「奥さまがこんなに若いなんて、リチャードは警告してくれなかったのよ」女がわたしに言った。

旦那が「若さもいずれはすり減るさ」と言うと、女は笑いだした。

わたしは〝警告〟という語の意味を考えてみた。わたしはそんなに危険なのだろうか？　まあ羊とおなじ意味合いでは。いま思えば、そんなところだ。羊がマヌケにもわが身を危機にさらし、オオカミどもに崖っぷちに立たされたり、追いつめられたりすれば、救いだしてやるのに、どこかの羊飼いが首を賭すことになるだろうから。

日をおかず――ニューヨークに来て二日後、あるいは三日後？――わたしたちは〈ベレンゲーリア〉号（ベレンガーリアという似た名の大型客船が実在した）でヨーロッパに渡った。リチャードによれば、「どこの誰でも乗るような船」だそうだ。一年のこの季節にしては、海はさほど荒れなかったが、わたしは犬のように船酔いした（なぜこういうとき〝犬のように〟と言うか？　だって、犬はいかにも船酔いしそうな顔してる。わたしもどうにもならなかった）。

船員が洗面器と、冷めた薄い紅茶（ただしミルクなし）を持ってきてくれた。シャンパンがいちばんの薬だから飲むようにと、リチャードは言ったが、そんな危険は冒す気になれなかった。彼は多少気づかってくれたが、多少苛ついてもいた。もっとも、気分がわるくてかわいそうに、としか言わなかったが。夜を台無しにしては申し訳ないので、あなたはひとりでも出かけて社交すべきだと言うと、そのとおり出かけていった。船酔いをして助かったのは、リチャードがベッドに入りこんでくる気を見せないことだった。世の多くのことと同様、セックスはてきとうにやり過ごせるが、吐き気はそうはいかない。

翌朝、なんとかがんばって朝食の席に出るべきだと、リチャードが言いだした。それらしい体裁さえととのえれば、「戦《いくさ》は半分勝ったようなもの」だから、と。わたしは席について、パンをかじり、水を飲み、料理の匂いは気にしないよう努めた。萎んでいく風船みたいに、中身が抜けて、すっかりゆるみ、皺くちゃになった気がした。リチャードはたまに世話を焼いてくれたが、周りには知った顔がいたし（いるようだったし）、むこうもリチャードのことを知っていた。立ちあがって、握手をしては、また腰をおろす。わたしのことを紹介することもあれば、しないこともあった。しかし、これだけ知り合いがいても、まだまだ知り合いが欲しいらしい。わたしの頭ごしや、話している相手の頭ごしに、始終あたりを見回しているところを見ると、そうにちがいない。

わたしは昼のうちに徐々に回復した。ジンジャーエールを飲んだのが、少しは効いた。夕食はたべなかったが、席にはついた。その夜は、キャバレー・ショーがあった。わたしは紫がかったグレイのドレスに、紅藤色のモスリンのケープ――ウィニフレッドがこんなときのために選んでおいた衣装を身につけた。服とおそろいで、踵が高く爪先の開いた、紅藤色のサンダルも用意されていた。こういうヒールを履きこなすコツがまだつかめておらず、足下がわずかにふらついた。海の空気があっているようだな、とリチャードは言った。顔色もいい具合になってきた、女学生みたいにちょっと赤みがさして。とても綺麗だ。そう言って、予約しておいたテーブルにわたしをエスコートし、わたしにマティーニを、そして自分にもおなじものを注文した。マティーニを飲めば、あっというまに元気になるさ。リチャードはそう言った。

わたしはマティーニを少しばかり啜った。その時点で、もうリチャードはわたしの隣からいなくなり、青いスポットライトを浴びて立つ歌手が現われた。ウェイブのかかった黒髪を片目にたらし、筒のようなブラックドレスには、大きな鱗のようなラメがちりばめられていた。そのドレスは、堅肉《じし》だが見事なヒップにはりつき、撚り紐みたいなもので肩から吊られていた。わたしは魅入られたように歌手を見つめた。キャバレーはおろか、ナイトクラブにも行ったことがなかったのだ。女は肩を揺すりながら、なまめかしく呻くような声で、《ストーミー・ウェザー》を歌った。ドレスの前は、半分ぐらい丸開きだった。

席に座った客たちは、女を見つめ、歌声に聴きいり、ひとくさり意見を述べた――好き勝手に、気に入ったとか、気に入らないとか、そそられるとか、そそられないとか、あの歌は、あの衣装は、あのお尻は、良いとか悪いとか。彼女のほうは好き勝手するわけにもいかない。

ひととおりこなさねばならない——歌をうたい、肩を揺すって。こうしてどれぐらいもらっているんだろう。はたして、これに見合う額なのか。貧しい境遇でなければ、とても。わたしはそう判断した。あれ以来、〝スポットライトを浴びて〟という言い回しは、わたしにとって、まぎれもない屈辱の形になったようだ。スポットライトとは、明らかに寄るべからざるもの。できることならば。

歌手が引っこむと、白いピアノをものすごい速さで弾く男が登場し、そのあとは、男女組みになったプロダンサーが出てきて、タンゴを踊った。歌い手とおなじく、黒い衣装を着ていた。スポットライトを浴びた髪は、エナメル革のように光り、いまや毒々しい緑に染まっている。女のひたいには、黒い巻き毛がひと房ぺたりとつき、片方の耳の後ろには、大きな赤い花が挿してあった。ドレスは片方の腿の真ん中あたりから三角形のまちが入っているか、そうでなければ、ストッキングが丸出しに見えた。音楽は、不揃いで、ちぐはぐ、まるで四つ足の動物が三本足で歩いているようだった。そういう牡牛が、頭を下げて突進していくような。

踊りはどうかと言うと、ダンスというより格闘技みたいだった。踊り手の表情は固まったように無感情。目ばかりギラギラさせて見つめあい、嚙みつく機を窺っている。演技なのだと察しはついた。プロの技なのだろう、と。それでも、ふたりは手負いの者のように見えた。

三日目がやってきた。午下がり、わたしは外の空気を吸おうとデッキへ散歩に出た。リチャードはついてこなかった。大事な電報が来そうだから、と。電報ならすでに山ほど来ていた。銀のペーパーナイフで封を切り、中身を読んだら、引き裂いてしまうか、いつも鍵をかけてあるブリーフケースにしまいこむ。

別段、デッキに付き添ってほしかったわけではないが、それでもわたしは孤独を味わっていた。孤独だということは、蔑《なみ》されているということ。蔑されているということは、不首尾ということだ。まるで、約束をすっぽかされたような、その気にさせて棄てられたような気がした。失恋したかのような。クリーム色のキャラコの服を着たイギリス人の一行が、こちらを見つめてくる。意地悪な視線ではなかった。温和で、よそよそしく、微かに好奇の混じった眼差し。イギリス人でなければできない見つめ方。自分が薄汚れて皺くちゃになり、つまらぬ存在になった気がした。

空には雲が垂れこめていた。煤けたような灰色の雲で、水浸しになったマットレスの詰め物のように、所々がぼこぼこと凹んでいた。霧雨がぱらついている。帽子をかぶっていなかったのは、風で飛ばされるのを恐れたからだ。絹のスカーフを顎の下で結んだだけの格好だった。わたしは手すりにもたれ、遠くを見晴るかし、眼下を見おろした。果てしなくうねる鈍色《にびいろ》の波を。船の白い航跡が水面に書きつける、短く、意味のないメッセージを。それが隠れた災いを解く鍵であるかのように。裂けたモスリンがたなびくようにも見える。煙突から煤が吹きつけ、留めた髪がほつれて、湿った毛先でわたしの頬を打った。

なるほど、これが海というものだ、そうわたしは思った。それらしく深遠な感じはしなかった。海の詩かなにか、読んだはずの文章を思い出そうとしたが、出てこなかった。〝砕けよ、砕けよ、砕けよ〟。そんな始まり方をする詩。冷たい灰色の岩が出てきたっけ。〝おお、海よ〟（アルフレッド・テニスン、"Break, break, break"より）。

船外になにか投げたくなった。そう求められている気がしたから。結局は、一ペニー銅貨を投げたが、なにも願いはかけなかった。

第六部

昏き目の暗殺者　千鳥格子のスーツ

男は鍵をまわす。門式の錠前。ささやかなご加護。今回はついていた。アパートの一室を丸ごと借りられた。独り身の女の住まい。狭いキッチン・カウンター付きの広い部屋一間だけだが、専用のバスルームもあり、バスには、猫脚の湯船とピンクのタオルが備えられている。なかなかの高級感。この部屋の主は友だちの友だちの恋人で、目下、遠方の葬式に出かけていた。丸四日の安泰。もしくは、安泰という幻想。

カーテンはベッドカバーとそろいだった。節糸織りの重厚な絹地は、サクランボ色。もう一枚、ごく薄いレースのカーテンが掛かっていた。男は窓から少し距離をおきながら、外を見やる。色づきだした木の葉ごしに見える景色は、〈アラン・ガーデンズ〉の建物だ。木々のもと、酔っぱらいだかルンペンだかが、ふたりしてのびており、ひとりは顔の上に新聞紙をのせていた。彼自身もああして眠りをとってきた。自分の息で湿った新聞紙は、いかにも貧乏臭い、敗北の匂いをさせる。犬の毛だらけになったカビ臭いソファ生地のような。ボール紙のプラカードや、くしゃくしゃになった紙類が、草地に散らばっている。昨晩の集会の残骸。同志たちが延々と〝教義《ドグマ》〟をぶちあげて、聴衆の耳に吹きこむ――陽の射さない時代にこそチャンスをものにしろ、と。みじめたらしい男ふたりが、先端に金属を被せた棒きれでゴミを拾って麻袋に入れ、後片付けをする。少なくとも、この哀れなやつらには、これが仕事なのだ。

　女は下の公園を斜めに突っ切ってくるだろう。いったん立ち止まり、見張りがいないか、あからさまにあたりを見渡す。それがすむころには、見張りが現われているだろう。

　なんだか無性的な白と金の机には、パンを半斤に切ったような大きさと形をしたラジオが置かれている。男はスイッチを入れる。メキシコ人トリオの声。水のロープといった感じの、固くて、柔らかい声が、からみあう。おれの行くべき所はあそこだ、メキシコ。テキーラを飲んで。ドッグレースに行って。いや、ドッグレースに〝もっと〟行って。餓えたオオカミレースでもいい。ならず者《デスペラード》になって。男は机に自分のタイプライターを据えると、鍵を開け、蓋をはずして、ロール式の紙をセットした。インクリボンが切れかけている。女が着く前に、何ページかは打つ時間があるだろう。女が着けばの話だが。ときには、足止めを食ったり、邪魔が入ったりする。まあ、女の言い分によれば。

　女を抱きあげて、このハイカラな湯船に入れ、シャボンの泡だらけにしてやりたい。そのなかをいっしょに転げ回るんだ、ピンクの泡にまみれた豚みたいに。できたら、やってやろう。

男がいま練っているのは、ある構想――というか、構想の構想だ。地球を探索する宇宙船を飛ばす、ある地球外生物の話。その身体はすぐれた構造のクリスタルで出来ている。彼らは地球上の生き物が自分たちに似ていると考え、交信をとろうとする。類似点は、眼鏡、窓ガラス、ヴェネチア風の文鎮、ワイン・ゴブレット、ダイヤモンドの指輪などなど。この点、彼らは見あやまっていた。故郷の星には、以下のような報告書を送り返した。「この惑星は、かつて栄えたがいまは滅びてしまった文明の興味深い面影に満ちみちている。高度な文明だったに違いない。どんな大惨事が原因で、知的生物が絶滅したのかは、不明である。惑星は現下、ねばつく緑の金銀線細工《フィリグラン》のような種々の繊維体と、半液状の泥が奇態な形をなす無数の小滴が、見られるばかり。このあちこちに、不規則にさす光の条が入り乱れ、地表は透明な流体に覆われたように見える。これらの発する甲高い軋音やよく響くうなり声に似たものは、摩擦震動と考えるべきで、言語と取り違えてはならない」。

とはいえ、これでは物語にならない。宇宙人が攻めてきて、地球を荒廃させ、ジャンプスーツからご婦人が踊りでてくるようでなくては、〝物語〟とは言えない。ところが、侵攻するとなると、物語ってものの前提がくずされてしまう。この惑星に生き物がいないとクリスタル星人が考えるなら、なぜわざわざ着陸するだろう？　考古学的な興味か。標本の採取に。突如としてニューヨークの摩天楼から、何千という窓ガラスが、宇宙人の掃除機に吸いとられる。何千という銀行の頭取も同様に吸いとられ、絶叫しながら死んでいく。これはいけるかもしれない。

いや。これでも、まだ物語にはならない。売れるような要素が必要だ。〝不死身の死女〟たちに話を戻そう、血に餓えた例の。今回は、髪の毛を紫色にし、〝アーン〟の十二の月が発する淡紫色の毒光線のもとで、活躍させる。いちばんいいのは、男の子たちが考えそうな装丁画を描き、そこから始めること。

しかし、うんざりだ、こんな女たちには。女たちの牙にも、しなやかな体にも、〝熟れ熟れでありながら引き締まったグレープフルーツを半分に割ったようなバスト〟にも、あいつらの大食らいにも。赤い鉤爪にも、邪悪な瞳にも。頭をガツンと一発にも。ウィルだのバートだのネッドだの、一音節だけの名前のヒーローにも、うんざりした。やつらの光線銃やら、肌に密着したメタリックの服やらにも。一冊十セントのスリラー本。それでも、ばんばん書き飛ばせば、生計はたつ。物乞いにえり好みはできない、というやつだ。

また現金が底をつきかけていた。ない私書函のひとつから。それに裏書きをすると、女が現金化してきてくれる。彼女の名前で、彼女の銀行で。彼女にはなんの問題も生じない。ついでに、郵便切手も少し持ってきてくれたら。もっとタバコも持ってきてくれたら。もう三本しか残っていない。

男は部屋を行きつ戻りつする。床が軋む。堅材だが、ラジエーターの液が漏れたところが染みになっている。ここは戦前に建てられたアパートだ。身元のしっかりした、独り住まいの勤め人向けに。当時は、世の先行きももっと明るかった。スチームヒーター、安定した給湯設備、タイル張りの廊下――なにもかもが最先端。この建物は、いまより良い時代を見てきたわけだ。男がまだ若かった何年か前、ここに部屋をもつ女を知っていた。看護婦、だったと思う。ナイトテーブルの抽斗に、スキンを入れていた。火口がふたつのガスレンジがあり、ときには朝食もつくってくれた――ベーコン・エッグズ、バターたっぷりのパンケーキにメープルシロップをかけて。女の指についたシロップを舐めてやったものだ。前の間借り人が置いていった、鹿の頭の剥製も壁に掛かっていた。その枝角に、女はストッキングをぶら下げて干していた。

土曜日の午後。火曜日の夜。女が非番のときは、いつも酒を飲んで過ごした。スコッチ、ジン、ウォッカ、手近にあるものならなんでも。初っ端《しょぱな》からへべれけに酔ってしまうのが、女は好きだった。映画にも、ダンスにも出かけたがらなかった。ロマンスも、ロマンスごっこも、まっぴらのようだった。まあ、どちらもおなじだが。彼に求めるのは、スタミナだけ。決まって毛布を浴室の床にはらりと広げた。背中にあたるタイルの硬さがいいのだと言う。男の膝と肘にとっては、とんでもない試練だった。もっとも、その場では気づきもしなかった。あっちのことに気をとられていたから。女はスポットライトを浴びているように、頭をのけぞらせ、くるりと目をむきながらうめいた。一度、立ったまましたことがある。ウォークイン・クロゼットの中で。膝はがくがくし、防虫剤の臭いが鼻をつき、周りには、上等な縮緬の喪章やラムウールのアンサンブルがあった。女は悦びにむせび泣いたものだ。彼を棄てたあと、弁護士と結婚した。お似合いのふたり、純白の結婚式。男はそれを新聞で読んで、面白がりこそすれ、恨みはしなかった。でかしたぞ。そう思った。ときには、あばずれが勝つ。

青二才のころだ。名もなき時代。愚かなる午後。手っ取り早く、冒瀆的で、あっというまに終わり、前にも後にも求めず、言葉も要らず、支払うものもない。諸々のごたごたに、ごたごたと巻きこまれる前の日々。

腕時計を見て、また窓辺に寄ると、ああ、彼女がやってきた。公園を斜めに駆けてくる。今日は鍔広の帽子に、千鳥格子のスーツにベルトをきつく締め、ハンドバッグを小脇に抱え、プリーツスカートの裾を揺らしている。ぎくしゃくした、妙な歩き方だ。後肢《あとあし》で立って歩くのに慣れていないかのような。だが、ハイヒールのせいだろう。あんな踵でどうやってバランスをとるのか、つくづく不思議に思う。合図を受けたかのように、女が立ち止まる。例のぼうっとした表情で、あたりを見回す。摩訶不思議な夢から覚めたばかりのように。紙くずを拾っていた男ふたりが、女のほうを見やる。〝なにか失くしものですか、お嬢さん？〟。ところが、女はそのまま歩を進め、通りを渡ってくる。渡ってくる姿が、木の間隠れにちらちら見える。番地を探しているにちがいない。さあ、玄関の階段をあがってきた。ブザーが鳴る。男はボタンを押して、タバコをもみ消すと、机の灯りのスイッチを切り、ドアの鍵をはずす。

こんにちは。すっかり息が切れたわ。エレベーターを待ちたくなかったの。女はドアを押して閉め、ドアに背を向けて立つ。

誰にも尾けられていないよ。おれがずっと見ていた。タバコ、持ってきたかい？

それから、あなたの小切手と、五本目のスコッチもね。極上の。品揃え豊富なうちのバーからくすねてきたわ。品揃え豊富なバーの話はしたかしら？

女は軽い調子、もっと言うと、おちゃらけた態度をとろうとしている。あまり巧くない。時間かせぎをしながら、男の望むものをじっと窺っているのだ。決して自分から初手は打たない。しっぽを出すまいとしている。

よくやった。男は近づいてきて、抱きしめる。

よくやった？　ときどきね、わたしギャングの情婦みたいな気分になるの——あなたのお遣いをして。

ギャングの情婦のわけないだろう。おれは銃も持っていない。映画の見すぎだな。

とんでもないわ、女は男の首筋につぶやく。あなた、散髪したほうがよくてよ。柔らかいアザミの毛みたい。と言って、男のボタンを上から四つはずし、シャツの下に手を滑らせる。男の肌はとても締まって、密な感じがする。きめが細かく、まっ黒に灼けて。こんな木彫りの灰皿を前に見たことがある。

昏き目の暗殺者　赤いブロケード

素敵だったわ、女が言う。あのバスタブ、素敵だった。それに、意外や意外、ピンクのタオルに包まれたあなたの姿なんて。いつもの所に比べると、ずいぶん豪華ね。

誘惑はいたるところにひそんでいるものさ、男は言う。〝ポン引き〟は招く。この部屋の女、しろうと娼婦なんじゃないかな、どう思う？

男はピンクのタオルで女の体をくるみ、濡れて滑りながら、ベッドへ抱いていく。節糸織りのサクランボ色をした絹のベッドカバーをはぎ、サテンのシーツのあいだにもぐりこんだら、女が持ってきたスコッチを飲む。上物のブレンデッド・ウィスキーだ。燻したような香り、じんわり熱く、タフィみたいになめらかな喉ごし。女は贅沢に体をのばしながら、このシーツは誰が洗うのかしらと、ほんの一瞬考える。

ひとさまの部屋にあちこち無断であがりこんでいる。そんな感覚を、女は無理に打ち消そうとはしない——誰であれ普段そこに住んでいる人の私的な領域を侵しているという気分。クロゼットや衣装だんすをつぶさに検《あらた》めてみたいが、なにも物取りをしようというのではなく、見るだけだ。世の人々の暮らしぶりを。実社会に生きる人たち——自分よりリアルな人たちの。彼にもおなじことをしてやりたいけれど、ところが、あの人はクロゼットも衣装だんすも、ともあれ私物は持っていない。何かを発見しようにもするものがなく、秘密を暴くものもない。ただひとつ、擦り切れた青いスーツケースがあるが、つねに鍵をかけて、たいていベッドの下に置いていている。

彼のポケットの中身も、情報源にはならない。何度かひととおり調べたことがあるが（スパイ行為とは違う。何がどこにあるのか、どこに入れっぱなしになっているのか、知りたかっただけ）。ハンカチ一枚、青、白い縁取りあり。つましい小銭。タバコの吸いさしが二本、パラフィン紙に包まれていた——節約してとっておいたにちがいない。ジャックナイフ、古いもの。一度は、ボタンがふたつ出てきた。きっとシャツからとれたのね、女はそう考えた。嗅ぎ回っているのがばれるので、ボタンを付け直しましょうかとは言わなかった。信頼のおける女だと思われたい。

運転免許証、彼の名義ではない。出生証明書もおなじく。それぞれ違う名前だ。あの人をいっぺん虱潰しに調べあげてやりたい。なかを引っかき回して。逆さまにひっくり返して。中身をすっかり空にして。

男はやさしく歌う。上調子な声で。センチなラジオの流行歌手のように。

煙のこもる部屋、悪魔の月、そしておまえ——
キスを盗むと、おまえはいついつまでもと誓った——
ドレスの下に手を滑らせると、
おれの耳を噛み、ふたりで滅茶苦茶やった
いまは夜明け——おまえはいない——
そして、おれはブルー。

女は笑いだす。そんな歌、どこで仕入れたの？

わが娼婦ちゃんの歌だよ。今日の舞台にぴったりだろ。

ここの人、本物の娼婦じゃないわ。しろうと娼婦でもないわね。お金をとっているとは思わない。ほかになにがしかの報酬はもらっていそうだけど。

チョコレートをたんまりか。あなたなら、それに甘んずるかな？

トラックに何台ぶんももらわないとね、女は言う。わたし、それほど高くはつかないの。このベッドカバーは本物のシルクね、色が気に入ったわ——けばけばしいけど、すごく素敵。肌の色をきれいに見せるでしょ、ピンクのキャンドル・シェードみたいなもので。ところで、先を用意してきてくれた？

先って、なんの？

わたしのお話の先よ。

あなたの話だって？

ええ。わたしのためのお話じゃないの？

ああ、いや、そうだよ、男は言う。もちろん。ほかのことは頭にない。夜も眠れないよ。

嘘つきね。退屈してるの？

そなたを歓ばせしものなら、わがはいを退屈させようはずがない。

まあまあ、大仰だこと。ピンクのタオルをもっと登場させないとね。そのうち、あなた、わたしのガラスの靴に口づけるわよ。まあ、ともかくつづけて。

どこまで話したかな？

青銅の鐘が響いたところよ。喉が掻き切られた。ドアがひらく。

よし。しからば先を。


男は話しだす。さて、これまで話してきた娘だが、いよいよドアが開く音を耳にした。〝ひと夜の褥《しとね》〟の赤いブロケードをしっかり体に巻きつけながら、壁際に後じさる。その生地は、なんだか干潟のような、潮の臭いがする。彼女の前に死んだ娘たちの恐怖が干からびて染みついているのか。誰かが部屋に入ってきた。重い物を床に引きずる音がする。ドアがふたたび閉まった。部屋は塗りこめたような闇。なぜランプやロウソクの明かりがないのだろう？

両手を前に突きだして、身を守ろうとしたところで、べつな手に左手をつかまれ、握られたのを感じる。優しい握り方で、無理じいするではない。なにかを問いかけるようだった。

娘は口がきけない。「わたし話せないの」と言えないのだ。

昏き目の暗殺者は、娘のヴェールを床に落とす。その手をとったまま、ベッドのかたわらに腰をおろす。いまなお殺すつもりだが、それはちょっと後回しにしてもいい。こういう〝囲いもの〟の娘たちの話は耳にしてきた。最期の日まで、人目を避けて匿われているのだとか。男は娘に興味を抱く。どのみち、彼女はそういう類の女で、いわば、〝据え膳〟。そんな女を拒めば、神々の顔に唾することになる。敏速に動いて、任務を遂行し、姿をくらますべきとはわかっていたが、それにしたって時間はたっぷりある。娘の肌にすりこまれた香水の匂いがする。葬式の棺の匂い。未婚のまま、うるわしさを徒《いたずら》にして死んだ娘たちの匂い。

いまさらなにも台無しになるわけでなし。暗殺者は思う。金で買ったものはなにも。きっと偽の地界の王も、すでに訪れて去ったあとだろう。あの錆びついた鎖かたびらは着けたまだったろうか？　おおかたそうだろう。太い鉄鍵をガチャガチャと挿しこむように、娘の中へ押しいり、鍵を回すようにして、この体をこじ開けたのだろう。あの感触は、おれも嫌というほど憶えている。そうでなければ、こんなことはしない。

暗殺者は娘の手を自分の口元に持っていき、唇をつける。キスとは言えないが、敬意と儀礼の印である。お恵み深き高士よ――暗殺者は言う。物乞いが金持ちの施し人に聞かせる決まり文句だ。あなたの絶世の美を噂に聞いてやってまいりました。しかし、ただここに居《お》れというのは、生殺しも同然でございます。あなたのお姿をこの目で見ることはかないませぬ。盲いていますゆえ。この手で見ることをお許しいただけまいか？　最後のお慈悲になりましょう、おそらく御身にとっても。

男もだてに奴隷と男娼をやってきたわけではない。おだて方は心得ている。見えすいた嘘のつき方も、へつらい方も。娘の顎に指をかけたまま、娘がためらったあげく、うなずくのを待つ。娘の心の声が聞こえるようだ。〝明日には、わたしは死ぬのだし〟。おれがここに来た本来の目的を推し量っているだろうか。男はそんなことを思う。向かう場所もなく、時間もなく、〝絶望〟の意味を真に理解している者が、ときに快挙を成し遂げる。彼らは危険と得を秤にかける必要もなく、未来を思うこともなく、槍の切っ先を〝現在〟という時に突きこむ。断崖に投げだされたら、落っこちるか、飛ぶしかないだろう。そして、どんな望みにもしがみつく。それがどれほど期待薄でも――使い古された言葉を出すなら――奇跡のようなことでも。言い換えれば、〝万にひとつの望みでも〟。

と、まあ、こんななりゆきだよ、この夜も。

昏き目の暗殺者はゆっくりゆっくり、娘に触りだした、片手だけで。右の手だ――縁起がいいとされる手であり、利き腕、ナイフを使う手。顔を撫で、その手を首筋に滑らせる。今度は、左手、不吉とされる手も添えて。両の手を使って、ごくごくもろい鍵、絹で出来た鍵の錠破りでもするように、そうっと。水に撫でられているような感じがする。娘は身を震わせるが、いままでのように恐怖のせいではない。しばらくすると、体に巻きつけた赤いブロケードをはらりと落とし、男の手をとって導く。

肌のふれあいは、視覚の前にありき。言葉の前にありき。それは、最初にして最後の言語。つねに真実を語る。

こうして、口のきけない娘と、目の見えない男は、恋に落ちた。

驚かせてくれるわね、女は言う。

そうかい？　と、男。どうして？　あなたを驚かすのは好きだが。男はタバコに火をつけて、女に勧める。女は首を振って断わる。男はタバコを吸いすぎる。神経が過敏になっているのだ。手元はしっかりしているものの。

だって、ふたりが恋に落ちたなんて言うんだもの。そんなものはさんざん馬鹿にしていたくせに――現実味がない、ブルジョワの妄想だ、芯まで腐っていやがる、とか言って。気色わるいほどおセンチで、仰々しいヴィクトリア風の口実をつけているが、純然たる肉欲だろ、なんて。けど、ご自分には甘いのね？

おれのせいにするな、歴史のせいにしろ、男はにやにやして言う。たまにはそういうことも起きるってこと。〝恋に落ちた〟記録はめんめんと残っているぜ。少なくとも、その手の言葉は。ともかく、男は嘘をついていると言ったろう。

そんな風に言い抜けるなんて駄目よ。嘘をついていたのは、最初だけ。あとから、撤回したんじゃないの。

うーむ、一理あるか。とはいえ、もっとすげない解釈もできるぜ。

解釈って、なんの？

この〝恋に落ちる〟って商売のさ。

それは、いつから商売になったの？　女は尖り声になった。

男はにやりとする。こういう考え方は気にさわるのか？　商業的すぎて！　良心の呵責を感じるって、そういうことか？　しかし、交換取引ってのは、どこにでもあるものじゃないか？

ないわ、と女は言う。そんなもの。あるとはかぎらない。

この男はつかめるものをつかみとった、そう言えるだろう。なぜつかまない？　気の咎めることはなし、やつの人生は弱肉強食、つねにそういう人生だった。あるいは、こうも言えるだろう。ふたりはどちらも若かったから、それ以上深く知りあおうとしなかった。若者が情欲を愛と勘違いするのは、世の常だ。若者はありとあらゆる理想主義に冒されているからな。それに、事後、男が娘を殺さなかったとは言っていないさ。言ったとおり、こいつから利己主義を抜いたらなにも残らないんだ。

ほら、いざとなると、怖じ気づく、女は言う。尻込みばかりの、腰抜け野郎。最後までやり通す気がないのよ。おあずけ女みたいな愛し方をすればいいんだわ、クソッタレ。

男は笑いだす。ぎょっとして笑いだす。女の言葉の下品さに驚いたのか。たじたじとなったのか。ついにあなたをやりこめたかしら？　言葉を慎みたまえ、お嬢さん。

どうして？　あなたは慎まないのに。

おれは悪い見本なんだよ。ともあれ、ふたりはどこまでも——〝おのれの感情〟に溺れたらしいと言っておこう。あなたがそう呼びたいのなら。感情のままに転げ回り、その瞬間だけに生きて、それこそ上から下から詩を吐きだし、キャンドルを燃やし、盃を飲み干し、月に叫んだ。時間切れが迫っていた。ふたりには、失うものは何もない。

男にはあるわ。少なくとも、男はそう思っていたはずよ！

わかった、わかった。娘には失うものはなかった、と訂正するよ。そう言って、男はタバコをふかす。

わたしとは違うと、言いたいわけね、女は言う。

たしかにあなたとは違うな、ダーリン、男は言う。おれに似ている。失うものが何もない《ナッシング》なのは、おれのほうだ。

女が言う。けど、あなたにはわたしがいる。わたしは何もない《ナッシング》ではないわ。

《トロント・スター》紙　一九三五年八月二十八日

社交界の女学生、無事発見さる

《スター》紙　独占記事

昨日、警察は、社交界の一員である十五歳の女学生、ローラ・チェイスの捜索を打ち切った。ローラ嬢は一週間あまり行方不明だったが、家族の友人、E・ニュートン・ドッブズ夫妻のマスコーカの別荘に、無事身を寄せているのがわかった。ローラ嬢の姉と結婚した著名な事業家、リチャード・E・グリフェンが、チェイス家に代わって、記者の電話取材に応じた。「妻とわたしはひたすら胸を撫でおろしています」と、氏は述べている。「ちょっとした行き違いでした。手紙の配達が遅れたせいです。ローラは自分で休暇の段取りをしていましたが、滞在先の夫妻に知らせたと同様、わたしたちにも予定が伝わっていると思いこんでいた。くわえて、夫妻は休暇中は新聞を読まないのです。でなければ、こんな混乱は起きなかったでしょう。彼らは街に戻ってきて事態に気づくと、すぐさまうちに電話をしてきました」

ローラ嬢が家出をし、グリフェン氏は、サニーサイド・ビーチ遊園地で、妙な状況におかれていたという噂について訊ねると、そういう悪意ある虚報を誰が広めているのか知らないが、見つけだすことを自分の務めとしたい、と答えた。「誰にでもあるような、ありふれた勘違いです。ローラが無事だったことを、妻もわたしもありがたく思っています。警察、各新聞社、関係者のみなさんのご協力に、心からお礼を申しあげたい」ローラ嬢は報道に動揺し、インタビューを拒んでいると伝えられる。

長びく被害はなかったものの、郵便物の配達不備が原因で、きわめて由々しき問題が起きたのは、本件が初めてではない。国民は安心して任せられる公共サービスを求めて然るべきであろう。公務員は肝に銘じてもらいたい。

昏き目の暗殺者　街の女

女は街を歩く。歩く姿が通りになじんでいるといいけれど（英語でストリートウォーカーは街娼の意）。せめて、この通りに。ところが、そうは見えない。服装が場違いだ。場違いな帽子、場違いなコート。本当なら、頭にスカーフを巻いて顎の下で結び、袖の擦り切れたぶかぶかのコートを着ているべきなのに。うらぶれて慎ましく見えねばならない。

　この界隈は、ずいぶん家が建てこんでいる。かつては召使いのすまいが重なりあうように建っていたが、今日び、召使いなど数も減ったから、金持ちはべつの用途に使いだした。煤けた赤煉瓦の、いわゆる〝二間二間の家《ツーアップツーダウン》〟（一階と二階に二室ずつ小体な住宅）。トイレは屋外にある。小さな前庭の芝生に、菜園の名残りがあったり――黒ずんだトマトの蔓、紐のぶらさがる木の杭。菜園はもともと不作だったにちがいない――あまりに陽当たりがわるいし、土壌も汚れていた。しかし、こんなところでも、秋の木は豊かに繁り、落ちやらぬ葉は、黄に、橙に、朱に、新鮮なレバーのような深紅に色づいてきた。

　家の中から聞こえてくるのは、怒鳴り声、罵声、ドアのガタガタいう音、バタンと閉まる音。女たちはうるさそうに声を荒らげ、子どもたちが食ってかかる。窮屈そうなポーチでは、男たちが木の椅子に座り、暇をもてあましている。職にはあぶれたものの、まだ家と家庭にはあぶれていない。男たちは彼女を目にすると、眉をひそめつつ、袖口と襟元には毛皮の飾り、トカゲ革のハンドバッグを持つ女を、苦々しく品定めする。ひょっとして、男たちは間借り人で、貯蔵庫だの部屋の隅だのに押しこめられ、賃貸料を折半させられているのかもしれない。

　女たちが通りを足早に行く。うつむき、背を丸め、茶色の買い物袋を抱えながら。所帯もちにちがいない。〝ごった煮〟という語が、思い浮かぶ。彼女たちはわずかに肉のついた骨を肉屋でせしめとり、安いバラ肉を持ち帰って、しおれたキャベツをつけあわせて食卓に出すのだろう。そこへいくと、女は背筋をぴんと伸ばしすぎだし、顎をしゃんと上げすぎだし、あんなうらぶれた顔もしていない。地元の女たちがちょっぴり顔をあげて、彼女に目をとめると、忌々しげな目つきになった。娼婦だと思ったのだろう――とはいえ、あんな靴を履いて、ここで何をしているのやら？　自分のいる世界からはるかに落ちぶれたところで。

目印の酒場が見つかった。彼から聞いたとおりの角に。ビアホールだ。店のおもての木立に、男たちが集まっていた。女が脇を通っても、誰も何も話しかけない。藪のなかにいるかのように、ただ眺めているが、女の耳には、彼らのぶつぶつ言う声が聞こえる。嫌悪と色欲が喉元で混じりあい、船の航跡のように、女のあとをついてくる。教会の奉仕家や、高慢ちきで役立たずの社会改革家と勘違いしているのだろう。ご清潔な指を彼らの生活に突っこみ、あれこれ聞きだしては、横柄な援助として〝おこぼれ〟を差しだす。しかし、その手の人間にしては、この女、身なりが良すぎる。

女はタクシーをひろうが、たった三ブロック先で降りた。このあたりは、人通りも多い。語り種にはならぬが花――こんな界隈で、誰がタクシーに乗る？　とはいえ、どのみちもう〝語り種〟だ。いま必要なのは、べつのコート。処分セールでてきとうに選んでスーツケースに突っこんできたコートだ。ホテルのレストランへ入り、クロークにコートを預けたまま、化粧室に滑りこんで着替えてしまおうか？　髪の毛をボサボサに乱し、口紅をこすってぼかす。違う女になって出てくる。

いいえ、駄目。うまくいきっこない。まずもって、このスーツケースがある。ここに詰めこんだ家出という荷物と。〝そんなに急いでどこへいらっしゃるのです？〟

そんなわけで、偽装するマントもなしに、スパイものの主人公を演じる羽目になっている。頼りにするは顔だけ、その狡猾さだけだ。いまや、よどみなさ、冷静さ、無邪気さ、どれをとっても充分に稽古をつんでいる。両の眉を吊りあげる仕草、二重スパイがお得意の、誠実な曇りのない眼差し。まじりけのない水のような顔。大事なのは、嘘をつくことではなく、嘘の必要を巧みに避けることだ。あらかじめ、なにを聞いても馬鹿らしいと思わせておく。

それでも、いくらかの危険はともなう。それは、彼にとっても。実は、以前より危険が増しているんだ。男にそう言われたことがある。一度通りで見つけられたと思うんだ。顔を見て気づかれて。アカ狩りのおまわりだろう、おそらく。男は混みあうビアホールを抜けて、裏口から出たところだったと言う。

信じたものかどうか、女にはわからない――この手の危険が実際あるのかどうか。だぶっとしたダークスーツを着て襟を立てた男たち。女をつけ狙う車。〝いっしょに来いよ。泊めてやるから〟。殺風景な部屋、けばけばしい灯り。なんだか、あまりに芝居じみている。でなければ、モノクロ画面の、霧のなかだけで起きることのような。どこかよその国で、よその言語で。ここで起きるとしても、自分とは関係のないところで。

もし捕まったら、わたしは彼を棄てるだろう。一度も雄鶏が鳴かないうちに（イエスがペテロの裏切りを預言した言葉のもじり)。それは、はっきりと、冷静に、悟っている。ともかく、自分ひとり放免になり、男との関わりも、ちょっとした火遊びか、じゃじゃ馬のお戯《たわむ》れと見なされ、結果、どんな騒動が起きたって、とりつくろわれるだろう。もちろん、陰で代償は払うことになるが、とはいえ、何をもって? 自分はすでに破産の身なのだ。石をしぼっても血は出ない。いっそ〝店を閉めて〟、シャッターをおろしてしまおう。いつまでも〝昼休み中〟ということで。

ここしばらく、誰かに見張られている感じがする。とはいえ偵察しても、誰もいないのだが。ますます用心深くなっている。できうるかぎり用心深く。怖いの? ええ、そう。怯えてばかり。でも、怖いのは問題じゃない。というか、むしろ良いこと。だって、あの人といっしょにいられる歓びが高まる。逃げおおせているという感覚も。

真の危険とは、わが身から出てくるもの。自分がなにを許すか、どこまで行く意志を持つか。けど、これには許可も意志もあったものじゃない。だったら、わたしがどこへ突き動かされていくか。どこへ導かれていくか。動機については、よくよく考えてみたこともなかった。実のところ、動機というほどのものはないのかもしれない。欲望は動機とは言えないから。でも、ほかに選択の余地があるとは思えない。こんな至極の歓びは、また屈辱でもある。犬の革紐みたいに、みっともないロープを首に巻かれて、引っ立てられているも同然。そんなのって頭にくるわ、自由がないなんて。だから、合間の時間を引き延ばし、出し惜しみしながらあの人に会ってやろう。待ち惚けをくわせ、すっぽかした言い訳に小さな嘘をつく——公園の壁にチョークで書いた印が見つからなくて、伝言を読めなかった、とか。ありもしない婦人服店の〝新しい〟住所やら、いもしない旧友が署名した葉書やら、間違い電話やら、もろもろの嘘をつこう。

でも、結局は、彼のもとへ戻る。抗っても仕方ない。わたしは記憶を消すために、忘れるために、あの人と逢っている。自分を明け渡し、消し去って。自分の体の闇に入りこみ、自分の名前すら忘れる。わが身を生け贄として捧げたい。どんなにつかのまでも。縛られず存在するために。

それでも、気がつくと、当初は思いも至らなかったことを考えている。あの人、洗濯物はどうしているのかしら？　一度は、ラジエーターの上に靴下が干してあった――わたしが見ているのに気づき、さっと隠したけど。あの人はわたしが訪れる前に、ものを片づけてしまう。雑ながらも、ひととおり。食事はどこでしているんだろう？　ひと所であまり何度も見られるのはまずいとか、前に言っていた。転々とするしかないのさ、こっちの飯屋、あっちの飲み屋から、またどこかへね。こういう下卑た言葉も、彼の口から出ると、まやかしの魅力をもつ。日によっては、いつにもまして過敏になり、うなだれたまま、外にも出ないという。そんなわけで、あっちの部屋にもこっちの部屋にもリンゴの芯がころがる。床には、パンくず。

あのリンゴやらパンやら、どこで手に入れてくるんだろう？　そういう細かいことは、妙に言い渋る――わたしがいない場では、生活はどうなっているのか。わたしが実情を知りすぎると、自分の威容がしぼむと思っているのだろう。みみっちい些事を知りすぎると。それはもっともかもしれない（画廊を見てみるといい。女を描いたあまたの絵は、ハッとするような私生活の瞬間をとらえている。〈眠れるニンフ〉〈スザンヌと老人たち〉〈水浴びする女〉ブリキのバスタブに片足を入れた絵だ――ルノワールだったか、ドガだったか？ どの絵の、どの女も、丸々としている。あるいは、猟人の物欲しげな目に気づく直前の、女神ディアーナと森の精たち（〝牧畜神ファウヌスに驚くディアーナと森の精〟というのはよくみられるモチーフ）。いずれにせよ、〈流しで靴下を洗う男〉なんて絵はないのである）。

ロマンスとは、遠景も前景もなく、中景のなかだけで起きる。ロマンスは露のしずくで濡れた窓ごしにあなたを覗きこむ。ロマンスとは、すなわち、世事を打《う》っ棄《ちゃ》ることである。日々の生活なるものが文句をたれたり、鼻をすすったりするところで、ロマンスはただ吐息をつく。わたしはそれ以上のことを求めているの？ あの人をもっと？ 中景だけでなく、絵を一枚丸ごと欲しいのだろうか？

ロマンスの危機は、間近で見すぎること、多くを知りすぎることから生まれる――それが男をだんだん小さくし、女もその巻き添えになってしまうのだ。あるとき、目覚めるとロマンスは空っぽで、すべて使い尽くされ――過ぎ去り、終わっている。この手にはなにも残っていない。置き去りの身。

古めかしい言葉だこと。

今回、男は迎えにこなかった。そのほうがいいだろうと言って。女は独りでたどりつくはめになる。手袋をした掌に、四角く折り畳んだ紙を握りしめて。暗号で指示が書かれているのだが、見る必要はない。紙のほのかな温みを肌に感じる。暗闇に夜光塗料で浮かびあがるラジウムダイヤルのように。

女は、男が自分のことを想っているさまを想う——わたしが通りを歩く姿。いよいよ近づいた、もうすぐ着く。そわそわして焦れているかしら、待ちきれなくて？　わたしとおなじように？　あの人はさも無頓着な口をききたがる——わたしが来ても来なくてもかまわないような——が、たんなるお芝居なのだ。あの人のお芝居は他にもいろいろある。たとえば、彼はもう既製品のタバコは吸っていない。買えるお金がないから。本当は自分で巻いている。あのいやらしげなピンクのゴムの道具を使うと、一度に三本ぶん作れる。それをカミソリの刃で切り、〈クレイヴンA〉の箱に詰めるのだ。これもひとつ、あの人の小さな欺瞞、というか、見栄。見栄をはらざるをえない彼を想うと、息が詰まりそうになる。

ときには、ひと握りのタバコを持っていくこともある——気前のいい贈り物、富者のゆとり。家のガラス製のコーヒーテーブルにのった銀のシガレット・ボックスからちょろまかし、ハンドバッグに押しこめる。とはいえ、毎回はやらない。気を揉ませておくのが大事だから。いつも餓えさせておくのが。

あの人は仰向けになり、充ち足りてタバコを吸う。確たる言葉が欲しければ、その前に言わせておくしかない。娼婦の料金とおなじく、最初に確保しなくては。微々たるものではあるが。会いたかったよ、あの人はそう言うかもしれない。あるいは、いくら会っても足りない、と。目を閉じ、歯を食いしばって気持ちを抑えている。いまも首筋に顔をうずめて囁く声が聞こえるようだ。

事のあとになれば、女は仕方なくせっつくことになる。
なにか言ってよ。
どんなことを？
なんでもあなたの好きなことを。
なら、どんな言葉が聞きたい。
教えたら、あなたはそのまま言う。それじゃ信じられないわ。
だったら、行間を読みな。
でも、行がひとつも無いんだもの。なにも聞かせてくれない。
なら、歌でもうたおうか。

さあ、アレを押しこんでアレを引き抜いても
煙はあいかわらずエントツのぼっていくよ——（〝ダンパーソング〟という昔ながらのキャンプソングのもじり）

どうだい、この行は？　そう彼は言うだろう。

あんたって本当にろくでなしね。

否定はしないよ。

ひとが物語に頼るのも無理ないわね。

女は靴の修理屋の角を左折する。一ブロック行って、家を二軒すぎる。すると、一棟の小さなアパートが。〈エクセルシオール〉。きっと、ヘンリー・ウォッズワース・ロングフェローの詩から名づけたのだろう。おかしな図柄のついた旗が立っている。高みへ昇るために、あらゆる俗事を犠牲にする騎士。いったいなんの高みへ？　空疎なるブルジョワ的敬虔さか。こんな場所、こんな時に、なんと馬鹿ばかしい。〈エクセルシオール〉は赤煉瓦の三階建ての建物で、各階に窓が四つと、鉄細工のバルコニーがついている——バルコニーというより、たんなる出っ張りというか。椅子ひとつ置く余地もない。その昔ひところは、この界隈では一線を画す存在だったが、いまや庶民にもどうにか手が届く貸家である。バルコニーには、誰かがおざなりに張った物干し紐があり、くすんだ布巾が、敗軍の旗のようにさがっている。

女はその建物を通りすぎ、つぎの角で通りを渡る。そこで立ち止まり、靴に何か引っかかったかのように、下をちらりと見る。下、そして後ろを。背後を歩くものはなく、ゆっくり尾けてくる車もない。恰幅のいい女が、息を切らして玄関の階段を昇っている。船の底荷のように、網目の粗い袋を両手に持って。つぎはぎだらけの服を着た少年がふたり、小汚い犬を追って、歩道を駆けていく。このあたりには男たちの姿も見えず、ポーチでハゲタカ爺さんたちが肩寄せあって、ひとつの新聞を読んでいるぐらいだ。

女はそこで向きを変え、いま来た道を引き返すと、〈エクセルシオール〉の前に来たところで、ひょいと横丁に入り、歩を速めるが、走りだしそうになるのをこらえている。アスファルトはでこぼこで、女のヒールは高すぎる。こんなところで足首をくじいてはたまらない。さっきより、よほど人目にさらされている気がする。憎悪の目で睨まれているような。かといって、どこに窓があるわけでもない。胸は烈しく打ち、脚はか弱く、絹のよう。女は気が動転しそうになる。なぜ？

彼、あの部屋にいやしないんだわ、頭のなかで小さな声がする。苦しげな小声。死を悼む鳩の啼き声のような、柔らかで悲しげな声。跡形もなく。連れ去られて。もう二度と会うことはない。二度と。女は泣きだしそうになる。

馬鹿ね。そんなに自分を怖がらせて。けど、それでも、現実味はある。あの人は、わたしより、いともたやすく消えてしまえるはず。わたしには定まった住処があるから、どこを探せばいいか、すぐにわかってしまうけど。

女は立ち止まり、片手の手首を鼻先に持ってゆき、香水をしみこませた毛皮の匂いを吸いこんで、気をとりなおす。アパートの裏手に鉄のドア——勝手口がある。女はそれを軽くノックする。

昏き目の暗殺者　玄関番

ドアがひらくと、男がいる。やれ、ありがたやと思う間もなく、女は中へ引き入れられる。ふたりがいるのは踊り場だ。裏階段の。灯りといえば、どこか上の窓から射すだけ。男が頰を両手で挟みこんで、キスをしてくる。紙やすりのようにざらつく男の顎。彼は身を震わせているが、欲情しているせいではない。そのせいばかりではない。

女は身を引き離す。山賊みたいな形《なり》ね。とはいえ、山賊など見たことはない。オペラで観たのを思い出しているだけだ。《カルメン》のジプシーの密輸団。眉ずみを黒々と引いて。

すまないな、男は言う。急いでトンズラする羽目になってね。誤報かもしれないが、持ち物は仕方なく少し置いてきたよ。

カミソリとか？

それも、ひとつ。さあ、どうぞ――階下《した》なんだ。

階段は狭い。塗装なしの木材、貧弱な手すり。階段をおりると、コンクリートの床だ。炭塵、鼻をつくような地下室の臭い。洞窟の湿った石のような。

この奥。玄関番の部屋なんだけどね。

でも、あなた玄関番じゃないんでしょ、本当は？　女はちょっと笑う。

目下のところは、そうなのさ。というか、大家はそう思いこんでる。朝早く二度ばかり顔を出して、おれがちゃんと炉に薪をくべたか、でも、あまりくべすぎていないか、見にきた。アパートの部屋をあまり暑くされては困るのだろう。高くつくから。生暖かいぐらいがちょうどいい。これは、ベッドというほどの物じゃないが。

ベッドはベッドよ、そう女は言う。ねえ、ドアに鍵を。

鍵は閉まらないんだ、そう男は言う。


室内には小さな窓があり、鉄格子がはまっている。そこに、カーテンの残骸。窓から、錆び色の光が射してくる。ふたりはドアノブに椅子を立てかけたが、背の横木はあらかたはずれて、木っ端も同然。たいしたバリアにはならない。ふたりはカビ臭い毛布にもぐりこみ、男のコートと女のコートを上から掛ける。シーツにいたっては、考えるのも忍びない。女は男のあばら骨があたるのを感じ、そのくぼみを指でなぞってみる。

あなた、毎日なに食べているの？

ごちゃごちゃ言わないでくれ。

だって、やせすぎよ。なにか持ってきましょうか、食べ物を。

けど、あなたはあまり当てにならないからな、そうだろ？　現われるのを待っていたら、餓え死にしてしまいそうだ。心配はいらない。ここはすぐに出るから。

ここって？　この部屋という意味、それともこの街、それとも……。

わからんよ。そう嚙みつくな。

知りたいのよ、ただそれだけ。心配なの、だから……。

そのへんまでにしとけ。

なら、いいわ、女は言う。ザイクロンのお話に戻りましょう。もう帰ってほしければべつだけど。

いいや。まだ少しいてくれ。すまないとは思うが、このところ緊張続きでね。前回は、どこまで話したかな？　忘れてしまった。

娘の喉を掻き切るか、永久《とわ》に愛するか、男が決めかねているところ。

ああ、そうだ。よくある選択だな。


娘の喉を掻き切るか、永久に愛するか、男が決めかねていると――盲目のたまもので聴覚が鋭くなった耳が、金属の擦れて軋るような音を聞きつけた。鎖と鎖がこすれるような、鉄枷をして動いているような音。廊下をこちらに近づいてくる。地界の王が金で買った〝訪問〟を果たしていないことは、暗殺者もすでに察していた。娘の状態を見れば、わかることだった。言うなれば、傷ひとつない状態。

さて、どうしたものか？　ドアの後ろか褥《しとね》の下に隠れ、娘を運命にまかせたあと、ふたたび現われて、報酬の約束された仕事をこなす、という手もある。しかし、現実問題として、それは気が進まない。あるいは、事がたけなわとなり、夜這いに王がまわりの音など聞こえなくなってから、部屋をそっと抜けだすか。だが、そんなことをしたら、暗殺集団――組合と言ってもいいが——としての名望に傷がつく。

暗殺者は娘の腕をとると、その手で彼女の口をふさぎ、声を出すなと無言で指示する。そして、手をとって褥から導き、ドアの後ろへそっと隠す。打ち合わせどおりドアの鍵が開いているか確かめる。王は張り番がいるとは思っていないはず。司祭長との取引では、目撃者がいないことが条件とされた。王の来る足音が聞こえたら、神殿の女の見張りは、どこかへ下がることになっていた。

昏き目の暗殺者は〝ひと夜の褥《しとね》〟の下から張り番の死体を引っぱりだすと、ベッドカバーを着せかけ、スカーフを巻いて喉の切り口を隠す。死体はまだ硬くなっておらず、出血は止まっていた。やつが明るいロウソクを持ってきたらそれまでだが、そうでなければ、夜の闇ではひとの見分けもつきにくい。しかも、神殿の生娘たちは、ウンともスンとも言わないよう躾けられている。ひょっとしたら、やつは——伝来、頬当て付きの兜など仰々しい神の衣装に、ただでさえ手こずるだろうが——気づくのにしばしかかるのではないか。おかどちがいの女を手込めにしていることに。もっと言えば、死んだ女だが。

昏き目の暗殺者は、閨《ねや》のブロケードカーテンをほとんど引き閉める。娘のもとへ行くと、ふたりの身をできるだけ壁にぴったりくっつける。

重たい扉がうめくように開く。娘が見つめるなか、灯りが床を動いていく。地界の王はあきらかに周りがよく見えていないようす。どこかにぶつかっては、悪態をつく。いよいよ寝台のカーテンをまさぐりだす。どこにいるんだね、可愛いおまえ？　などと言いながら。娘が答えなくても驚きはしないだろう。なるほど、都合よく舌を抜かれているのだと解釈する。

そろりそろりと、昏き目の暗殺者はドアの後ろから抜けだしていく。娘もいっしょに。このクソッタレなものはどうやって脱がすんだ？　地界の王がぶつぶつ独り言をいう。ふたりはそっとドアの外に回り、手に手をとって廊下へ出ていく。おとなたちの目を避ける子どものように。

後ろで、叫び声があがる。怒りの、それとも、恐怖の。片手を壁について、昏き目の暗殺者は走りだす。走りながら、壁付けの燭台からロウソクをつぎつぎと引き抜き、火が消えることを願いつつ後ろへ放り投げる。

暗殺者は神殿のことなら、裏も表も知りつくしている。手触りと、匂いから。こういうことをつかむのは得意技だ。街もおなじ要領で知りつくしており、迷路のなかのネズミのように自在に走り回れる――出入口、トンネル、抜け穴、袋小路、まぐさ石の位置、溝やドブのありかもわかっているし、合い言葉もたいがいは知っている。どの壁ならよじ登れるか、どこに足掛かりがあるか、すべて承知していた。暗殺者が大理石の扉――逃亡者の守り神〝毀れの神〟の姿がバスレリーフで彫られている――を押し開けると、ふたりは闇のなかへ出る。暗いことがわかったのは、娘がつまずくからで、ここに来て初めて、娘と連れ立つとペースが落ちることに思いいたる。彼女の視力がむしろ足手まといになるのだ。

壁の向こう側で、バタバタと足音がしている。暗殺者は小声で言う。おれの衣をつかんで。それから、言わずもがなのことを付け足す。声をたてるな。ふたりは、秘密のトンネルが入り組んだなかにいる。司祭長とお付きたちはこのトンネルを利用して、女神と会ったり、ざんげをしたり、祈りに来たりする人々から、実に多くの貴重な秘密を知りえていた。こんなところはなるべく早く出なくてはならない。やはり、どこかを捜すといって司祭長が真っ先に思いつくのは、ここだろう。とはいえ、外壁のゆるんだ石の隙間から抜けだすこともできない。もともと神殿にはそこから入ってきたのだが。偽の地界の王はそれに気づき、すでに下手人を手配して、殺しの時間と場所を決めているかもしれない。いまごろは、昏き目の暗殺者の裏切りをきっと察しているだろう。

厚い石壁にさえぎられ、青銅の鐘の音がくぐもって響く。暗殺者はそれを、足に伝わる震動で知る。

暗殺者は壁から壁へと娘を導き、いきなり狭苦しい階段が現われると、それを降りていく。娘は怖くてめそめそ泣いている。舌を抜かれても、涙を流す力は失われていない。不憫だ、と彼は思う。廃棄された暗渠があるのは承知していたから、場所を探りあて、娘の体を抱きあげると、両手を〝あぶみ〟代わりに差しだして暗渠に登らせ、自分も勢いをつけて隣によじ登る。ここからは、腹這いになって進むしかない。臭いは芳しいものではなく、古びた臭いだ。人間の臭気が凝固して塵になったような。暗殺者は松明の煙の臭いはしないかと、鼻をひくつかせる。

星は出ているか？　そう娘に訊く。娘はうなずく。なら、雲はない。それは不都合な。五つの月のうち二月《ふたつき》が輝いているはずだし――月の頃合いから察するに――残りの三月もすぐに昇ってくるだろう。二月は朝まで明々としているだろうし、陽の高い昼間は、目立って仕方がない。

神殿としては、逃亡人の話が世間の知るところとなっては困るだろう――面子を失うことにもなるし、それにつられて暴動も起きかねない。生け贄にはべつの娘に白羽の矢が立つだろう。またヴェールだのなんだの着せるんだろう。それとはべつに、ふたりには、隠密に、だが容赦なく、追っ手がわんさとついてくるはずだ。

どこかの隠れ処に身を隠す手もあるが、早晩、食物と水を求めて出ていくことになる。自分ひとりなら、なんとかしのげるだろうが、ふたりとなると無理だ。

こんな女、いつでも棄てられる。それとも、刺し殺して、井戸に放りこむか。

いや、やはりできない。

暗殺者の巣窟はつねにあるものだ。みんな〝休日〟にはそこへ行って、ゴシップを交換し、略奪品を分かちあい、手柄を自慢する。この巣は、不逞にも、大宮殿の〝裁きの間〟の真下に隠れていた。深い洞穴には絨毯で内張りがされている――暗殺者たちが幼いころ織らされた絨毯、あれを盗んできたものだ。暗殺者なら手触りでわかる。しばしばその上に座り、幻夢に誘《いざな》う〝フリング〟なる草を吸いながら、絨毯の模様を、その豪奢な彩りを指でなぞり、目の見えるころはこの色がどんなふうに見えたか、思い起こしたりする。

しかし、この洞穴には、昏き目の暗殺者しか立ち入りを許されない。彼らは閉鎖社会を築いており、よそ者が連れこまれるのは、〝略奪品〟となった場合のみ。しかも、彼は殺害を依頼された人間を生きたまま助けだし、職務に背いた身だ。彼らはプロ、プロの暗殺者である。契りをまっとうすることを誇りとし、自分たちの行動規範を乱す行為は決して許さない。彼のことは容赦なく殺すだろう、しばし後に娘も。

すでになかのひとりが、彼らを見つけだすべく雇われていても不思議はない。盗人捕らえるには盗人放て。蛇の道は蛇と言うではないか。となれば、遅かれ早かれ、ふたりの運命は定められる。娘の香水ひとつで、居所が知れてしまうだろう——その身体は隅々まで香りをすりこまれている。

娘はサキエル・ノーンから連れだすしかない——この街から、この慣れ親しんだ縄張りから。危険なことではあるが、ここに留まるほど多大な危険ではない。たぶん、港までなんとかたどりつければ、そこから船に乗れるだろう。しかし、門をどうやってすり抜ける？　夜間の慣わしとして、八つの門はすべて錠がおろされ、門番が立っている。ひとりの身なら、壁をよじ登ることもできる——指と爪先でヤモリのように壁面をとらえて——が、娘がいっしょでは破滅を招くだけだ。

方法はまだある。足音をひとつずつ聴きながら、娘を導いて山腹をくだり、海にいちばん近い街の横手に出る。サキエル・ノーンの泉や源泉の水は、ことごとくひとつの水路に集められ、この路をつたって、街をめぐる防壁の下をくぐり、アーチ形のトンネルを通って外へ流れだす。水嵩は男の背丈より高く、流れが速いため、この水路づたいに街へ入りこもうという輩はいない。だが、出ていくのなら？

流れる水は、香りを消すはず。

彼自身は泳ぎができる。泳ぎは、暗殺者たちが習得に腐心する技のひとつだ。この女は泳げないだろうと踏んだが、はたしてそのとおりだった。衣服を残らず脱ぎ、ひとつにまとめるよう言いつける。今度は、自分が神殿の長衣を脱ぎ、娘の衣服といっしょにくる。それを自分の肩に巻いてひと結びしてから、両端を娘の両手首に縛りつけ、たとえ結び目が解けても、おれの手を放すなと言いつける。なにがあっても決して。アーチまで行ったら、息を止めること。

〝ニェルク〟の鳥たちが目覚めて動きだしている。朝一番の嗄れた啼き声が聞こえてくる。じきに陽が射す。三本むこうの通りを誰かが歩いてくる、なにかを調べているような、着々とした、慎重な歩み。暗殺者は娘を導くように押すようにして、冷たい水に入る。娘は息を喘がせるが、言われたとおりにする。ふたりは流れにのっていく。彼は本流を探りあて、水がアーチに入っていくところで、ザアザア、ゴボゴボ音をたてているのを聞きつける。あまり早くもぐると、息が切れてしまうが、遅すぎれば、石に頭をぶつける。いまだ。暗殺者は水中にもぐる。

水とは漠として形のないもので、手を入れれば、すっと通る。ところが、ひとを殺すこともできるのだ。こういうものの威力とは、すなわち勢い。いってみれば、弾道にある。なにとぶつかるか、どれぐらい速くぶつかるか。おなじことがあれについても言えるかもしれない——いや、そんなことはどうでもいい。

長く苦しいトンネルがつづく。暗殺者は、肺が破裂し、腕がもげてしまうかと思う。後ろに引きずる娘の重みを感じつつ、もう溺れ死んだだろうかと考える。少なくとも、流れにはうまくのっている。トンネルの壁をこすった。なにかが破ける。衣服か、皮膚か？

アーチ形の口をくぐると、ふたりは水面に顔を出す。娘は咳きこみ、彼は静かに笑っている。娘の顔が水中に沈まぬよう支えながら、自分はあおむけになる。ふたりはその体勢のまま、しばらく水路を漂っていく。もうじゅうぶん遠くまで来た、これで安全だと判断すると、暗殺者は娘を石造りの堤防の斜面に抱きあげ、上陸をはたす。手探りで木陰をさがす。消耗しきっているが、気分は昂揚し、不思議な、疼くような幸福感に充たされている。この女を救ってやった。生まれて初めて、ひとに情けをかけてやった。自分の選んだ道にこんな別れを告げたからには、どうなることか。誰にわかる？

周りに誰かいるか？　暗殺者は訊く。娘は立ち止まってあたりを見回すと、首を振って〝いない〟と告げる。獣は？　これも〝いない〟。彼はふたりの衣類を木の枝につるす。そののち、サフランの黄とヘリオトロープの赤紫の光と、深紅に染まる月たちの影が薄れゆくなか、暗殺者は絹を丸めるように娘を抱きしめ、なかへ押しいっていく。彼女はメロンのようにひんやりとし、新鮮な魚のようにちょっぴり塩辛い。

腕を回しあって、すやすや眠っているところ、街への出入口を偵察するよう〝荒れ地の輩〟に遣わされた三人のスパイが、ふたりにばったり出くわす。ふたりはぞんざいに揺り起こされ、スパイのひとりに尋問される。スパイは彼らの言葉を話すが、流暢というにはほど遠い。この男子は盲目らしい、彼は仲間のふたりに言う。それから、娘は口がきけないそうだ。三人のスパイはふたりに目を瞠る。いったい、どうやってここに辿りついた？　街から来たのではないのはたしか。門という門は錠がおりているのだから。まるで、空から降ってきたかのようだ。

　答えは歴然としている。このおふたりは神の使者なのだ。暗殺者と娘は、乾いた衣服を着ることを快く許可され、スパイの馬に乗せられて、〝歓喜のしもべ〟に謁見すべく、連れていかれる。スパイたちはしごく満悦で、ここは言わぬが花だと、昏き目の暗殺者は賢く悟る。こういう人々と、神の使者にまつわる妙な信心については、なんとなく聞いたことがあった。そうした使者は、わかりにくい形でご神託を伝えると言われている。これまで耳にしてきた、なぞなぞだの、パラドクスだの、判じ物だのを、ありったけ思い出そうとする。〝下り道は、上り道〟。〝夜明けに四つ足で歩き、午に二本足で、夕方には三本足で歩くものなあに？〟。〝肉は食する者からいずる、優しさは強き者からいずる〟（旧約聖書「歴代志」より）。〝いちめん黒で白で赤《レッド》のものなあに？〟。

　ザイクロン人にしてはおかしいわね。だって、彼らに新聞はなかったんでしょ（なぞなぞの答えは新聞。白と黒は活字、レッドは赤と「読まれる」の意の read にかけた有名な地口なぞなぞ）。

　鋭いね。最後のは無し。じゃ、神よりも強きもので、悪魔より邪《よこしま》なもの、貧者の持てるものではなく、富者にないもので、食べたら死ぬものはなんだ？

新しいなぞかけね。

当ててみな。

降参よ。

無しだ。

女は一瞬考えて、理解する。無しね。なるほど、女は言う。筋は通っているようね（おなじく有名な聖書なぞなぞ。神より強きものは無し＝ナッシング、悪魔より邪なものは無し、貧者の持てるものは無し、富者に無いものは無し、食べるものが無しなら死んでしまう）。

馬に揺られていきながら、昏き目の暗殺者は娘の体に片手をまわす。この女をどうやって守る？ ひとつ案が浮かんでいた。即席の窮策だが、それでも、うまくいくかもしれない。たしかにわれわれは神の使者だが、種類の違う使者なのだ、と主張する。〝無敵のもの〟から神託を預かってきたのはわたしだが、それを読み解いて伝えられるのは彼女だけだ。彼女は手を使ってこれを行なう。指でサインを出しながら。このサインの読解術は、わたしにしか明かされていない。また、こうも付け足しておこう、やつらが良からぬ気を起こすとまずいから。あるまじき形で、いや、いかなる形でも、口のきけないこの娘に触れることは、何人にも許されていない。もちろん、わたしはべつだが。触れたりしたら、娘は力を失ってしまう。

やつらが真に受けているかぎりは、まずだいじょうぶだ。飲みこみが早く、即興で芝居がうてる女だといいが。サインのひとつも知っているだろうか。


今日はここまで、と男は言う。窓を開けないと。

でも、すごく寒いわ。

おれはそうでもないな。この部屋はクロゼットみたいだよ。息がつまりそうだ。

女は彼のひたいに触れる。風邪でもひきかけているのかしら。わたし、ドラッグストアにいって——

いいや、おれがへばったりするもんか。

なんなの、それは？　どうしたっていうの？　不安なのね。

いいや、不安なんかじゃない。おれは不安になったりしない。ただ、いま起きていることが信じられないんだ。友人が信じられない。友人と名乗っているやつが。

どうして？　お友だちがなにを企んでいるの？

下司野郎さ、みんな。そう男は言う。問題はそこだ。

《メイフェア》誌　一九三六年二月

トロント、真昼のゴシップ

ヨーク

一月半ばのその日、〈ロイヤル・ヨーク・ホテル〉はエキゾチックに装う洒落者たちで溢れかえりました。社交シーズン三度目のこの慈善仮装舞踏会は、〈ダウンタウン捨て子養育院〉の支援のために催されたもの。今年のテーマは――昨年の絢爛豪華な仮装舞踏会〈ボザール・ボール〉による〝サマルカンドのタマレーン〟の好評に対抗して――〝桃源郷《ザナドゥ》〟（以下、この舞踏室の内装は、サミュエル・テイラー・コールリッジの詩「フビライ・ハーン」に出てくるザナドゥをイメージしている）、達意のディレクターはウォレス・ワイナント氏。贅沢な舞踏室は、壮麗なる〝大歓楽宮〟へと生まれ変わり、現代のフビライ・ハーンと煌《きら》びやかなお供たちが王者然として宴を繰り広げます。東方の国々から集った異邦の大物とお付きたち――ハーレムの妻妾、召使い、踊り子、奴隷にくわえ、ダルシマーを抱えた貴族の娘、商人、高級娼婦、托鉢僧、あらゆる国の兵士たち、そして物乞いがわんさと――が、〈アルフ、聖なる河〉と名づけられた荘厳な噴水を囲んで浮かれ騒ぐ。頭上のスポットライトを浴びて、噴水はバッカスの祭りにふさわしい紫に染まり、その下では、中央の〈氷の洞窟〉でクリスタルの花綱飾りがきらめくのです。

隣接する庭園のふた棟の四阿《あずまや》でも、ダンスパーティが陽気に催され、どちらも満開の花で埋めつくされ、どちらの舞踏室でも、ジャズ楽団が「楽の音と歌」を絶え間なく演奏しています（「フビライ・ハーン」のくだり、「彼女の楽の音と歌が胸のうちに蘇りさえすれば……」を意識している）。参加者は「戦争を予言するご先祖の声」はついぞ聞きませんでした（出典はおなじ。「彼方より、戦を予言する先祖の声を耳にした」というくだりにかけている）。すべてが心地よく調和していたのも、舞踏会の主催者、ウィニフレッド・グリフェン・プライアー夫人の堅実な手腕の賜物。当日の夫人は、ムガール帝国ラジスタンの王妃に扮し、緋と金をあでやかに着こなしていました。このレセプション委員会には、緑と銀の装いでアビシニアの乙女に扮したリチャード・チェイス・グリフェン夫人、中国風の紅《くれない》をまとったオリバー・マクダネル夫人、深紅のドレスでスルタンの側室に仮装したヒュー・N・ヒラート夫人の姿も見られました。

昏き目の暗殺者　氷上の宇宙人

男はまたべつな場所にいる。乗換駅の近くに借りた部屋。金物屋の上階にある。店のウィンドウには、スパナや蝶番などがまばらにならべられているのみ。たいして賑わっていないのだろう。この界隈で、〝賑わって〟いるものなどないが。ゴミが宙に舞い、丸められた紙くずが地面に転がる。歩道は誰も掻きださない雪で凍って、足をとられやすい。

〝中景〟では、列車が悲しげな音を響かせて分岐し、〝遠景〟へと遠ざかる。〝ハロー〟の声は聞かれず、〝グッバイ〟ばかり。あの列車のひとつに飛び乗ることもできるが、運まかせになるだろう。いつとはわからないが、列車には巡察が来る。どのみち、目下のところは――現実を直視しろ――ひとつ所に釘付けされた身ではないか。あの女のおかげで。ところが、彼女は列車とおなじで、定刻に着いた例しがなく、必ず発っていく。

部屋は階段をふたつぶん上がったところにある。踏み板がゴム張りの裏階段。ゴムはところどころが擦り切れているが、少なくとも、玄関口はべつになっている。壁ひとつ隔てた部屋に住む、子持ちの若い夫婦がいることはいるが。おなじ階段を使っているのだが、めったに顔を合わせない。えらく早起きのようだ。しかし、こっちが仕事にとりかかろうとする真夜中、物音が聞こえたりする。ふたりは明日もないような勢いでおっぱじめ、ネズミの啼き声みたいにベッドを軋らせる。あれには、気が狂いそうになる。赤ん坊があれだけ泣きわめけば、あきらめるかと思いきや、とんでもない、猛進あるのみ。少なくとも、あれに関しては早業だ。

ときには、壁に耳を当てて聴いてみる。窮余の際には穴はえらばず。夜は、すべての牝牛は牝牛である。

女房のほうと出くわしたことも何度かある。ロシア人のばあさんみたいに、綿入れを着て、ネッカチーフを巻き、小包とベビーカーを抱えて悪戦苦闘していた。ふたりは階下の踊り場をあのベビーカーの置き場所にしている。それは宇宙人の死の罠みたいに、黒い口をぱっくり開けて待つ。男が一度運ぶのを手伝ってやると、彼女は笑いかけてきた。人目を盗むような笑み。小さな歯は、先のあたりが青みがかっている、スキムミルクみたいに。〝タイプライターの音がうるさくありませんか?〟男は思いきって訊いてみる。るんだ、壁ごしに聞こえているんだぞ、とほのめかしながら。〝いいえ、ぜんぜん〟。ぽかんとした眼差し、仔牛のようにマヌケな。目のまわりには黒い隈ができ、鼻から口角にかけて小皺が刻みこまれている。夜ごとの営みは、この女の提案とは思えない。〝一戦〟というには、早すぎるが——亭主は銀行強盗みたいに、押しいって出ていくだけ。〝働き者〟と身体中に書いてあるような女だ。きっと、最中は天井を見つめて、床のモップ掃除のことでも考えているんだろう。

男の部屋は、広い居室をふたつに分けて造ったもので、壁が薄っぺらいのもそんなわけだ。室内は狭く、寒い。窓枠に風が吹きつけ、ラジエーターはカタカタ鳴って、水を垂らすばかりで、ちっとも暖まらない。寒々とした一角に、ひっそりとトイレがあり、小便の跡と鉄さびが、便器を汚らしいオレンジに染め、シャワー室は亜鉛めっきで、時とともに垢にまみれたゴム製のカーテンがさがっている。シャワーなるものは、壁を上にのびる黒のホースで、細かい穴のあいた丸いヘッドがついていた。そこからぽとぽと垂れる水滴は、それこそ、むかしから言うように、「魔女のおっぱいほどに冷たい」。折り畳み式のマーフィベッドの設《しつら》えが素人仕事なものだから、押入れから引っぱりだすのに四苦八苦だ。ベニヤ板のカウンターは釘で打ちつけただけの代物で、黄色く塗ってからしばし経っている。火口がひとつだけのガス台。黒ずみが、煤のようにすべてを覆いつくしている。

いまの彼が放りこまれていてもおかしくない場所と比べれば、まさに宮殿。

男は友人たちを棄てた。密かに姿を消し、行き先も残していかなかった。必要なパスポートのひとつやふたつ手配するぐらいで、あんなに時間をとられるはずはない。あいつら、一種の保険として、おれを〝貯蔵庫〟にとってあるのでは。男はそう感じていた。もっと大物が捕まったら、身柄をおれと交換する。どのみち、おれを警察に引き渡すつもりなのだろう、と。なら、キュートなカモを演じてやろうじゃないか。おれはあくまで消耗品で、決して彼らのご意向にはそぐわない。そうそう遠くへも行かず、移動も敏速ではない、道連れ。そもそも博学なのが気に入らないのだ。懐疑的なところも。彼らはそれを〝気まぐれ〟と勘違いしていた。〝スミスが間違っているからといって、ジョーンズが正しいとはかぎらない〟。一度そう言ってやった。あれは将来の参考として、心に留められたことだろう。そうやって小さなリストをつくっているのだ。

もしかして、やつらも、自分たちのなかから殉死者を出したいのか。われらが〝サッコとヴァンゼッティ〟（ともにイタリア生まれの無政府主義者。強盗殺人事件の冤罪で一九二七年に処刑されたが、のちに汚名をすすがれた）。おれが吊るし首になったあと、このアカの悪人面が新聞という新聞に載るまで、おれの潔白の証を見せつけるつもりなのだ。人権蹂躙の問題点をいくつか力説して。〝法律のしでかしたことを見よ！〟〝これは殺人にほかならない！〟〝正義はなされず！〟彼らはそういうふうに考えるのだ、あの同志という連中は。チェスゲームのように。おれは歩兵《ポーン》として犠牲になる。

男は窓辺に立って、おもてを見る。窓ガラスの外側には、茶ばんだ牙のような氷柱がさがっている。屋根葺き材の色がにじんだのだろう。男は彼女の名を思う。それを取り巻いて、電飾のようなオーラが射している。青いネオンのように、劣情をそそる。彼女はいまどこにいる？　目的地までタクシーで乗りつけてはこないだろう。そんなに馬鹿ではない。男は路面電車の停車場を見つめ、女の姿を浮かびあがらせようとする。脚をちらっと覗かせながらステップをおりてくる。ハイヒールのブーツ。極上のフラシ天。高足をはいたカント。なぜそんなふうに考える？　ほかの男に言われたら、そのアホ野郎をぶん殴るくせに。

きっと女は毛皮のコートを着ている。その点はいただけないが、着たままでいろと言うだろう。最中もずっと毛皮姿で。

先だって会ったさい、彼女の太股に痣を見つけた。おれのつけてやった痣ならいいのに、と思った。〝どうしたんだ、これは？〟　〝ドアにぶつけたのよ〟女が嘘をつけば、決まってわかる。まあ、自分ではわかると思っている。〝思う〟ことが罠にもなることも、わかってはいるが。前に担当だった教授に、きみはダイヤモンドなみに堅牢な知性をもっているなどと言われ、あのときは得意になったっけ。いま、あらためてダイヤの本質を考えてみると。鋭利で、光輝をはなち、ガラスを切るにも役立つが、光の反射で輝くしかない。暗闇では、まったくの役立たず。

あの女はなぜ毎度現われる？　おれは彼女の慰みにもてあそばれている獲物、そういうことか？　金でおれをどうにかしようなど、とんでもない。金で買われてなるものか。あいつがラヴストーリーを求めるのは、若い女の常というものだ。ともあれ、人生にまだなにかを期待している、ああいうタイプの女の場合は。だが、べつな角度の見方もある。復讐願望、要は、懲らしめの気持ち。女というのは、ひとを傷つけるのに妙な策を弄する。相手ではなく、自分自身を傷つけてみせるのだ。とはいえ、そうされても、相手の男はてめえが傷ついたことに、のちのちまで気づきもしなかったりする。男はあとになって気づくのだ。気づいて、ペニスもしょんぼり。あの女、あんな目をして、純真そうな首筋を見せているが、込み入って汚れたものがときおりちらつく。

女がいないあいだに、勝手な像をでっちあげるのはよせ。ここに姿を現わすまで待ったほうがいい。そうすれば、むこうが調子をあわせるかぎり、好きに造り替えてやれる。

男はブリッジテーブルを持っている。蚤の市で買った年代物だ。それに、折り畳み式の椅子も一脚。タイプライターを前に座り、両手の指に息を吹きかけると、やおら用紙を巻きこむ。

スイス・アルプスの（いや、〝ロッキー山脈の〟にすべきか。いや、それより〝グリーンランド〟がいいか）氷河で、探検家たちが澄んだ氷のなかに埋もれた宇宙船を発見した。小さな飛行船のような形だが、両端がオクラみたいに尖っている。不気味な光をはなち、氷ごしに輝く。この光は何色だろう？　緑がいちばんいいか。黄色みがかって、アブサン酒のような。

探検家たちはこの氷を解かす。さて、なにを使って？　たまたま持ちあわせていたブローランプか？　近くの森林で大火事があったとか？　木を使うなら、やはり舞台はロッキー山脈にもどそう。グリーンランドに樹木はないからな。巨大な水晶球なんて物をとりいれてもいい。これが陽の光を倍増する。ボーイスカウトでは（男もいっとき入隊していたが）こんな火熾しの方法を教わったものだ。隊長は、おめでたくて、涙もろい、赤ら顔の男で、合唱と手斧を愛好した。彼に隠れて、少年たちは虫眼鏡をむきだしの腕にかざし、誰がいちばん長く我慢できるか競った。松葉にも、トイレットペーパーの切れ端にも、そうやって火をつけたものだ。

いや、巨大な水晶球というのは、あまりに現実離れしているな。

氷はだんだんと解けていく。X氏、彼は気むずかしいスコットランド人なんだが、ろくなことはないからむやみに触るなと制する、しかし、Y氏、彼はイングランド人の科学者だが、人間の積み重ねてきた知識の一助とならなくてはと言い、一方、Z氏、彼はアメリカ人なんだが、これで大儲けできそうだと言う。さて、B嬢、彼女はブロンドの髪に、棒でぶん殴られたみたいにぷっくりした唇の娘《こ》だけど、すごくスリリングだわ、と言う。この娘はロシア人で、自由恋愛の信奉者と思われている。X、Y、Z各氏とも、この説を検証したことは未だない。実は、したいんだ。Y氏は自分でも気づかぬうちに、X氏は後ろめたく思いながらも、Z氏はぬけぬけと、そう願っている。

男はいつも自作の登場人物たちを、最初のうち一文字だけで呼び、あとから名前を入れていく。電話帳を参考にすることもあり、墓石の碑銘から借りることもある。女は決まってB。これがなんの略であるかは、「信じがたいやつ《ビヨンド・ビリーフ》」「鶏あたま《バード・ブレイン》」「デカパイちゃん《ビッグ・ブーブズ》」など、気分次第で決まる。もちろん、「ビューティフル・ブロンド」のことも。

Bは別のテントで寝ているが、ミトンの手袋をしじゅう置き忘れ、命令に背いて夜中に外を歩き回る。月の美しさについて、オオカミの咆吼の和声に似た響きについて、コメントする。橇をひく犬たちとは、ごく親しい仲であり、ロシア語の〝赤ちゃん言葉〟で話しかけ、（職業上は科学的唯物主義を唱えているが）犬にも魂があると主張する。こりゃ厄介なことになるだろう、食料が切れて犬を食べることになったら。と、Xはスコットランド人らしい悲観的な見方をしている。

氷が解け、莢のような形の輝く物体がむきだしになるが、それがどんな物質から作られているのか――人類には知られていない、薄い合金なんだが――探検家たちが調査を始めてものの数分、アーモンドだかパチョリの葉だか焦がし砂糖だか硫黄だか青酸カリだかの臭いを残して、物体は蒸発してしまう。

目の前になにかが現れる。形状はヒトに近いようだ。どうも男らしい。身にまとったスキンタイトのスーツは、孔雀の羽根を思わせる青緑色。カブト虫の翅のようなつやがある。だめだ。これじゃ、妖精に似すぎているな。〝ガスの炎を思わせる青緑〟のスキンタイトのスーツにしよう。そして、〝水面に撒いたガソリンのような〟つやがある。男はまだ氷に包まれている。莢の内側に氷が張っていたと見える。肌の色は明るい緑色で、心もち尖った耳、ノミで彫ったような薄い唇、大きな瞳は見開かれている。フクロウほどに、かなり黒目がちだ。髪の毛は肌より濃い緑色、全体に巻き毛がふさふさしており、頭のてっぺんは尖っていて人目をひく。

信じられん。太陽系の外から来た生物か。いつからこの中にいるんだ？　何十年？　何百年？　何千年？

間違いなく死んでいる。

自分たちはどうすべきだろう？　四人は男を閉じこめた氷塊ごと抱えあげて、討議に入る（Xは、これ以上触らず、その道の権威を呼ぶべきだと言う。Yは、いまこの場で男を解剖したがるが、宇宙船とおなじく蒸発したらどうする、とたしなめられる。Zは、男を橇にのせて文明社会に連れだし、ドライアイス詰めにして、いちばん高値をつけた入札者に売っぱらおうと提案。Bは、うちの橇犬たちが良からぬ興味を抱いて、くんくん啼きだしたじゃないの、と指摘するが、どうせロシア女の大げさな物言いだろうと、相手にされない）。あたりはすでに暗くなり、北極光が独特の様相を呈してきたから、しまいには、Bのテントに突っこんでおこうということになる。Bは別のテントで三人の男たちと寝る羽目になり、そうなれば、キャンドルライトに照らされて、覗きの好機がもたらされるだろう。なにしろB嬢たるもの、登山服や寝袋をどのようにいいいいして満たすかは、もちろん承知である。四人は四時間ごとに交替しながら、夜通し見張りをし、朝になったら、最終決定をくだすため、くじ引きを行なう、ということになった。

X、Y、Zと、見張りはとどこおりなく進む。さて、つぎはBの番だ。薄気味がわるいわ、途中でなにか起きる気がする、と彼女は言いだすが、しょっちゅうこんなことを言っているので、とりあってもらえない。Zに起こされたばかりのB嬢。Zがムラムラしながら見張るなか、伸びをして、寝袋から這いだし、パッド入りの外出着に体を押しこむと、氷詰めの男がいるテントで定位置につく。キャンドルの火が躍り、眠気を誘う。気がつくと、この緑の男、色っぽい場面ではどんなふうかしら、などと考えている――素敵な眉だわ、とても瘦せっぽちだけど。と、船をこぎながら寝入ってしまう。

氷詰めの男が光を放ちはじめる。最初はぼんやりと、やがてもっとまぶしく。テントの床に水が静かに流れる。とうとう氷が消えた。男は上身を起こして、立ちあがる。音ひとつたてず、眠っている女に近づく。深緑の髪の毛が、ひと巻きごとに動きだし、じきに伸びはじめる。いまや、〝ひと触手ごとに〟といった眺めだが。触手の一本が、女の喉に巻きつき、もう一本は豊満な魅惑の部分に、三本目は口に巻きつく。女は悪夢から覚めたように目覚めるが、これは夢ではない。宇宙人の顔が眼前にせまり、その冷たい触手にがっちり押さえこまれて動けない。男が女を見る眼差しは、いまだかつてない渇望と情欲、赤裸々な欲求に充ちている。普通の男がこんな烈しさで見つめてきたことはなかった。女はいっときもがいたあと、男の抱擁に身をゆだねる。

ほかに選べる道が、そうそうあったわけではないが。

緑の口がひらいて、牙が現われる。それが女の首筋に近づく。きみをとても愛しているから、一体となるんだ。きみをぼくの一部にするんだよ、永遠に。きみとぼくはひとつになる。言葉は交わさずとも、女はそういう意思を理解する。この男には、あまたの能力とともに、テレパシーの力を与えられていた。

〝ええ〟女は吐息まじりに言う。

男は自分でもう一本タバコを巻く。こうやって、Bを化け物に食わせて飲ませてしまおう？　それとも、橇犬たちが彼女の懇願に耳を貸し、綱を引きちぎって、テントのカンバス布を突き破り、この男をずたずたに噛み裂くとか？　ひと触手ごとに。それとも、男たちのひとり――自分としては、冷静なイングランドの科学者Yがお気に入りだ――が、救出に駆けつけることにするか？　その後、乱闘になって？　なかなかいいアイデアだ。〝この愚か者め！　おまえらにすべてを教えることもできたのに！〟地球外生物は死ぬ直前に、テレパシー光線をYに送る。彼の血の色は人間のそれとは違うはずだ。オレンジ色がいいだろう。いや、それとも、緑男がBと静脈血を交換し、彼女も宇宙人と同類になるというのは？　B嬢の完全緑色版。さて、味方がふたりになったところで、三人の男どもをぐちゃぐちゃにぶちのめし、犬たちの首を刎《は》ね、世界征服に乗りだす。豊かに栄えた圧政の都を潰滅させ、清く正しい人々を解放せねばならない。ふたり組には、「われらは主の殻竿（遣いを意味する）」と名乗らせよう。いまや、ふたりは〝死の光線〟を手に入れている。宇宙人の知識と、近くの金物屋から強奪してきたスパナや蝶番《ちょうつがい》をもって組成されたものであるが、誰が文句を言おう？

いや、あるいは、異星人はBの血をまったく吸わないというのは？　そうだ、逆に自分の血を注入するんだ！　その体はぶどうみたいにしぼんでしまい、干からびて皺くちゃの肌が薄靄と化し、朝になるころには、跡形もなく消えてしまう。三人の男たちは、眠い目をこすっているBに駆け寄る。なにが起きたのかわからないわ、とBは言う。この女の場合、わかった例しがないから、彼らも、なるほどと思う。みんなして幻を見ていたのかもしれないな、彼らは言う。〝北極のせい、北極光のせいじゃないか——あれが人の脳を腐らせるんだ。寒気で人の血液を濁らせる〟。超高知能の宇宙人とおなじ緑の光が、Bの目に宿っているのには、気がつかない。どのみち、もとから緑色だったので。ところが、犬たちは感づくだろう。変化を嗅ぎとる。耳を寝かして吠えることだろう。哀しげに啼くことだろう。もう彼女は友だちじゃない、と。〝この犬ども、なにを荒れているんだ？〟。

それこそ、いろいろな展開がある。揉み合い、乱闘、救出。異星人の死。その途中で、衣服がびりびりに破けてしまう。服は破けるのが常套。

なぜまた、こんな三文小説をつぎつぎと考えだすのか？　なぜなら、そうする必要があるから。こうでもしないと、すってんてんのオケラになってしまう。かといって、この危機に他の職探しをすれば、いまより人目にさらされる羽目になり、賢いとはとても言えない。もうひとつ言えば、物語を考えられるから。資質があるということ。誰にでもできることじゃない。多くの人々が挑んで、くじけてきた。以前は、もっと大きな野心もあった。もっと真剣な。ありのままの形で、ある男の生活を綴る。大衆の目の高さで書くために。餓え死にしそうな薄給やら日々のパンやら雨漏りやら淫乱な顔つきの安娼婦やら顔を踏みつけるブーツやらドブに吐かれたゲロの、レベルで。社会制度の働きを暴露するのだ、その仕組みを。すっかり萎えてしまうまでいかに労働者を飼い殺しにし、使いつぶし、企業の歯車か飲んだくれに変え、どのみち、いかにスカを食わせてくれるか。

普通の労働者が、そんな本は読みっこない。労働者とは本来高貴なものだと、同志たちは思っているが。連中の求めるのは、いまのおれが書くような小説だ。値段も安く、一ダイムで買え、アクション場面がスピーディに展開し、オッパイとオケツがたっぷり出てくるような。オッパイだのオケツだのという語を活字にできるわけじゃないが。パルプマガジンは驚くほどお上品だ。〝胸〟と〝臀部〟が、精々いいところだろう。血糊と銃弾、ガッツと悲鳴と身もだえ。とはいえ、前向きのフルヌードは御法度。言葉で書くのもだめ。いや、これは品格とは関係ないか。廃刊にされては困るからだ。

男はタバコに火をつけ、部屋をうろつき、窓の外を見やる。薪の燃え殻が、雪を黒く汚している。ガタゴト音をたてて、路面電車が行きすぎる。男は向き直り、また部屋をうろつきながら、頭のなかの言葉で巣作りをする。

腕時計を見る。あの女、また時間に遅れている。来ないのかもしれない。

本書は、二〇〇二年十一月に早川書房より単行本として刊行された作品を二分冊で文庫化したものです。

ハヤカワ epi 文庫は、すぐれた文芸の発信源（epicentre）です。

訳者略歴　お茶の水女子大学大学院修士課程英文学専攻，英米文学翻訳家　訳書『恥辱』『遅い男』『イエスの幼子時代』クッツェー（以上早川書房刊），『嵐が丘』ブロンテ，『風と共に去りぬ』ミッチェル他多数

昏《くら》き目《め》の暗殺者《あんさつしや》

〔上〕

〈epi 96〉

二〇一九年九月二十日　印刷
二〇一九年九月二十五日　発行
（定価はカバーに表示してあります）

著者　マーガレット・アトウッド
訳者　鴻《こうの》巣《す》友《ゆ》季《き》子《こ》
発行者　早川　浩
発行所　株式会社　早川書房

郵便番号　一〇一 - 〇〇四六
東京都千代田区神田多町二ノ二
電話　〇三 - 三二五二 - 三一一一
振替　〇〇一六〇 - 三 - 四七七九九
https://www.hayakawa-online.co.jp

乱丁・落丁本は小社制作部宛お送り下さい。
送料小社負担にてお取りかえいたします。

印刷・精文堂印刷株式会社　製本・株式会社フォーネット社
Printed and bound in Japan
ISBN978-4-15-120096-0 C0197

本書は活字が大きく読みやすい〈トールサイズ〉です。